ᚤᛘ ᚺᛟᛚᚤᛑ

ᚢᛑᚤ

ᚤᚢᛟ ᚪᚲ ᚤᚢ ᚩᚻ

Hen hanes yw hwn, am gyfnod amser maith, maith yn ôl. Yr adeg hynny roedd ieithoedd a llythrennau'n wahanol iawn i'n rhai ni heddiw. Yn y llyfr hwn defnyddir y Gymraeg i gynrychioli'r ieithoedd hyn. Ond dylid nodi dau beth. (1) Fel arfer yn y Gymraeg, lluosog *Ellyll* yw *Ellyllon,* a'r ansoddair yw *Ellyllaidd.* Yn y chwedl hon defnyddir yr unigol *Ellylyn* a'r lluosog *Ellyll,* sydd yn ddefnydd llai cyffredin ond nid yn fathiad newydd, wrth gyfeirio at yr hen bobl hynny yr oedd Elrond a'i gyfeillion yn rai ohonynt. (2) Nid yw *Orch* yn air Cymraeg. Mae'n ymddangos mewn ambell fan yn yr hanes hwn ond fel arfer mae wedi'i gyfieithu fel *coblyn. Orch* yw ffurf yr hobydion ar y gair a ddefnyddiwyd yr adeg hynny ar gyfer y creaduriaid hynny.

Hen lythrennau ydy rŵnau a gafodd eu hysgrifennu'n wreiddiol drwy eu crafu neu eu torri ar bren, craig neu fetel: maent felly'n denau ac yn onglog. Erbyn amser yr hanes hwn dim ond y Corachod oedd yn dal i'w defnyddio'n aml, yn enwedig ar gyfer cofnodion dirgel neu negeseuon cyfrinachol. Cynrychiolir eu rŵnau nhw yn y llyfr hwn gan wyddor ffug Iolo Morgannwg, Coelbren y Beirdd, nad yw'n hysbys heddiw i neb ond ychydig iawn. O gymharu'r rŵnau ar Fap Thrór gyda'r trosiadau i lythrennau cyfoes (ar dudalennau 21 a 51), mae modd darganfod y wyddor, a darllen y teitl uchod mewn rŵnau'r corachod hefyd. Mae'r rŵnau mwy cyffredin i'w gweld ar y map. Byddwch yn gweld, fodd bynnag, bod rŵnau gwahanol weithiau'n cynrychioli llythrennau modern gyda thoeon bach (er enghraifft ᚩ ar gyfer o ac ᚭ ar gyfer ô), a bod un yn unig yn cynrychioli'r llythrennau dwbl fel ch ᚴ ac th ᛯ).

1

Nodwyd y drws cudd gyda D 〉. O'r ochr roedd llaw yn pwyntio tuag ato, o dan yr hon ysgrifennwyd:

ᚱᚣᛒ·ᛏᛖᛟᚢᛞᛖᚢᛞ·ᛟ·ᚣᚲᛞᚢᛖ·ᛏᚢᚢᛏ·ᛏᚢᛟᚷᚢ
ᚱ·ᚾᛁ·ᚲᚢᛞ·ᛏᚢᛞ·ᛞᛖᛁ·ᚲᛟᛖᛖᚾᚲ : ᛏᚾ·ᛏᚾ·

Y ddau rŵn olaf oedd blaenlythrennau Thráin a Thrór.

Y Lloer-Rŵnau ddarllenodd Elrond oedd:

ᚱᚾᛖᚢᚲ·ᚢᛖᛏ·ᛏᚾ·ᚲᚾᛖᛖᚢᚲ·ᚲᚢᛏᛞ·ᚱᚾᚢ·
ᛖᛟᛖ·ᛖᛖᛟᚢᛖᛖᚾᛁᛏᚾ·ᛏᚢ·ᛏᚾᛖᛟ·ᚾ·ᚲᛏ
ᛞ·ᚲᛟᚲᚾᛏ·ᛟᚲᚾᛖ·ᚹᚾᚲᚲᛏᛞ·ᛏᛖ·ᚲᚾᛏᚲ·ᚾ
ᛖ·ᛞᛏᛞ·ᛞᛏᛖᛁᚾ·ᛏᚢ·ᛏᛏᚢᛏᚢᛖᛖᛏ·ᚾᛖ·ᛞᚢ
ᚾ·ᛏ·ᚲᚲᛟ

Ar y map mae pwyntiau'r cwmpawd wedi'u dynodi gyda rŵnau hefyd, gyda'r Dwyrain tuag i fyny, yn ôl arfer y corachod; ac felly yn nhrefn y cloc, Dwyrain (Dn), De (D), Gorllewin (Gn), Gogledd (G).

Yr Hobyd

Daw'r Gymraeg o'r pridd hwn, yr ynys hon,
iaith hynafol dynion Prydain yw hi;
ac mae'r Gymraeg yn brydferth.

—J.R.R. Tolkien, "English and Welsh" (1955)
yn The Monsters and the Critics and Other Essays

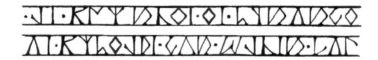

Yr Hobyd

NEU
YNO AC YN ÔL

GAN
J.R.R. TOLKIEN

Cyfieithwyd i'r Gymraeg gan
(Translated into Welsh by)
Adam Pearce

MELIN BAPUR

Cyhoeddwyd yn wreiddiol yn Saesneg gan /
Originally published in the English language by
HarperCollins*Publishers* Ltd
dan y teitl / under the title
The Hobbit
© The Tolkien Estate Limited 1937, 1965

Yr Hobyd
Dyluniad y clawr:
© HarperCollins*Publishers* Ltd 2023
Delwedd y clawr: J.R.R. Tolkien
Darluniau a'r mapiau: J.R.R. Tolkien
fersiynau Cymraeg gan Adam Pearce

Hawlfraint y cyfieithiad:
©Melin Bapur, 2024 ©Adam Pearce, 2024

Gyda diolch i grewyr y ffontiau *Tolkien* a *BabelStone
Coelbren*; diolch i Tim Pearce am brawf-ddarllen y testun
ac am wneud llawer iawn o awgrymiadau; ac i Nia Wyn
Jones am ambell syniad arall.

ISBN:
978-1- 917237-15-4

CYNNWYS

Ir Dwyr
yn y Bry

y
Mynydd
Unig

Yma gynt roedd
Frenin Dan

ymhell i'r
Gogledd mae'r
Mynyddoedd Llwydion
a'r Rhos Ddiffrwyth
o le ddaeth
y Dreigiau Mawr

Map Thrôr

i'r Gor

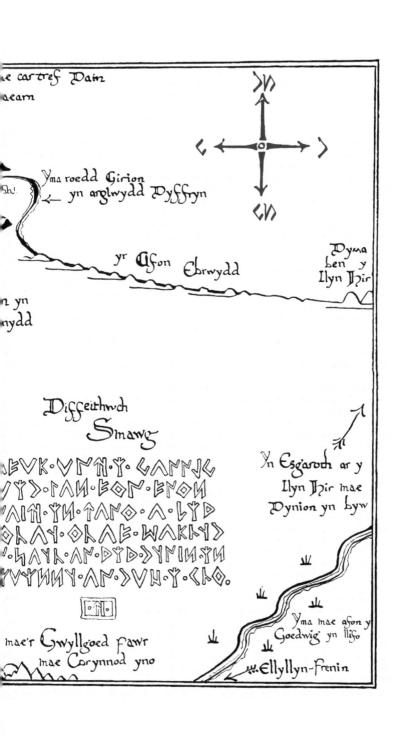

...e cartref Dain

...aearn

Yma roedd Girion
yn arglwydd Dyffryn

yr Afon Ebrwydd

Dyma ben y Ilyn Hir

...n yn ...nydd

Diffeithwch Smawg

Yn Esgaroth ar y Ilyn Hir mae Dynion yn byw

...mae'r Gwyllgoed fawr
...mae Corynnod yno

Yma mae afon y Goedwig yn llifo

Ellyllyn-Frenin

RHESTR LLUNIAU

PARTI ANNISGWYL

Mewn twll yn y ddaear trigai hobyd. Nid twll afiach, budr, gwlyb yn llawn pennau mwydod ac oglau llysnafedd; ac nid un sych, moel, llychlyd heb ddim ynddo i eistedd arno neu'i fwyta chwaith: hobyd-dwll oedd hwn, ac ystyr hynny? *Moethus*.

Roedd ganddo ddrws berffaith grwn, yn debyg i borthwll ar long, wedi'i baentio'n wyrdd a chanddo ddwrn pres melyn llachar ar ei union ganol. Agorai'r drws ar gyntedd oedd yn grwn fel twnnel: twnnel moethus iawn heb fwg, gyda phaneli pren ar y waliau a theils a charpedi ar y llawr, a chadeiriau wedi'u farneisio ar ei hyd. Roedd nifer fawr iawn o fachau ar gyfer hetiau a chotiau, gan fod yr hobyd hwn yn hoff o groesawu ymwelwyr. Aeth y cyntedd yn ei flaen yn weddol os nad yn gyfan gwbl syth i mewn i lethrau'r bryn—Y Bryn, fel yr oedd pawb am filltiroedd o'i gwmpas yn ei alw. Roedd nifer fawr o ddrysau bach crwn yn agor oddi ar y cyntedd, bob yn ail ar y naill ochr a'r llall. Doedd dim grisiau gan yr hobyd i'w dringo: roedd pob un ystafell wely, ystafell ymolchi, seler, pantri (nifer fawr o'r rheiny), cwpwrdd dillad (roedd ganddo ystafelloedd cyfan ar gyfer ei ddillad), a phob cegin ac ystafell fwyta i gyd ar yr un llawr, ac yn wir, oddi ar yr un cyntedd. Roedd yr ystafelloedd gorau i gyd ar yr ochr chwith (wrth fynd i mewn) oherwydd mai gan y rhain yn unig oedd y ffenestri: rhai crwn wedi'u gosod yn nwfn yn ochr y bryn, yn edrych allan dros ei ardd, y dolydd tu hwnt, ac i lawr tua'r afon.

Hobyd parchus iawn oedd perchennog yr hobyd-dwll hwn, a Baglan oedd ei enw. Mae'r Baglaniaid wedi byw yn nhalgylch y Bryn ers cyn cof, ac fe'u hystyrid yn deulu o fri, nid yn unig am fod y rhan fwyaf ohonynt yn gyfoethog, ond oherwydd na fyddai'r un ohonynt byth yn mynd ar antur nac yn gwneud unrhyw beth annisgwyl. Gallai rhywun fod yn hollol sicr beth fyddai barn Baglan ynghylch unrhyw fater, heb angen trafferthu gofyn iddo. Dyma hanes yr hyn a ddigwyddodd pan aeth un o'r Baglaniaid ar antur, a chael ei hun yn gwneud ac yn dweud pethau hollol annisgwyl. Collodd barch ei gymdogion, efallai, ond enillodd—wel, cewch weld os bu iddo ennill unrhyw beth yn y diwedd.

Roedd mam ein hobyd penodol ni—beth yw hobyd? Hwyrach bod angen rhywfaint o ddisgrifiad ar hobyd y dyddiau hyn, ac yntau bellach yn brin iawn ac yn dueddol o osgoi'r Bobl Fawr, sef eu henw amdanon ni. Pobl fach ydynt (neu mi oeddent), tua hanner mor dal ag yr ydyn ni, ac yn fyrrach na'r corachod barfog. Does gan yr un hobyd farf. Ychydig iawn o hud a lledrith sydd iddynt, neu ddim o gwbl, heblaw'r math cyffredin bob dydd sy'n gymorth iddynt ddiflannu'n dawel ac yn gyflym pan fo pobl fawr dwl fel ti neu fi yn baglu o gwmpas yn gwneud sŵn fel eliffant y gallent ei glywed o bell. Maen nhw'n tueddu i fod yn dew, ac maen nhw'n hoff o wisgo lliwiau llachar (gwyrdd a melyn gan fwyaf). Ni fydd yr un hobyd byth yn gwisgo esgidiau, oherwydd bod gwadnau eu traed yn drwchus, fel lledr naturiol, ac mae gwallt brown trwchus yn tyfu arnynt hefyd, yr un fath ag sydd ar eu pennau (a hynny'n gyrliog, heb eithriad). Mae ganddynt fysedd brown hir a chyfrwys, ac maen nhw'n chwerthin yn ddwfn ac yn foliog (yn enwedig wedi cinio, rhywbeth y bydd hobyd yn ei fwynhau ddwywaith y dydd, pan gaiff gyfle). Nawr, fe wyddoch chi ddigon am y tro. Fel yr oeddwn i'n ei ddweud, mam yr hobyd hwn—Bilbo Baglan, hynny yw—oedd yr enwog Belladonna Twc, un o dair merch hynod yr Hen Dŵc, sef pennaeth yr hobydion a fu'n trigo yr ochr draw i'r Dŵr, yr afon fach a redai wrth droed Y

Bryn. Dywedid yn aml (mewn teuluoedd eraill) bod yn rhaid bod un o gyndeidiau'r Twciaid wedi cymryd un o'r tylwyth teg yn wraig iddo. Roedd hynny'n hollol wirion, wrth gwrs, ond yn sicr roedd rhywbeth ynghylch y teulu hwnnw o hyd nad oedd yn *hollol* hobydaidd, a bob hyn a hyn byddai aelod o'r tylwyth yn mynd i ffwrdd ar antur. Byddai'n diflannu heb yn wybod i neb un diwrnod, ac ni fyddai'r teulu'n sôn gair amdano wedi hynny. Y gwir oedd nad oedd y teulu Twc hanner mor barchus â'r teulu Baglan, er eu bod, heb ddwywaith, yn gyfoethocach.

Nage y cafodd Belladonna Twc yr un antur wedi iddi ddod yn Mrs. Bwngo Baglan. Bwngo, sef tad Bilbo, a adeiladodd yr hobyd-dwll iddi hi (a chyda'i harian hi'n rhannol), a'r twll hwnnw oedd y godidocaf oedd i'w gael o dan y Bryn neu dros y Bryn neu'r ochr draw i'r Dŵr, ac arhosodd y ddau ynddo hyd ddiwedd eu hoesau. Er ei fod yn edrych ac yn ymddwyn yn union fel ailargraffiad o'i dad—yn llwyr anhynod, yn ddibynadwy ac yn fodlon iawn â'i fywyd cyfforddus—mae'n debyg serch hynny i Bilbo etifeddu rhywbeth rhyfedd braidd yn ei natur gan ei fam, rhywbeth nad oedd ond yn aros am gyfle i ddod i'r amlwg. Ond daeth y cyfle ddim, dim nes bod Bilbo Baglan yn ei lawn dwf, sef tua hanner cant oed, ac yn byw yn yr hobyd-dwll hyfryd yr wyf newydd ei ddisgrifio i chi a adeiladwyd gan ei dad, a'i fod yn ôl pob golwg wedi ymsefydlu yno am byth.

Un bore amser maith yn ôl yn nhawelwch y byd, pan oedd yna lai o sŵn a rhagor o wyrddni, a phan oedd yr hobydion yn niferus ac yn dal i ffynnu, a phan, drwy ddamwain rhyfedd, roedd Bilbo Baglan yn sefyll wrth ei ddrws ar ôl cael ei frecwast, ac yn ysmygu pibell bren enfawr ag estynnai bron a bod hyd at fysedd ei draed gwalltog (a oedd wedi'u brwsio'n daclus)—daeth Gandalff heibio. Gandalff! Pe baech chi wedi clywed prin chwarter o'r hyn yr wyf i wedi'i glywed amdano, a dim ond ychydig iawn yw hynny o'r holl bethau sydd i'w clywed, mi fasech chi'n barod am bob math o chwedlau anhygoel. Roedd hi'n rhyfeddol sut yr oedd hanesion ac

5

anturiaethau'n egino ym mhobman yr oedd e'n mynd. Ond roedd hi'n amser hir iawn ers iddo fod yno dan y Bryn, a dweud y gwir nid ers marwolaeth ei gyfaill yr Hen Dŵc, ac roedd yr hobydion bron iawn wedi anghofio sut olwg oedd arno. Roedd wedi bod dros y Bryn ac ochr draw'r Dŵr, yn ymwneud â'i fusnes ei hun, ers pan oedd pob un ohonynt yn hobyd-fachgen neu'n hobyd-ferch bychan.

Y cwbl a welodd y Bilbo diarwybod hwn oedd hen ddyn â ffon gerdded dal. Roedd ganddo het las dal ag iddi phig, clogyn hir llwyd, sgarff arian yr hongiai ei farf hir gwyn drosti hyd at ei wregys a thu hwnt; ac esgidiau duon, rhai enfawr a chadarn.

"Bore da!" meddai Bilbo, ac roedd yn dweud y gwir. Roedd yr haul yn tywynnu, a'r gwair yn wyrdd iawn. Ond syllodd Gandalff arno, ei aeliau gwalltog yn estyn yn bellach nag ymyl ei het gysgodlyd.

"Beth ydych chi'n ei olygu?" meddai. "Ai dymuno bore da i mi rydych chi; ynte'n dweud ei fod yn fore da, o'm bodd neu o'm hanfodd; neu eich bod chi'n teimlo'n dda'r bore hwn; neu ei bod hi'n fore i fod yn dda?"

"Pob un ohonynt, ar yr un pryd," meddai Bilbo. "Ac yn fore braf iawn ar gyfer cetyn yn yr awyr iach, hefyd. Os oes gennych chi getyn, eisteddwch, i mi gael ei lenwi! Does dim brys, mae'r diwrnod cyfan o'n blaenau!" Wedyn eisteddodd Bilbo i lawr ar sedd wrth ochr ei ddrws gan blethu ei goesau, a chwythodd gylch mwg prydferth a hwyliodd i'r awyr heb dorri, cyn arnofio ymaith dros y Bryn.

"Hardd iawn!" meddai Gandalff. "Ond does gen i ddim amser i chwythu cylchau mwg heddiw. Rydw i'n chwilio am rywun i rannu antur yr wyf yn ei threfnu, ac yn ei chael hi'n anodd iawn cael hyd i neb."

"Synnwn i ddim, yn y parthau hyn! Pobl syml a thawel ydyn ni, a does gen i ddim diddordeb o gwbl mewn anturiaethau. Pethau cas, annifyr ac anghyfforddus! Eich gwneud chi'n hwyr i ginio! Dw i ddim yn deall beth mae pobl yn ei weld ynddynt," meddai Mr. Baglan, gan roi ei

fawd yn strapen ei fresys, a chwythu cylch mwg arall hyd
yn oed yn fwy na'r cyntaf. Wedyn estynnodd ei lythyrau
o'r bore hwnnw a ddechreuodd eu darllen, gan esgus
peidio sylwi ar yr hen ddyn. Roedd wedi penderfynu nad
oedd at ei ddant, a'i fod eisiau iddo fynd. Ond ni
symudodd yr hen ddyn. Safai yn ei unfan gan bwyso ar ei
ffon, yn syllu ar yr hobyd heb ddweud dim, nes i Bilbo
deimlo braidd yn anghyfforddus, ychydig yn ddig hyd yn
oed.

"Bore da!" meddai o'r diwedd. "Dydyn ni ddim eisiau
anturiaethau yma, diolch! Rhowch gynnig dros y Bryn,
neu'r ochr draw i'r Dŵr." Golygai wrth hynny bod y sgwrs
ar ben.

"Rydych chi'n defnyddio *Bore da* i olygu pob math o
bethau!" meddai Gandalff. "Y tro hwn, eich ystyr yw bod
arnoch eisiau cael gwared arnaf, ac *na* fydd hi'n fore da,
nes i mi ymadael."

"Dim o gwbl, dim o gwbl, f'annwyl ddyn! Maddeuwch
i mi, dwi ddim yn credu 'mod i'n gwybod eich enw?"

"Yn union, yn union, f'annwyl ddyn—ond rydw i'n
gyfarwydd â'ch enw chi, Bilbo Baglan. Ac mi *ydych* chi'n
gwybod fy enw i, er nad ydych chi'n cofio mai fi sy'n
perthyn iddo. Gandalff ydw i, ac ystyr Gandalff yw fi!
Meddyliais erioed y baswn i'n byw i glywed mab
Belladonna Twc yn dymuno bore da i mi, fel pe bawn i'n
gwerthu botymau o ddrws i ddrws!"

"Gandalff! Gandalff! Mawredd mawr! Nid y dewin
crwydrol, a roddodd bâr o stydiau diemwnt i'r Hen Dŵc
a ymglymodd at ei gilydd ac ni ymddatodd nes iddyn
nhw gael eu gorchymyn i wneud? Nid y dyn oedd yn arfer
adrodd hanesion ardderchog mewn partïon, am ddreigiau
a choblynnod a chewri, ac am achub tywysogesau, a
meibion gwragedd gweddw yn profi lwc annisgwyl? Nid
y dyn oedd yn arfer gwneud tân gwyllt rhagorol! Rwy'n
cofio'r rheiny! Byddai'r Hen Dŵc yn eu trefnu bob nos
galan haf. Ardderchog! Roedden nhw'n arfer codi i'r awyr
fel lilis neu drwynau llo neu dresi euron enfawr tanllyd, ac
yn aros yn y gwyll drwy'r noswaith!" Fe sylwch eisoes nad

oedd Mr. Baglan hanner mor ddienaid ag yr oedd yn hoff o gredu, a'i fod yn hoff iawn o flodau hefyd. "Diar annwyl!" aeth yn ei flaen. "Nid y Gandalff oedd yn gyfrifol am anfon lluoedd o fechgyn a merched diniwed i bwy-a-wŷr-ble, ar anturiaethau gwallgof? Pob dim o ddringo coed i ymweld ag ellyll—neu hwylio mewn llongau, hwylio i wledydd pell! Ar f'enaid, roedd pethau'n ddiddorol—hynny yw, roeddech chi'n arfer creu cryn dipyn o drafferth yn y parthau hyn ar un adeg. Maddeuwch i mi, ond doeddwn i ddim yn sylweddoli eich bod chi mewn busnes o hyd."

"Ble arall dylwn i fod?" meddai'r dewin. "Fodd bynnag, dda gen i glywed eich bod chi'n cofio rhywbeth amdanaf i. Roeddech chi'n hoffi fy nhân gwyllt o leiaf, ac mae hynny'n destun gobaith. Er mwyn eich hen dad-cu Twc, ac er mwyn Belladonna druan, fe roddaf i chi'r hyn y gofynnoch chi amdano."

"Maddeuwch i mi, dwi heb ofyn i chi am ddim byd!"

"Do wir! Deirgwaith bellach. Fy maddeuant. Fe'i rhoddaf i chi. A dweud y gwir, af i mor bell â'ch anfon ar yr antur hon. Difyr iawn i minnau, a da iawn i chi—ac elw mawr i'w wneud hefyd, os byddwch chi'n llwyddo."

"Mae'n flin gen i! Dydw i ddim eisiau unrhyw antur, diolch. Nid heddiw. Bore da! Ond dewch draw am de— unrhyw bryd! Beth am yfory? Dewch yfory! Hwyl fawr!" Ar hynny, trodd yr hobyd ar ei sawdl a'i heglu hi drwy ei ddrws gwyrdd crwn. Caeodd hwnnw, mor gyflym ag y meiddiai, heb eisiau ymddangos yn anfoesgar. Wedi'r cyfan, dewin yw dewin.

"Pam ar y ddaear wnes i ei wahodd i de?!" gofynnodd i'w hun, ar y ffordd i'r pantri. Roedd newydd orffen ei frecwast, ond ar ôl y fath fraw teimlai y byddai cacen neu ddwy a diod o rywbeth yn gwneud lles iddo.

Yn y cyfamser roedd Gandalff yn sefyll y tu allan o hyd, yn chwerthin yn dawel i'w hunan. Ar ôl ychydig camodd yn ei flaen, a chan ddefnyddio pen ei ffon crafodd arwydd ryfedd yn y paent gwyrdd ar ddrws ffrynt hardd yr hobyd. Yna brasgamodd ymaith, oddeutu'r eiliad yr oedd Bilbo'n gorffen ei ail gacen ac yn dechrau meddwl ei fod wedi llwyddo i ddianc rhag unrhyw antur.

Y bore canlynol roedd bron iawn ag anghofio am Gandalff. Roedd yn un gwael am gofio pethau, heblaw'i fod yn eu cofnodi ar ei Amserlen Ymrwymiadau, er enghraifft: *Gandalff i De Ddydd Mercher*. Ond roedd wedi cael gormod o lawer o fraw i wneud dim byd o'r fath y bore hwnnw.

Toc cyn amser te canodd cloch y drws ffrynt yn swnllyd, ac yna fe gofiodd! Rhuthrodd i gynnau'r tegell, ac i osod cwpan a soser arall, a chacen neu ddwy'n ychwanegol, cyn rhuthro i ateb y drws.

Roedd ar fin dweud "Mae'n flin iawn gen i eich cadw chi!" pan sylweddolodd nad Gandalff oedd yno o gwbl. Yno'n lle roedd yna gorrach, â barf glas wedi'i wthio i mewn i'w wregys euraidd, a llygaid llachar iawn dan ei gwfl gwyrdd tywyll. Camodd i mewn yn syth wedi i Bilbo agor y drws, fel pe bai wedi'i ddisgwyl.

Gosododd gwfl ei glogyn ar y bachyn agosaf, a chan foesymgrymu'n isel meddai wrth Bilbo, "Dwalin, at eich galwad!"

"Bilbo Baglan, at eich galwad chi!" meddai'r hobyd, mewn gormod o fraw am y tro i ddweud unrhyw beth arall nac i ofyn unrhyw gwestiwn. Ond wrth i'r tawelwch ddechrau mynd yn anghyfforddus ychwanegodd: "Rwyf ar fin cael te. Hoffech chi gael ychydig gyda fi?" Braidd yn ffurfiol efallai, ond roedd arno eisiau bod yn garedig. A beth basech chi'n ei wneud, pe bai corrach newydd osod ei glogwyn yn eich cyntedd, a hynny heb wahoddiad na gair o esboniad?

Nid oeddynt wedi bod yn eistedd yn hir—a dweud y gwir, prin yr oeddynt wedi dechrau ar y drydedd gacen— pan ganodd y gloch unwaith eto, yn fwy uchel byth.

"Esgusodwch fi!" meddai'r hobyd, gan godi i ateb y drws.

"Dyma chi o'r diwedd!" meddai—neu, hynny roedd wedi bwriadu ei ddweud wrth Gandalff y tro hwn. Ond nid Gandalff oedd yno, ond corrach arall. Un hen iawn ei

9

olwg oedd hwn, ei farf yn wyn a'i gwfl yn goch. Camodd i mewn hefyd cyn gynted ag oedd y drws wedi'i agor, yn union fel pe bai wedi'i wahodd.

"Maen nhw wedi dechrau cyrraedd yn barod, rwy'n gweld," meddai wrth weld cwfl gwyrdd Dwalin yn hongian ar y bachyn. Gosododd ei un coch ef wrth ei ochr, gan gyflwyno'i hun: "Balin, at eich galwad!" meddai, ei law ar ei frest.

"Diolch!" ebychodd Bilbo. Nid hynny oedd yr ymateb priodol, ond roedd *maen nhw wedi dechrau cyrraedd* wedi codi ofn arno. Roedd yn hoff o groesawu ymwelwyr, ond gwell ganddo oedd eu hadnabod cyn iddyn nhw gyrraedd, a'u gwahodd yn bersonol. Tarodd syniad erchyll ar ei feddwl yn sydyn: beth pe baent yn rhedeg allan o gacen, a'i fod yntau'n gorfod mynd heb ddim? Waeth pa mor boenus, gwyddai beth oedd ei ddyletswydd fel gwesteiwr, a byddai'n cadw ato.

"Dewch i mewn, a chymrwch baned!" llwyddodd i'w ddweud, ar ôl anadl ddofn.

"Gwell gen i damaid o gwrw, os nad oes gwahaniaeth gyda chi, f'annwyl ddyn," meddai Balin, y corrach â'r barf gwyn. "Ond byddai darn o gacen yn dderbyniol—cacen garwe, os oes gennych chi rywfaint."

"Llawer!" clywodd Bilbo ei hun yn ateb, er mawr syndod iddo'i hun; a sylweddolodd wedyn ei fod yn rhuthro i'r seler i lenwi mŷg â pheint o gwrw, ac wedyn i'r pantri i gasglu dwy gacen garwe crwn hyfryd yr oedd wedi'u pobi'r prynhawn hwnnw. Roedd wedi bwriadu eu bwyta'i hunan, fel pryd bach wedi swper.

Pan ddaeth yn ôl roedd Balin a Dwalin wrthi'n sgwrsio fel hen gyfeillion wrth y bwrdd (brodyr oeddynt, fel mae'n digwydd). Roedd Bilbo wrthi'n gosod y cwrw a'r gacen o'u blaenau pan ganodd y gloch yn uchel unwaith eto, ac yna eilwaith.

"Gandalff y tro hwn, mae'n rhaid," meddyliodd wrth bwffian ar hyd y cyntedd. Ond nid Gandalff oedd yno. Yn hytrach, roedd dau gorrach arall, ill dau â chwfl glas, gwregys lliw arian, a barf felyn; y naill yn dal sach a'r llall

yn dal rhaw. Daethon nhw i mewn cyn gynted i'r drws
agor—ond roedd Bilbo wedi dechrau arfer â hynny, a
bach oedd ei syndod y tro hwn.

"Beth galla i'i wneud i chi, gorachod?" meddai.

"Kíli at eich galwad!" meddai'r naill. "A Fíli!'
ychwanegodd y llall, a thynnodd y ddau eu cyflau a
moesymgrymu.

"At eich gwasanaeth chi a'ch teulu!" atebodd Bilbo,
gan gofio bod yn gwrtais y tro hwn.

"Mae Dwalin a Balin yma'n barod, rwy'n gweld,"
meddai Kíli. "Awn i ymuno â'r dorf!"

"Torf!" meddyliodd Mr. Baglan. "Dydw i ddim yn hoffi
sŵn hynny. Rhaid i mi eistedd i lawr am eiliad i ddod ataf
fy hun, a chael rhywbeth i'w yfed." Prin oedd e wedi cael
llymaid—yn y gornel, gyda'r pedwar corrach yn eistedd
wrth y bwrdd ac yn trafod cloddfeydd, aur, trafferth â
choblynnod, ysbail dreigiau, a phob math o bethau eraill
nad oedd Bilbo'n eu deall, ac nad oedd arno eisiau'u deall
chwaith, gan fod naws llawer rhy anturus iddynt—pan,
ding-dong-a-ling-dang, canodd ei gloch unwaith eto, fel pe bai
rhyw hobyd-fachgen drygionus yn ceisio torri'r ddolen.

"Rhywun wrth y drws!" meddai, gan agor a chau ei
lygaid mewn syndod.

"Rhyw bedwar, dwedwn i, yn ôl y sŵn," meddai Fíli.
"Beth bynnag, gwelsom ni nhw yn y pellter, yn dod ar ein
holau."

Eisteddodd yr hobyd druan i lawr yn y cyntedd gan
roi ei ben yn ei ddwylo. Rhyfeddodd ar yr hyn oedd yn
digwydd, ac yn mynd i ddigwydd. Tybed a oeddynt i
gyd am aros i gael swper? Yna canodd y gloch unwaith
eto, yn uwch nag erioed, a bu'n rhaid iddo redeg i'r
drws. Nid pedwar oedd yno wedi'r cyfan, ond pump.
Roedd corrach arall wedi ymddangos tra'r oedd Bilbo'n
eistedd yn y cyntedd. Prin iddo droi'r ddolen cyn eu
bod i gyd yn ei gartref, yn moesymgrymu ac yn dweud
"at eich galwad" un ar ôl y llall. Dori, Nori, Ori, Óin a
Glóin oedd eu henwau, ac yn fuan iawn roedd dau gwfl
porffor, un llwyd, un brown, ac un gwyn yn hongian ar

y bachau, ac i ffwrdd â nhw i ymuno â'r lleill, eu dwylo llydan yn gafael yn eu gwregysau aur ac arian. Roedd hi bron a bod *yn* dorf, bellach. Galwodd rai am gwrw brown, eraill am gwrw du, ac un am goffi, a phob un ohonynt am gacen, ac felly fe gadwyd yr hobyd yn brysur iawn am gyfnod.

Roedd newydd osod jwg fawr o goffi yn y lle tân, roedd yr holl gacen garwe wedi mynd, a'r corachod newydd ddechrau ar blât o sgons â menyn, pan ddaeth gnoc fawr drwm ar ddrws y ffrynt. Nid canu'r gloch, ond rat-tat galed ar ddrws gwyrdd hardd yr hobyd. Roedd rhywun yn curo'r drws â ffon!

Rhuthrodd Bilbo ar hyd y cyntedd, yn ddig iawn ac mewn penbleth llwyr—ni allai gofio dydd Mercher mwy lletchwith erioed. Agorodd y drws yn glep, a chwympodd rhagor o gorachod i mewn—pedwar ohonynt, yr naill ar ben y llall! A dyna oedd Gandalff hefyd y tu ôl iddynt, yn pwyso ar ei ffon ac yn chwerthin. Roedd wedi gadael tolc sylweddol ar y drws hardd; ac roedd hynny, gyda llaw, wedi cuddio'r marc dirgel yr oedd wedi'i adael yno'r bore cynt hefyd.

"Gan bwyll, gan bwyll!" meddai. "Rydw i'n synnu arnat ti, Bilbo, yn cadw dy ffrindiau i aros ar stepen y drws, ac wedyn yn agor y drws yn glep! Gad i mi gyflwyno Bifur, Bofur, Bombur, ac yn bennaf oll, Thorin!"

"At eich galwad!" meddai Bifur, Bofur a Bombur gan sefyll mewn rhes. Yna fe osodwyd dau gwfl melyn ac un gwyrdd golau wrth ochr y lleill; a hefyd un glas golau ag iddo dasel hir lliw arian. Eiddo Thorin oedd hwn, sef corrach hynod bwysig: neb llai na Thorin Dariandderw ei hunan a dweud y gwir, ac nid oedd yn dda o gwbl ganddo gwympo'n fflat ar fat Bilbo, gyda Bifur, Bofur a Bombur ar ei ben. Am un peth, roedd Bombur yn hynod o dew a thrwm. Un ffroenuchel oedd Thorin yn sicr, ac ni ddywedodd ddim am fod *at alwad* neb, ond ymddiheurodd Bilbo gymaint fel y bu'n rhaid iddo roi'r gorau i wgu, a dweud yn swta, "Peidiwch â sôn."

"Nawr rydym ni yma i gyd!" meddai Gandalff, gan edrych ar y rhes o dri chwfl ar ddeg—y cyflau datodadwy gorau ar gyfer parti—yn hongian ar y bachau, gyda'i het ef ei hun hefyd. "Cymanfa lawen ar y naw! Gobeithio bod rhywbeth ar ôl i'w fwyta ac yfed ar gyfer yr hwyrddyfodiaid! Beth sydd gennych chi yno? Te? Dim diolch! Fe gaf i ychydig o win coch, rwy'n credu."

"A minnau hefyd," meddai Thorin.

"A jam mafon a tharten afal," meddai Bifur.

"A mins peis a chaws," meddai Bofur.

"A phei cig moch, gyda salad," meddai Bombur.

"A rhagor o gacen—a chwrw—a choffi, os nad oes ots gennych," galwodd y corachod eraill drwy'r drws.

"Rho gwpl o wyau i ferwi, 'rhen goes!" galwodd Gandalff ar ei ôl, wrth i'r hobyd druan fynd yn anfodlon i'r pantri. "A thyrd â'r cyw iâr oer a'r picls ar dy ffordd yn ôl!"

"Debyg ei fod yn gwybod cymaint am gynnwys fy nghypyrddau ag yr ydw i!" meddyliodd Mr. Baglan, oedd wedi drysu'n llwyr, ac yn dechrau poeni bod rhyw gythraul o antur wedi dod ar ei hunion i mewn i'w dŷ. Erbyn iddo bentyrru'r holl boteli a llestri a chyllyll a ffyrc a gwydrau a phlatiau a llwyau ac ati ar hambyrddau mawr, roedd e'n mynd yn boeth iawn, yn wynebgoch, ac yn anniddig.

"Go drapia'r corachod yma!" meddai'n uchel. "Pam nad ydyn nhw'n cynnig help llaw?" Ond wele! Yna wrth ddrws y gegin roedd Balin a Dwalin, a Fíli a Kíli'r tu ôl iddynt, a chyn iddo allu dweud *llwy* roedden nhw wedi cipio'r hambyrddau a phâr o fyrddau bach, ac wedi gosod popeth allan o'r newydd yn y parlwr.

Eisteddai Gandalff wrth ben y bwrdd gyda'r tri chorrach ar ddeg o'i amgylch, ac eisteddai Bilbo ar ystôl fach wrth ochr y tân, yn cnoi bisgeden fach (roedd wedi colli pob awydd bwyta), a cheisio edrych fel petai hyn i gyd yn hollol arferol a dim yn antur o gwbl. Daliai'r corachod i fwyta o hyd ac o hyd, gan glebran yn ddi-baid, ac aeth cryn amser heibio. O'r diwedd gwthiwyd y cadeiriau'n ôl, a dechreuodd Bilbo gasglu'r platiau a'r gwydrau.

"Rwy'n cymryd y byddwch chi i gyd yn aros i swper?" meddai, yn ei lais mwyaf cwrtais a di-bwys.

"Wrth gwrs!" meddai Thorin. "Ac yn hirach wedyn. Bydd y busnes yn ein cadw'n hwyr, a rhaid i ni gael ychydig o gerddoriaeth yn gyntaf. Nawr, i glirio!"

Ar hynny neidiodd y deuddeg corrach ar eu traed—nid Thorin, oedd yn rhy bwysig o lawer: arhosodd ef yn y parlwr i siarad gyda Gandalff—ac aethant ati i bentyrru'r holl grochenwaith ar ben ei gilydd. I ffwrdd â nhw, heb aros am hambyrddau, gan gydbwyso pentyrrau o blatiau, pob un â photel ar ei ben, mewn un llaw, wrth i'r hobyd redeg ar eu holau a bron â gwichian mewn braw: "Byddwch yn ofalus!" a "peidiwch trafferthu, galla i ei wneud fy hunan." Ond y cwbl wnaeth y corachod oedd dechrau canu:

> *Tolciwch y gwydrau, craciwch y platiau!*
> *Tolwch y cyllyll, malwch y potiau!*
> *Cas gan Bilbo'r ffasiwn gastiau*
> *Chwalwch boteli, llosgwch y corciau!*
>
> *Rhwygwch lieiniau, sathrwch y braster,*
> *Gollyngwch y llaeth ar draws y llawr,*
> *Gadewch yr esgyrn ar loriau heb bryder,*
> *Taflwch y gwin ar y drysau nawr!*
>
> *Rhowch y crochanau mewn powlen gron,*
> *A'u bwrw a'u chwalu a'u malu â ffon!*
> *Ac os oes rhai'n gyfan a heb fod yn yfflon?*
> *Rholiwch a throellwch a siglwch nhw'n deilchion!*
>
> *Cas gan Bilbo'r ffasiwn gastiau*
> *Pwyll 'te, piau hi, gyda'r platiau!*

Ac wrth gwrs ni wnaethon nhw'r un o'r pethau erchyll hynny, ac fe gliriwyd pob dim a'i lanhau a'i roi i gadw ar unwaith, wrth i'r hobyd droi a throi yng nghanol y gegin i geisio gweld beth oedd yn digwydd. Wedyn aethant yn eu holau i'r parlwr, lle'r oedd Thorin yn smygu cetyn, ei draed yn pwyso ar y ffender. Roedd yn chwythu cylchoedd mwg enfawr, gan anfon pob un ble bynnag y dymunai—i fyny'r simdde, neu'r tu ôl i'r cloc ar y silff ben tân, neu dan y bwrdd, neu i droi o gwmpas y nenfwd. Ond ble bynnag yr aethant nid oedd yr un ohonynt yn ddigon cyflym i ddianc rhag Gandalff. Pop! Anfonai gylch mwg llai o'i bib bach glai ei hun, yn syth drwy ganol bob un o rai Thorin. Yna byddai cylch Gandalff yn troi'n wyrdd a dychwelyd i arnofio uwch ei ben. Roedd ganddo gwmwl ohonynt yn barod, ac yn y golau gwan roedd golwg ryfedd, swyngyfareddol arno. Safai Bilbo'n stond wrth wylio— roedd yn dwlu ar gylchoedd mwg—a gwridodd wrth feddwl mor falch yr oedd wedi bod o'r cylchoedd yr oedd wedi'u hanfon ar y gwynt dros y Bryn y bore cynt.

"Nawr am gerddoriaeth!" meddai Thorin. "Estyn- nwch yr offerynnau!"

Aeth Kíli a Fíli yn syth at eu bagiau gan ddychwelyd â phâr o ffidlau bychain; estynnodd Dori, Nori ac Ori ffliwtiau o rywle'r tu mewn i'w cotiau; daeth Bombur â drwm o'r cyntedd; aeth Bifur a Bofur allan hefyd gan ddychwelyd â chlarinetau yr oeddynt wedi'u gadael ymhlith y ffyn cerdded. "Esgusodwch fi, gadewais i fy un i yn y porth!" meddai Dwalin a Balin. "Dewch â'm un i mewn gyda chi," meddai Thorin. Daethant yn ôl gyda feiolau'r un faint â nhw eu hunain, a gyda thelyn Thorin, wedi'i lapio mewn lliain gwyrdd. Roedd yn delyn aur brydferth, a chyn gynted i Thorin gyffwrdd â'r llinynnau dechreuodd y gerddoriaeth, mor sydyn ac mor beraidd fel y syfrdanwyd Bilbo. Anghofiodd bopeth arall, a chafodd ei gludo ymaith i wledydd tywyll dan loerau rhyfedd, ymhell tu hwnt i'r Dŵr ac yn bell iawn o'i hobyd-dwll dan y Bryn.

Aeth y ffenestr fach yn ochr y Bryn yn dywyll wrth iddi nosi, a fflachiodd y tân—roedd hi'n fis Ebrill—ond daliodd y corachod i ganu, gyda chysgod barf Gandalff yn dawnsio ar y wal.

Llenwyd yr ystafell gan y tywyllwch, ac ymdawelodd y tân. Diflannodd y cysgodion, ond daliodd y corachod i chwarae eu hofferynnau. Yn sydyn dechreuodd un corrach ganu ar ôl y llall, gan ddal i chwarae ei offeryn.

Canu gyddfol isel y corachod oedd hwn, fel y gwnaethant ym mherfeddion eu cartrefi hynafol; a dyma damaid o'u cân, hynny y gellir ei gyfleu ohoni, heb eu cerddoriaeth.

Dros niwlog allt ac afon glaer
Drwy ogof ddofn dan dal esgair
Rhaid mynd ymaith, er hir yw'r daith:
I geisio am y swynol aur.

Mawr oedd hud corachod gynt
Medrus a galluog oeddynt.
Hir fu eu traul ymhell o'r haul
Mewn ogofeydd fu'n gartref iddynt.

Dros frenin mawr ac ellyll tal
Fe weithiant, ddydd a nos, i ddal
Holl olau'r dydd mewn gemau rhudd,
Ar garnau cleddyfau dihafal.

Fe luniant dlysau heb eu hail,
Cadwyni cywrain ar ffurf dail,
Â harddwch sêr, neu flodau pêr,
Neu olau clir y lloer a'r haul.

Dros niwlog allt ac afon glaer
Drwy ogof ddofn dan dal esgair
Rhaid mynd ymaith, er hir yw'r daith:
I hawlio'n anghofiedig aur.

I'w hunain, gwnaethant ddysglau cain,
A thelynau hardd: eu peraidd sain,
Fu'n gyfeiliant glân i lawer cân
Ymhell o glustiau'r ellyll main.

Ond cysgod du a ddaeth drostynt
Y noson dywyll honno gynt,
Pan ddaethai'r tân, i'w llosgi'n lân;
Drwy'r pinwydd llachar rhuai'r gwynt.

I ddynion a'u wynebau gwelw,
Fe ganwyd clychau yn ddi-elw.
I'r ddraig a'i lid, yr oeddynt fud:
Fe losgwyd eu cartrefi'n ulw.

I bob corrach, un ffawd erchyll:
Â mwg y ddraig yn llenwi'r gwyll.
Ofer fu troi, i geisio ffoi
Crafangau yr anghenfil hyll.

Dros niwlog allt y bydd ein hynt
Drwy ogof ddofn, ac oerfel gwynt
Rhaid mynd ymaith, er hir yw'r daith:
I hawlio'n ôl ein cartref gynt.

Tyfai cariad rhyfedd yng nghalon yr hobyd wrth i'r corachod ganu: cariad at bethau hardd wedi'u llunio â dwylo medrus, drwy hud a chyfrwystra. Cariad ffyrnig a chenfigennus oeddi hi, a gwyddai ei bod hi'n llenwi calonnau'r corachod i gyd. Yna deffrodd rhywbeth Twcaidd ynddo ef ei hun, a daeth arno eisiau mynd i weld y mynyddoedd mawr, i glywed y coed pinwydd a'r rhaeadrau, a mynd i chwilio yn yr ogofeydd, â chleddyf yn ei law yn lle ffon gerdded. Edrychodd allan drwy'r ffenest. Disgleiriai'r sêr yn yr awyr dywyll uwchben y coed. Yn sydyn, draw yn y coed yr ochr draw i'r Dŵr, neidiodd fflam i'r awyr—rhywun yn llosgi pren gwastraff mwy na thebyg—a dychmygodd yr hobyd ddraig yn ysbeilio ei Fryn tawel ef, ac yn llosgi popeth yn ulw. Crynodd mewn braw; ac yn sydyn iawn roedd yn ddim ond Mr. Baglan plaen o Ben-y-Bag, Dan-y-Bryn unwaith eto.

Cododd ar ei draed, yn crynu o hyd. Roedd hanner ei feddwl ar fynd i nôl y lamp, a mwy na hanner ei feddwl ar esgus gwneud hynny ond mynd yn hytrach i guddio tu ôl i gasgen gwrw yn y seler, ac aros yno nes i'r corachod adael. Yn sydyn sylweddolodd fod y gerddoriaeth a'r canu wedi peidio, a'u bod i gyd yn edrych arno ef, eu llygaid yn disgleirio yn y tywyllwch.

"Ble wyt ti'n mynd?" gofynnodd Thorin. Roedd ei lais yn awgrymu ei fod wedi dyfalu'n union beth oedd ar naill ochr meddwl yr hobyd, a'r llall hefyd.

"Beth am dipyn o olau?" ymddiheurodd Bilbo.

"Rydyn ni'n hoffi'r tywyllwch," meddai'r corachod i gyd. "Tywyllwch sydd orau am fusnes tywyll! Mae oriau hir eto cyn y wawr."

"Wrth gwrs!" meddai Bilbo, gan eistedd i lawr yn frysiog. Roedd yr ystôl wedi symud, a rhoddodd ei ben-ôl yn y ffender gan fwrw'r procer a'r rhaw i'r llawr â thwrw mawr.

"Ust!" meddai Gandalff. "Gad i Thorin siarad." A dyma fel y dechreuodd Thorin.

"Gandalff, gorachod a Mr. Baglan! Rydym wedi cwrdd gyda'n gilydd yma yn nhŷ ein cyfaill a'n cyd-gynllwyniwr, yr hobyd ardderchog a rhyfygus hwn—bydded i'r gwallt ar fysedd ei draed dyfu am byth! Pob clod i'w win a'i gwrw!" Arhosodd i gymryd anadl ac i roi cyfle i'r hobyd ddweud rhywbeth cwrtais mewn ymateb, ond roedd y ganmoliaeth wedi'i wastraffu ar Bilbo Baglan druan, oedd yn protestio'n geg agored iddo gael ei alw'n *rhyfygus* ac yn waeth fyth yn *gyd-gynllwyniwr*, er cymaint oedd ei syndod fel na ddaeth yr un sŵn o'i geg. Felly aeth Thorin yn ei flaen:

"Rydym wedi ymgynnull i drafod ein cynlluniau, ein moddion, dulliau, polisi a'n bwriad. Yn fuan, cyn toriad y wawr, byddwn yn dechrau ar ein taith hir; taith a fydd yn profi i rai ohonom, neu efallai i bob un, i fod yn ben y daith (heblaw am ein ffrind a chwnselydd, y dewin cyfrwys Gandalff). Mae hon yn eiliad o bwys. Mae ein hamcan, rwyf yn cymryd, yn llawn hysbys i bob un ohonom. Bydd yr anrhydeddus Mr. Baglan, ac efallai un neu ddau o'r corachod iau (credaf fy mod yn gywir i enwi Kíli a Fíli, er enghraifft), yn gwerthfawrogi esboniad byr o'r union sefyllfa—"

Dyma oedd arddull Thorin. Roedd yn gorrach pwysig, wedi'r cyfan. Pe bai wedi cael y cyfle byddai mwy na thebyg wedi mynd ymlaen nes iddo redeg allan o anadl, heb ddweud dim byd nad oedd eisoes yn hysbys i bawb yn yr ystafell. Fodd bynnag, fe dorrwyd ar ei draws. Roedd Bilbo druan yn methu dioddef rhagor. Pan glywodd y geiriau *yn profi i fod yn ben y daith*, dechreuodd sgrech godi'r tu mewn iddo, ac yn fuan wedyn ffrwydrodd allan fel chwiban trên yn gadael twnnel. Neidiodd y corachod i gyd ar eu traed, gan fwrw'r bwrdd drosodd. Cynnodd Gandalff olau glas ar ddiwedd ei ffon hud, ac yn y llewyrch annaturiol roedd modd gweld yr hobyd druan yn pen-glinio ar rỳg y lle tân, yn crynu fel jeli'n toddi. Yna cwympodd yn fflat i'r llawr, gan weiddi "Fe'm tarwyd gan fellten! Gan fellten!" drosodd a throsodd. Dyna'r cwbl a gafwyd ohono wedyn, am beth amser, felly aethpwyd ag ef a'i osod i orwedd lawr o'r neilltu ar gadair hir yn y lolfa gyda diod wrth ei ochr, cyn dychwelyd at y busnes tywyll.

"Mae'n greadur bach cynhyrfus," meddai Gandalff, wrth iddynt eistedd i lawr unwaith eto. "Mae'n cael ambell i bwl bach od o bryd i'w gilydd, ond mae e gyda'r gorau, gyda'r gorau—mor ffyrnig â draig mewn sgarmes."

Os welsoch chi ddraig mewn sgarmes erioed byddwch yn sylweddoli mai gormodiaith farddonol fyddai dweud y fath beth am unrhyw hobyd, hyd yn oed Tarwlais, hen-hen-ewythr yr Hen Dŵc, oedd mor fawr y gallai farchogaeth ceffyl (cofiwch mai am hobyd yr ydyn ni'n sôn). Roedd Tarwlais yn enwog am iddo ruthro at rengoedd coblynnod Mynydd Gram yn ystod Brwydr y Caeau Gwyrddion, ac am ladd eu brenin Golffimbwl drwy daro'i ben oddi ar ei ysgwyddau gydag un ergyd â phastwn pren. Hwyliodd hwnnw gan lathen drwy'r awyr a glanio mewn twll cwningen, ac felly enillwyd y frwydr a dyfeisiwyd y gêm Golff ar union yr un pryd.

Yn y cyfamser, fodd bynnag, roedd disgynnydd mwy addfwyn Tarwlais wrthi'n dadebru yn y lolfa. Wedi egwyl fach, a diod, cropiodd yn nerfus yn ôl at ddrws y parlwr. Gallai glywed Glóin yn siarad: "Hymff!" (neu ryw rwchial tebyg i hynny). "Fydd e'n gwneud y tro, ydych chi'n meddwl? Un peth yw i Gandalff sôn am ei ffyrnigrwydd, ond byddai un sgrech felly mewn eiliad o gyffro yn ddigon i ddeffro'r ddraig a'i holl deulu, a lladd pob un ohonom. Roedd yn swnio'n debycach i ofn na chyffro, os gofynnwch chi i mi! Â dweud y gwir, pe na bai'r marc yno ar y drws, baswn i'n sicr mai'r tŷ anghywir oedd gennym. Roedd gen i fy amheuon cyn gynted ag y gwelais y creadur bach yn siglo ac yn pwffian ar y mat. Mae'n edrych yn debycach i groser na lleidr."

Yna pwysodd Mr. Baglan ar ddolen y drws, ac aeth i mewn i'r ystafell. Roedd y Twc ynddo wedi ennill. Teimlai'n sydyn y byddai'n fodlon mynd heb gwsg a brecwast, dim ond i bobl feddwl ei fod yn ffyrnig. A bu bron i *creadur bach yn siglo ar y mat* ei wneud yn *wirioneddol* ffyrnig, hefyd. Byddai'r Baglan ynddo'n edifarhau'r hyn a wnaeth y noson honno nifer fawr o weithiau wedi hynny, gan ddweud wrth ei hun: "Bilbo, roeddet ti'n ffŵl: cerddaist yn syth i mewn a rhoi dy draed ynddi."

"Maddeuwch i mi," meddai wrth y corachod, "os ydw i wedi gorglywed rhai o'ch geiriau. Dydw i ddim yn esgus deall yr hyn yr ydych chi'n ei drafod, neu eich cyfeiriad at ladron, ond dwi'n credu ei bod hi'n gywir i mi ddweud" (cyfeiriodd at hyn wedyn fel "adennill ei barch") "nad oes gennych chi lawer o feddwl ohonof i. Ond fe ddangosaf i chi. Does gen i mo'r un marc ar fy nrws—cafodd ei baentio cwta wythnos yn ôl—ac rwy'n hollol sicr mai hwn *yw'r* tŷ anghywir. Roedd gen i fy amheuon cyn gynted ag y gwelais eich wynebau rhyfedd ar garreg y drws. Ond, boed hynny fel y bo, gwnawn ni esgus mai hwn yw'r un cywir. Dwedwch wrthyf beth ydych chi eisiau i mi ei wneud, a rhoddaf gynnig arni, hyd yn oed os oes rhaid i mi gerdded yr holl ffordd i Ddwyrain y Dwyrain, ac ymladd â Sarff-Ddynion gwyllt yr Anialwch Olaf. Roedd gen i hen-hen-hen-hen-ewythr, Tarwlais Twc, a—"

"Oedd, oedd, ond amser maith yn ôl oedd hynny," meddai Glóin. "Amdanat *ti* roeddwn i'n sôn. Ac mi allaf i dy sicrhau *bod* yna farc ar y drws—yr un arferol o fewn y grefft, neu felly roedd yn arfer bod. *Lleidr yn chwilio am waith da, digon o Gyffro a Gwobr resymol*, dyna'r ystyr arferol.

Fe gei di ddweud *Casglwr Trysor Arbenigol*, os yw hynny'n well gen ti na *Lleidr*. Mae rhai'n gwneud hynny. Yr un peth yw hi i ni. Dwedodd Gandalff fod yna rywun o'r fath yn y parthau hyn yn chwilio am waith ar unwaith, a'i fod wedi trefnu cyfarfod yma ar Ddydd Mercher, tua amser te."

"Wrth gwrs bod yna farc," meddai Gandalff. "Fe'i rhoddais yno fy hunan. Am resymau da iawn hefyd. Gofynnwyd i mi gael hyd i'r pedwerydd dyn ar ddeg ar gyfer eich ymgyrch, a Mr. Baglan yw fy newis. Croeso i unrhyw un ohonoch chi ddweud i mi ddewis y dyn neu'r tŷ anghywir, ac mi gewch chi fynd â thri ar ddeg, a chewch bob anlwc a fynnoch, neu fynd yn ôl at eich pyllau glo."

Rhoddodd olwg mor ddig ar Glóin fel i'r corrach gilio i'w gadair, a phan geisiodd Bilbo agor ei geg i ofyn cwestiwn trodd ato a rhychu ei aeliau gymaint nes i Bilbo gau ei geg yn glep. "Yn union," meddai Gandalff, "dyna ddigon o ddadlau. Mr. Baglan yw fy newis i, a dylai hynny fod yn ddigon i chi. Os ydw i'n dweud ei fod yn Lleidr, yna Lleidr yw e, neu mi fydd, pan ddaw'r angen. Mae llawer mwy iddo nag yr ydych chi'n ei ddyfalu, a llawer mwy nag ydy ef ei hun yn ei werthfawrogi. Efallai byddwch (o bosib) yn byw'n ddigon hir i ddiolch i mi. Nawr, Bilbo, da was, cer i nôl y lamp, ac fe gawn ni rywfaint o olau ar hwn!"

Ar y bwrdd, yng ngolau lamp fawr a'i chysgodlen goch, ymestynnodd ddarn o femrwn tebyg i fap.

"Fe wnaed hwn gan Thrór, dy daid, Thorin," rhoddodd fel ateb i gwestiynau cyffrous y corachod. "Cynllun o'r Mynydd ydy e."

"Dydw i ddim yn credu y bydd hwn yn llawer o help," meddai Thorin yn siomedig ar ôl cael golwg arno. "Rwy'n cofio'r Mynydd yn ddigon da, a'r wlad o'i amgylch. Ac fe wn i'n iawn ym mha le mae'r Gwyllgoed, a'r Rhos Ddiffrwyth ble mae'r dreigiau mawr yn epilio."

"Mae yna ddraig wedi'i darlunio'n goch ger y Mynydd," meddai Balin, "ond bydd yn ddigon hawdd i gael hyd iddo heb hynny, os llwyddwn ni i gyrraedd yn y lle cyntaf."

"Mae yna rywbeth yma nad ydych chi wedi'i weld," meddai'r dewin, "sef y fynedfa gyfrinachol. A welwch chi'r rŵn ar yr ochr orllewinol, a'r llaw yn pwyntio tuag ato o du'r rŵnau eraill? Cyfeiriad yw hwnnw at lwybr cudd i'r Neuaddau Is." (O edrych ar y map ar ddechrau'r llyfr hwn fe welwch chi'r rŵnau.)

"Hwyrach ei bod hi'n gyfrinachol unwaith," meddai Thorin, "ond sut wyddom ni ei bod hi'n gyfrinachol o hyd? Mae Smawg wedi byw yno'n ddigon hir i ddysgu popeth sydd i'w ddysgu am yr ogofeydd hynny."

"Efallai—ond rhaid ei bod hi'n flynyddoedd lawer ers i Smawg ei defnyddio."

"Pam hynny?"

"Mae'n rhy fach. 'Pum troedfedd o uchder yw y drws â'i led yn dri corrach', mae'r rŵnau'n dweud, ond ni allai Smawg gropian drwy dwll mor fach, nid hyd yn oed pan oedd yn ddraig ifanc, ac yn sicr nid wedi iddo lenwi'i fol â chorachod a dynion Dyffryn."

"Mae'n swnio fel twll enfawr i mi," gwichiodd Bilbo (doedd ganddo ddim profiad o ddreigiau o gwbl, dim ond hobyd-dyllau). Roedd yn dechrau ymgyffrôi ac ymddiddori unwaith eto, gymaint felly fel iddo anghofio cadw'n dawel. Roedd yn dwlu ar fapiau, ac roedd ganddo un mawr o'r fro yn y cyntedd, gyda'i hoff deithiau cerdded wedi'u marcio arno mewn inc coch. "Sut gallai twll mor fawr aros yn ddirgelwch i bawb y tu allan, heb sôn am y ddraig?" Rhaid i chi gofio mai dim ond hobyd bach oedd Bilbo.

"Mae sawl ffordd," meddai Gandalff. "Ond does wybod sut mae hwn wedi'i guddio heb fynd i'w weld. O'r hyn mae'r map yn awgrymu, byddwn i'n disgwyl bod yna ddrws caeedig, wedi'i lunio i edrych yn union fel ochr y mynydd. Dyna ddull arferol corachod—onid felly?"

"Digon cywir," meddai Thorin.

"Yn ogystal," aeth Gandalff yn ei flaen, "anghofiais ddweud fod yna allwedd i fynd gyda'r map, allwedd fach ryfedd. Dyma hi!" meddai, gan estyn allwedd arian i

Thorin. Roedd ganddi faril hir a rhiciau cywrain. "Cadwch hi'n ddiogel!"

"Gwnaf, yn sicr," meddai Thorin, gan glymu'r allwedd ar gadwyn gain a hongiai o gwmpas ei wddf o dan ei siaced. "Nawr mae pethau'n edrych yn fwy gobeithiol. Mae'r newyddion hyn yn newid pethau er llawer gwell. Hyd yn hyn ni fu syniad da gennym o beth i'w wneud. Ein meddwl ni oedd i fynd tua'r Dwyrain, mor dawel a gofalus â phosib, mor bell â'r Llyn Hir. Ar ôl hynny byddai'r trafferthion yn dechrau—"

"Ymhell cyn hynny, os ydw i'n gwybod unrhyw beth am y llwybrau i'r Dwyrain," torrodd Gandalff ar ei draws.

"Gallen fynd wedyn i fyny'r Afon Ebrwydd," aeth Thorin yn ei flaen gan anwybyddu Gandalff, "ac felly hyd at adfeilion Dyffryn—yr hen dref yn y cwm yno, yng nghysgod y Mynydd. Ond doedd yr un ohonom yn hoffi'r syniad o Borth y Blaen. Mae'r afon yn llifo allan ohono drwy'r clogwyn mawr ar ochr de'r Mynydd, a thrwyddi mae'r ddraig yn dod hefyd—yn rhy aml o lawer, oni bai bod ei harferion wedi newid."

"Byddai hynny'n dda i ddim," meddai'r dewin, "heb Ryfelwr mawr, neu Arwr hyd yn oed. Gwnes i ymdrech i gael gafael ar un ohonynt, ond mae'r rhyfelwyr yn brysur yn ymladd â'i gilydd mewn gwledydd pell, ac mae arwyr yn brin iawn yn y parthau hyn, os nad yn llwyr amhosib cael hyd iddynt. Heb fin yw'r cleddyfau yma gan amlaf, ac ar gyfer torri coed y defnyddir bwyelli. Mae tariannau wedi'u troi'n grudau neu'n gloriau ar gyfer chrochanau; a dreigiau'n gyfforddus o bell (ac felly'n chwedlonol). Dyna pam y penderfynais ar *ladrad*—yn enwedig o gofio bodolaeth y fynedfa gudd. A dyma ein Bilbo Baglan bach ni, *y* lleidr, y lleidr dewis a detholedig. Felly bydded i ni symud yn ein blaenau a mynd ati i gynllunio."

"Iawn felly," meddai Thorin, "beth am i'r lleidr arbenigol gynnig ambell syniad neu awgrym." Fe drodd at Bilbo, yn ffug-gwrtais.

"Yn gyntaf hoffwn gael gwybod ychydig yn rhagor," meddai ef, braidd yn ddryslyd a sigledig y tu mewn ond serch hynny'n Twcaidd-benderfynol o barhau. "Am yr aur ac am y ddraig, hynny yw. Sut daeth i fod yno, ac eiddo pwy yw hi?"

"'Dawn ni byth o'r fan!" meddai Thorin, "onid oes gen ti fap? Glywaist ti ddim o'n cân? Ac onid ydyn ni wedi bod yn trafod hyn oll am oriau?"

"Serch hynny, hoffwn gael y cwbl yn blaen ac yn glir," meddai Bilbo'n benderfynol, yn ei lais busnes gorau (byddai'n ei ddefnyddio fel arfer â phobl oedd eisiau benthyg arian ganddo), ac yn gwneud ei orau i ymddangos yn ddoeth, yn ofalus ac yn broffesiynol, ac i gyfiawnhau geirda Gandalff. "Hoffwn wybod hefyd am beryglon, y treuliau personol, yr amser a ofynnir, y tâl ac yn y blaen"—golygai wrth hynny: "Sut ydw i'n mynd i elwa o hyn? Ac, ydw i'n mynd i ddychwelyd yn fyw?"

"Ew, os oes rhaid i ni," meddai Thorin. "Amser maith yn ôl yn amser fy nhaid Thrór, gyrrwyd ein teulu allan o'r Gogledd pell, a fe ddaethant â'u holl offer a'u cyfoeth at y Mynydd hwn, ar y map. Roedd wedi'i ddarganfod eisoes gan fy nghyndaid pell, Thráin yr Hen, ond erbyn hyn aethant ati i'w gloddio, gan adeiladu twneli a neuaddau mwy, a gweithdai gwell—cawsant hyd i gyfoeth mawr o aur yn ogystal â nifer fawr o emau, rwy'n credu. Beth bynnag am hynny, aethant yn hynod gyfoethog ac enwog, ac roedd fy nhaid yn Frenin dan y Mynydd unwaith eto, ac yn cael ei drin ag anrhydedd a pharch mawr gan y dynion meidrol oedd yn byw tua'r De, oedd yn ymledu'n araf yr adeg hynny ar hyd yr Afon Ebrwydd tua'r cwm yng nghysgod y Mynydd. Yno adeiladwyd y dref lawen honno, Dyffryn, ganddynt. Byddai brenhinoedd yn anfon am ein gofaint i weithio drostynt, ac yn talu cyfoeth mawr am wasanaethau hyd yn oed y lleiaf galluog ohonynt. Byddai tadau yn erfyn arnom i gymryd eu meibion yn brentisiaid, ac yn ein talu'n dda am wneud hynny, mewn bwyd yn enwedig, fel nad oedd rhaid i ni drafferthu i'w dyfu neu gael hyd iddo ein hunain. Rhai da oedd y dyddiau hynny i ni ym mhob agwedd, ac roedd gan y tlotaf yn ein plith arian i'w wario a'i fenthyg, ac amser i greu pethau prydferth er mwyn y creu, heb sôn am deganau hudol a rhagorol nad oes mo'u tebyg yn y byd y dyddiau hyn. Felly cyn bo hir roedd neuaddau fy nhaid wedi'u llenwi ag arfwisgoedd a gemau a cherfiadau a chwpanau, ac roedd marchnad deganau Dyffryn yn enwog drwy'r Gogledd.

"Ein cyfoeth, heb os, a ddenodd y ddraig. Fel y gwyddoch, mae dreigiau'n dwyn aur a gemau a thlysau gan ddynion ac ellyll a chorachod pryd bynnag y cânt gyfle; ac maen nhw'n gwarchod eu trysorau ar hyd eu bywydau (sef am byth bron iawn, oni bai bod rhywun yn eu lladd), er nad ydynt yn cael mwynhad o'r un fodrwy bres. A dweud y gwir, prin ydyn nhw'n gallu gwahaniaethu rhwng crefftwaith da a drwg, er bod ganddynt syniad da o'i werth ar y farchnad; ac nid ydynt yn gallu creu dim byd eu hunain, dim cymaint â thrwsio'r un cen ar eu harfwisg. Bu llawer o ddreigiau yn y Gogledd y dyddiau hynny, ac aur yn mynd yn brin yno debyg, gyda'r corachod yn ffoi tua'r de neu'n cael eu lladd, a'r ysbail a'r gwastraff cyffredinol mae dreigiau'n ei greu yn mynd o ddrwg i waeth. Ond roedd yna un ddraig oedd yn neilltuol o farus, cryf a chreulon, a'i enw oedd Smawg. Cododd i'r awyr un diwrnod a hedfan tua'r de. Y cyntaf a glywsom ni oedd sŵn fel corwynt yn dod o'r Gogledd, a'r coed pinwydd ar y Mynydd yn gwichian ac yn cracio gyda'r gwynt. Roedd rhai o'r corachod oedd yn digwydd bod y tu allan (minnau yn eu plith, yn ffodus—bachgen anturus oeddwn yn y dyddiau hynny, yn crwydro o hyd; hynny wnaeth achub fy mywyd y diwrnod hwnnw)—wel, fe welon ni'r ddraig o bell, yn glanio ar ein mynydd mewn fflach o fflamau. Daeth i lawr y llethrau wedyn ac wedi cyrraedd y coed fe'u troesant yn goelcerth. Erbyn hynny roedd y clychau i gyd yn canu yn Nyffryn a'r milwyr yn ymarfogi. Rhuthrodd y corachod allan o'u Porth fawr, ond roedd y ddraig yno'n aros amdanynt. Ni lwyddodd neb i ddianc oddi yno. Aeth yr afon yn ager i gyd, ac fe gwympodd niwl trwchus ar Ddyffryn, ac yng nghanol y niwl roedd y ddraig. Aeth ati i ladd y rhan fwyaf o'u rhyfelwyr—yr un hen stori drist, roedd hi'n gyffredin iawn y dyddiau hynny. Yna dychwelodd a chropiodd i mewn drwy Borth y Blaen, ac aeth ati i erlid pob un corrach o'r neuaddau, y culfeydd, y twneli, selerau, y cartrefi a'r cynteddau. Ar ôl hynny doedd 'mo'r un corrach yn fyw y tu mewn, ac fe gymerodd y ddraig eu holl gyfoeth ato ef ei hunan. Oherwydd dyna arfer y dreigiau: mae'r cwbl ganddo mewn pentwr enfawr siŵr o fod, yn wely iddo gysgu arno. Wedi hynny byddai'n dod allan drwy'r Porth fawr ac yn mynd i Ddyffryn gyda'r nos, ac yn cludo pobl ymaith, morwynion yn enwedig, i'w bwyta, nes bod Dyffryn wedi'i dinistrio'n llwyr, a'i holl bobl naill ai wedi'u lladd neu wedi ffoi. Ni wn i â sicrwydd beth sy'n digwydd yno bellach, ond debyg nad oes yna neb bellach yn byw'n agosach i'r Mynydd na phen draw'r Llyn Hir.

"Aeth yr ychydig ohonom ni oedd ymhell y tu allan i eistedd ac wylo yn ein cuddfannau, gan felltithio Smawg. Yn annisgwyl, daeth fy nhad a'm taid aton ni yno, eu barfau wedi'u llosgi. Roedd golwg hynod brudd arnynt, ond dim ond ychydig iawn oeddynt yn fodlon ei ddweud. Pan ofynnais sut y bu iddynt ddianc rhag y ddraig, gorchmynnwyd i mi ddal fy nhafod, ac fe ddwedwyd y byddwn yn cael gwybod hynny pan ddeuai'r adeg briodol. I ffwrdd â ni wedyn, ac ers hynny bu'n rhaid i ni ennill ein bywoliaeth gorau y gallwn ar hyd a lled y byd. Yn ddigon aml bu'n rhaid i ni ymostwng mor isel â gweithio fel gofaint, neu hyd yn oed cloddio am lo. Ond nid ydym wedi anghofio'r trysor a ddygwyd gennym. A hyd yn oed nawr, er bod rhaid i mi gyfaddef bod gennym rywfaint wrth gefn, ac nad ydym mor anghenus â hynny,"— mwythodd Thorin y gadwyn aur o amgylch ei wddf—"ein bwriad o hyd yw ei gael yn ôl, ac i ddwyn ein melltithion ar ben Smawg—os gallwn.

"Rydw i wedi meddwl droeon sut y llwyddodd fy nhad a'm taid i ddianc. Sylweddolaf nawr fod ganddynt Ddrws Ochr preifat na wyddai neb arall amdano. Ond lluniwyd map ganddynt, mae'n ymddangos, a hoffwn wybod sut cafodd Gandalff afael arno, yn hytrach na fi, sef yr etifedd iawn."

"Ni ches i 'afael arno'. Fe'i roddwyd i mi," meddai'r dewin. "Cafodd dy daid Thrór ei ladd, fel y gwyddost, yng nghloddfeydd Moria gan Azog y Coblyn."

"Melltith ar ei enw, do," meddai Thorin.

"A diflannodd dy dad Thráin ar yr unfed ar hugain o Ebrill, cant o flynyddoedd yn ôl ddydd Iau diwethaf, ac nid wyt ti wedi'i weld ers—"

"Gwir, gwir," meddai Thorin.

"Wel, rhoddodd dy dad hwn i fi i'w roi i ti; ac os ydw i wedi dewis fy amser ac fy null fy hunan i'w drosglwyddo, does dim bai arna i am hynny o gofio'r holl drafferth y ces i wrth geisio cael hyd i ti. Roedd dy dad wedi anghofio'i enw ei hun pan roddodd y papur i mi, a ni ddwedodd beth oedd dy enw di; credaf felly fy mod i'n haeddu canmoliaeth a diolch ar y cyfan! Dyma i ti'r map," meddai, gan ei roi i Thorin.

"Dydw i ddim yn deall," meddai Thorin, ac roedd ar Bilbo eisiau dweud yr un peth. Nid oedd yr esboniad wedi esbonio.

"Rhoddodd dy daid y map i'w fab ef," meddai'r dewin yn araf â golwg dywyll ar ei wyneb, "er mwyn ei gadw'n ddiogel pan aeth i gloddfeydd Moria. Aeth dy dad i drïo'i lwc gyda'r map ar ôl i dy daid gael ei ladd; ac fe gafodd lawer i antur o'r math mwyaf annymunol, ond nid aeth erioed ar gyfyl y Mynydd. Dydw i ddim yn gwybod sut y bu iddo gyrraedd y lle, ond pan gefais i hyd iddo roedd yn garcharor yng ngharchar Dewin y Meirw."

"Beth ar y ddaear oeddet ti'n ei wneud yno?" gofynnodd Thorin dan grynu, ac fe grynodd pob un o'r corachod.

"Paid ti â phoeni am hynny. Roeddwn i'n darganfod pethau, fel yr wyf yn ei wneud o hyd; a busnes afiach a pheryglus oedd hi. Bu bron i minnau hyd yn oed, Gandalff, methu â dianc. Roedd dy dad yn crwydro'n ddiddeall, ac wedi anghofio bron popeth heblaw'r map a'r allwedd."

"Rydym ni wedi hen gosbi coblynnod Moria," meddai Thorin; "rhaid i ni ystyried Dewin y Meirw bellach."

"Paid bod yn wallgof! Gelyn cryfach yw e na holl bŵer y corachod, hyd yn oed pe bai modd eu casglu at ei gilydd unwaith eto o bedwar ban byd. Y peth pwysicaf i dy dad oedd i'w fab ddarllen y map a defnyddio'r allwedd. Mae'r ddraig a'r Mynydd yn dasgau llawn ddigon i ti."

"Clywch, clywch!" meddai Bilbo, yn anfwriadol ar goedd.

"Clywch beth?" gofynnodd y lleill, gan droi ato'n sydyn. Roedd wedi synnu cymaint fel iddo'u hateb, "Clywch yr hyn sydd gen i i'w ddweud!"

"Beth yw hynny?" gofynnwyd.

"Wel, meddwn i, dylech chi fynd tua'r Dwyrain a chael golwg o gwmpas y lle. Mae'r drws cudd, wedi'r cyfan, a rhaid bod dreigiau'n cysgu o dro i dro, baswn i'n meddwl. Os eisteddwch chi ar garreg y drws am ddigon hir, hwyrach y meddyliwch chi am rywbeth. Ac, o ran hynny, dwi'n meddwl ein bod ni wedi trafod digon am un noson, os ydych chi'n deall beth sydd gennyf. Beth am fynd i'r gwely, fel ein bod ni'n gallu dechrau'n gynnar, ac felly yn y blaen? Fe wna i baratoi brecwast da i chi cyn i chi fynd."

"Cyn i *ninnau* fynd, rwyt ti'n ei olygu, rwy'n cymryd," meddai Thorin. "Onid ti yw'r lleidr? Ac onid dy waith di yw eistedd ar garreg y drws, heb sôn am fynd i mewn? Ond rwy'n cytuno o ran gwely, a brecwast. Rydw i'n hoffi chwech o wyau gyda fy ham, wrth ddechrau ar daith hir: wedi'u ffrio, nid eu potsio, a bydd yn ofalus i beidio â'u torri."

Ar ôl i'r lleill archebu brecwast bob yn un (heb yr un "os gwelwch yn dda", er mawr anniddigrwydd i Bilbo), cododd pawb ar eu traed. Bu'n rhaid i'r hobyd gael lle i bob un, a llenwyd pob un o'i welyau sbâr a bu'n rhaid iddo greu rhagor ohonynt ar gadeiriau a soffas cyn cael pawb mewn gwely. Aeth i'w wely bach ei hun wedi blino'n lân ac yn anhapus braidd. Penderfynodd un peth, sef na fyddai'n trafferthu codi'n rhy gynnar er mwyn gwneud brecwast i neb arall. Roedd y Tŵc-dra'n prysur ddiflannu, a bellach nid oedd yn hollol sicr y byddai'n mynd ar unrhyw daith yn y bore.

Wrth orwedd yn y gwely, gallai glywed Thorin yn mwmian i'w hunan o hyd yn yr ystafell wely orau drws nesaf:

> *Dros niwlog allt ac afon glaer*
> *Drwy ogof ddofn dan dal esgair*
> *Rhaid mynd ymaith, er hir yw'r daith:*
> *I hawlio'n anghofiedig aur.*

Aeth Bilbo i gysgu gyda hynny yn ei glustiau, a chafodd freuddwydion bur anghysurus o ganlyniad. Roedd yr haul wedi hen godi pan ddeffrodd.

Pennod II

CIG DAFAD RHOST

Pan ddeffrodd Bilbo neidiodd ar ei draed, gwisgodd ei ŵn gwisg ac aeth i'r ystafell fwyta. Doedd neb yno, ond i farnu ar yr olwg roedd rhywrai wedi bwyta brecwast mawr mewn byr o dro. Roedd yr ystafell yn gwbl aflêr, ac roedd pentyrrau o lestri heb eu golchi ar draws y gegin. Edrychai fel petai bron i bob un pot a phadell oedd yn eiddo iddo wedi'i ddefnyddio. Roedd golwg y llestri brwnt mor ddiflas ac mor wir fel y bu'n rhaid i Bilbo dderbyn nad rhan o'i hunllefau oedd gwledd y noson gynt, fel yr oedd wedi gobeithio. Ond ar y cyfan teimlai ryddhad o weld eu bod wedi ymadael hebddo ef wedi'r cyfan, ac heb drafferthu i'w ddeffro chwaith ("ond heb yr un diolch" meddyliodd). Eto i gyd, ni allai beidio â theimlo braidd yn siomedig ar yr un pryd. Roedd yn deimlad annisgwyl.

"Paid â bod yn ffŵl, Bilbo Baglan!" meddai wrth ei hun, "meddwl am ddreigiau a sothach gwirion o'r fath, a thithau mewn oed!" Felly gwisgodd ffedog, cynnodd dân, berwodd ddŵr, ac aeth ati i olchi'r llestri. Wedyn cafodd frecwast bach braf yn y gegin cyn dechrau ar yr ystafell fwyta. Erbyn hynny roedd yr haul yn tywynnu'n braf; ac roedd drws y ffrynt ar agor, ac yn gadael awel wanwyn gynnes i mewn. Chwibanai Bilbo'n uchel, a dechreuodd anghofio'r noson gynt. A dweud y gwir roedd newydd eistedd wrth y ffenestr agored yn yr ystafell fwyta i ddechrau ar ail frecwast bach braf, pan ddaeth Gandalff i mewn.

"Gyfaill annwyl," meddai, "pryd *wyt* ti'n dod draw? Beth ddigwyddodd i *ddechrau'n gynnar*?—a dyma ti'n cael brecwast, neu beth bynnag wyt ti'n galw hyn, am hanner awr wedi deg! Gadawyd neges i ti, gan nad oedd modd aros dim hirach."

"Pa neges?" meddai Mr. Baglan druan, yn ffwdan i gyd.

"Eliffantod mawr!" meddai Gandalff, "dwy ti ddim dy hunan o gwbl y bore hwn—dwyt ti ddim wedi tynnu'r llwch o'r silff ben tân!"

"Beth sydd gan hynny i'w wneud â'r peth? Dwi wedi cael mwy na digon i'w wneud yn golchi llestri pedwar ar ddeg o bobl eraill!"

"Pe baet ti wedi tynnu'r llwch o'r silff ben tân, mi faset ti wedi cael hyd i hwn o dan y cloc," meddai Gandalff, gan estyn nodyn i Bilbo (wedi'i ysgrifennu, wrth gwrs, ar ei bapur nodiadau ef ei hun).

Darllenodd y neges:

"Henffych Leidr Bilbo, oddi wrth Thorin a'i Gwmni! Am eich cymwynasgarwch, ein diolch diffuant; ac am gynnig eich gwasanaethau proffesiynol, ein derbyn a'n diolch. Termau: taliad wrth dderbyn, hyd at a heb fod yn uwch nag un rhan o bedwar ar ddeg o gyfanswm yr elw (os bydd elw); unrhyw dreuliau teithio y bo; treuliau angladd, i'w had-dalu gennym ni neu'n cynrychiolwyr, os bydd eu hangen, ac os na fydd trefniadau amgen wedi'u gwneud.

"Ystyriwyd gennym nad oedd angen tarfu ar eich gorffwys parchus, ac felly rydym wedi mynd yn ein blaenau o flaen llaw i osod y trefniadau angenrheidiol yn eu lle, a byddwn yn disgwyl eich presenoldeb anrhydeddus yn Nhafarn y Ddraig Werdd, Glanydŵr, am 11 y.b. yn union. Gan ymddiried y byddwch yn *brydlon*,

Ein hanrhydedd yw bod,
Yr eiddoch,
Thorin a'i Gwmni.

"Mae gen ti ddeg munud felly. Bydd yn rhaid i ti redeg," meddai Gandalff.

"Ond—" meddai Bilbo.

"Does dim amser," meddai'r dewin.

"Ond—" meddai Bilbo unwaith eto.

"Does dim amser am hynny chwaith! Ffwrdd â thi!"

Hyd ddiwedd ei oes, ni allai Bilbo gofio sut y cafodd ei hun tu allan heb het, ffon gerdded nac unrhyw arian, na dim un o'r pethau y byddai fel arfer yn eu cymryd wrth fynd am dro; ei ail frecwast wedi'i hanner gorffen a'r llestri heb eu golchi; yn gosod ei allweddi yn nwylo Gandalff, ac yn rhedeg nerth ei draed gwalltog i lawr y lôn, heibio'r Felin fawr, dros y Dŵr, ac ymlaen am filltir neu ragor.

Roedd allan o wynt yn llwyr erbyn iddo gyrraedd Glanydŵr wrth i'r cloc ganu un ar ddeg. Sylweddolodd nad oedd ganddo'r un hances boced!

"Brafo!" meddai Balin, oedd yn sefyll wrth ddrws y dafarn yn gwylio amdano.

Wrth iddo ddweud hynny daeth y lleill i'r golwg o gwmpas cornel yn y ffordd, yn dod o gyfeiriad y pentref. Roeddynt ar gefnau merlod, ac roedd pob merlyn o dan lwyth o fagiau, cwdynau, parseli a phetheuach. Roedd yna ferlyn bychan iawn, at ddefnydd Bilbo yn ôl pob tebyg.

"I fyny â chi'ch dau, ac i ffwrdd â ni!" meddai Thorin.

"Mae'n flin iawn gen i," meddai Bilbo, "ond rydw i wedi dod heb het, ac wedi gadael fy hances boced, a does gen i mo'r un geiniog goch. A dweud y gwir, ddarllenais i mo'ch nodyn tan wedi 10.45, a bod yn union gywir."

"Paid â bod yn union gywir," meddai Dwalin, "a phaid â phoeni chwaith! Bydd yn rhaid i ti ymdopi heb hancesi poced, a phob math o bethau eraill chwaith, cyn cyrraedd pen y daith. O ran het, mae gen i gwfl a chlogyn sbâr yn fy mhecyn."

Ac felly dechreuodd eu taith, y merlod wedi'u llwytho ac yn trotio o'r dafarn ar fore braf ychydig cyn dechrau mis Mai; a Bilbo'n gwisgo cwfl a chlogyn gwyrdd tywyll (a llawer o ôl y tywydd arnynt) y cafodd eu benthyg gan Dwalin. Roeddynt yn rhy fawr iddo, ac edrychai braidd yn wirion. Hoffwn i ddim meddwl beth fyddai'i dad Bwngo yn meddwl ohono. Ei unig gysur oedd na fyddai neb yn ei gamgymryd am gorrach, gan nad oedd ganddo farf.

Nid oeddynt wedi bod yn marchogaeth yn hir pan ymddangosodd Gandalff, yn edrych yn ogoneddus iawn ar gefn ceffyl mawr gwyn. Roedd wedi dod â llwyth o hancesi poced, cetyn Bilbo, a'i dybaco. Roedd y grŵp yn un digon siriol wedi hynny felly, a thrwy'r dydd wrth farchogaeth roeddynt yn cyfnewid hanesion a chaneuon, oni bai pan oedd rhaid aros er mwyn bwyta pryd o fwyd wrth gwrs. Nid oedd hynny'n digwydd mor aml ag y byddai Bilbo wedi hoffi, ond serch hynny roedd yn dechrau meddwl efallai nad oedd anturiaethau mor wael â hynny wedi'r cyfan.

I ddechrau roeddynt yn teithio drwy wlad yr hobydion, gwlad agored a pharchus lle drigai pobl digon clên, gyda heolydd da, ambell i dafarn, a chorrach neu ffermwr yn mynd heibio linc-di-lonc ar ryw neges. Daethant wedyn at wledydd lle siaradai'r bobl yn rhyfedd, a lle genid caneuon nad oedd Bilbo wedi'u clywed o'r blaen erioed. Erbyn hyn roeddent wedi cyrraedd hyd berfeddion y Tiroedd Unig, lle na welsant neb o gwbl, na'r un dafarn chwaith, ac roedd y ffyrdd yn prysur waethygu. Heb fod ymhell o'u blaenau codai bryniau llymion yn uwch ac yn uwch, wedi'u gorchuddio'n drwchus â choed tywyll. Ar ben rhai o'r bryniau roedd hen gestyll â golwg golwg greulon iddynt, fel pe baent wedi'u hadeiladu gan bobl ddrwg a chas. Roedd golwg digalon ar bopeth, gan fod y tywydd wedi newid er gwaeth y diwrnod hwnnw. Cyn hynny roedd hi wedi bod mor braf ag y gall mis Mai fod ar y cyfan, hyd yn oed mewn hanesion llawen, ond bellach roedd hi'n oer ac yn wlyb. Yn ôl yn y Tiroedd Unig bu rhaid iddynt wersylla pan gawsant gyfle i wneud, ond fe fu'n sych, o leiaf.

"Dychmygwch—bydd hi'n Fehefin cyn bo hir," cwynai Bilbo, wrth ymlwybro'n araf ar ôl y lleill ar hyd llwybr hynod leidiog. Roedd amser te wedi'i cholli; roedd hi'n tywallt y glaw, ac wedi gwneud drwy'r dydd; tywalltai'r dŵr oddi ar ei gwfl i'w lygaid, ac roedd ei glogyn yn wlyb diferol; roedd y merlyn wedi blino ac yn baglu ar y cerrig; ac roedd y lleill yn rhy swta i sgwrsio. "Bydd y glaw wedi treiddio i'r dillad sych a'r bagiau bwyd hefyd, debyg," meddyliodd Bilbo. "Go daria lladrata, a phopeth o'r fath! O na bawn i adref yn fy nhwll bach braf wrth ochr y tân, gyda'r tegell yn dechrau berwi!" Nid dyna'r tro olaf iddo feddwl hynny!

Ymlaen â'r corachod o hyd serch hynny, heb droi'n ôl unwaith na thalu'r un sylw o gwbl i'r hobyd. Rhaid bod yr haul wedi machlud y tu ôl i'r cymylau tywyll, oherwydd roedd hi'n dechrau tywyllu wrth iddynt ddisgyn i gwm dwfn gydag afon ar ei waelod. Chwythai'r gwynt, a dechreuodd yr helyg a dyfai ar lannau'r afon blygu ac ochneidio. Roedd eu llwybr yn croesi'r afon ar bont garreg hynafol, a pheth da oedd hynny, gan fod y afon wedi chwyddo gyda'r glaw ac yn llifo'n chwim ac yn ddwfn o gyfeiriad y bryniau a'r mynyddoedd i'r gogledd.

Roedd hi bron â dechrau nosi pan groesant y bont. Cawsai'r cymylau llwyd eu rhwygo'n ddarnau gan y gwynt, ac ymddangosodd y lleuad rhyngddynt uwchben y bryniau. Penderfynwyd aros yno, a mwmiodd Thorin rywbeth am ginio, a gofyn "Ble gawn ni lecyn sych i gysgu?"

Yn sydyn, sylweddolodd y lleill am y tro cyntaf fod Gandalff wedi diflannu. Roedd wedi bod yno'r holl ffordd hyd hynny, heb egluro os oedd yn rhan o'r antur hefyd neu ddim ond yn cadw cwmni iddynt am gyfnod. Ef oedd wedi bwyta fwyaf, clebran fwyaf, a chwerthin fwyaf. Ond bellach nid oedd golwg ohono'n unman!

"Yr union adeg pan fyddai dewin wedi bod fwyaf defnyddiol, hefyd," cwynai Dori a Nori (oedd yn cytuno â'r hobyd y dylai prydau bwyd fod yn rheolaidd a niferus).

Yn y diwedd penderfynwyd bod yn rhaid iddynt wersylla yn y fan. Aethpwyd i chwilio am gysgod dan lwyn coed, ac er ei bod hi'n sychach yno nag ar y ffordd, ysgydwai'r gwynt y glaw oddi ar y dail, ac roedd y drip, drip yn dân ar groen pawb. Roedd rhyw ddrygioni yn y tân hefyd. Mae corachod yn enwog am allu gynnau tân gydag unrhyw beth bron, gwynt neu beidio; ond ni allent wneud y noson honno, nid hyd yn oed Óin a Glóin, oedd yn neilltuol o dda ar wneud.

Wedyn dychrynodd rywbeth un o'r merlod, a rhedodd hwnnw i ffwrdd. Roedd yn yr afon cyn iddynt ei ddal, a bu bron i Fíli a Kíli foddi cyn ei gael allan eto, ac erbyn hynny roedd yr holl fagiau y bu'r merlyn yn eu cludo wedi'u golchi i ffwrdd. Wrth gwrs, bwyd oedd ynddynt gan fwyaf, gan adael ychydig iawn ar ôl i swper, a llai byth i frecwast.

Dyna lle'r oeddynt felly'n eistedd yn grwgnach yn swta, wrth i Óin a Glóin ddal i geisio cynnau'r tân, yng ngyddfau ei gilydd. Roedd Bilbo'n myfyrio'n drist ar y ffaith mai nid marchogaeth merlod yn heulwen Mai yw pob antur, pan alwodd Balin (oedd bob amser ar wyliadwriaeth) ar y lleill yn sydyn: "Mae golau draw fanna!" Cryn bellter i ffwrdd roedd yna fryn â choed arni, braidd yn drwchus mewn mannau. Yng nghanol y coed tywyll roedd modd gweld golau'n disgleirio, golau coch cyfforddus, fel pe bai yno dân neu ffaglau'n llosgi.

Ar ôl syllu arno am gryn dipyn, dechreuon nhw ymgecru. "Na ddylen!" meddai rhai ohonynt; "Dylen!" meddai'r lleill. Meddai rhai nad oedd dim o'i le mewn cael cipgolwg yn unig, a beth bynnag oedd yno rhaid ei bod hi'n well nag ychydig iawn i swper, llai eto i frecwast, a dillad gwlyb drwy'r nos.

Meddai eraill: "Mae'r parthau hyn yn anghyfarwydd, ac yn rhy agos i'r mynyddoedd. Anaml yw teithwyr yn dod yma bellach. Mae'r hen fapiau'n dda i ddim; mae pethau wedi newid er gwaeth, ac mae'r ffordd yn agored. Mae llawer yma heb glywed am y brenin hyd yn oed, a lleiaf busneslyd ydych chi wrth fynd, lleiaf yn y byd yw'r drafferth rydych chi'n debygol o gael." Meddai rhai: "Ond wedi'r cyfan, mae pedwar ar ddeg ohonom." Meddai eraill: "Ble aeth Gandalff?", a dwedodd pob un ohonynt hynny o leiaf unwaith. Yna dechreuodd y glaw dywallt yn waeth fyth, a dechreuodd Óin a Glóin gwffio.

Dyna oedd diwedd arni. "Mae lleidr yn ein plith, wedi'r cyfan," meddai'r corachod; ac felly i ffwrdd â nhw, gan arwain eu merlod i gyfeiriad y golau (â phob gofal priodol). Cyrhaeddwyd y bryn a chyn bo hir roeddynt o dan y coed.

I fyny'r bryn â nhw; ond nid oedd golwg o lwybr go iawn, fel y byddai'n arwain efallai at dŷ neu fferm; ac er gwaethaf pob ymdrech roedd llawer iawn o siffrwd a gwichio (a phob math o gwyno a melltithio) wrth iddynt gerdded drwy'r coed yn y tywyllwch llwyr.

Yn sydyn, yno roedd y golau coch, yn disgleirio'n llachar rhwng y coed ychydig bellter o'u blaenau.

"Tro'r lleidr yw hi nawr," meddai'r corachod, gan gyfeirio at Bilbo. "Rhaid i ti fynd ymlaen a dysgu popeth sydd i'w ddysgu am y golau hwnna, beth yw ei bwrpas, ac os yw'n hollol ddiogel a naturiol," meddai Thorin wrth yr hobyd. "Nawr, i ffwrdd â thi, a chofia ddychwelyd yn gyflym, os yw pob dim yn iawn. Os na, yna ceisia ddychwelyd, os wyt ti'n gallu! Os nad oes modd gwneud, yna rho ddau gri fel tylluan wen ac yna un fel tylluan sgrech, ac fe wnawn ni'r hyn y gallwn ni."

Bu'n rhaid i Bilbo fynd, cyn iddo gael cyfle i esbonio na wyddai sut i roi'r un gri fel tylluan o unrhyw fath mwy nag y gallai hedfan fel ystlum. Ond serch hynny fe wŷr pob hobyd sut mae symud drwy goedwig, a hynny heb wneud sŵn. Mae'n destun balchder iddynt, ac wrth iddynt sleifio drwy'r coed roedd Bilbo wedi gwingo wrth "yr holl ddwndwr corachaidd hwn", er na fyddwn i na chi wedi sylwi ar ddim byd o gwbl ar noson wyntog, hyd yn oed pe bai'r holl fintai wedi mynd heibio o fewn dwy droedfedd. A dydw i ddim yn dychmygu y byddai gwenci wedi troi blewyn wrth i Bilbo droedio'n ofalus tuag at y golau coch. Felly fe lwyddodd i gyrraedd y tân—oherwydd tân ydoedd—yn ddigon hawdd, a heb darfu ar neb. A dyma beth welodd.

Roedd tri o bobl anferth yn eistedd o amgylch tân enfawr o foncyffion ffawydd. Roeddynt yn rhostio talpiau o gig dafad ar gigweiniau pren hirion, ac yn llyfu'r saim oddi ar eu bysedd. Roedd yna arogl danteithiol braf, ac roedd casgen o rywbeth gerllaw, ac roeddent yn yfed allan o jygiau. Ond troliaid oeddynt. Roedd hynny'n amlwg. Er gwaetha'i fywyd cysurus gallai hyd yn oed Bilbo weld hynny: eu hwynebau trymion, eu maint, a siâp eu coesau trwchus, heb sôn am eu hiaith, nad oedd yn addas i'r parlwr *o gwbl.*

"Dafad ddoe, dafad heddi, ac asu os di'om yn disgwyl fatha dafad eto 'fory," meddai un ohonynt.

"Heb gael 'run darn o gig dyn am oesa'," meddai un arall. "Be goblyn 'odd Hicin yn 'i feddwl yn dod â ni yn fan 'ma, wn i ddim—â'r ddiod yn rhedag allan, be sy' waeth," meddai, gan daro penelin Hicin, oedd yn yfed o'i jwg.

Fe dagodd Hicin. "Cau dy geg!" meddai, cyn gynted ag y gallai. "Ti'm yn gallu dishgwl i bobl ddigwydd daro draw i gael eu byta gennych chdi a Siencyn. Mi ydach chi 'di byta pentra' a hannar rhyngoch chi'ch dau ers i ni ddŵad lawr o'r mynydda'. Faint yn fwy wyt ti'i hisio? Amsar a fu hefyd pan fasech chdi di deud 'Diolch Hic,' am ddalp braf o gig dafad o'r cwm, 'fatha hwn." Brathodd ddarn o'r goes yr oedd yn ei rostio ar y tân, cyn sychu ei wefusau ar ei lewys.

Mae'n ddrwg gen i ddweud bod troliaid yn siarad felly, hyd yn oed y rhai nad oes ganddynt fwy nag un pen yr un. Ar ôl clywed hyn i gyd, dylai Bilbo fod wedi gwneud rhywbeth yn syth. Naill ai dychwelyd yn dawel a rhybuddio ei gyfeillion bod yna dri throl gweddol fawr gerllaw mewn hwyliau drwg, ac yn debyg iawn o roi cynnig ar gorrach wedi'i rostio, neu ferlyn hyd yn oed, er mwyn blasu rhywbeth gwahanol; neu fel arall dylai fod wedi rhoi cynnig ar ychydig o ladrata cyflym. Byddai lleidr gwirioneddol enwog o'r radd flaenaf wedi pigo pocedi'r troliaid—mae hynny'n sicr o fod yn werth gwneud, os gallwch chi—dwyn y cig dafad oddi ar y cigweiniau, a thamaid o'r cwrw, cyn cerdded ymaith heb i neb sylwi arno. Byddai lladron eraill—rhai mwy ymarferol efallai, ond â chanddynt lai o falchder proffesiynol—wedi rhoi dagr yng nghefn pob un ohonynt cyn i neb sylwi. Byddai modd treulio'r noswaith yn ddigon cysurus wedi hynny.

Gwyddai Bilbo hyn oll. Roedd wedi darllen am gryn dipyn nad oedd erioed wedi'i weld neu'i wneud. Roedd yn ofni'r troliaid ac yn eu ffieiddio, ac roedd arno eisiau bod cant o filltiroedd i ffwrdd, ac eto—ac eto ni allai ddychwelyd at Thorin a'i Gwmni yn waglaw. Felly safodd yn ei unfan, yn aros yn y cysgodion. Wedi ystyried yr holl weithgareddau lladradaidd amrywiol yr oedd wedi clywed amdanynt, penderfynodd mai'r lleiaf anodd fyddai pigo pocedi'r troliaid, felly o'r diwedd aeth i guddio tu ôl i goeden yn agos i gefn Hicin.

Aeth Siencyn a Siac at y gasgen. Roedd Hicin yn yfed unwaith eto. Â'i wynt yn ei ddwrn, rhoddodd Bilbo ei law fach i mewn i boced enfawr Hicin. Yno roedd pwrs, un digon fawr i wneud cwdyn cefn i Bilbo. "Ha!" meddyliodd, yn dechrau cael blas ar ei waith newydd wrth godi'r pwrs yn ofalus o'r poced, "dyma gychwyn!"

Oedd wir! Mae pyrsiau troliaid yn ddrygioni i gyd, ac nid oedd hwn yn eithriad. "Pwy wyt ti?" gwichiodd y pwrs wrth adael y boced, a throdd Hicin o gwmpas yn syth a gafaelodd yng ngwddf Bilbo, cyn iddo allu cuddio'r tu ôl i'r goeden.

"Asu, Siencyn, 'drycha be dwi 'di 'dal!"

"Be 'di o?" gofynnodd y lleill, yn dod draw.

"Dymbo. Be wyt ti?"

"Bilbo Baglan, llei—hobyd," meddai Bilbo druan, dan grynu ac yn ceisio meddwl sut i wneud sŵn tylluan cyn cael ei dagu.

"Lleiobit?" gofynnodd y troliaid yn ddryslyd. Creaduriaid araf braidd ydynt, ac yn hynod ddrwgdybus o unrhyw beth sy'n newydd iddynt.

"Be sy' gan leiobit i'w wneud â'm mhoced i 'ta?" gofynnodd Hicin.

"Ac o's modd 'u coginio nhw?" meddai Siac.

"Gewch chi drio," meddai Bert, gan godi cigwialen.

"Sa' fo'm yn fwy na llond cegaid," meddai Hicin, oedd eisioes wedi bwyta'n dda, "nid ar ôl 'i flingo fo a thynnu'i esgyrn."

"Ella fod na ragor fel y fo o gwmpas, a mi allen ni wneud pastai," meddai Siencyn. "Hei, chdi, oes na ragor ohonoch chi'n cropian o gwmpas y coed 'ma, y gwningan fach hyll?" meddai, gan syllu ar draed gwalltog yr hobyd. Daliodd ym mysedd traed Bilbo, ei godi a'i ysgwyd.

"Oes, llawer," meddia Bilbo, cyn cofio na ddylai fradychu ei ffrindiau. "Na, dim o gwbl, dim un," meddai'n syth wedyn.

"Be' ti'n feddwl?" gofynnod Siencyn, gan ei droi'r ffordd iawn i fyny, a'i ddal gerfyd ei wallt y tro hwn.

"Yr hyn ddwedais i," ebychodd Bilbo, "A pheidiwch â'm coginio, fonheddwyr caredig! Dw i'n gogydd da fy hunan, ac yn coginio'n well nag ydw i'n coginio, os ydych chi'n deall f'ystyr. Mi wna i goginio'n dda iawn i chi, brecwast hyfryd braf i chi, os na wnewch chi minnau'n swper."

"Y cenau truan iddo fo," meddai Hicin. Roedd eisoes wedi llenwi ei fol, ac wedi yfed llawer iawn o gwrw hefyd. "Y cenau truan iddo fo. Gad iddo fynd!"

"Dim nes iddo ddweud be 'odd o'n 'i feddwl wrth ddweud *llawar* a *dim o gwbl*," meddai Siencyn. "Dwi'm isio cael 'ngwddf wedi'i dorri yn yng 'nghwsg! Dal 'i draed o'n y tân, nes iddo ddeud!"

"Na wnaf," meddai Hicin. "Fi ddaliodd o, beth bynnag."

"Ti'n ffŵl tew, Hicin," meddai Siencyn, "fel dwi 'di deud heno mwy nag unwaith."

"A ti'n llabwst!"

"Dwi'm yn cymryd hwnna gin y chdi, Hicin Huws," meddai Siencyn, gan daro llygad Hicin â'i ddwrn.

Bu cwffio anhygoel wedyn. Gollyngwyd Bilbo i'r llawr, ac roedd digon o synnwyr ganddo o hyd i sgrialu allan o'r ffordd wrth i'r troliaid fynd ati i ymladd fel cŵn, yn galw pob math o enwau teg a phriodol ar ei gilydd mewn lleisiau uchel. Cyn bo hir roeddynt wedi'u cloi ym mreichiau ei gilydd, yn cicio ac yn pwnio'i gilydd a bron a rowlio i'r tân, wrth i Siac daro'r naill a'r llall â changen mewn ymdrech i'w cael i bwyllo—ond y cwbl wnaeth hynny wrth gwrs oedd eu digio ymhellach.

Byddai wedi bod yn amser synhwyrol i Bilbo ymadael. Fodd bynnag, roedd pawen fawr Siencyn wedi gwasgu'i draed bach druan yn boenus, roedd ei ben yn troi ac roedd wedi colli'i wynt yn llwyr. Yn lle dianc felly, y cwbl a wnaeth oedd gorwedd yn y fan a'r lle ar gyrion y tân yn tagu.

Dyma Balin yn cerdded i ganol y cwffio. Roedd y corachod wedi clywed y twrw o bell, ac ar ôl aros am gyfnod i Bilbo ddychwelyd neu wneud sŵn tylluan, dechreuon nhw gropian yn eu blaenau fesul un tua'r golau, mor dawel ag y gallent. Cyn gynted ag y gwelodd Balin yn dod i'r golau, rhoddodd Siac gri erchyll. Mae'n gas gan droliaid gymaint ag edrych ar gorrach (sydd heb ei goginio). Rhoddodd Hicin a Siencyn y gorau i'w hymladd yn syth, gan alw, "Sach, Siac! Brysia!" Roedd Balin yn chwilio am Bilbo yng nghanol hyn i gyd a chyn iddo sylwi beth oedd yn digwydd roedd ar y llawr, wedi'i glymu â rhaff, â sach wedi'i glymu dros ei ben.

"Ma' na ragor i ddod," meddai Siac, "Os na dw i'n camgymryd. Llawer a dim o gwbl, 'na be sy'," meddai. "Does mo'r un lleiobit arall, ond ma' na lawer o gorachod, fel hwn. Dyna fel ma' hi!"

"Siawns bo' chdi'n iawn,' meddai Siencyn. "Gwell i ni symud o'r gola'."

Aethant ati felly i guddio yn y cysgodion. Yn eu dwylo roedd sachau a ddefnyddiwyd ganddynt fel arfer i gludo defaid ac ysbail arall. Wedyn, wrth i bob corrach ymddangos fesul un a syllu mewn syndod ar y tân, y jygiau ar lawr, a'r cig dafad wedi'i hanner bwyta, pop! Daeth sach drewllyd afiach i lawr dros ei ben, ac roedd ar y llawr gyda'r lleill. Cyn bo hir roedd Dwalin wrth ochr Balin, Fíli a Kíli gyda'i gilydd, Dori a Nori ac Ori i gyd mewn pentwr, ac Óin a Glóin a Bifur a Bofur a Bombur i gyd mewn pentwr yn anghyfforddus o agos i'r tân.

"Dyna wers iddynt," meddai Hicin. Roedd Bifur a Bombur wedi ymladd yn wyllt, fel y bydd corachod yn gwneud mewn cornel.

Yn olaf un daeth Thorin—ac ni chafodd ei ddal yn ddiarwybod. Roedd yn disgwyl drygioni, a doedd dim angen iddo weld ei ffrindiau gyda'u coesau wedi'u clymu a sachau ar eu pennau i wybod nad oedd popeth yn iawn. Safodd yn y cysgodion cryn bellter i ffwrdd, ac meddai,

"Beth yw'r holl drafferth hyn? Pwy sydd wedi bod yn ymosod ar fy mhobl a'u bwrw i'r llawr?"

"Troliaid!" gwaeddodd Bilbo o'r tu ôl i goeden. Roeddynt wedi anghofio'n llwyr amdano. "Maen nhw'n cuddio yn y llwyni, gyda sachau!"

"O felly?" meddai Thorin, a neidiodd yn ei flaen at y tân cyn iddynt allu neidio ar ei ben. Gafaelodd mewn cangen fawr, un pen ohoni ar dân; cafodd Siencyn honno yn ei lygad cyn iddo gamu o'r ffordd. Dyna fe allan o'r frwydr wedyn, am gyfnod. Gwnaeth Bilbo ei orau. Daliodd yng nghoes Siac—gymaint ag y gallai gwneud hynny, â honno mor drwchus â boncyff coeden ifanc—ond cafodd ei daflu i ben llwyn pan giciodd Siac wreichion i wyneb Thorin.

Cafodd Siac y gangen yn ei ddannedd am hynny, ac fe gollodd un o'r rhai blaen. Ond yr eiliad honno ymddangosodd Hicin y tu ôl i Thorin, a thynnodd sach dros ei ben yr holl ffordd i lawr i'w draed. A dyna fu diwedd yr ymladd. Roedden nhw mewn cryn drafferth bellach: pob un wedi'i glymu'n daclus mewn sach, â thri throl anniddig (dau ohonynt â llosgiadau a briwiau i'w cofio) yn eistedd gerllaw, yn dadlau a ddylid eu rhostio'n araf, eu malu'n fân a'u berwi, neu eistedd ar eu pennau fesul un a'u gwasgu'n jeli. Roedd Bilbo'n sownd mewn llwyn, ei ddillad wedi'u rhwygo a'i groen wedi'i sgathru mewn sawl lle, heb feiddio symud rhag ofn i'r troliaid ei glywed.

Ar yr union eiliad honno dychwelodd Gandalff. Ond ni welodd neb mohono. Roedd y troliaid newydd benderfynu rhostio'r corachod ar unwaith a'u bwyta wedyn—syniad Siencyn, ac ar ôl dadlau'n hir roedd y lleill wedi cytuno.

"S'nam pwynt 'u rhostio nhw, 'sa fo'n cymryd ni tan y bora," meddai llais o rywle. Roedd Siencyn yn meddwl mai Hicin ydoedd.

"Paid dechra' dadlau 'to, Hic," meddai, "neu mi *fydd* hi'n fora."

"Pwy sy'n dadla'?" gofynnodd Hicin. Roedd yn credu mai Siencyn oedd wedi siarad.

Y Troliaid

"Chdi sy'n g'neud," meddai Siencyn.

"Celwyddgi!" meddai Hicin; ac felly dechreuodd y ddadl unwaith eto. Yn y diwedd penderfynwyd malu'r corachod yn fân a'u berwi. Felly aethpwyd i nôl crochan mawr du, a chyllyll.

"S'nam pwynt 'u berwi! 'S'nam dŵr gennym ni a ma'r ffynnon yn rhy bell," meddai llais. Siac oedd piau'r llais, yn nhyb Hicin a Siencyn.

"Cau dy geg!" medden nhw. "Neu fyddwn ni byth yn gorffan. A chei di hel y dŵr dy hunan, os ti'm yn dawal,"

"Cau dy geg di!" meddai Siac, oedd yn credu mai llais Hicin roedd wedi'i glywed. "Pwy sy'n dadla' heblaw chdi, dwi' isio gwybod."

"Ti'n hurt," meddai Hicin.

"Hurt dy hunan!" meddai Siac.

Ac felly dechreuodd y ddadl unwaith eto, yn ffyrnicach nag erioed, nes iddynt benderfynu o'r diwedd i eistedd ar y sachau fesul un a'u gwasgu, a'u berwi y tro nesaf.

"Pa un dylen ni istadd arno gynta'?" gofynnodd y llais.

"Gwell i ni eistedd ar 'run ola gynta'," meddai Siencyn. Roedd Thorin wedi ei frifo'n wael yn ei lygad. Roedd yn credu mai Siac fu'n siarad.

"Paid siarad â dy hunan!" meddai Siac. "Ond os ti isio istadd ar 'run ola, gwna di hynny. Pa un ydio?"

"'Run hefo'r sana' melyn," meddai Siencyn.

"Nage, 'run hefo'r sana' llwyd," meddai llais fel un Hicin.

"'Mi o'n i'n siŵr mai melyn o'dd," meddai Siencyn.

"Melyn o'dd," meddai Hicin.

"Felly pam wedist ti mai llwyd o'dd o?"

"Nes i'm. Siac ddudodd hynny."

"Naddo 'riôd!" meddai Siac. "Chdi o'dd o."

"Dau i un, felly ca' dy geg!" meddai Siencyn.

"Hefo pwy ti'n siarad?" meddai Hicin.

"Paid!" meddai Siac a Siencyn gyda'i gilydd. "Mae'r nos yn mynd, a'r wawr yn dŵad. Gad i ni ddechra'!"

"Bydded i'r wawr eich cymryd i gyd, ac bydded yn faen i chi!" meddai llais oedd fel un Hicin, i'w glywed. Ond nid Hicin ydoedd. Ar yr union eiliad honno daeth golau'r haul dros y bryn, ac roedd trydar mawr yn y canghennau. Nid oedd Hicin wedi dweud dim byd, oherwydd roedd wedi'i droi'n faen wrth iddo blygu yn ei gwman; ac roedd Siencyn a Siac wedi'u taro yn greigiau wrth iddynt syllu arno. Ac yno maen nhw hyd heddiw, ar eu pennau eu hunain, oni bai pan fo'r adar yn glanio arnynt. Fel y gwyddoch, mae'n debyg, rhaid i droliaid fod o dan y ddaear erbyn y wawr, neu fel arall fe gânt eu troi'n ôl i sylwedd y mynyddoedd, sef yr hyn maent wedi eu gwneud ohono, heb symud byth eto. Dyma beth oedd wedi digwydd i Hicin, Siencyn a Siac.

"Ardderchog!" meddai Gandalff, gan gamu allan o'r tu ôl i goeden. Aeth ati i helpu Bilbo i lawr allan o'r llwyn. Sylweddolodd Bilbo wedyn mai llais y dewin oedd wedi cadw'r troliaid yn dadlau ac ymladd gyda'i gilydd, nes i'r wawr ddod a rhoi diwedd arnynt.

Y peth nesaf i'w wneud oedd datglymu'r sachau a rhyddhau'r corachod. Roedden nhw bron â thagu, ac yn grac iawn: nid oeddynt wedi mwynhau gorwedd a gwrando ar gynlluniau'r troliaid i'w rhostio a'u gwasgu a'u malu o gwbl. Bu rhaid iddynt glywed yr hanes o safbwynt Bilbo ddwywaith cyn cael eu bodloni.

"Adeg ffôl i fynd i bigo pocedi," meddai Bombur. "Tân a bwyd oedden ni'u heisiau!"

"Sef yr union bethau na fasech chi wedi'u cael ganddynt, nid heb frwydr, beth bynnag," meddai Gandalff. "Beth bynnag, rydych chi'n gwastraffu amser. Oni wyddoch y bydd ogof neu dwll gan y troliaid, rhywle'n agos siŵr iawn, er mwyn cuddio rhag yr haul? Rhaid i ni gael hyd iddo."

Aethant i chwilio, ac yn fuan cafwyd hyd i farciau esgidiau caregog y troliaid yn diflannu i'r coed. Dilynon nhw'r traciau i fyny'r bryn, nes cael hyd i ogof ag iddo ddrws mawr o garreg. Ond ni allent ei agor, hyn yn oed pan geisiodd pob un ohonynt wthio wrth i Gandalff gynnig ambell un o'i swynion.

"Gall hon fod o ddefnydd, o bosib?" gofynnodd Bilbo, pan oedd pob un ohonynt yn flinedig a rhwystredig. "Des

i o hyd iddi ar y llawr lle'r oedd y troliaid yn ymladd."
Estynnodd allwedd gweddol fawr, er mai bychan a
chyfrinachol y buodd hi yn nhyb Hicin, hwyrach. Rhaid
ei bod hi wedi cwympo o'i boced cyn iddo gael ei droi'n
garreg—yn ffodus iawn.

"Pam na soniaist ti amdani o'r blaen?" gweiddodd y
lleill. Gafaelodd Gandalff ynddi a'i rhoi yn nhwll y clo.
Yna agorodd y drws ag un gwthiad mawr, ac i mewn â
nhw i gyd. Roedd y llawr yn frith o esgyrn ac roedd arogl
afiach yn yr awyr, ond serch hynny roedd llawer iawn o
fwyd wedi'i strorio rywsut-rywsut ar silffoedd ac ar y llawr,
ynghyd â phentwr anhrefnus o ysbail o bob math, pob
dim o fotymau pres hyd at nifer o botiau'n llawn darnau
aur yn sefyll mewn cornel. Roedd dillad o bob math yno
hefyd, yn hongian ar y waliau. Roedd y rhain yn rhy fach
i droliaid, ac mae arnaf ofn mai eiddo'r sawl a laddwyd
gan y troliaid oeddynt. Yn eu plith roedd nifer o gleddyfau
o feintiau, siapau ac arddulliau amrywiol. Tynnwyd eu
sylw at ddau yn enwedig, oherwydd eu gweiniau prydferth
a'r gemau gwerthfawr oedd ar eu carnau.

Cymerodd Gandalff a Thorin un o'r rhain yr un, ac fe
gymerodd Bilbo gyllell fach mewn gwain ledr. Ni fyddai'n
fwy na chyllell boced i drol, ond yn llaw'r hobyd roedd
cystal â chleddyf byr.

"Mae golwg gain ar y cleddyfau hyn," meddai'r dewin,
gan eu hanner dynnu o'u gweiniau i'w harchwilio'n
chwilfrydig. "Ni chrëwyd y rhain gan unrhyw drol, na gan
yr un gof ymysg dynion y parthau hyn, a'r oes hon. Wedi
i ni ddarllen y rŵnau arnynt, fe gawn ni ddysgu rhagor
amdanynt."

"Gadewch i ni ddianc rhag arogl erchyll y lle yma!"
meddai Fíli. Felly cludwyd allan y potiau llawn aur, ac
hynny o'r bwyd oedd heb ei gyffwrdd ac yn iawn i'w fwyta,
a chasgen o gwrw hefyd nad oedd wedi'i hagor. Erbyn
hynny roedd arnynt eisiau brecwast, ac roedd eu chwant
bwyd cymaint fel eu bod yn berffaith fodlon â'r hyn a
gafwyd o storfa'r troliaid. Ychydig iawn oedd ar ôl o'u
storfeydd gwreiddiol. Bellach roedd ganddynt fara a

chaws, a digonedd o gwrw, a bacwn i'w dostio yng ngweddillion y tân.

Aeth y cwmni i gysgu am gyfnod wedi hynny, wedi'r holl darfu a fu ar eu noson, a ni wnaethant ddim byd wedyn hyd y prynhawn. Aethant wedyn i gasglu'r merlod at ei gilydd, ac aethpwyd â'r potiau aur a'u claddu'n ddirgel yn agos i'r llwybr ger yr afon, gan roi swyn cryf arnynt i'w cuddio, rhag ofn iddynt gael cyfle wedyn i ddychwelyd a'u casglu. Wedi gwneud hynny, i fyny â nhw ar gefnau'r merlod i gychwyn ar y llwybr tua'r Dwyrain unwaith eto.

"I ble est ti, os gaf i ofyn?" gofynnodd Thorin i Gandalff wrth iddynt farchogaeth ar hyd y llwybr.

"I edrych o'n blaenau," meddai ef.

"A beth ddaeth â thithau'n ôl mewn union bryd?"

"Edrych yn ôl," meddai.

"Yn union!" meddai Thorin, "ond oes modd i ti fod yn fwy plaen?"

"Es i ymlaen i archwilio ein llwybr. Cyn bo hir mi fydd hi'n mynd yn beryglus ac anodd. Roeddwn i'n awyddus hefyd i adnewyddu ein stoc fechan o fwyd a diod. Es i ddim yn bell, fodd bynnag, cyn i mi daro ar draws cwpwl o gyfeillion i mi o Lynhafn."

"Ble mae hynny?" gofynnodd Bilbo.

"Paid â thorri ar draws!" meddai Gandalff. "Mi fyddwch chi'n cyrraedd y lle ymhen ychydig ddyddiau nawr, os ydyn ni'n ffodus, ac fe gewch chi ddysgu pob dim amdano. Fel yr oeddwn i'n dweud, cwrddais â dau o bobl Elrond. Roedden nhw ar frys, gan fod arnynt ofn y troliaid. Rhoddwyd wybod i mi fod tri ohonynt wedi dod i lawr o'r mynyddoedd ac ymsefydlu yn y goedwig gerllaw'r ffordd. Roedd trigolion yr ardal wedi rhedeg i ffwrdd mewn ofn, a'r troliaid yn ymosod ar deithwyr.

"Fe ges i deimlad yn syth y byddai fy angen i arnoch. Wrth edrych yn ôl, gwelais dân yn y pellter, ac anelais yn syth amdano. Byddwch yn fwy gofalus y tro nesaf, neu ni wnawn ni gyrraedd unman!"

"Diolch!" meddai Thorin.

Pennod III

GORFFWYS BYR

Er bod y tywydd yn well, ni chanwyd yr un gân na rannwyd yr un chwedl y diwrnod hwnnw; na'r diwrnod canlynol, neu'r un wedyn. Roedd teimlad cyffredinol ganddynt bellach bod yna berygl yn agos gerllaw, ar naill ochr y ffordd a'r llall. Rhaid oedd iddynt wersylla dan y sêr, ac roedd mwy gan eu ceffylau i'w fwyta nag yr oedd ganddynt eu hunain: er bod digonedd o laswellt, ychydig iawn o fwyd oedd yn eu sachau er gwaetha'r hyn a gymerwyd ganddynt o ogof y troliaid. Un bore daethant at fan lle'r oedd y ffordd yn croesi afon mewn rhyd llydan a bas, ac roedd sŵn cerrig ac ewyn yn llenwi'r awyr. Roedd yr ochr bellaf yn serth ac yn llithrig. Wedi iddynt arwain eu merlod i ben y lan, gwelsant eu bod bellach yn agos iawn at lethrau'r mynyddoedd mawr. Nid oedd hi'n edrych fel mwy na diwrnod o deithio digon hawdd i gyrraedd troed y mynydd agosaf. Roedd golwg dywyll a llym ar hwnnw, er bod yr haul yn tywynnu yma ac acw ar ei lethrau brown, a'r copaon gwynion yn disgleirio y tu hwnt i'w esgeiriau.

"Ai *y* Mynydd yw hwnna?" gofynnodd Bilbo, mewn llais difrifol, gan syllu arno, ei lygaid yn llawn braw. Nid oedd erioed wedi gweld rhywbeth mor fawr yn ei fywyd.

"Nac ydy, wrth gwrs!" meddai Balin. "Dim ond dechrau Mynyddoedd y Niwl yw'r rhain. Rhaid i ni fynd drwyddynt, neu drostynt, neu oddi tanynt rywsut, cyn i ni gyrraedd y Parthau Gwyllt ar yr ochr arall. Ac hyd yn oed wedyn mae'n gryn bellter cyn cyrraedd y Mynydd Unig yn y Dwyrain, lle mae Smawg yn cysgu ar ein trysor."

"O!" meddai Bilbo, ac yn sydyn teimlai'n fwy blinedig nag y cofiai iddo fod erioed o'r blaen. Meddyliodd unwaith eto am ei gadair gyfforddus o flaen y tân yn ei hoff lolfa yn ei hobyd-dwll, ac am y tegell yn canu. Nid am y tro olaf!

Gandalff oedd yn eu harwain bellach. "Rhaid i ni beidio â cholli'r ffordd, neu mi fydd hi ar ben arnom," rhybuddiodd. "Mae angen bwyd arnom ni, i ddechrau, *a* rhywle cymharol ddiogel i orffwys—ac mae'n hanfodol bwysig hefyd dilyn y llwybr cywir wrth groesi Mynyddoedd y Niwl, neu mi fyddwch chi'n mynd ar goll ynddynt, a bydd yn rhaid dychwelyd a dechrau o'r dechrau unwaith eto (gan gymryd eich bod chi'n llwyddo dychwelyd o gwbl)."

Gofynnwyd iddo i ble'r oedd yn eu harwain, a'i ateb oedd: "Rydych chi ar gyrion y Parthau Gwyllt, fel y bydd rhai ohonoch chi, hwyrach, yn ymwybodol. Yn cuddio rhywle o'n blaenau mae dyffryn hardd Glynhafn, lle mae'r Aelwyd Olaf yn gartref i Elrond. Gyrrais neges ymlaen gyda fy nghyfeillion, ac maen nhw'n ein disgwyl."

Roedd naws braf a chysurus i hynny, ond nid oeddynt yno eto, ac mae cael hyd i'r Aelwyd Olaf i'r Gorllewin o'r Mynyddoedd yn orchwyl anoddach na'r disgwyl. Edrychai'r wlad o'u blaenau fel un llethr esmwyth enfawr, yn arwain yn araf at droed y mynydd agosaf, heb goeden, cwm na bryn i darfu arno; gwlad lydan lliw crug a chreigiau drylliog, ac ardaloedd gwyrdd o laswellt neu fwsogl yma a thraw'n dynodi dŵr, o bosib.

Aeth y bore heibio, a daeth y prynhawn; ond yn y diffeithdir tawel hwn ni welwyd yr un sôn am annedd gerllaw. Dechreuon nhw boeni, gan sylweddoli y gallai'r tŷ fod wedi'i guddio bron mewn unrhyw le rhyngddynt a'r mynyddoedd. Daethant ar draws cymoedd annisgwyl, rhai tenau a chanddynt ochrau serth yn agor yn sydyn wrth eu traed, ac wrth edrych i lawr yn syn gwelsant goed islaw, a dŵr yn llifo. Cawsant hyd hefyd i geunentydd oedd bron yn ddigon cul i neidio drostynt, ond yn ddwfn iawn, ac yn rhaeadrau i gyd, ac hafnau tywyll nad oedd modd neidio drostynt na dringo i'w gwaelodion chwaith.

Roedd corsydd, rhai ohonynt yn wyrdd ac yn ddeniadol gyda blodau'n tyfu'n dal a llachar; ond ni fyddai merlyn a grwydrai yno â sachau ar ei gefn wedi dychwelyd.

Yn wir, mewn gwirionedd roedd y wlad rhwng y rhyd a'r mynyddoedd yn llawer lletach nag ar yr olwg gyntaf. Roedd Bilbo wedi'i syfrdanu. Roedd cerrig gwynion yn dangos yr unig lwybr, rhai ohonynt yn fach iawn, ac eraill wedi'u hanner gorchuddio gan fwsogl neu grug. Gwaith araf iawn oedd dilyn y llwybr ar y cyfan, hyd yn oed dan arweiniad Gandalff, oedd yn ôl pob golwg yn ddigon cyfarwydd â'r lle.

Roedd ei ben a'i farf yn troi'r naill ffordd a'r llall wrth iddo chwilio am y garreg wen nesaf, ac er i'r lleill ei ddilyn o hyd, wrth i'r diwrnod ddirwyn i ben roedd hi'n teimlo nad oeddynt yr un fymryn agosach at ddiwedd y chwilio. Roedd amser te wedi mynd a dod, ac fe deimlai fel petai swper yn debyg o wneud yr un peth cyn bo hir. Roedd gwyfynod yn hedfan o'u cwmpas, ac roedd hi'n dechrau tywyllu, gan nad oedd y lleuad wedi ymddangos eto. Dechreuodd merlyn Bilbo faglu dros y gwreiddiau a'r cerrig. Yna fe ddaethant at ddibyn, mor sydyn ac mor serth fel y bu bron i geffyl Gandalff lithro i lawr y llethr.

"Dyma hi o'r diwedd!" meddai Gandalff, a daeth y lleill ato er mwyn edrych dros yr ymyl. Ymhell islaw gwelsant ddyffryn. Roedd dŵr i'w glywed yn llifo dros greigiau yn y gwaelod; roedd arogl coed ar y gwynt; a draw ar ochr arall y dyffryn, dros yr afon, roedd yna olau.

Nid anghofiodd Bilbo erioed y ffordd y bu iddo lithro a sglefrio i lawr y llwybr igam-ogam serth yn y gwyll i ddyffryn cudd Glyhafn. Wrth iddynt ddisgyn roedd yr awyr yn cynhesu, ac arogl y coed pinwydd yn gwneud iddo deimlo'n gysglyd, gymaint fel iddo ddechrau pendwmpian. Bu bron iddo gwympo sawl gwaith, gan daro'i drwyn ar wâr y merlyn. Wrth iddynt ddisgyn i lawr ac i lawr, dechreuodd eu hwyliau codi. Trodd y pinwydd yn ffawydd a derw, a pherthynai teimlad cyfforddus i'r gwyll. Roedd y gwyrddni olaf bron iawn â phylu o'r gwair pan ddaethant o'r diwedd at lannerch agored, heb fod yn bell o lan yr afon.

"Hmm! Arogl Ellyll," meddyliodd Bilbo, gan edrych i
fyny ar y sêr, oedd yn llosgi'n las llachar. Ar hynny daeth
sŵn lleisiau'n canu, megis chwerthin, o'r coed:

> O ffrindiau! Pa beth a wnewch chi?
> A'ch merlod heb eu pedoli;
> A ffrindiau, i ba le yr ewch chi,
> A'n hafon fach ni'n sirioli?
> > Tra-la-la! Mae hi'n ddilychwyn;
> Yma, yn ein dyffryn.
> Am ba beth ydych chi'n chwilio?
> Ein tân, mor gynnes yn llosgi?
> Ac arno mae'r cig yn coginio
> > A gerllaw mae'r bara yn pobi!
> > > Siriol bedol a siriol bawen;
> > > Pob dim yn ein dyffryn sydd lawen.

> O, beth hoffech chi ganfod?
> A'ch barfau mor benchwiban!
> A ninnau ar dân eisiau gwybod
> Pa beth ddaeth â Bilbo Baglan
> > A Balin, a Dwalin
> > I'n dyffryn? Heno! Ha ha!

> A fyddwch chi'n gadael,
> > Neu fyddwch chi'n aros?
> Eich merlyn sy'n blino
> Yn awr gyda'r nos
> Gwell yw ymuno
> A'r miri gan aros
> > I wrando yn awr
> > Hyd doriad y wawr
> > > Ar ein cân!
> > > Ha ha!

Dyma sampl o'u canu a'u chwerthin; a hwyrach
mai digon gwirion ydy hi yn eich barn chi. Ond ni fyddai
gwybod hynny'n poeni dim arnynt; dim ond gwneud

iddynt chwerthin gymaint yn rhagor pe baech chi'n dweud wrthynt. Ellyll oeddynt, wrth gwrs. Cyn bo hir dechreuodd Bilbo weld ambell un ohonynt yn y coed, wrth i'r tywyllwch ddwysáu. Hoffai ellyll yn fawr, er mor anaml fyddai'n eu cyfarfod; ond roedd yn eu hofni rywfaint hefyd. Nid oedd corachod yn hoff ohonynt, fel rheol. Mae hyd yn oed corachod digon clên fel Thorin a'i gyfeillion yn eu hystyried yn wirion (sy'n beth gwirion iawn i'w wneud), neu'n digio gyda nhw. Mae'r ellyll yn eu tro'n hoffi pryfocio a chwerthin am bennau corachod, eu barfau hirion yn enwedig.

"Wel, wel!" meddai llais. "Edrychwch! Bilbo'r hobyd ar gefn merlyn, bobl annwyl! Am olygfa amheuthun!"

"Rhyfeddol o wych!"

Yna i ffwrdd â nhw i ganu unwaith eto, cân arall yr un mor wirion â'r un yr wyf wedi'i chofnodi'n llawn. O'r diwedd daeth un ohonynt o'r coed tuag atynt, ellyllyn ifanc tal, a moesymgrymodd gerbron Gandalff a Thorin.

"Croeso i'r dyffryn!" meddai.

"Diolch!" meddai Thorin. Roedd ei agwedd braidd yn amddiffynnol, ond roedd Gandalff eisoes wedi disgyn oddi ar ei geffyl ac yn sgwrsio'n llawen gyda'r ellyll.

"Rydych chi braidd yn bell oddi ar eich ffordd," meddai'r ellyllyn: "hynny yw, os chwilio rydych chi am yr unig lwybr sy'n croesi'r afon ac yn arwain i'r aelwyd yr ochr draw. Fe ddangoswn ni'r ffordd i chi, ond gwell fyddai cerdded na marchogaeth, hyd at y bont o leiaf. Ydych chi'n bwriadu aros am dipyn a chanu gyda ni, neu fyddwch chi'n mynd ar eich ffordd yn syth? Maen nhw'n paratoi swper gerllaw," meddai. "Mae fy nhrwyn yn clywed arogl y tanau coginio."

Er gwaetha'i flinder, byddai Bilbo wedi hoffi cael aros am ychydig. Mae canu ellyll dan olau sêr mis Mehefin yn rhywbeth na ddylid ei golli, os ydy pethau felly at eich dant. Byddai wedi hoffi cael ambell i air cyfrinachol â'r bobl yma a oedd, yn ôl pob tebyg, yn gwybod ei enw a phob dim amdano, er nad oeddynt wedi cyfarfod erioed. Credai y gall fod rywbeth diddorol ganddynt i'w ddweud am ei antur. Mae ellyll yn wybodus, ac yn bobl ardderchog ar gyfer clywed newyddion: maen nhw'n gwybod pob dim sy'n digwydd ymysg pobloedd y wlad, mor fuan â dŵr yn llifo i bwll, neu'n gyflymach hyd yn oed.

Ond roedd y corachod o blaid cael swper cyn gynted â phosib, ac nid oeddynt am aros. Ymlaen â nhw i gyd, yr ellyll yn eu harwain a hwythau'n arwain eu merlod yn eu tro nes iddynt gyrraedd llwybr da a'i dilyn o'r diwedd i lan yr afon. Llifai'n gyflym ac yn swnllyd, fel mae nentydd mynydd yn gwneud ar noswaith o haf, pan fydd y haul wedi tywynnu'n gynnes drwy'r dydd ar eira'r copaon uchel uwchben. Doedd dim parapet i'r bont, oedd mor gul fel nad oedd modd i fwy nag un merlyn gerdded arni; rhaid oedd croesi'n araf a gofalus felly, gan arwain y merlod fesul un gerfydd eu ffrwynau. Daeth yr ellyll â ffaglau llachar, dan ganu cân lawen wrth i'r cwmni groesi.

"Gan bwyll rhag yr ewyn, dad!" galwyd ar Thorin, oedd wedi plygu bron i'w bengliniau. "Mae'n ddigon hir eisoes, heb i chi ei gwlychu."

"Gwyliwch nad yw Bilbo'n bwyta'r holl gacennau!" galwodd yr ellyll. "Mae'n rhy dew o hyd i fynd drwy dwll clo!"

"Tawelwch, os gwelwch yn dda, bobl garedig! A nos da!" meddai Gandalff, a ddaeth olaf. "Mae gan ddyffrynnoedd glustiau mawr, ac mae tafod ambell ellyllyn yn rhy lawen o lawer. Nos da!"

Ac felly o'r diwedd cyrhaeddwyd yr Aelwyd Olaf, a chael ei ddrysau ar agor yn llydan.

Peth rhyfedd ydy hi, ond nid yw pethau da na ddyddiau braf yn gwneud hanesion hirion neu ddiddorol. Mae pethau annifyr, cynhyrfus neu hyd yn oed erchyll ar y llaw arall yn gwneud straeon da; neu o leiaf, mae rhagor o ddweud ynddynt. Arhosodd y cwmni yn y tŷ braf hwnnw am gryn amser—o leiaf pedwar diwrnod ar ddeg—ac roedd gadael yn anodd iawn iddynt. Byddai Bilbo wedi bod yn fodlon aros yno am byth bythoedd— hyd yn oed pe bai dewin wedi cynnig ei ddychwelyd i'w hobyd-dwll ar unwaith heb unrhyw drafferth, dim ond iddo ofyn hynny. Er gwaethaf hynny oll, ychydig iawn sy'n werth ei rannu am eu hamser yno.

Ellyllyn-gyfaill oedd meistr y tŷ—un o'r bobl hynny yr oedd eu tadau'n rhan o'r hanesion hynod cyn dechrau Hanes, y rhyfeloedd rhwng y coblynnod drwg a'r ellyll a'r dynion cyntaf yn y Gogledd. Yng nghyfnod yr hanes hwn roedd rhywrai o hyd â chanddynt ellyll ac arwyr o'r gogledd ill dau yn gyndeidiau iddynt, a'u pennaeth oedd Elrond, meistr y tŷ.

Roedd mor nobl a theg ei olwg ag unrhyw ellyllyn-arglwydd, yn gryf fel rhyfelwr, yn ddoeth fel dewin, mor hybarch â chorrach-frenin, a mor hael â'r haf. Mae'n ymddangos mewn llawer chwedl, ond rhan gymharol fach sydd ganddo yn antur fawr Bilbo; rhan bwysig serch hynny, fel y cewch weld os cyrhaeddwn ni'r diwedd. Roedd ei gartref yn berffaith: p'un ai bod arnoch eisiau bwyd, gorffwys, gweithio, rhannu hanesion, canu, neu eistedd a myfyrio, neu gymysgedd braf o bob un ohonynt. Ni ddaethai'r un peth cas i'r dyffryn hwnnw.

Byddai'n braf pe bai gen i'r amser i rannu ambell un o'r hanesion a glywsant yn y tŷ hwnnw, neu'r caneuon a ganwyd. Ar ôl ychydig ddyddiau'n unig roedd pob un ohonynt, gan gynnwys y merlod, wedi'i adnewyddu ac yn teimlo'n gryf ac yn iach unwaith eto. Trwsiwyd eu dillad, ynghyd â'u briwiau, eu hwyliau a'u gobeithion. Llenwyd eu sachau â digonedd o fwyd oedd yn ysgafn i'w gludo ond yn ddigon maethlon i'w cynnal hyd at ochr arall y mynyddoedd. Ychwanegwyd at eu cynlluniau gyda'r cyngor gorau. Ymhen fawr o dro roedd hi'n nos ganol haf, a'u bwriad oedd dechrau ar eu taith unwaith eto gyda'r wawr y diwrnod wedyn.

Roedd Elrond yn gyfarwydd â rŵnau o bob math. Y diwrnod hwnnw edrychodd ar y cleddyfau a gymerwyd ganddynt o ogof y troliaid, ac meddai, "Nid gwaith troliaid mo'r rhain. Hen gleddyfau ydynt, cleddyfau hynafol Uchel-Ellyll y Gorllewin, sef fy nheulu innau. Fe'u gwnaed yng Ngondolin ar gyfer rhyfeloedd y coblynnod. Fe fuon nhw'n rhan o drysor draig neu ysbail coblynnod, mae'n rhaid, gan y bu i ddreigiau a choblynnod ddinistrio'r ddinas honno'n llwyr amser maith yn ôl. Mae'r rŵnau'n tystio mai enw hwn, Thorin, yw Orcrist, *Coblyn-Holltwr* yn iaith hynafol Gondolin. Roedd yn gleddyf enwog. Hwn, Gandalff, oedd Glamdring, *Gelyngordd*, eiddo gynt i frenin Gondolin. Gwisgwch nhw ag anrhydedd!"

"Tybed ble cafodd y troliaid hyd iddynt?" gofynnodd Thorin gan edrych ar ei gleddyf â diddordeb newydd.

"Ni allaf ddweud hynny â sicrwydd," meddai Elrond, "ond baswn yn dyfalu bod eich troliaid wedi ysbeilio ysbeilwyr eraill, neu ddod ar draws trysorau a ladratwyd gan rywrai eraill mewn ogof hynafol yn y mynyddoedd. Rydw i wedi clywed bod hen drysorau i'w canfod o hyd yn ogofâu diffaith y cloddfeydd ym Moria, trysorau fu yno ers adeg y rhyfel rhwng y corachod a'r coblynnod."

Ystyriodd Thorin y geiriau hyn. "Byddaf yn cadw'r cleddyf hwn mewn anrhydedd," meddai. "Bydded iddo hollti coblynnod unwaith eto!"

"Hwyrach y cewch chi gyfle i wireddu'r dymuniad hwnnw'n ddigon buan, yn y mynyddoedd!" meddai Elrond. "Ond dangoswch eich map i mi."

Cymerodd Elrond y map a syllodd yn hir arno, gan ysgwyd ei ben: er nad oedd yn hoffi corachod ryw lawer—yn enwedig eu cariad at gyfoeth—roedd yn casáu dreigiau, eu drygioni a'u creulondeb. Roedd yn drist ganddo cofio ysbeilio tref Dyffryn a'i chlychau llawen, a'r tân yn llosgi ar lannau'r Afon Ebrwydd ddisglair. Roedd y lleuad gorniog lydan yn disgleirio â golau arian llachar. Daliodd y map i fyny i olau'r lleuad ddisgleirio drwyddi. "Beth yw hyn?" gofynnodd. "Mae yma loer-lythrennau, wrth ochr y rŵnau plaen sy'n dweud 'Pum troedfedd o uchder yw y drws â'i lled yn dri chorrach'."

"Beth yw lloer-lythrennau?" gofynnodd yr hobyd, yn llawn cyffro. Roedd yn hoff iawn o fapiau, fel yr wyf wedi sôn eisoes; ac roedd yn hoff hefyd o rŵnau ac o lythrennau ac o lawysgrifen gyfrwys, er bod ei lawysgrifen ef ei hun braidd yn denau, ac yn dwyn corynnod i gof rywsut.

"Rŵnau yw lloer-lythrennau, ond nid oes modd eu gweld," esboniodd Elrond, "nid o edrych arnynt yn uniongyrchol. Gellir eu gweld dim ond o edrych arnynt pan fo'r lleuad yn disgleirio'r tu ôl iddynt. Yn waeth na hynny, gyda'r rhai mwyaf cyfrwys, rhaid i'r lleuad fod o'r un siâp a thymor â'r lleuad ar y diwrnod yr ysgrifennwyd y llythrennau yn y lle cyntaf. Rhaid bod y rhain wedi'u hysgrifennu ar ganol haf dan leuad gorniog, amser maith yn ôl."

"Beth sydd wedi'i ysgrifennu?" gofynnodd Gandalff a Thorin ar yr un pryd, braidd yn ddig efallai mai Elrond oedd wedi darganfod hyn yn gyntaf, er na chawsant gyfle go iawn i wneud cyn hynny a bod yn deg, ac er na fyddai cyfle arall wedi dod am bwy a ŵyr ba hyd.

"Safwch wrth y garreg lwyd pan fo'r fronfraith yn taro," darllenodd Elrond, "a bydd golau olaf machlud yr haul ar ddydd Durin yn tywynnu ar dwll y clo."

"Durin, Durin!" meddai Thorin. "Ef oedd tad tadau'r corachod hynaf, yr Hirfarfau, a'r cyntaf o'm cyndadau: fi yw ei etifedd."

"Pryd mae Dydd Durin felly?" gofynnodd Elrond.

"Fel y dylai pawb wybod," meddai Thorin, "y diwrnod sy'n dynodi dechrau'r Flwyddyn Newydd yng nghalendr y corachod yw diwrnod cyntaf lleuad olaf yr Hydref, ar drothwy'r Gaeaf. Dydd Durin y gelwir y dydd hwnnw, ond dim ond pan fo lleuad olaf yr Hydref a'r haul yn yr awyr ar yr un pryd. Ond ni fydd hynny'n llawer o help i ni, mae arnaf ofn, gan nad oes gennym y gallu bellach i ragweld pryd y bydd diwrnod o'r fath yn dod eto."

"Cawn weld hynny," meddai Gandalff. "Oes rhagor wedi'i ysgrifennu?"

"Dim byd sydd i'w weld dan olau'r lleuad hwn," meddai Elrond, gan ddychwelyd map Thorin iddo. Aethant wedyn i lawr i'r afon i wylio'r ellyll yn dawnsio a chanu ar noson ganol haf.

Roedd y bore canlynol yn fore ganol haf, ac mor deg a ffres ag y gellid dymuno: awyr las heb gwmwl i'w weld yn unman, a'r heulwen yn dawnsio ar y dŵr.

Cychwynnodd y cwmni ar eu taith ar gefnau'r merlod, gyda'r ellyll yn canu caneuon o ffarwél a dymuniadau da iddynt. Roedd eu calonnau'n barod ar gyfer rhagor o anturiaethau, a'u meddyliau ar y llwybrau roedd rhaid iddynt eu dilyn dros Fynyddoedd y Niwl er mwyn cyrraedd y wlad tu hwnt yn ddiogel.

Pennod IV

DROS FRYN A DAN FRYN

Roedd llawer o lwybrau'n arwain i fyny i'r mynyddoedd hynny a llawer o fylchau'n eu croesi. Ond roedd y rhan fwyaf o'r llwybrau hyn yn gamarweiniol ac yn dwyllodrus, ac yn arwain i nunlle neu i ddiwedd drwg; ac roedd y rhan fwyaf o'r bylchau'n frith o bethau drygionus a pheryglon dychrynllyd. Ond o ddilyn cyngor doeth Elrond, a chyda gwybodaeth a chof Gandalff yn gymorth iddynt, fe ddewisodd y corachod a'r hobyd y llwybr cywir a'u tywysodd i'r bwlch cywir.

Ddyddiau hir ar ôl dringo o'r dyffryn a gadael yr Aelwyd Olaf milltiroedd lawer y tu ôl iddynt, roeddent yn dal i ddringo'n uwch ac yn uwch o hyd. Roedd y llwybr yn galed a pheryglus, heb sôn am droellog, unig a hir. Bellach roedd modd edrych yn ôl ar y wlad y daethent drwyddi, yn ymestyn y tu ôl iddynt ymhell islaw. Ymhell, bell i ffwrdd i'r gorllewin, lle'r oedd pethau'n aneglur ac yn las i gyd, gwyddai Bilbo fod ei wlad ei hun, gyda'i holl bethau diogel a chysurus ynghyd â'i hobyd-dwll bach ef. Crynodd. Roeddent mor uchel fel ei bod hi'n dechrau mynd yn eithriadol o oer, ac atseiniai'r gwynt wrth chwythu drwy'r creigiau. Hefyd, o bryd i'w gilydd fe garlamai clogfeini i lawr y llechweddau—wedi'u rhyddhau dan effaith haul canol dydd ar yr eira, aethant heibio iddynt (peth ffodus) neu dros eu pennau (peth brawychus). Roedd y nosweithiau'n rhewllyd ac yn ddigysur, ni feiddiai neb ganu neu siarad yn rhy uchel: roedd sŵn rhyfedd i'r adleisiau, a theimlai rywsut fel nad

oedd ar y tawelwch eisiau i ddim byd darfu arno—heblaw
sŵn y dŵr, wylo'r gwynt neu glec y cerrig.

"Mae'n haf islaw," meddyliodd Bilbo. "Maen nhw
wrthi'n torri'r gwair ac yn mwynhau ambell bicnic yn yr
haul. Bydd yna gynaeafu a chasglu mwyar duon hefyd cyn
i ni ddechrau disgyn yr ochr arall." Roedd y lleill yn
meddwl pethau'r un mor ddigalon, er iddynt ymffrostio'n
llawen am groesi'r mynyddoedd a marchogaeth yn gyflym
drwy'r wlad y tu hwnt wrth ffarwelio ag Elrond. Ond yr
adeg hynny buont yn llawn o obaith bore ganol haf, ac yn
dychmygu cyrraedd y drws cudd yn ochr y Mynydd Unig
mor fuan â lleuad gyntaf yr Hydref hyd yn oed—"ac
efallai ar Ddydd Durin fydd hynny," meddent. Gandalff
yn unig oedd wedi ysgwyd ei ben, heb ddweud gair. Roedd
hi'n flynyddoedd maith ers i'r un corrach gerdded y
llwybrau hynny, ond roedd Gandalff wedi gwneud, ac fe
wyddai sut oedd drygioni a pherygl wedi ymledu a ffynnu
yn y Parthau Gwyllt ers i ddreigiau yrru'r dynion o'r wlad,
ac i'r coblynnod ymledu'n ddirgel wedi'r frwydr fawr yng
Nghloddfeydd Moria. Ar antur beryglus y tu hwnt i
Gyrion y Gwyllt gall y cynlluniau gorau hyd yn oed fynd
ar chwâl, hyd yn oed rhai dewin doeth fel Gandalff a
chyfaill da fel Elrond. Dewin digon doeth oedd Gandalff
i wybod hynny'n iawn.

Gwyddai y gallai rywbeth annisgwyl ddigwydd, a phrin
oedd yn meiddio a gobeithio y gallent groesi'r
mynyddoedd uchel hynny heb drafferth, gyda'u copaon
unig a'u dyffrynnoedd oedd y tu hwnt i deyrnas unrhyw
frenin. A thrafferth a gawsant. Aeth popeth yn iawn i
ddechrau, ond un diwrnod dechreuodd storm o fellt a
tharanau. Mwy na storm: roedd fel pe bai rhyfel yn mynd
rhagddo yn yr awyr o'u cwmpas. Fe wyddoch chi pa mor
arswydus yw storm wirioneddol fawr ar wastadedd neu ar
waelod cwm, yn enwedig pan fydd dwy storm fawr yn
cyfarfod ac yn gwrthdaro. Mwy arswydus fyth yw mellt a
tharanau yn y mynyddoedd gyda'r nos, pan fydd stormydd
yn dod o'r Dwyrain a'r Gorllewin i frwydro yn erbyn ei

gilydd. Wrth i'r mellt chwalu'n ddarnau man ar y copaon, ac i'r creigiau grynu, mae'r twrw mawr yn hollti'r awyr ei hun ac yn cyrraedd perfedd pob ogof a phob twll, gan lenwi'r tywyllwch â sŵn aruthrol a fflachio sydyn.

Nid oedd Bilbo erioed wedi gweld na dychmygu unrhyw beth tebyg. Roeddynt yn uchel i fyny mewn lle cul, ar ochr diben ofnadwy â chwm tywyll islaw. Roeddynt yn cysgodi o dan glogwyn dros nos, ac roedd Bilbo'n gorwedd dan flanced, yn crynu o'i gorun i'w sawdl. Wrth edrych allan pan fflachiai'r mellt gwelodd fod y carreg-gewri ar ochr arall y cwm yn effro, yn taflu cerrig ar ei gilydd er hwyl, gan eu dal a'u gollwng i'r tywyllwch i chwalu ymysg y coed ymhell islaw, neu dorri'n deilchion â chlec. Yna daeth y gwynt a'r glaw, a chwipiwyd y glaw a'r cenllysg i bob cyfeiriad gan y gwynt fel bod y clogwyn yn dda i ddim fel cysgod iddynt. Cyn bo hir roeddynt wedi gwlychu, a'r merlod yn sefyll â'u pennau i lawr a'u cynffonau rhwng eu coesau, rhai ohonynt yn gweryru mewn braw. Roedd sŵn chwerthin a bloeddio'r cewri yn llenwi bob cwr o'r mynyddoedd.

"Wnaiff hyn mo'r tro o gwbl!" meddai Thorin. "Os na chawn ni ein chwythu ymaith, neu'n boddi, neu'n trywanu gan fellten, fe gawn ni ein codi gan ryw gawr, a'n cicio'n uchel i'r awyr fel pêl droed!"

"Wel, os wyddost ti am rywle gwell, croeso i ti ein harwain yno!" meddai Gandalff, oedd yn teimlo'n swta iawn, ac ymhell o fod yn hapus ei hunan ynghylch y cewri.

Wedi dadlau am ychydig, daethant at y casgliad y dylid anfon Fíli a Kíli i chwilio am loches well. Roedd eu llygaid yn graff iawn, a chan mai nhw oedd yr ifancaf o'r corachod gan ryw bum deg o flynyddoedd, nhw fyddai'n gwneud y math yma o waith fel arfer (pan oedd hi'n amlwg i bawb mai gwastraff amser fyddai anfon Bilbo). Does dim byd yn debyg i chwilio, os ydych am gael hyd i rywbeth (meddai Thorin wrth y corachod ifanc, o leiaf). Yn sicr, cewch hyd i *rywbeth* fel arfer, drwy chwilio, ond nid bob amser yr hyn yr oeddech ei eisiau. A dyna beth a ddigwyddodd y tro hwn.

Y Llwybr drwy'r Mynyddoedd

Cyn bo hir cropiodd Fíli a Kíli yn eu holau, gan afael yn y creigiau rhag y gwynt. "Rydyn ni wedi cael hyd i ogof sych," medden nhw, "heb fod yn rhy bell heibio'r gornel nesaf; ac mae lle ynddi i'r merlod a phopeth."

"Ydych chi wedi'i harchwilio'n *drylwyr*?" gofynnodd y dewin, a wyddai mai anaml iawn y byddai ogofeydd yn y mynyddoedd yn wag.

"Ydyn, ydyn!" medden nhw, er ei bod yn amlwg i bawb na chawsant gyfle i fod wrthi am yn hir, ac yntau wedi dychwelyd yn llawer rhy gyflym. "Dydy hi ddim mor fawr â hynny, nac yn rhy ddwfn chwaith."

Dyna berygl pob ogof: pwy â ŵyr pa mor ddwfn ydyn nhw weithiau, neu i ble mae twnnel yn arwain, neu beth sy'n eich aros ar y tu mewn. Ond dan yr amgylchiadau roedd newyddion Fíli a Kíli'n addawol, felly cododd pawb i baratoi i symud. Roedd y gwynt yn wylo a'r taranau'n rhuo o hyd, a gwaith caled oedd perswadio'r merlod i symud. Nid oedd angen iddynt fynd yn bell, fodd bynnag, a chyn bo hir daethant at garreg fawr yn ymestyn i ganol y llwybr. O gamu'r tu ôl iddi gwelsant borth isel yn ochr y mynydd. O dynnu'r paciau a'r cyfrwyau oddi arnynt, roedd digon o le i wasgu'r merlod trwyddo. Wedi mynd drwy'r porth, braf oedd clywed y gwynt a'r glaw y tu allan yn lle o'u cwmpas, a theimlo'n ddiogel rhag y cewri a'u cerrig. Ond doedd y dewin ddim am fentro dim. Cyneuodd ben ei ffon—fel yr oedd wedi'i wneud y diwrnod hwnnw ym mharlwr Bilbo, amser maith yn ôl, os ydych chi'n cofio—a chyda chymorth y golau roedd modd archwilio'r ogof o un pen i'r llall.

Roedd hi'n ogof sylweddol, ond heb fod yn rhy fawr na rhyfedd. Roedd iddi lawr sych ac ambell gilfach gyfforddus. Roedd lle i'r merlod mewn un pen, ac yno safai'r rheiny (yn fodlon iawn gyda'r newid) yn cnoi eu bagiau bwyd, y stêm yn codi oddi arnynt. Roedd ar Óin a Glóin eisiau cynnau tân wrth y fynedfa er mwyn sychu'r dillad, ond fe'u gwaharddwyd gan Gandalff. Felly taenodd pawb eu dillad ar y llawr, gan estyn rhai sych o'u bagiau, cyn gwneud eu blancedi'n gyfforddus ac estyn eu cetynau

a mynd ati i chwythu cylchoedd mwg. Troesai Gandalff y
rhain yn lliwiau gwahanol a'u hanfon i ddawnsio ger y
nenfwd er mwyn diddanu'r lleill. Dechreuodd bawb siarad
ac ymlacio, ac anghofio am y storm, gan sôn am yr hyn y
byddai pob un yn ei wneud â'i ran ef o'r trysor (ar ôl cael
gafael arno, rhywbeth nad oedd yn teimlo'n rhy amhosib
yr eiliad honno). Fesul un, cwympodd pawb i gysgu. Hynny
oedd y tro olaf iddynt ddefnyddio'r merlod, y pecynnau,
bagiau, offer, a'r holl betheuach y daethant gyda nhw.

Peth ffodus wedi'r cyfan oedd iddynt ddod â Bilbo bach
gyda nhw'r noson honno. Am ryw reswm roedd yn hir iawn
cyn iddo allu cysgu, ac wedi iddo lwyddo cafodd
freuddwydion dychrynllyd. Breuddwydiodd fod yna hollt
draw yng nghefn yr ogof yn tyfu'n hirach a hirach, ac yn agor
yn fwy a fwy llydan, ac er bod ofn mawr arno nid oedd yn
gallu galw'r lleill na gwneud dim heblaw gorwedd a gwylio.
Breuddwydiodd wedyn fod llawr yr ogof yn suddo, a'i fod
yn llithro—yn dechrau cwympo i lawr, lawr, i bwy a ŵyr ble.

Deffrodd yn sydyn, a chael bod y rhan honno o'i
freuddwyd yn wir. Roedd hollt wedi agor yng nghefn yr
ogof, ac eisoes yn dwnnel llydan. Cododd mewn pryd i
weld cynffon y merlyn olaf yn diflannu iddo. Wrth gwrs,
rhoddodd floedd uchel, mor uchel ag y gall hobyd, sy'n
eithaf uchel o ystyried pa mor fach ydynt.

Cyn i chi allu dweud *carreg wrth garreg*, neidiodd y
coblynnod o'r twll: coblynnod mawr, hyll eu golwg, a
llawer ohonynt, chwech o leiaf i bob corrach, a dau eto i
Bilbo hyd yn oed; ac felly roedd pob un ohonynt wedi'i
gipio a'i gludo drwy'r hollt cyn i chi allu dweud *cerrig fflint*.
Ond nid Gandalff. Roedd bloedd Bilbo wedi gwneud
hynny o les. Deffrodd y dewin mewn chwinciad a phan
ddaeth coblynnod i afael ynddo, bu fflach ddychrynllyd
fel mellten yn yr ogof, ac arogl powdr gwn, a dyna y bu
sawl un ohonynt yn gelain ar lawr.

Caeodd y bwlch â chlep, ac roedd Bilbo a'r corachod
ar yr ochr draw! Ble oedd Gandalff? Doedd ganddyn
nhw'r un syniad, na'r coblynnod chwaith, ac nid oedd ar
y rheiny awydd aros i gael gwybod. Gafaelwyd yn Bilbo

a'r corachod a'u cipio ymaith. Roedd hi'n dywyll, tywyllwch dwfn nad oes modd i neb weld drwyddi heblaw coblynnod sy'n byw yng nghrombil mynyddoedd. Roedd y twneli'n troi ac yn plethu i bob cyfeiriad, ond gwyddai'r coblynnod y ffordd, fel yr ydych chithau'n gwybod y ffordd i'r swyddfa bost agosaf. I lawr aeth y llwybr, yn ddyfnach ac yn ddyfnach, ac roedd hi'n fyglyd eithriadol. Roedd y coblynnod yn arw iawn â'u carcharorion, ac yn eu pinsio'n ddidrugaredd wrth chwerthin yn greulon yn eu lleisiau caled cas. Teimlai Bilbo'n waeth hyd yn oed nag yr oedd wedi teimlo pan ddaliodd y trol ef gerfydd bysedd ei draed. Gweddïodd eto ac eto am ei hobyd-dwll hyfryd glân. Nid am y tro olaf.

Ymddangosodd golau coch gwan o'u blaenau. Dechreuodd y coblynnod ganu, neu grawcian, gan gadw'r curiad drwy daro eu traed ar y llawr, ac ysgwyd eu carcharorion.

> *Clac! Clep! Dywyll grac!*
> *Cip, dal, pinsh, craff!*
> *I lawr, i lawr, i'n cartref nawr*
>   *Â thi, gnaf bach!*

> *Clatsh, clec, smic, smac*
> *Morthwyl, llaw! Caib a rhaw!*
> *Cloddio, tyllu, dan y ddaear,*
> *Ho ho, gnaf bach!*

> *Bim! Bam! Chwip! chwap!*
> *Dyrnu a chrefu, taro a brefu!*
> *Gwaith, gwaith, heb ddim gobaith*
> *Tra'r yf pob coblyn, chwardd pob coblyn*
> *O hyd ac o hyd, o dan y byd*
>   *I lawr, gnaf bach!*

Roedd hi'n wirioneddol ddychrynllyd i'w chlywed. Llenwodd y twnnel ag atsain y *clac, clep*! a'r *smic, smac*, ac â chwerthin creulon y *thi, gnaf bach*! Roedd ystyr gyffredinol y gân yn hollol glir, wrth i'r coblynnod estyn chwipiau a'u trywanu â chrac, clep, a'u gorfodi i redeg yn eu blaenau mor gyflym ag y gallent. Roedd mwy nag un o'r corachod eisoes yn bloeddio ac yn brefu nerth ei lais, pan faglon nhw dros drothwy ogof enfawr.

Roedd yr ogof wedi'i goleuo gan dân mawr coch ar ei chanol, a chan ffaglau ar hyd y waliau, ac roedd yn llawn coblynnod yn chwerthin ac yn curo'u traed a'u dwylo wrth i'r corachod ddod i mewn (â Bilbo druan yn y cefn, mwyaf agos i'r chwipiau), ac i'r coblynnod oedd yn eu gyrru floeddio ac ysgwyd eu chwipiau y tu ôl iddynt. Roedd y merlod yno'n barod yn cuddio mewn cornel, ac yno hefyd roedd yr holl fagiau a'r paciau, wedi'u hagor a'u rhwygo, â choblynnod yn turio drwyddynt, gan arogleuo a byseddu'r cynnwys ac ymladd â'i gilydd drosto.

Mae'n ddrwg gen i ddweud mai hynny oedd y tro olaf iddynt weld y merlod bach ardderchog hynny, a'r ceffyl cadarn gwyn llawen yr oedd Gandalff wedi cael ei fenthyg gan Elrond, gan nad oedd ei geffyl ei hun yn addas at lwybrau'r mynydd. Mae coblynnod yn bwyta ceffylau a merlod ac asynnod (a phethau eraill llawer mwy dychrynllyd hefyd), ac maent yn llwglyd o hyd. Fodd bynnag, yr unig beth ar feddyliau'r carcharorion yr eiliad honno oedd eu tynged eu hunain. Clymodd y coblynnod eu dwylo'r tu ôl iddynt â chadwyni, a'u clymu at ei gilydd mewn llinell, a'u llusgo i ben pellaf yr ogof, gyda Bilbo bach druan ar ddiwedd y rhes.

Yno yn y cysgodion ar garreg fawr wastad eisteddai coblyn anferthol a chanddo ben enfawr, ac o'i gwmpas safai coblynnod arfog, yn dal y bwyelli a'r cleddyfau cam hynny maent yn eu defnyddio. Creaduriaid creulon, anfad yw coblynnod, eu calonnau'n llawn drygioni. Nid ydynt yn creu dim byd sy'n hardd, ond maent yn creu llawer o bethau dyfeisgar. Dim ond iddynt drafferthu gwneud, gallent gloddio a thwnelu cystal ag unrhyw gorrach heblaw'r mwyaf medrus, er bod eu gwaith yn flêr ac yn fudr yn amlach na pheidio. Gallent greu morthwylion, bwyelli, cleddyfau, dagerau, ceibiau a gefeiliau da, yn

ogystal ag offer arteithio, neu fel arall maent yn gorfodi i
eraill eu creu ar eu rhan, carcharorion a chaethweision sy'n
gorfod gweithio nes iddynt farw o ddiffyg aer a golau.
Mae'n bur debyg mai nhw a ddyfeisiodd rai o'r peiriannau
hynny sydd wedi poeni'r byd byth wedyn, yn enwedig y
taclau dyfeisgar hynny sy'n lladd nifer fawr o bobl ar
unwaith. Mae olwynion a pheiriannau a ffrwydradau wedi
eu swyno erioed, yn ogystal ag osgoi gweithio â'u dwylo
eu hunain lle bo'n bosibl. Fodd bynnag, yn y dyddiau
hynny nid oeddynt wedi datblygu (fel y dywedir) i'r
graddau hynny eto. Nid oeddynt yn ystyried corachod yn
elynion mawr, yn fwy nag yr oedd pawb a phopeth yn
elynion iddynt; mewn rhai parthau roedd corachod drwg
wedi cynghreirio gyda nhw hyd yn oed. Ond roedd
ganddynt bwyth i'w dalu yn ôl i Thorin a'i dylwyth,
oherwydd y rhyfel yr wyf wedi'i grybwyll o'r blaen, nad
yw'n rhan o'r hanes hwn. Beth bynnag, does dim ots gan
goblynnod pwy maen nhw'n eu dal, dim ond eu bod yn
gwneud hynny'n gyfrwys ac yn ddirgel, pan nad yw'r
darpar-garcharorion yn gallu amddiffyn eu hunain.

"Pwy yw'r trueiniaid hyn?" gofynnodd y Coblyn Mawr.

"Corachod—a hwn!" meddai un o'r gyrwyr, gan dynnu
ar gadwyn Bilbo a gwneud iddo gwympo i'w bengliniau. "Fe
ddaethom o hyd iddynt yn cysgodi yn ein Porth Blaen."

"Beth oedd eich bwriad?" meddai'r Coblyn Mawr, gan
droi at Thorin. "Drygioni o ryw fath, mwy na thebyg!
Ysbïo ar fusnes preifat fy mhobl, ddwedwn i! Lladron,
synnwn i ddim! Llofruddion a chyfeillion i'r ellyll, debyg
iawn! Dwedwch! Beth yw'ch ateb?"

"Y corrach Thorin, at eich galwad," ymatebodd—â
chwrteisi ofer. "Nid oeddwn yn bwriadu dim o'r hyn yr
ydych chi'n drwgdybio. Cysgodi mewn ogof oeddem, un
gyfleus a heb ei defnyddio yn ôl yr olwg; doedd dim byd
yn bellach o'n meddyliau nag achosi anghyfleustra o
unrhyw fath i goblynnod." Roedd hynny'n ddigon gwir!

"Hym!" meddai'r Coblyn Mawr. "Dyna meddech chi!
Gaf i ofyn beth oeddech chi'n ei wneud yn y mynyddoedd
o gwbl, ac o ble y daethoch, ac i ble'r oeddech yn mynd?

A dweud y gwir hoffwn i wybod pob dim amdanoch. Er na fydd hynny'n gwneud unrhyw ddaioni i ti, Thorin Dariandderw. Rydw i'n gwybod llawer gormod am dy deulu di eisoes. Ond rhowch i ni'r gwir, nawr, neu mi wna i baratoi rhywbeth *hynod* anghyfforddus i chi!"

"Roedden ni'n teithio er mwyn ymweld â'n teulu, ein neiau a'n nithion, ein cefndryd, cyfyrderon, ceifnaint a gorcheifnaint, a disgynyddion eraill i'n cyndeidiau, sy'n byw ar ochr ddwyreiniol y mynyddoedd lletygar hyn," meddai Thorin, heb wybod yn iawn beth yn union i'w ddweud a heb amser i feddwl, pan oedd yn amlwg na fyddai'r gwir yn gwneud y tro o gwbl.

"Mae'n dweud celwydd, eich aruthrol goruchaf fawrhydi!" meddai un o'r gyrwyr. "Cafodd rhai o'n pobl eu trywanu gan fellten yn yr ogof, wedi i ni wahodd y rhain i mewn; ac maen nhw'n farw fel y graig. A dyw e heb esbonio hwn!" Ymestynnodd y cleddyf y bu Thorin yn ei wisgo, yr un ddaeth o drysor y troliaid.

Rhoddodd y Coblyn Mawr floedd gwirioneddol erchyll pan edrychodd arno, a chrensiodd ei holl filwyr eu dannedd, a tharo'u tariannau â'u harfau, a churo'u traed. Adnabuwyd y cleddyf ganddynt ar unwaith. Roedd y cleddyf hwn wedi lladd cannoedd ohonynt pan gawsant eu hela gan ellyll teg Gondolin drwy'r bryniau, neu wrth iddynt frwydro gyda nhw o flaen eu waliau. *Orcrist*, Coblyn-holltwr, fu enw'r ellyll amdano, ond i'r coblynnod *Brathwr* oedd ei enw. Roeddent yn ei gasáu, ond nid cymaint ag yr oeddent yn casáu'r sawl a'i gwisgai.

"Llofruddwyr ac ellyllyn-gyfeillion!" gwaeddodd y Coblyn Mawr. "Slaesiwch nhw! Curwch nhw! Brathwch nhw! Crensiwch nhw! Ewch â nhw ymaith a'u taflu i byllau'n llawn nadroedd, fel na fyddant yn gweld golau byth eto!" Cymaint oedd ei gynddaredd fel iddo godi o'i sedd i ruthro'n at Thorin yn geg agored.

Yr eiliad honno diffoddodd holl oleuadau'r ogof, a diflannodd y tân mawr mewn pwff! a throi'n dŵr o fwg glas yn estyn hyd at y to, gan daflu gwreichion gwyn ymysg y coblynnod.

Amhosib fyddai disgrifio'r holl weiddi a galaru, y crawcio a'r cwyno, y melltithio, yr wylo, y brefu a'r sgrechian a ddaeth wedyn. Roedd yn waeth na phetai cannoedd o fleiddiaid a chathod gwylltion yn cael eu rhostio'n fyw ar yr un pryd. Roedd y gwreichion yn llosgi tyllau yn y coblynnod, ac roedd y mwg trwchus a ddisgynnai o'r nenfwd yn ei gwneud hi'n anodd gweld, hyd yn oed i lygaid coblyn. Cyn pen dim roeddynt yn baglu dros ei gilydd ac yn rholio ar lawr, gan frathu a chicio ac ymladd fel petai pob un ohonynt wedi mynd o'i gof.

Yn sydyn fflachiodd cleddyf oedd mor llachar fel bod iddo'i olau ei hun. Gwelodd Bilbo'r cleddyf yn mynd yn syth drwy ganol y Coblyn Mawr, a hwnnw'n sefyll yn syfrdan yn ei gynddaredd. Syrthiodd yn gelain, a dechreuodd y coblyn-filwyr ffoi'r cleddyf gan sgrechian yn y tywyllwch.

Dychwelodd y cleddyf i'w wain. "Dilynwch fi, ar unwaith!" meddai llais, yn isel ond yn ffyrnig, a chyn i Bilbo ddeall beth oedd yn digwydd roedd yn rhedeg nerth ei draed unwaith eto ar ben y llinell drwy ragor o dwneli, â sŵn y gweiddi yn neuadd y coblynnod yn ymbellhau'r tu ôl iddo. Roedd golau llwydwyn yn eu harwain ymlaen.

"Brysiwch, brysiwch!" meddai'r llais. "Bydd y ffaglau'n olau eto cyn bo hir."

"Hanner munud!" meddai Dori, oedd yn y cefn a'r agosaf i Bilbo. Roedd yn gorrach digon clên yn y bôn, a gadawodd i'r hobyd ddringo ar ei gefn gorau y gallai o gofio bod ei ddwylo wedi'u clymu, ac i ffwrdd â nhw i gyd wedyn ar redeg, a'u cadwyni'n tincial ac yn baglu i bob man gan nad oedd eu dwylo'n rhydd iddynt sadio'u hunain. Aethant yn bell, bell, a chyn hir rhaid eu bod wedi cyrraedd crombil y mynydd.

Yna cyneuodd Gandalff olau ei ffon. Wrth gwrs, Gandalff oedd wedi'u hachub, ond roeddynt yn rhy brysur yr eiliad honno i ofyn iddo o ble'r oedd wedi dod. Estynnodd ei gleddyf, ac unwaith eto fflachiodd hwnnw'n llachar yn y tywyllwch. Llosgai â chynddaredd bur a wnâi iddo ddisgleirio pe bai coblynnod gerllaw; edrychai fel fflam las bellach, yn ymhyfrydu mewn lladd y Coblyn

Mawr. Torrodd yn syth drwy'r cadwyni y rhoesai'r coblynnod arnynt gan ryddhau'r carcharorion ar unwaith. Enw'r cleddyf hwn oedd *Glamdring*, y Gelyngordd, os cofiwch chi. Y *Bwriwr* oedd enw'r coblynnod arno, ac roeddynt yn ei gasáu'n waeth na'r Brathwr hyd yn oed. Roedd *Orcrist*, hefyd, wedi'i achub; roedd Gandalff wedi dod ag ef hefyd ar ôl ei gipio o law un o'r gwarchodwyr ofnus. Byddai Gandalff yn meddwl ac yn cofio am lawer o bethau o hyd, ac er na allai wneud pob dim bob tro, pan oedd ei ffrindiau mewn trafferth byddai'n gwneud hynny a allai drostynt.

"Ydyn ni yma i gyd?" meddai, a moesymgrymodd wrth ddychwelyd cleddyf Thorin iddo. "Gadewch i mi weld: un—dyna Thorin; dau, tri, pedwar, pump, chwech, saith, wyth, naw, deg, un ar ddeg; ble mae Fíli a Kíli? Dyma nhw! Deuddeg, tri ar ddeg—a dyma Mr. Baglan: pedwar ar ddeg! Wel, wel! Gallai fod yn waeth, ond eto i gyd, gallai fod yn well o lawer. Dim merlod, dim bwyd, a dim syniad lle'r ydyn ni yn union, a heidiau o goblynnod ffyrnig ar ein holau! Ymlaen â ni!"

Ac ymlaen â nhw. Roedd Gandalff yn hollol gywir: cyn bo hir clywsant sŵn coblynnod yn gweiddi'n erchyll yn bell y tu ôl iddynt, o du'r twneli yr oeddent wedi teithio ar eu hyd. Fe'u gyrrwyd yn eu blaenau'n gyflymach fyth gan hynny, a chan nad oedd gan Bilbo druan obaith mul mynd hanner mor gyflym â'r lleill—gall corachod redeg yn gyflym iawn pan fo rhaid iddynt, credwch chi fi—bu'n rhaid iddynt gymryd eu tro i'w gario ar eu cefnau.

Fodd bynnag, mae coblynnod yn gyflymach na chorachod, ac roedd y coblynnod hyn yn gwybod y ffordd yn well (nhw adeiladodd y llwybrau), ac yn gynddeiriog. Er gwaethaf eu hymdrechion felly gallai'r corachod glywed y gweiddi'n agosáu o hyd. Cyn bo hir roedd modd clywed traed y coblynnod yn taro'r llawr, nifer fawr iawn o draed nad oedd yn swnio'n bellach i ffwrdd na'r cornel diwethaf. Gwelsant ffaglau coch yn fflachio'r tu ôl iddynt yn y twnnel hefyd, ac roeddynt yn dechrau mynd yn beryglus o flinedig.

"Pam, pam gadawais i fy hobyd-dwll erioed?!" meddai Mr. Baglan druan wrth fownsio i fyny ac i lawr ar gefn Bombur.

"Pam, pam des i â hobyd bach truenus ar helfa drysor?!" meddai Bombur druan, oedd yn dew, ac yn gwegian ac yn ymbalfalu yn ei flaen wrth i'r chwys ddiferu o'i drwyn yn ei wres a'i fraw.

Ar hyn, arhosodd Gandalff ar ôl, a chydag ef roedd Thorin. Roeddynt newydd droi cornel. "Ar dy sawdl, troi!" gwaeddodd. "Estyn dy gleddyf, Thorin!"

Doedd dim byd arall i'w wneud; a doedd y coblynnod ddim yn hapus wrth iddynt sgrialu o gwmpas y gornel yn gweiddi'n wyllt. Roedd y Coblyn-holltwr a'r Gelyngordd yn aros i'w croesawu, eu golau oer yn adlewyrchu yn llygaid syfrdan y coblynnod. Gollyngodd y rhai yn y blaen eu ffaglau mewn braw, gan roi un floedd arall cyn cael eu lladd. Bloeddiodd y rheng nesaf yn uwch byth, gan neidio'n ôl a bwrw'r rhai y tu ôl iddynt i'r llawr. "Brathwr a Bwriwr!" sgrechiodd y coblynnod; ac yn sydyn roedd hi'n anrhefn llwyr unwaith eto, â'r rhan fwyaf ohonynt yn ceisio ffoi yn ôl o ble daethant.

Roedd yn amser hir iawn cyn i'r un ohonynt feiddio troi'r gornel eto. Erbyn hynny roedd y corachod wedi diflannu'n bell, bell ar hyd twneli tywyll teyrnas y coblynnod. Wedi sylweddoli hynny, diffoddodd y coblynnod eu ffaglau a gwisgo esgidiau meddal. Dewiswyd eu rhedwyr cyflymaf, y rhai gyda'r llygaid a'r clustiau mwyaf craff, i redeg ymlaen, mor gyflym â gwencïod yn y tywyllwch, a heb lawer fwy o sŵn nag ystlumod.

Dyna pam na chlywodd Bilbo, y corachod na Gandalff hyd yn oed y coblynnod yn dod, na'u gweld chwaith. Ond gallai'r coblynnod a redai'n dawel y tu ôl iddynt eu gweld, gan fod Gandalff wedi rhoi golau gwan yn ei ffon, yn gymorth i'r lleill wrth redeg.

Roedd Dori yn y cefn unwaith eto â Bilbo ar ei gefn. Yn sydyn iawn, gafaelwyd ynddo o'r tu ôl yn y tywyllwch. Bloeddiodd a chwympodd, a llithrodd yr hobyd oddi ar ei ysgwyddau i'r dywch, gan daro'i ben ar graig galed. Ni chofiodd ddim byd ar ôl hynny.

Pennod V

POSAU YN Y TYWYLLWCH

Wrth i Bilbo agor ei lygaid, tybiai a oedd e wedi gwneud mewn gwirionedd, â hithau'r un mor dywyll ag yr oedd hi â'i lygaid ar gau. Doedd neb o gwbl yn agos iddo. Dychmygwch ei ofn! Ni chlywai ddim, ni welai ddim, a ni theimlai ddim ag eithrio carreg y llawr.

Cododd ar ei bedwar yn araf iawn ac ymbalfalodd nes cyffwrdd ochr y twnnel; ond o'i ddilyn i fyny neu i lawr ni chai hyd i ddim byd: dim byd o gwbl, dim sôn am goblynnod, dim sôn am gorachod. Roedd ei ben yn troi, ac nid oedd yn sicr o gwbl i ba gyfeiriad yr oeddynt yn rhedeg pan gwympodd. Dyfalodd orau y gallai, a chropiodd yn ei flaen am gryn bellter nes cyffwrdd yn sydyn â rhywbeth a deimlai fel modrwy fechan o fetel oer yn gorwedd ar lawr y twnnel. Trobwynt yn ei yrfa oedd yr eiliad honno, er na wyddai hynny ar y pryd. Rhoddodd y fodrwy yn ei boced, bron heb feddwl; yn sicr ni allai feddwl am unrhyw ddefnydd penodol iddi ar hyn o bryd. Nid aeth llawer ymhellach ond yn hytrach eisteddodd ar y llawr oer ac ildiodd i'w drueni am amser maith. Dychmygodd ei hun yn ffrïo bacwn ac wyau yn ei gegin adref—oherwydd teimlai o fewn ei hunan ei bod hi'n hen bryd iddo fwyta rhywbeth; ond ni wnaeth hynny ond ei ddigalonni yn fwy byth.

Ni allai feddwl am beth i'w wneud; na chwaith beth oedd wedi digwydd; na pham iddo gael ei adael ar ôl; na pham, os oedd wedi'i adael ar ôl, nad oedd y coblynnod wedi'i ddal; na pham hyd yn oed yr oedd ei ben yn brifo cymaint. Y gwir oedd ei fod wedi bod yn gorwedd yn dawel o'r olwg ac o feddwl mewn cornel tywyll iawn am amser maith.

Ymhen yrhawg, ymbalfalodd yn ei bocedi am ei getyn. Nid oedd wedi'i thorri—dyna un peth o leiaf. Yna chwiliodd am ei gwdyn, a chael bod rhywfaint o dybaco ynddo—a dyna beth arall! Yna chwiliodd am fatsys, methodd â chael hyd i'r un ohonynt, ac fe chwalwyd ei obeithion yn llwyr. Peth da oedd hynny, meddyliodd yn ddiweddarach, ar ôl dod ato'i hun. Pwy a ŵyr beth fyddai golau matsien ac arogl tybaco wedi'u tynnu am ei ben o dyllau tywyll y lle dychrynllyd hwnnw. Fodd bynnag, pryd hynny teimlai'n isel iawn ei ysbryd. Ond wrth daro pob un o'i bocedi ac ymbalfalu am fatsien, daeth ei law i gyffwrdd â charn ei gleddyf bach—y dagr bach yr oedd wedi'i gael gan y troliaid, ac yr oedd wedi'i anghofio'n llwyr. Wrth lwc, nid oedd y coblynnod wedi sylwi arno chwaith, gan ei fod wedi'i wisgo yn ei lodrau.

Dyma fe'n estyn y cleddyf. Disgleiriai'n llwydwyn ac egwan o flaen ei lygaid. "Mae hwn yn un o gleddyfau'r ellyll hefyd, felly," meddyliodd; "a dydy'r coblynnod ddim yn agos iawn, ond eto ddim yn ddigon pell."

Roedd hynny'n gysur rywsut. Gwych o beth oedd cael gwisgo llafn a wnaed yng Ngondolin ar gyfer y coblyn-ryfeloedd y soniai gymaint o'r hen ganeuon amdanynt. Roedd wedi sylwi hefyd bod arfau o'r fath yn cael cryn argraff ar goblynnod a ddaethai ar eu traws yn sydyn.

"Mynd yn f'ôl?" meddyliodd. "Wnaiff hynny mo'r tro! I'r ochr? Amhosibl! Ymlaen? Yr unig ddewis! Ymlaen â ni!" Cododd ar ei draed felly, ac aeth yn ei flaen gan ddal ei gleddyf bach o'i flaen, ei law arall yn dilyn y wal, a'i galon yn curo'n galed.

Heb os nac oni bai, roedd Bilbo mewn penbleth, fel y dywedir. Ond rhaid i chi gofio nad oedd yr un mor wael arno ef ag y byddai wedi bod arnaf innau na chithau. Dydy hobydion ddim yr un fath yn union â phobl gyffredin. Wedi'r cyfan, er bod hobyd-dwll yn lle braf, siriol, ac wedi'i awyru'n iawn, yn dra wahanol i dwneli'r coblynnod, eto i gyd mae hobydion yn fwy cynefin â thwneli nag yr ydyn ni. Nid ydynt yn colli eu ffordd o dan y ddaear yn hawdd—nid ar ôl i'w pennau ymadfer wedi clec. Gall hobyd symud yn gyflym iawn hefyd, a chuddio'n hawdd, ac mae'n adfer yn gyflym ar ôl iddo gwympo neu friwio. Yn eu pennau hefyd mae trysorfa o'r fath o ddoethineb a dywediadau y mae dynion naill ai wedi'u hanghofio, neu erioed wedi'u clywed.

Serch hynny, faswn i ddim wedi hoffi cyfnewid lle â Mr. Baglan. Roedd y twnnel yn ymddangos yn ddiddiwedd. Y cwbl a wyddai oedd ei fod yn parhau i fynd yn eithaf cyson tuag i lawr, ac i'r un cyfeiriad o hyd, er gwaethaf ambell droad. Bob hyn a hyn daeth ar draws twneli'n arwain i ffwrdd i'r naill ochr neu'r llall: gallai eu gweld yn y golau gwan a daflai'r cleddyf, neu eu teimlo gyda'i law ar ochr y twnnel. Ond ni ddaliodd yr un sylw i'r rhain, dim ond rhuthro heibio'n gyflym rhag ofn bod coblyn yn ymddangos ohonynt, neu un o'r creaduriaid tywyll eraill hynny a lenwai ei ddychymyg. Aeth yn ei flaen o hyd, heb glywed dim heblaw ambell ystlum yn hedfan heibio'i glustiau. Cododd y cyntaf o'r rheiny ofn mawr arno, ond cyn bo hir roedd wedi digwydd yn rhy aml o lawer i'w boeni mwy. Dydw i ddim yn gwybod am ba hyd y parhaodd felly, yn ofni mynd yn ei flaen, ond heb feiddio aros, ymlaen, ymlaen nes yr oedd wedi llwyr ymlâdd. Teimlai fel pe bai yfory wedi mynd a dod, a'i fod wedi bod o dan y ddaear am ddyddiau.

Yn sydyn, heb rybudd o gwbl camodd ei droed mewn dŵr! Ych-â-fi! Roedd yn rhewllyd o oer. Arhosodd Bilbo'n stond yn y fan. Ni wyddai os mai pwll ar ganol y llwybr oedd y dŵr, neu afon danddaearol yn croesi'r twnnel, neu ochr llyn tanddaearol tywyll, dwfn. Prin oedd ei gleddyf yn disgleirio o gwbl bellach. O wrando'n astud wrth aros clywodd ddiferion yn disgyn o'r nenfwd anweledig i'r dŵr oddi tano. Doedd dim sŵn arall.

"Pwll neu lyn ydi hwn felly, ac nid afon danddaearol," meddyliodd. Serch hynny ni feiddiai rydio i'r tywyllwch.

Ni allai nofio; dychmygai hefyd bethau dychrynllyd,
llysnafeddog yn gwingo yn y dyfroedd, â chanddynt lygaid
mawr chwyddedig a diolwg. Mae pethau rhyfedd yn byw
yn y pyllau a'r llynnoedd yng nghrombil y mynyddoedd:
pysgod sydd heb adael ers i'w cyndeidiau nofio i mewn
pwy a ŵyr pryd, eu llygaid wedi tyfu'n fwy ac yn fwy
gyda'u hymdrechion i weld yn y düwch. Mae pethau eraill
sy'n waeth na physgod. Hyd yn oed yn y twneli a'r
ogofeydd hynny a wnaethpwyd gan goblynnod ar gyfer eu
hunain, mae yna bethau eraill yn byw heb wybod iddynt,
pethau a sleifiodd i mewn o'r tu allan i guddio yn y
tywyllwch. Mae rhai o'r ogofeydd hynny, hefyd, yn hŷn o
lawer na'r coblynnod, er iddynt eu hehangu a'u cysylltu
gyda thwneli newydd. Ambell dro mae'r perchnogion
gwreiddiol yn llechu ac yn cropian o hyd, yn y corneli
tywyllaf.

Yn y man dwfn yno ar lannau'r dŵr tywyll trigai
Golwm, creadur bach hen a llysnafeddog. Wn i ddim o
ble daeth, neu bwy ydoedd, na'n union *beth* ydoedd
chwaith. Golwm oedd e—cyn dywylled â'r tywyllwch,
heblaw'r ddau lygad mawr gwelw crwn yn ei wyneb tenau.
Roedd ganddo gwch bach, ac fe rwyfai hwnnw'n berffaith
dawel ar y llyn; oherwydd llyn oedd y dŵr, un llydan, dwfn,
ac oer fel y bedd. Rhwyfai gyda'i draed mawr a hongiai
dros ochrau'r cwch, ond ni pherai yr un crych ar wyneb y
dŵr. Nid ef. Byddai'n chwilio am bysgod dall â'i lygaid
llusernaidd, a'u casglu â'i fysedd hir a'i feddwl chwim.
Roedd yn hoff o gig hefyd. Roedd yn dda ganddo goblyn,
pan allai gael tamaid, ond gofalai iddynt beidio cael hyd
iddo. Byddai'n eu tagu o'r tu ôl, os oedd yn llechu gerllaw
wrth i un ohonynt ddod ar ei ben ei hun yn agos at
lannau'r llyn. Anaml y gwnaethent hynny, gan fod ryw
deimlad ganddynt fod rhywbeth annymunol yn cuddio
yno yng ngwreiddiau dwfn y mynydd. Cawsant hyd i'r llyn
amser maith yn ôl wrth gloddio a chael ei bod hi'n
amhosibl mynd ymhellach, felly diwedd y ffordd oedd hi
iddynt yn y cyfeiriad yna, a doedd dim rheswm ganddynt
dros fynd y ffordd yna oni bai am iddynt gael eu hanfon

yno gan y Coblyn Mawr. Bob hyn a hyn byddai'n gofyn am bysgodyn o'r llyn i'w fwyta, ac ambell dro ni ddychwelai na choblyn na physgodyn.

Nid yn y dŵr ei hun yr oedd Golwm yn byw ond yn hytrach ar ynys o graig seimllyd ar ganol y llyn. Safai yno'n gwylio Bilbo o bell gyda'i lygaid gwynion, oedd fel ysbienddrychau. Ni allai Bilbo ei weld, ond roedd Golwm yn ystyried Bilbo yn fanwl, gan y gallai weld yn glir nad coblyn ydoedd.

Aeth i'w gwch a saethodd yn gyflym dros y dŵr o'r ynys wrth i Bilbo eistedd ar lan y llyn, wedi drysu'n llwyr a heb syniad o gwbl beth dylai ei wneud. Ymddangosodd Golwm iddo'n sydyn, gan sibrwd a hisian:

"Bendith arnom a'n gwlychu, fy nhryssor! Gwledd fawr i ninnau, neu damaid blasus o leiaf, *golwm*!" Ac wrth iddo ddweud *golwm* gwnâi sŵn llyncu dychrynllyd yn ei wddw. Fel yna y cafodd ei enw, er byddai'n galw "fy nhrysor" arno ef ei hun, bob tro.

Dychrynodd yr hobyd ar ei hyd pan glywodd yr hisian, a phan welodd y llygaid gwelw'n ymddangos yn sydyn o'i flaen.

"Pwy ydych chi?" gofynnodd, gan chwifio'i ddagr o'i flaen.

"Beth sssydd yma, fy nhrysssor?" sibrydodd Golwm. Byddai'n siarad â'i hunan o hyd, gan nad oedd neb arall ganddo i sgwrsio ag ef. Hynny oedd y rheswm iddo ddod draw i gael gwybod, gan nad oedd yn llwglyd iawn ar y pryd, dim ond chwilfrydig. Ar adeg arall byddai wedi gafael yn gyntaf, a sibrwd wedyn.

"Mr. Bilbo Baglan ydw i. Rydw i wedi colli'r corachod ac wedi colli'r dewin, wn i ddim ble ydw i, a does arna i ddim eisiau gwybod chwaith, dim ond dianc."

"Beth sy' ganddo'n ei ddwylo?" gofynnodd Golwm, gan edrych ar y cleddyf, nad oedd yn hapus iawn yn ei gylch.

"Cleddyf, llafn a ddaeth o Gondolin!"

"Ssss," hisiodd Golwm, ac wedyn aeth yn ddigon cwrtais. "Beth am i ti eistedd a sgwrsio gyda fe 'chydig bach, fy nhrysssor. Mae'n hoffi posau efallai, ydy?" Roedd yn awyddus i ymddangos yn gyfeillgar, am y tro o leiaf, nes iddo gael gwybod rhagor am y cleddyf ac am yr hobyd:

os oedd ar ben ei hun go iawn, os oedd yn dda i'w fwyta,
a faint o eisiau bwyd oedd ar Golwm. Gosod posau ar
lafar oedd y cwbl y gallai feddwl amdano. Eu gofyn, a
dyfalu'r atebion iddynt ambell dro, fu'r unig gêm iddo
chwarae erioed, gyda chreaduriaid bach rhyfedd eraill
wrth iddynt eistedd yn eu tyllau. Ond amser maith, maith
yn ôl oedd hynny, cyn iddo golli ei holl ffrindiau a chael
ei yrru i ffwrdd, ar ei ben ei hun, a chyn iddo gropian i
lawr, lawr, i'r tywyllwch o dan y mynyddoedd.

"Iawn, fel y mynnwch," meddai Bilbo. Roedd yn
awyddus i gytuno â'r creadur, nes iddo wybod mwy
amdano: os oedd yn hollol unig, os oedd yn ffyrnig neu'n
llwglyd, ac ai cyfaill i'r coblynnod ydoedd âi peidio.

"Ewch chithau'n gyntaf," meddai, gan nad oedd wedi
cael amser i feddwl am unrhyw beth.

Felly hisiodd Golwm:

> Uchel ei gopa, yn dalach na'r coed,
> Â gwreiddiau cuddiedig, heb dyfu erioed?

"Hawdd!" meddai Bilbo. "Mynydd, debyg."

"Hawdd iddo? Rhaid iddo gael ymryson gyda ni, fy
nhryssor! Os yw trysor yn gofyn, a heb gael ateb, fe'i
bwytwn ni ef, fy nhryssor. Os yw'n gofyn i ni, a heb gael
ateb, fe wnawn ni beth mae'n gofyn, e? Dangos y ffordd
allan, gwnawn!"

"Cytuno!" meddai Bilbo, heb feiddio gwrthod, ac yn
crafu'i ben wrth geisio meddwl am bos y byddai'n ei
achub rhag cael ei fwyta.

> Deg ar hugain ceffyl gwyn
> Ar ben y mynydd rhudd,
> Cnoi y maent, stampio on'd ydyn—
> Ac yna aros yn llonydd.

Dyna oedd ei ymdrech orau—roedd bwyta ar ei
feddwl. Un hen oedd hi hefyd, a gwyddai Golwm yr ateb
cystal â chithau.

"Un hen, un hawdd," hisiodd. "Dannedd! Dannedd, fy nhrysssor, ond dim ond chwech sssydd gennym ni!" Yna gofynnodd ei ail.

> *Hedfan heb adain,*
> *Gafael heb ddwylo,*
> *Brathu heb ddannedd,*
> *Heb lais yn wylo.*

"Hanner munud," erfynodd Bilbo, yn methu'n lân a gwthio bwyta o'i feddwl. Yn ffodus, roedd wedi clywed rhywbeth tebyg i hwn o'r blaen, ac wedi iddo ddod ato'i hun, daeth yr ateb iddo'n hawdd. "Gwynt, y gwynt, wrth gwrs," meddai, mor falch fel iddo ddyfeisio rhigwm newydd yn y fan a'r lle i'w ofyn yn bos i Golwm. "Bydd hwn yn drysu'r creadur tanddaearol hyll," meddyliodd:

> *Gwelodd llygad mewn wyneb glas*
> *Lygad arall mewn wyneb gwyrdd.*
> *"Mae'r llygad draw,"*
> *meddai'r naill,*
> *"islaw,*
> *A minnau'n uchel uwchben."*

Hisiodd Golwm yn ffyrnig. Roedd wedi bod o dan y ddaear am gyfnod hir, hir iawn, ac wedi dechrau anghofio am bethau fel hyn. Ond wrth i Bilbo ddechrau gobeithio na fyddai'r cnaf yn gallu ateb, cofiodd Golwm am amser maith, maith yn ôl, pan fu'n byw gyda'i nain mewn twll yn ochr yr afon. "Ss, ss, fy nhrysssor," meddai, "Llygad y dydd yn llygad yr haul mae e."

Ond roedd y rhigymau cyffredin uwchben-y-ddaear hyn yn ei flino. Roeddynt yn ei atgoffa hefyd am amser pan fu'n llai unig a chyfrwys a chas, ac roedd hynny wedi'i roi mewn hwyliau drwg. Fe halodd chwant bwyd arno hefyd, felly'r tro hwn rhoddodd gynnig ar rywbeth anos, a mwy annymunol.

Ni ellir ei weld, ni ellir ei deimlo.
Ni ellir ei glywed, na'i arogleuo.
Mae'n llenwi pob twll o dan fynyddoedd lu
A'r tu ôl i'r sêr yn y nos fyny fry.
Daw gyntaf cyn popeth, gan ddilyn wedyn,
Yn ben ar bob bywyd, a diwedd pob chwerthin.

Yn anffodus i Golwm roedd Bilbo wedi clywed y math yna o beth o'r blaen, a beth bynnag, roedd yr ateb ymhobman o'i amgylch. "Tywyllwch!" meddai, heb angen crafu'i ben na'i feddwl yn galed o gwbl.

Blwch heb golfachau, na allwedd na chaead
Ond trysor euraidd y tu mewn i'r cuddiad.

Gofynnodd er mwyn cadw Golwm yn brysur wrth iddo feddwl am rywbeth anos. Ystyriai hon yn hawdd iawn, er nad oedd wedi defnyddio'r ffurf arferol. Ond un anodd oedd hi i Golwm. Hisiodd, sibrydodd i'w hunan, a phoerodd, ond ni chynigiodd ateb.

Wedi peth amser dechreuodd Bilbo golli amynedd.

"Beth yw'r ateb felly?" meddai. "Nid 'tegell yn berwi' mohono, fel rwyt ti'n meddwl, debyg, o'r swn rwyt ti'n ei wneud."

"Rhowch gyfle i ni, rhaid iddo roi cyfle i ni, fy nhryssor."

"Iawn felly," meddai Bilbo, wedi iddo roi cyfle go hir iddo. "Wyt ti'n mynd i ddyfalu?"

Ond yn sydyn cofiodd Golwm ddwyn wyau o nythod amser maith yn ôl, gyda'i nain. "Wyau!" hisiodd. "Wyau yw'r ateb!" Yna gofynnodd:

Enaid heb anadl, cyn oered â'r meirw.
Heb syched, mae'n yfed, yn nyfnder y byd,
Ei arfwisg ddisglair yn ddistaw o hyd.

Ystyriodd Golwm yn ei dro bod hon yn un hynod hawdd, gan fod yr ateb ar ei feddwl o hyd. Ond roedd rhigwm yr wy wedi'i ddrysu gymaint fel na allai gofio unrhyw beth gwell ar y pryd. Un anodd oedd hi i Bilbo serch hynny, nad oedd yn ymwneud â dŵr yn fwy aml nag oedd yn rhaid iddo wneud. Fe wyddoch chi'r ateb, siŵr o fod, neu fe allwch ei ddyfalu'n ddigon hawdd o leiaf, gan eich bod chi'n eistedd adre'n ddigon cyfforddus, heb yr ofn o gael eich bwyta yn tarfu ar eich meddwl. Eisteddai Bilbo a chlirio'i lwnc unwaith neu ddwywaith, ond ni ddaeth yr ateb.

Dechreuodd Golwm hisio'n bleserus i'w hunan. "Ydy e'n braf, trysssor? Ydy e'n flasssus? Oes rhaid ei grensio'n gyntaf?" Syllodd yn awchus ar Bilbo drwy'r tywyllwch.

"Hanner munud," meddai Bilbo dan grynu. "Rhoddais i gyfle teg i ti."

"Brysiwch, brysiwch!" meddai Golwm, a dechreuodd ddringo o'i gwch i'r lan a chropian tuag at Bilbo. Ond wrth iddo roi ei droed gweog yn y dŵr, neidiodd bysgodyn allan mewn braw, gan lanio ar fysedd traed Bilbo.

"Ych!" meddai. "Mae'n oer ofnadwy!"—ac felly dyfalodd yr ateb. "Pysgodyn!" gwaeddodd. "Pysgodyn yw'r ateb."

Siomwyd Golwm yn ofnadwy, ond gosododd Bilbo bos arall iddo mor gyflym ag y gallai, fel bod yn rhaid iddo ddringo'n ôl i'w gwch i feddwl.

"Heb-goes ar un-goes ger dwy-goes ar dair-coes a thamaid i bedair-coes."

Hwyrach nad oedd hi'n amser priodol iawn ar gyfer hwn, ond roedd Bilbo ar frys. Gallai fod wedi bod yn un anodd i Golwm pe bai wedi'i ofyn ar adeg arall. Fel yr oedd hi, a hwythau'n trafod pysgod, roedd "heb-goes" yn ddigon hawdd, a daeth y gweddill iddo'n gyflym wedyn. "Pysgodyn ar fwrdd bach, dyn wrth y bwrdd ar ystôl, â'r gath yn cael yr esgyrn," yw'r ateb wrth gwrs, ac fe'i rhoddwyd gan Golwm yn ddigon buan. Penderfynodd wedyn bod hi'n amser gofyn rhywbeth anodd a dychrynllyd. Meddai:

Hwn sydd yn brathu pob dim gyda'i fin,
Boed hynny yn flodyn neu fwystfil neu ddyn
Mae'n cnoi popeth haearn a phopeth sy'n ddur

Gan falu yn deilchion pob tŷ a phob mur.
Mae'n lladd pob un brenin a dymchwel pob tref
A throi pob un mynydd yn wastad mae ef.

Eisteddodd Bilbo druan yn y tywyllwch yn dwyn i gof enw pob cawr a phob draig yr oedd wedi clywed amdanynt mewn hen chwedlau, ond nid oedd un ohonynt wedi gwneud pob un o'r pethau hyn. Roedd ganddo deimlad mai rhywbeth gwahanol iawn oedd yr ateb, ac y dylai wybod beth, ond ni allai feddwl amdano. Dechreuodd ddychryn, a pheth gwael yw hynny os ydych chi'n ceisio meddwl am rywbeth. Dechreuodd Golwm ddringo o'i gwch unwaith eto. Plymiodd i'r dŵr bas a chropiodd tuag at y lan; gallai Bilbo weld ei lygaid yn agosáu tuag ato. Roedd fel petai ei dafod yn glynu yn ei geg; roedd arno eisiau gweiddi: "Rhowch ragor o amser! Rhagor o amser!" ond y cwbl a ddaeth allan oedd "Amser! Amser!".

Drwy lwc yn unig, roedd Bilbo wedi dianc, oherwydd dyna, wrth gwrs, oedd yr ateb.

Roedd Golwm yn siomedig eto, a bellach yn dechrau digio ac wedi hen flino ar y gêm, oedd wedi rhoi chwant bwyd go iawn arno. Y tro hwn, ni ddychwelodd i'w gwch. Eisteddodd i lawr yn y tywyllwch wrth ochr Bilbo. Gwnaeth hynny'r hobyd yn hynod anghyfforddus, gan darfu ar ei feddyliau'n llwyr.

"Rhaid iddo ofyn cwestiwn i ni, fy nhrysssor, oes, oes, oesss. Dim ond un cwestiwn eto, oes, oes," meddai Golwm.

Ond ni allai Bilbo feddwl am gwestiwn o gwbl a'r creadur oer, gwlyb, dychrynllyd hwnnw'n eistedd wrth ei ochr, yn ei brocio a'i bawennu. Crafodd a phinsiodd ei law ei hun, ond ni allai feddwl am ddim.

"Gofyn! Gofyn!" meddai Golwm.

Yn ei banig cynyddol pinsiodd a chlatsiodd Bilbo ei hun; gafaelodd yn ei gleddyf bach; a rhoddodd ei law arall yn ei boced hyd yn oed. Yno, cafodd hyd i'r fodrwy yr oedd wedi ei darganfod yn y twnnel. Roedd wedi'i hanghofio'n llwyr.

"Beth sydd yn fy mhoced?" meddai'n uchel. Roedd yn gofyn y cwestiwn i'w hun, ond roedd Golwm yn meddwl mai gosod y pos nesaf oedd, ac fe gynhyrfodd yn llwyr.

"Annheg! Annheg!" hisiodd. "Dydy hi ddim yn deg, fy nhrysor, ydy hi, i ofyn beth ssydd yn ei boced ofnadwy fach?"

Sylweddolodd Bilbo beth oedd wedi digwydd, a heb ddim byd gwell i'w ofyn penderfynodd aros gyda'i gwestiwn. "Beth sydd yn fy mhoced?" gofynnodd, yn uwch.

"S-s-s-s," hisiodd Golwm. "Rhaid iddo roi tri chyfle i ni, fy nhrysor, tri chyfle."

"Iawn. Dyfala felly!" meddai Bilbo.

"Dwylo!" meddai Golwm.

"Nage," meddai Bilbo, oedd newydd dynnu ei law allan unwaith eto, yn ffodus. "Dyfala eto!"

"S-s-s-s," meddai Golwm, yn fwy dig nag erioed. Meddyliodd am yr holl bethau roedd yn eu cadw yn ei bocedi ei hun: esgyrn pysgod, dannedd coblynnod, cregyn gwlyb, rhan o aden ystlum, carreg roedd yn ei defnyddio i finio'i ddannedd, a phob math o bethau hyll eraill. Ceisiodd feddwl beth fyddai gan bobl eraill yn eu pocedi.

"Cyllell!" meddai o'r diwedd.

"Nage!" meddai Bilbo, oedd wedi hen golli ei un ef. "Cyfle olaf!"

Bellach roedd Golwm mewn cyflwr gwaeth o lawer na phan ofynnodd Bilbo'r cwestiwn am yr wy. Hisiai, poerai a siglai yn ôl ac ymlaen, gan fwrw ei draed ar y llawr, a gwingo'n aflonydd; ond ni feiddiai gwastraffu ei ddyfaliad olaf.

"Dewch ymlaen," meddai Bilbo. "Dwi'n aros!" Ceisiai swnio'n ddewr a siriol, ond pe bai Golwm yn dyfalu'n iawn neu beidio roedd ymhell o fod yn sicr sut oedd y gêm yn mynd i orffen.

"Mae'ch amser ar ben!" meddai.

"Llinyn—neu ddim byd!" sgrechiodd Golwm, yn annheg braidd—dan gynnig dau ateb ar yr un pryd.

"Nage, a nage," atebodd Bilbo, yn llawn rhyddhad. Neidiodd ar ei draed yn syth, a rhoddodd ei gefn i'r mur agosaf gan estyn ei gleddyf bach. Gwyddai, wrth gwrs, fod y gêm yn un hynafol a sanctaidd, a byddai ofn twyllo ar y creaduriaid mwyaf drygionus hyd yn oed. Ond gwyddai hefyd na allai ymddiried yn y creadur llysnafeddog hwn i gadw unrhyw addewid. Byddai unrhyw esgus yn ddigon iddo gefnu arno, a beth bynnag, nid pos mewn gwirionedd oedd y cwestiwn olaf hwnnw, yn groes i'r cyfreithiau hynafol.

Fodd bynnag, ni ddaeth ymosodiad sydyn gan Golwm. Gallai weld y cleddyf yn llaw Bilbo. Arhosodd yn ei le, gan grynu a sibrwd. O'r diwedd, ni allai Bilbo ddal i aros.

"Felly?" gofynnodd. "Beth am eich addewid? Dwi eisiau mynd o'r lle hwn. Rhaid i chi ddangos y ffordd."

"A ddwedon ni hynny, trysor? Rhaid dangos i'r Baglan bach casss y ffordd allan, oes, oes. Ond beth sydd yn ei boced, hmm? Nid llinyn, trysor, a nid dim byd chwaith. O na! Golwm!"

"Peidiwch chi â phoeni am hynny," meddai Bilbo. "Addewid yw addewid."

"Dig mae ef, trysor, ac yn ddiamynedd," hisiodd Golwm. "Ond rhaid iddo aros, oes, mae rhaid. Ni allwn fynd i fyny drwy'r twneli eto. Rhaid i ni nôl pethau yn gyntaf, oes, pethau i'n helpu."

"Wel, brysiwch!" meddai Bilbo. Roedd y syniad bod Golwm yn mynd i'w adael yn achos cryn lawenydd iddo. Cymrodd nad oedd ei 'bethau' yn ddim ond esgus, ac nad oedd yn bwriadu dychwelyd. Am beth oedd Golwm yn sôn? Beth oedd ganddo allan ar y llyn tywyll a allai fod o unrhyw ddefnydd? Ond roedd Bilbo'n anghywir. Roedd Golwm yn llawn bwriadu dychwelyd. Roedd yn greadur drwg, hyll, ac roedd ganddo gynllun eisoes.

Heb fod yn bell i ffwrdd roedd ynys Golwm, na wyddai Bilbo ddim byd amdano. Yno yn ei guddle roedd yn cadw ambell mân beth ych-a-fi, ac un peth oedd yn brydferth iawn, hardd iawn, hyfryd iawn. Roedd ganddo fodrwy, modrwy aur, modrwy werthfawr.

"F'anrheg pen-blwydd!" sibrydodd i'w hunan, fel yr oedd wedi'i wneud llawer gwaith ar hyd y dyddiau tywyll diddiwedd. "Dyna sydd ei hangen nawr, ei hangen, oes!"

Roedd arno'i heisiau gan mai modrwy hud oedd hi. Pe baech chi'n gwisgo'r fodrwy honno ar eich bys, mi fyddwch chi'n troi'n anweledig: dim ond yng ngolau llawn yr haul y gellid eich canfod, a hynny wrth eich cysgod yn unig, a byddai hwnnw'n simsan ac aneglur.

"F'anrheg pen-blwydd! Daeth i mi ar fy mhen-blwydd, fy nhrysor." Dyna'r oedd wedi'i ddweud wrth ei hun erioed. Ond pwy a ŵyr sut gafodd Golwm hyd i'r anrheg hwnnw, oesoedd yn ôl, yn yr hen ddyddiau hynny pan oedd modrwyau o'r fath i'w cael yn y byd? Efallai na wyddai hyd yn oed y Meistr hwnnw a deyrnasai drostynt. Roedd Golwm wedi'i gwisgo i ddechrau, nes iddi ddechrau ei flino; wedyn roedd wedi'i chadw mewn cwdyn bach yn agos at ei groen, nes iddi ei gythruddo; a bellach aferai ei chadw mewn twll yn y graig ar ei ynys fechan, er byddai'n dychwelyd yn aml er mwyn syllu arni. Byddai'n dal i'w gwisgo ambell dro, pan na allai ddioddef fod hebddi am eiliad yn rhagor, neu pan oedd yn teimlo'n llwglyd iawn, iawn, ac wedi blino ar bysgod. Adeg hynny byddai'n chwilio ar hyd y twneli tywyll am goblyn unig. Ambell dro byddai hyd yn oed yn mentro i'r mannau lle'r oedd y ffaglau'n olau, ac yn gwneud i'w lygaid frifo ac amrantu. Byddai'n ddigon diogel serch hynny, a chanddo'r fodrwy. Byddai wir, yn ddigon diogel. Ni fyddai neb yn ei weld nac yn sylwi arno o gwbl nes iddynt deimlo'i fysedd ar eu gyddfau. Bu'n ei gwisgo ychydig oriau ynghynt a dweud y gwir, ac wedi dal coblyn bychan. Y fath wichio! Roedd ganddo asgwrn neu ddau ar ôl i'w cnoi eto, ond roedd arno eisiau rhywbeth mwy meddal.

"Yn ddigon diogel, byddaf," sibrydodd i'w hunan. "Ni chaiff ein gweld, na chaiff, fy nhrysor? Na. Ni fydd yn ein gweld, a bydd ei gleddyf bach cas yn dda i ddim, bydd."

Hynny oedd ar ei feddwl creulon wrtho iddo lithro'n sydyn o ochr Bilbo, a chropian yn ôl i'w gwch, a diflannu i'r tywyllwch. Cymrodd Bilbo ei fod wedi gweld yr olaf ohono. Serch hynny, arhosodd yn y fan am y tro, gan nad oedd ganddo'r un syniad sut i gael hyd i'r ffordd allan heb gymorth.

Yn sydyn fe glywodd sgrech a yrrodd ias i lawr ei asgwrn gefn. Roedd Golwm i'w glywed yn rhegi ac yn wylo yn y düwch, a heb fod yn bell i ffwrdd ohono. Roedd ar ei ynys, yn sgrialu yma a thraw, ac yn chwilio'n ofer.

"Blae mae hi? Ble mae hi?" Gallai Bilbo glywed ei lefain. "Ar goll, mae hi, ar goll, fy nhrysor, ar goll, ar goll! Go damia, fy nhrysor ar goll!"

"Beth sy'n bod?" galwodd Bilbo. "Beth wyt ti wedi'i golli?"

"Rhaid iddo beidio â gofyn," sgrechiodd Golwm. "Dim o'i fusnesss, na, *golwm*! Ar goll, *golwm, golwm, golwm.*"

"Wel, rydw innau ar goll hefyd," meddai Bilbo, "ac mae arnaf eisiau peidio â bod. A fi enillodd y gêm, a ti wnaeth yr addewid. Felly dere yn dy flaen! Dere i 'ngadael i allan o'r lle yma, wedyn fe gei di chwilio."

"Na, dim eto, trysor!" atebodd Golwm. "Rhaid chwilio, mae ar goll, *golwm.*"

"Ond gwnest di fethu ag ateb fy nghwestiwn, ac addewaist ti," meddai Bilbo.

"Methu ateb!" meddai Golwm. Ond yn sydyn o'r tywyllwch daeth hisiad miniog. "Beth sydd yn ei boced? Rhaid dweud. Rhaid dweud gyntaf."

Ni allai Bilbo feddwl am reswm arbennig dros beidio ag ateb. Roedd meddwl Golwm wedi dyfalu'n gyflymach na'i un ef, ac yn naturiol felly, gan fod Golwm wedi myfyrio ynghylch ei fodrwy am oesau, a'i fod yn poeni o hyd am ei cholli neu ei dwyn. Serch hynny, roedd yr oedi wedi gwneud Bilbo'n ddig. Wedi'r cyfan, ef oedd wedi ennill y gêm, a hynny'n weddol deg, ac er gwaetha'r perygl. "Rhaid oedd dyfalu'r atebion, nid eu gofyn," meddai.

"Ond doedd hi ddim yn gwestiwn teg," meddai Golwm. "Ddim yn bos, nac yn rhigwm, na."

"Wel, os yw hi'n fater o gwestiynau cyffredin," atebodd Bilbo, "yna fi ofynnodd yn gyntaf. Beth wyt ti wedi'i cholli? Dywed!"

"Beth sydd yn ei boced?" roedd sŵn yr hisio'n mynd yn uwch ac yn finiocach, ac wrth edrych i'w gyfeiriad, sylwodd Bilbo mewn braw fod dau bwynt golau yn syllu tuag arno. Wrth i'r ddrwgdybiaeth ym meddwl Golwm dyfu, llosgai ei lygaid â fflam welw.

"Beth wyt ti wedi'i golli?" mynnodd Bilbo.

Ond tân gwyrdd oedd y golau yn llygaid Golwm bellach, ac roedd yn agosáu'n gyflym. Roedd yn ei gwch unwaith eto, yn rhwyfo'n wyllt tua'r lan, a chymaint oedd y cynddaredd, y golled a'r amheuaeth yn ei galon fel iddo anghofio pob ofn ynghylch y cleddyf.

Doedd dim syniad gan Bilbo beth oedd wedi cynddeiriogi'r creadur cas i'r fath raddau, ond fe wyddai fod yr amser i drafod ar ben, a bod Golwm yn bwriadu ei lofruddio nawr, doed a ddelo. Mewn union bryd trodd yn ei unfan i redeg yn ddall yn ôl i fyny'r twnnel tywyll yr oedd wedi dod ohono, gan gadw'n agos i'r ochr a'i ddilyn â'i law chwith.

"Beth sydd yn ei boced?" clywodd yn uchel y tu ôl iddo, a sŵn dŵr yn tasgu wrth i Golwm neidio o'i gwch.

"Beth *sydd* gen i yno, tybed?" meddai Bilbo i'w hunan wrth iddo bwffio a baglu yn ei flaen. Wrth iddo ymbalfalu yn ei boced llithrodd y fodrwy rywsut fel bod Bilbo'n ei gwisgo ar ei fys blaen. Roedd hi'n oer iawn.

Roedd y sŵn hisio y tu ôl iddo'n agos iawn. Trodd i weld llygaid Golwm fel ffaglau bach gwyrdd yn dod i fyny'r llethr. Yn llawn ofn, ceisiodd redeg yn gyflymach, ond daliodd bysedd ei draed yn sydyn ar ryw grib fechan yn y llawr ac fe gwympodd ar ei hyd, ei gleddyf bach yn sownd oddi tanodd.

Mewn chwinciad roedd Golwm wedi'i gyrraedd. Ond cyn i Bilbo allu gwneud dim—adennill ei anadl, codi ar ei draed, neu chwifio'i gleddyf—aeth Golwm yn syth heibio heb sylwi arno, gan regi a sibrwd wrth redeg.

Beth oedd ystyr hynny tybed? Gwyddai fod Golwm yn gallu gweld yn iawn yn y tywyllwch. Gallai Bilbo weld golau gwelw ei lygaid yn tywynnu o hyd, hyd yn oed o'r tu ôl. Yn boen i gyd fe godod, gan ddychwelyd ei gleddyf (oedd bellach yn disgleirio'n wan unwaith eto) i'w wain, ac yn ofalus iawn dechreuodd ddilyn Golwm. Ni allai feddwl am ddim byd arall i'w wneud. Ofer fyddai dychwelyd i'r llyn, a phe bai'n ei ddilyn, efallai byddai Golwm yn ei arwain at ryw ffordd allan heb fwriadu gwneud.

"Melltith! Melltith! Melltith!" hisiodd Golwm. "Y Baglan Felltith! Mae wedi mynd! Fy nhrysor! Beth sydd yn ei boced? O, fe wyddom ni, fe wyddom ni, fy nhrysor. Mae hi ganddo, fy nhrysor, fe wyddom ni. Mae hi ganddo ef, rhaid ei bod hi. F'anrheg pen-blwydd."

Clustfeiniodd Bilbo. Roedd yn dechrau dyfalu o'r diwedd. Rhuthrodd ymlaen rhywfaint, mor agos at Golwm ag yr oedd yn meiddio, â hwnnw'n symud yn gyflym o hyd. O adlewyrchiad y golau gwan oddi ar ochrau'r twnnel gallai Bilbo weld nad oedd Golwm yn edrych o'i ôl, ond roedd yn troi ei ben o ochr i ochr bob hyn a hyn.

"F'anrheg pen-blwydd! Melltith! Sut gollon ni hi, fy nhrysor? Ie, dyna hi. Wrth ddod y ffordd hon diwethaf, ac o afael ynn ngwddw y gwichiwr bach hyll. Dyna ni. Melltith! Llithrodd oddi arnom, ar ôl yr holl amser! Mae hi wedi mynd, *golwm*."

Yn sydyn eisteddodd Golwm a dechreuodd lefain, sŵn chwibanu a byrlymu oedd yn ddychrynllyd i'w glywed. Arhosodd Bilbo â'i gefn at wal y twnnel. Ar ôl ychydig, peidiodd Golwm â llefain a dechreuodd siarad. Roedd fel petai'n dadlau gyda'i hunan.

"Thâl hi ddim mynd 'nôl, na. Dydyn ni ddim yn cofio'r holl fannau i ni fod. Ac mae'n dda i ddim. Mae hi ym mhoced y Baglan, mae'r busneswr cas wedi cael hyd iddi.

"Dyfalu ydyn ni, trysor, dim ond dyfalu. Ni chawn wybod hynny nes cael hyd i'r creadur cas, a'i wasgu. Fe ŵyr e ddim beth mae'r anrheg yn ei wneud, ydy? Bydd yn ei chadw'n ei boced. Fe ŵyr e ddim, a ni all fynd ymhell. Mae ar goll, y peth cas busneslyd. Fe ŵyr e mo'r ffordd. Dyna ddwedodd e.

"Dyna ddwedodd e, do, ond mae'n gyfrwys. Dyw e ddim yn dweud beth mae'n ei feddwl. Mae'n *gwybod*. Mae'n gwybod y ffordd i mewn, rhaid ei fod yn gwybod y ffordd allan, oes. Mae'n mynd i ddrws y cefn. I ddrws y cefn, dyna fe.

"Bydd y coblynnod yn ei ddal felly. Does dim mynd y ffordd yna, trysor.

"Ssss, sss, golwm! Coblynnod! Oes, ond os mae'r anrheg ganddo, ein trysor gwerthfawr, bydd y coblynnod yn ei chael hi ganddo, *golwm*! Caiff y coblynnod hi, a chawn nhw wybod beth mae'n ei wneud. Fyddwn ni ddim yn ddiogel, byth eto, byth, *golwm*! Bydd un o'r coblynnod yn ei gwisgo, a bydd neb yn ei weld. Bydd e yno, ond heb ei weld. Nid hyd yn oed gan ein llygaid clyfar ni, a bydd yn cropian a'n twyllo a'n dal, *golwm*, *golwm*.

"Digon o siarad felly, trysor, a brysia. Os yw'r Baglan wedi mynd yno, rhaid i ni fynd i weld, yn gyflym. Cyflym! Mae'n agos. Cyflym!"

Neidiodd Golwm i fyny a dechrau hercian i ffwrdd yn gyflym. Rhuthrodd Bilbo ar ei ôl, yn ofalus o hyd, er ei brif ofid bellach oedd baglu eto ar grib arall, gan gwympo a gwneud sŵn. Roedd ei ben yn troi â gobaith a chyfaredd. Modrwy hud oedd ei fodrwy, debyg: roedd hi'n gwneud i'r un a'i wisgai yn anweledig! Roedd wedi clywed am bethau felly, wrth gwrs, mewn hen chwedlau, ond roedd hi'n anodd credu ei fod wedi cael hyd i un ohonynt ar ddamwain. Ond felly roedd hi: roedd Golwm a'i lygaid llachar wedi mynd heibio iddo, prin lathen i ffwrdd.

Ymlaen â nhw, Golwm yn gyntaf gan hercian a hisio a rhegu, Bilbo wedyn, yn cerdded mor dawel ag y gall hobyd. Cyn bo hir daethant i'r man lle'r oedd llwybrau amgen yn arwain tua'r ochrau, fel yr oedd Bilbo wedi sylwi ar y ffordd i lawr. Dechreuodd Gowlm eu cyfri ar unwaith.

"Un i'r chwith, ie. Un i'r dde, ie. Dau i'r dde, ie, ie. Dau i'r chwith, ie, ie." Ac yn y blaen.

Wrth i'r cyfrif fynd yn ei flaen, arafodd a dechreuodd ysgwyd a llefain, gan ei fod yn gadael y dŵr ymhell ar ei ôl, ac roedd yn dechrau ofni. Efallai bod coblynnod o gwmpas, ac roedd wedi colli'i fodrwy. O'r diwedd arhosodd wrth agoriad isel ar y chwith, gyda'r llwybr yn mynd ar ei fyny.

"Saith i'r dde, ie. Chwech i'r chwith, ie!" sibrydodd. "Dyma ni. Dyma'r ffordd i ddrws y cefn. Dyma'r twnnel!"

Edrychodd i mewn, ond ciliodd yn ôl. "Ond feiddiwn ni ddim mynd ymlaen, trysor, na. Coblynnod yno. Llawer o goblynnod. Fe'u haroglwn. Ssss!

"Beth wnawn ni? Eu malu a'u melltithio! Rhaid aros yma, trysor, aros i weld."

Felly arhosodd y ddau yn y fan. Roedd Golwm wedi dangos y ffordd allan i Bilbo wedi'r cyfan, ond ni allai ddianc drwyddo! Roedd Golwm ar ei gwrcwd yn yr agoriad, ei lygaid yn disgleirio'n oer yn ei ben wrth iddo siglo hwnnw rhwng ei bengliniau, o'r naill ochr i'r llall.

Cropiodd Bilbo yn ei flaen heb wneud mwy o sŵn na llygoden, ond sythodd Golwm ar unwaith, a dechreuodd arogli, ei lygaid yn wyrdd. Hisiodd yn dawel ond yn fygythiol. Ni allai weld yr hobyd, ond roedd ar ei wyliadwriaeth, ac roedd synhwyrau eraill ganddo fod y tywyllwch wedi'u miniogi: ei glyw a'i arogl. Roedd yn cyrcydu â'i ddwylo gwastad wedi'u hymledu ar y llawr, a'i ben wedi'i wthio ymlaen, ei drwyn bron â chyffwrdd y graig. Er nad oedd ond yn gysgod du yn y golau gwan, a ddaethai o'i lygaid ef ei hun, gallai Bilbo weld neu deimlo rywsut ei fod yn dynn fel llinyn bwa, yn barod i lamu.

Ymsythodd Bilbo, a bu bron iddo beidio ag anadlu. Roedd amser yn rhedeg allan iddo. Roedd yn rhaid iddo ddianc o'r tywyllwch erchyll tra bod unrhyw nerth o gwbl ar ôl ganddo. Rhaid oedd ymladd. Rhaid iddo drywanu'r creadur dychrynllyd, tynnu ei lygaid, ei ladd. Roedd Golwm yn bwriadu ei ladd ef beth bynnag. Na! Doedd hi ddim yn frwydr deg. Roedd Bilbo'n anweledig, a Golwm heb gleddyf. Nid oedd wedi bygwth ei ladd mewn hynny o eiriau, nac wedi ceisio gwneud chwaith. Ac roedd yn greadur truenus, yn unig ac ar goll. Tyfodd dealltwriaeth sydyn yng nghalon Bilbo, cymysgedd o dosturi ac ofn. Dychmygodd dreulio dyddiau diddiwedd heb olau ac heb obaith am ddim byd gwell, am y graig galed, y pysgod oer, am guddio a sibrwd. Aeth y meddyliau hyn i gyd drwy ei ben mewn llai nag eiliad. Crynodd. Ac wedyn yn sydyn, mewn eiliad arall, fel pe bai wedi'i godi gan gryfder a phenderfynoldeb newydd, fe neidiodd.

Byddai wedi bod yn naid digon bach i ddyn, er yn naid yn y tywyllwch serch hynny. Neidiodd yn syth dros ben Golwm, rhyw saith troedfedd yn ei flaen a thair i'r awyr: a dweud y gwir, bu ond y dim iddo daro'i ben ar nenfwd isel y twnnel, er na wyddai hynny.

Taflodd Golwm ei hunan tuag yn ôl wrth geisio gafael yn yr hobyd wrth iddo hedfan heibio dros ei ben, ond roedd yn rhy hwyr: caeodd ei fysedd ar ddim byd. Glaniodd Bilbo'n gadarn a rhuthrodd nerth ei draed ar hyd y twnnel newydd, heb droi'n ôl i weld beth oedd Golwm yn ei wneud. I ddechrau clywodd yr hisio a'r rhegi megis wrth ei sodlau, ond peidiodd y rheiny. Yn sydyn wedyn daeth sgrech oedd yn ddigon i fferru'r gwaed: llawn casineb a heb ddiferyn o obaith. Roedd Golwm wedi'i drechu. Ni feiddiai fynd ymhellach. Roedd wedi colli: colli ei ysglyfaeth, a cholli, hefyd, yr unig beth iddo garu erioed, ei drysor. Cododd calon Bilbo i'w geg o glywed y sgrech, ond clywodd lais y tu ôl iddo'n bygwth:

"Lleidr, lleidr, lleidr! Baglan! Cas! Cas! Ei gasáu, am byth!"

Yna bu tawelwch. Ond yn nhyb Bilbo roedd hynny'r un mor fygythiol. "Os ydy'r coblynnod mor agos ei fod yn gallu'u harogli," meddyliodd, "yna rhaid eu bod nhw wedi clywed yr holl sgrechian a melltithio. Rhaid bod yn ofalus nawr, neu fe ddaw pethau gwaeth fyth."

Roedd y twnnel yn isel ac ni edrychai fel petai lawer o ofal wedi'i gymryd wrth ei greu. Serch hynny roedd y llwybr yn ddigon hawdd i'r hobyd, heblaw am ambell i garreg finiog ar y llawr a frifodd fysedd ei draed. 'Braidd yn isel i goblynnod—y rhai mawr o leiaf,' meddyliodd Bilbo. Ni wyddai fod hyd yn oed y coblynnod mwyaf, orchod o'r mynyddoedd, yn plygu'n isel wrth redeg yn gyflym, eu dwylo bron â chyffwrdd â'r llawr.

Cyn bo hir dechreuodd y twnnel, a oedd wedi bod yn mynd i lawr, ddringo'n gyson unwaith eto. Ond o'r diwedd daeth y llethr i ben, trodd y twnnel gornel, ac yno, ar ddiwedd llethr fach arall, gallai weld tamaid bach o olau'n tywynnu o'r tu ôl i gornel arall. Nid golau coch tân neu ffagl, ond golau gwyn yr awyr agored. Dechreuodd redeg.

Nerth ei draed fe drodd y gornel olaf a chael ei hun mewn lle agored yn sydyn. Roedd y golau yn danbaid wedi'r holl amser iddo'i dreulio yn y tywyllwch, er mewn gwirionedd dim ond tamaid bach ohono oedd i'w weld, lle safai drws mawr o graig yn gilagored.

Amrantodd Bilbo am eiliad, wedyn gwelodd y coblynnod: coblynnod mewn arfwisg lawn yn eistedd wrth ochrau'r drws yn dal cleddyfau noeth. Roeddynt yn gwylio'r twnnel y daethai ohono, ac roeddynt yn effro, yn wyliadwrus, ac yn barod ar gyfer unrhyw beth.

Roeddynt wedi'i weld ef cyn iddo eu gweld nhw. Do, fe welson nhw ef. Nid oedd y fodrwy ar ei fys, naill ai drwy ddamwain neu efallai rhyw dric olaf ar ran y fodrwy ei hun cyn iddi gymryd meistr newydd. Rhuthrodd y coblynnod tuag ato, yn bloeddio mewn cyffro.

Cafodd Bilbo bwl sydyn o ofn a cholled, fel atsain o dristwch Golwm, a rhoddodd ei ddwylo'n syth i'w bocedi heb feddwl i estyn ei gleddyf hyd yn oed. Roedd y fodrwy yno o hyd, yn ei boced chwith, a llithrodd ar ei fys yn syth. Arhosodd y coblynnod yn stond. Ni allant ei weld o gwbl. Roedd wedi diflannu'n llwyr. Bloeddiodd y coblynnod eto, ddwywaith mor uchel ag o'r blaen, ond heb gymaint o gyffro.

"Ble mae e?" gofynnant.

"Ewch yn ôl i fyny'r twnnel!" bloeddiodd rhai.

"Ffordd yma!" gweiddodd rhai. "Ffordd yna!" gweiddodd eraill.

"Gwyliwch y drws!" bloeddiodd y capten.

Chwythwyd chwibanau, clatsiwyd arfwisg, ysgydwwyd cleddyfau, a melltithiodd a rhegodd y coblynnod wrth iddynt redeg yma a thraw gan faglu dros ei gilydd yn eu cynddaredd. Roedd yno anrhefn a llanast llwyr.

Er gwaetha'i ofn mawr roedd gan Bilbo ddigon o synnwyr o hyd i ddeall beth oedd wedi digwydd, ac i guddio'r tu ôl i gasgen fawr a ddaliai diod ar gyfer y gwarchodwyr. Roedd o'r ffordd felly a llwyddodd i osgoi cael ei drywanu ar ddamwain, ei sathru i farwolaeth dan droed, neu gael ei ddal drwy deimlad yn unig.

"Rhaid cyrraedd y drws, rhaid cyrraedd y drws!" meddai wrth ei hun dro ar ôl tro, ond roedd yn amser hir cyn iddo fentro gwneud. Roedd hi fel gêm ddychrynllyd o fwgwd-y-dall wedyn. Roedd y lle'n llawn coblynnod yn rhedeg o gwmpas, ac bu'n rhaid i'r hobyd druan eu hosgoi i gyd, drwy fynd y naill ffordd ac wedyn y llall. Cafodd ei fwrw i'r llawr gan goblyn na wyddai beth oedd wedi rhedeg i mewn iddo. Sgrialodd i ffwrdd ar ei bedwar, llithrodd rhwng coesau'r capten mewn union bryd, a chododd ar ei draed i redeg tua'r drws.

Roedd hwnnw'n gilagored o hyd, ond roedd un o'r coblynnod bron a'i gau. Er gwaetha'i ymdrechion methodd Bilbo a'i symud un fodfedd. Ceisiodd wasgu'i hun drwy'r bwlch. Gwthiodd a gwthiodd, a chael ei hun yn sownd! Roedd yn ddychrynllyd. Roedd botymau ei wasgod wedi'u dal rhwng ymyl a phostyn y drws. Gallai weld allan i'r awyr agored: roedd ambell ris yn ymlwybro i lawr llethr i gwm cul rhwng y mynyddoedd uchel. Daethai'r haul allan o'r tu ôl i gwmwl i dywynnu'n danbaid ar y drws—ond ni allai fynd trwyddo.

Yn sydyn bloeddiodd un o'r coblynnod oedd y tu mewn. "Mae cysgod ger y drws! Mae rhywbeth yno, y tu allan!"

Neidiodd calon Bilbo i'w geg. Rhoddodd un gwingiad enfawr olaf, saethodd botymau i bob cyfeiriad, a llwyddodd! Ei got a'i wasgod wedi'u rhwygo, llamodd i lawr y grisiau fel gafr wrth i'r coblynnod gasglu ei fotymau pres hardd ar garreg y drws.

Ymhen dim roeddynt yn rhedeg i lawr y llethr ar ei ôl wrth gwrs, gan weiddi a rhegi wrth chwilio amdano ymhlith y coed. Ond nid yw coblynnod yn hoff o'r haul: mae'n gwneud i'w coesau grynu a'u pennau troi. Nid oedd gobaith ganddynt gael hyd i Bilbo ag yntau'n gwisgo'i fodrwy, yn llithro o gysgod un goeden i'r llall, yn rhedeg yn gyflym ac yn dawel ac yn osgoi llygad yr haul. Yn fuan iawn aethant yn ôl i warchod y drws unwaith eto, gan rwgnach a rhegi wrth fynd. Roedd Bilbo wedi dianc.

Pennod VI

O'R BADELL FFRÏO I'R TÂN

Roedd Bilbo wedi dianc rhag y coblynnod, ond ni wyddai lle'r oedd bellach. Roedd wedi colli ei gwfl, ei glogwyn, ei fwyd, ei ferlyn, ei fotymau a'i ffrindiau. Crwydrodd yn ei flaen nes i'r haul ddechrau suddo tua'r gorllewin—y tu ôl i'r mynyddoedd. Sylwodd Bilbo ar eu cysgodion yn croesi ei lwybr, ac edrychodd yn ôl. Yna edrychodd o'i flaen, a'r cwbl gallai gweld oedd cribau a llethrau'n mynd tuag i lawr yn araf tuag at wastadeddau pell, oedd i'w gweld rhwng y coed.

"Mawredd mawr!" ebychodd. "Debyg 'mod i wedi teithio'r holl ffordd yr ochr draw i Fynyddoedd y Niwl ac wedi cyrraedd y wlad tu hwnt! Tybed i ble aeth Gandalff a'r corachod? Does ond i obeithio wir nad ydyn nhw'n ôl yng nghrafangau'r coblynnod o hyd!"

Cerddodd yn ei flaen, gan adael y cwm uchel ar ei ôl a dechrau disgyn y llethrau'r tu hwnt iddo, ond wrth iddo gerdded roedd syniad annifyr braidd yn tyfu y tu mewn iddo. Oni ddylai bellach, a chanddo fe'r fodrwy hud yn ei feddiant, ddychwelyd i'r twneli erchyll hynny i chwilio am ei ffrindiau? Roedd newydd benderfynu mai ei ddyletswydd oedd gwneud hynny'n union—ac fe deimlai'n llwyr ddigalon ynghylch y syniad—pan glywodd leisiau.

Arhosodd i wrando. Nid lleisiau coblynnod oeddynt, felly troediodd yn ofalus yn ei flaen. Roedd yn dilyn llwybr o gerrig yn mynd tuag i lawr, gyda mur o graig ar yr ochr chwith; disgynnai llethr ar yr ochr arall ac islaw'r llwybr roedd yna bantiau bychain bob hyn a hyn, a llwyni a choed bach yn tyfu'n fath o gysgod drostynt. Mewn un o'r pantiau bach hyn, o dan y llwyni, roedd rhywrai'n siarad.

Cropiodd yn agosach eto, a gwelodd yn sydyn ben ag arno gwfl coch rhwng dwy graig fawr: Balin oedd yno, yn gwylio'r llwybr. Teimlodd fel curo'i dwylo a bloeddio mewn llawenydd, ond ni wnaeth. Roedd yn gwisgo'r fodrwy o hyd, rhag ofn iddo ddod ar draws rhywbeth annisgwyl ac annymunol, a gwelodd fod Balin yn syllu'n syth ato heb sylwi arno o gwbl.

"Dwi'n mynd i'w dal yn annisgwyl," meddyliodd, wrth gropian i'r llwyni ar ochrau'r pant. Roedd Gandalff yn dadlau â'r corachod. Roeddynt yn trafod yr hyn a oedd wedi digwydd iddynt yn y twneli, ac yn pendroni a dadlau ynghylch beth oedd orau i'w wneud nawr. Roedd y corachod yn cwyno, ac roedd Gandalff wrthi'n esbonio nad oedd unrhyw fodd o gwbl iddynt barhau ar eu taith a gadael Mr. Baglan yn nwylo'r coblynnod, nid heb wneud ymdrech i gael gwybod os oedd yn fyw neu'n farw o leiaf, ac nid heb geisio'i achub.

"Wedi'r cyfan, mae'n gyfaill i mi," meddai'r dewin, "ac yn hobyd bach digon clên. Rwy'n teimlo cyfrifoldeb drosto. Mae'n edifar iawn gen i'ch bod chi wedi'i golli e."

Roedd ar y corachod eisiau gwybod pam yn union y daethpwyd ag ef ar y daith yn y lle cyntaf, a pham na allai wedi glynu at ei ffrindiau a'u dilyn, a pham nad oedd y dewin wedi dewis rhywun a chanddo ragor o synnwyr. "Mae wedi bod yn fwy o drafferth nac o ddefnydd hyd yn hyn," meddai un ohonynt. "Os oes rhaid i ni fynd yn ôl i'r twneli erchyll hynny unwaith eto i chwilio amdano, yna pob melltith arno, meddwn i."

Atebodd Gandalff yn grac. "Fi ddaeth ag e, a dydw i ddim yn dod â phethau gyda mi os nad oes ddefnydd iddynt. Naill ai helpwch fi ar unwaith i chwilio amdano, neu fe af i ar fy mhen fy hun a'ch gadael chi i gael hyd i'ch ffordd eich hunain allan o'r llanast hwn, gorau y gallwch chi. Os gallwn ni gael hyd iddo unwaith eto, mi fyddwch chi'n diolch i mi cyn y diwedd. Pam gebyst y gollyngaist ti e, Dori?"

"Mi faset ti wedi gwneud hefyd," meddai Dori, "pe bai coblyn wedi gafael yn dy goesau yn y tywyllwch yn sydyn, wedi dy dynnu i'r llawr, ac wrthi'n cicio dy gefn!"

"Felly pam ar y ddaear na godaist ti e drachefn?"

"Mawredd! Rydych chi'n gofyn! Coblynnod yn ymladd a brathu yn y tywyllwch, pawb yn baglu dros gyrff ac yn taro i mewn i'w gilydd! Bu bron i ti dorri fy mhen i ffwrdd â Glamdring, ac roedd Thorin yn trywanu pawb â phopeth ag Orcrist. Yn sydyn rhoddaist ti un o dy fflachiau llachar, a gwelodd pawb y coblynnod yn neidio'n ôl gan wichio. 'Dilynwch fi, bawb!' gwaeddaist ti, a dylai pawb fod wedi dy ddilyn. Roedden ni'n meddwl bod pawb wedi gwneud. Rwyt ti'n gwybod yn iawn nad oedd amser i ni gyfri nes i ni ruthro gwarchodwyr y gatiau, redeg drwy'r drws ac i lawr i'r lle hwn. A dyma ni—heb leidr, y diawl iddo!"

"A dyma'r lleidr!" meddai Bilbo, gan gamu i'r golwg, a thynnu'r fodrwy.

Bendith arnynt, y braw a gododd arnynt! Wrth gwrs bloeddiodd pawb mewn llawenydd ar unwaith. Roedd ymddangosiad sydyn Bilbo yr un mor annisgwyl i Gandalff ag i'r lleill, er ei bod hi hwyrach yn achos rhywfaint yn ragor o lawenydd. Galwodd ar Balin, gan ofyn pa fath o wyliwr oedd yn gadael i bobl gerdded yr holl ffordd i fyny atynt heb rybudd. Heb os, rhoddwyd hwb sylweddol i barch Bilbo yng ngolwg y corachod yn sgil ei dric. Os fu ganddynt amheuon o hyd nad oedd Bilbo'n leidr o'r radd flaenaf mewn gwirionedd, er gwaethaf addewidion Gandalff, yna diflannodd yr amheuon hynny yr eiliad honno. Ni allai Balin ddeall sut ar y ddaear yr oedd Bilbo wedi llwyddo i lithro heibio iddo, ond roedd pawb yn gytûn mai gwaith clyfar iawn a fu.

A dweud y gwir, cymaint oedd Bilbo'n ymfalchïo yn eu cymeradwyaeth ac yn ei fwynhau fel na ddywedodd yr un gair wrthynt am y fodrwy. Pan ofynnwyd iddo sut y bu iddo ddianc, atebodd "O, fe wyddoch chi—troedio'n ofalus ac yn dawel."

"Wel, dyma'r tro cyntaf i gymaint â llygoden droedio'n ofalus a thawel dan fy nhrwyn i heb gael ei weld," meddai Balin, "ac, felly, mi dynnaf fy nghwfl i ti." A gwnaeth hynny.

"Balin, at eich galwad," meddai.

"Eich gwas, Mr. Baglan," atebodd Bilbo.

Roedd ar bawb eisiau gwybod wedyn am ei holl anturiaethau ar ôl i'r lleill ei golli, ac eisteddodd i lawr i ddweud y cwbl wrthynt—heblaw'r fodrwy ("Dim am y tro," meddyliodd). Roedd y gêm o bosau a rhigymau o ddiddordeb neilltuol iddynt, a gwingodd pawb mewn cydymdeimlad pan ddisgrifiodd Golwm.

"Ac wedyn doeddwn i ddim yn gallu meddwl am unrhyw gwestiwn arall, ag yntau'n eistedd yno wrth fy ochr," meddai Bilbo, "felly gofynnais, 'Beth sydd yn fy mhoced?' Roedd yn methu'n lân â dyfalu ar ôl tri chynnig. Felly meddwn i, 'Beth am dy addewid? Dangosa'r ffordd allan!' ond fe ddaeth i geisio fy lladd, ac mi redais, a baglu, a'i golli yn y tywyllwch. Yna dilynais i ar ei ôl, gan 'mod i'n gallu'i glywed yn siarad â'i hun. Roedd e'n credu 'mod i'n gwybod y ffordd allan mewn gwirionedd, felly anelodd yn syth amdano. Wedyn dyma fe'n eistedd yn y fynedfa, a doedd dim ffordd heibio. Felly neidiais dros ei ben a dianc, a rhedeg i lawr i'r porth isaf."

"Beth am y gwarchodwyr?" gofynnodd y lleill. "Onid oedd yna rai?"

"O, oedd! Llawer ohonynt, ond llwyddais i'w hosgoi. Es i'n sownd yn y drws, nad oedd ond yn gilagored," meddai gan gyfeirio'n drist at ei ddillad carpiog. "Ond gwasgais fy hun drwodd yn iawn yn y diwedd—a dyma fi."

Edrychodd y corachod arno â pharch newydd, wrth iddo sôn am osgoi coblynnod, neidio dros ben Golwm a gwasgu drwy'r drws, fel pe na bai pethau felly'n anodd neu'n anaferol hyd yn oed.

"Beth ddwedais i?" meddai Gandalff gan chwerthin. "Mae yna fwy i Mr. Baglan na'r olwg gyntaf." Edrychodd ar Bilbo yn amheus o dan ei aeliau gwalltog wrth ddweud hyn, a thybiodd yr hobyd a oedd y dewin wedi dyfalu'r hyn roedd wedi'i adael allan o'i hanes.

Roedd ganddo yntau gwestiynau i'w gofyn wedyn, oherwydd er i Gandalff esbonio i'r corachod eisoes doedd Bilbo heb glywed dim. Roedd arno eisiau gwybod sut yr oedd y dewin wedi ymddangos unwaith eto, a y bu iddynt gyrraedd eu safle presennol.

A dweud y gwir ni fyddai'r dewin byth yn blino ar esbonio'i gyfrwyster i bobl eraill, felly esboniodd wrth Bilbo sut yr oedd ef ac Elrond ill dau yn ymwybodol iawn o bresenoldeb coblynnod drygionus ym mynyddoedd yr ardal hon. Fodd bynnag, roedd eu prif fynedfa yn arfer bod ar un o'r bylchau eraill, un oedd yn haws i'w groesi, fel roedd modd iddynt ddal teithwyr oedd yn rhy agos wedi iddi nosi. Edrychai'n debyg bod pobl wedi rhoi'r gorau i deithio ar hyd y llwybr hwnnw, a bod y coblynnod o ganlyniad wedi agor mynedfa newydd ar y bwlch yr oedd y corachod wedi'i gymryd, a hynny'n gymharol ddiweddar, gan fod y bwlch hwnnw wedi bod yn ddigon diogel hyd yn hyn.

"Bydd yn rhaid i mi weld a oes modd cymell cawr cymharol radlon i gau'r ogof unwaith eto," meddai Gandalff, "neu mi fydd hi'n amhosib croesi'r mynyddoedd o gwbl."

Pan glywodd waedd Bilbo roedd Gandalff wedi sylweddoli ar unwaith beth oedd yn digwydd. Ar ôl y fflach a laddodd y coblynnod oedd yn gafael ynddo, neidiodd drwy'r hollt yn y graig yr eiliad cyn iddo gau. Dilynodd y coblynnod a'u carcharorion hyd at gyrion y neuadd fawr, ac yno eisteddodd yn y cysgodion i baratoi ei swynion gorau ag y gallai.

"Busnes lletchwith iawn," meddai. "Cael a chael oedd hi!"

Ond, wrth gwrs, roedd Gandalff wedi astudio swyn tân a goleuadau'n fanwl (fel y byddwch yn cofio, roedd hyd yn oed Bilbo'n cofio'r tân gwyllt hud a gafwyd ym mhartïon ganol haf yr Hen Dŵc). Rydyn ni i gyd yn gwybod y gweddill—oni bai am y ffaith bod Gandalff eisoes yn gwybod am y drws cefn, lle collodd Bilbo ei fotymau. A dweud y gwir roedd yn hysbys i bawb oedd yn gyfarwydd â mynyddoedd yr ardal hon, ond dim ond dewin fyddai'n gallu cadw ei bwyll yn y twneli a'ch arwain drwyddynt i'r cyfeiriad cywir.

"Adeiladwyd y porth hwnnw blynyddoedd maith yn ôl," esboniodd, "yn rhannol fel ffordd i ddianc, petai angen un arnynt; ac yn rhannol fel ffordd allan i'r wlad tu hwnt, ble maen nhw'n mynd yn aml gyda'r nos i wneud difrod mawr yn y tywyllwch. Maen nhw'n ei warchod drwy'r amser a does neb erioed wedi llwyddo i gau'r twnnel. Debyg y gwnân nhw osod ddwywaith gymaint o warchodwyr o hyn ymlaen," chwarddodd.

Chwarddodd y lleill hefyd. Wedi'r cyfan, er eu bod wedi colli cryn dipyn, roeddynt wedi lladd y Coblyn Mawr a nifer fawr o'r lleill, ac roeddynt wedi dianc pob un, felly gellid dweud eu bod wedi cael y gorau ohoni hyd yn hyn.

Ond rhaid oedd pwyllo, rhybuddiodd y dewin. "Rhaid i ni ddechrau eto'n syth, nawr ein bod wedi cael rhywfaint o orffwys," meddai. "Fe ddôn nhw allan yn eu cannoedd wedi iddi nosi, ac mae'r cysgodion eisoes yn dechrau ymestyn. Wedi i ni fod yn rhywle gallent arogli olion ein traed am oriau lawer wedyn. Bydd yn rhaid i ni fod sawl milltir o'r lle hwn cyn iddi dywyllu. Bydd rhywfaint o leuad, os yw'r tywydd yn parhau'n glir, ac mae hynny'n rhywbeth. Dydy'r lleuad ddim yn eu poeni rhyw lawer, ond bydd yn rhoi golau i ni gael gweld ein llwybr."

"Yn wir!" meddai mewn ateb i ragor o gwestiynu gan yr hobyd. "Mae dyn yn colli golwg ar amser yn nhwneli'r coblynnod. Dydd Iau yw hi heddiw, ac roedd hi'n nos Lun neu'n fore Mawrth pan gawsom ni ein dal. Rydyn ni wedi teithio milltiroedd lawer, ac wedi mynd bellach drwy grombil y mynyddoedd i'r ochr draw—llwybr tarw, mewn gwirionedd. Ond rydyn ni mewn lle gwahanol i'r man lle y byddwn ni wedi bod o ddilyn y bwlch: rydyn ni'n rhy bell i'r Gogledd, ac mae'r wlad o'n blaenau'n ddigon anodd. Ac rydyn ni'n uchel o hyd. Rhaid i ni ddechrau arni."

"Rydw i bron a marw eisiau bwyd," cwynodd Bilbo, oedd wedi sylweddoli'n sydyn nad oedd wedi cael pryd o fwyd ers y noson cyn echnos. Mae hynny'n gamp fawr i hobyd! Teimlai ei stumog yn wag a llac, a chyda'r holl gyffro drosodd roedd ei goesau'n crynu.

"Does dim byd i'w wneud am hynny," meddai Gandalff, "heblaw bod arnat ti eisiau dychwelyd i ofyn yn garedig am gael dy ferlyn a'th fagiau yn ôl gan y coblynnod."

"Dim diolch!" meddai Bilbo.

"Iawn felly, rhaid i ni dynhau'n gwregysau a pharhau ar ein taith—nyni fydd y swper fel arall, ac mi fydd hynny'n llawer gwaeth na mynd heb swper ein hunain."

Wrth iddynt fynd yn eu blaenau edrychodd Bilbo o gwmpas am rywbeth i'w fwyta, ond dim ond yn eu blodau roedd y mwyar duon o hyd, ac wrth gwrs nid oedd unrhyw gnau, neu aeron y ddraenen wen hyd yn oed. Cnôdd ar damaid o suran, ac yfodd ychydig o ddŵr o nant fechan a groesai'r llwybr, a chafodd hyd i dair mefusen wyllt yn tyfu ar y lan, a'u bwyta, ond ychydig iawn oedd hynny.

Ymlaen â nhw o hyd. Diflannodd y llwybr garw. Diflannodd hefyd y llwyni, y gwair hir rhwng y creigiau, a'r glaswellt a dorrwyd yn fyr gan ddannedd cwningod, ac felly hefyd y teim a'r saets a mintys a rhosod y graig, nes iddynt ddod at ben llethr llydan a serth o gerrig, sef gweddillion tirlithriad. Wrth iddynt ddechrau disgyn y llethr, dechreuodd mân gerrig lithro dan eu traed; yn fuan roedd cerrig mwy yn llithro ac yn rholio ac yn taro darnau mwy wrth iddynt ddisgyn; wedyn dechreuodd talpiau mawr o graig lithro i lawr y llethr. Cyn bo hir roedd fel petai'r holl lethr uwchlaw ac islaw yn symud, ac roeddynt i gyd yn llithro gyda'i gilydd, yn un haid ddryslyd o lithro ac o glecio, ac o gerrig yn torri'n ddarnau.

Fe'u hachubwyd yn y diwedd gan y coed yn y gwaelod. Cyrhaeddon nhw goed pinwydd oedd wedi ymledu o gyrion y goedwig fawr dywyll yn y dyffryn islaw i fyny llethrau'r mynydd. Llwyddodd rai ohonynt i afael ym moncyffion y coed ac i dynnu eu hunain i'r canghennau is, ac aeth eraill (gan gynnwys yr hobyd bach) y tu ôl i'r coed i gysgodi rhag cawod y cerrig. Yn fuan roedd y perygl drosodd, y llithro wedi peidio, ac roedd modd clywed sŵn olaf y creigiau mwyaf yn gwrthdaro a throelli ymysg y rhedyn a gwreiddiau'r pinwydd, ymhell islaw.

"Wel! Dyma ni wedi symud yn ein blaenau rhywfaint," meddai Gandalff, "a bydd unrhyw goblynnod sy'n ein dilyn yn ei chael hi'n anodd iawn disgyn yn dawel."

"Hwyrach hynny," cwynodd Bombur yn isel, "ond bydd hi'n ddigon hawdd iddynt anfon cerrig i fownsio ar ein pennau hefyd." Roedd y corachod (a Bilbo) yn bell o fod yn hapus, ac yn rhwbio eu traed a'u coesau briwedig.

"Twt lol! Rydyn ni'n mynd i droi a gadael llwybr y llithriad ar ein holau. Rhaid i ni frysio! Edrychwch ar y golau!"

Roedd yr haul wedi hen disgyn y tu ôl i'r mynyddoedd. Eisoes roedd y cysgodion o'u cwmpas yn dwysáu, er yn bell y gwelent oleuadau'r hwyr ar y gwastatiroedd y tu hwnt i'r coed o'u blaenau a dros bennau duon y rheiny oedd yn tyfu bellach i lawr. Herciodd y corachod briwedig mor gyflym ag y gallent i lawr llethrau graddol y goedwig pinwydd, ar lwybr a arweiniai'n gyson tua'r de. Ar adegau roeddynt yn gwthio trwy fôr o redyn, eu dail yn dalach na'r hobyd; adegau eraill roeddynt yn teithio'n hollol ddistaw dros garped o nodwyddau pinwydd, gyda thywyllwch a thawelwch y goedwig yn dwysáu o hyd. Ni ddaeth yr un gwynt â chymaint â sisial tawel i ganghennau'r coed.

"Oes rhaid i ni fynd ymhellach?" gofynnodd Bilbo, â hithau erbyn hyn mor dywyll fel prin oedd yn gallu gweld barf Thorin yn siglo wrth ei ochr, ac mor dawel fel bod modd clywed anadlu'r corachod yn glir. "Mae bysedd fy nhraed wedi'u briwio a'u cloffi, mae fy nghoesau'n boen i gyd, ac mae fy stumog yn llac fel sach gwag."

"Ychydig ymhellach," meddai Gandalff.

Ar ôl cyfnod a deimlodd fel oes daethant yn sydyn at lannerch lle nad oedd yr un goeden yn tyfu. Disgleiriai'r lleuad uchel gan lenwi'r llannerch â golau. Er nad oedd yna ddim byd o'i le ar y lle yn ôl yr olwg, teimlai bob un ohonynt ei fod yn lle annymunol rywsut.

Yn sydyn clywsant udo, cryn bellter i lawr y bryn: dolef hir, grynedig. Fe'i hatebwyd gan ddolef arall, draw tua'r dde, ac yn agosach o lawer atynt, ac wedyn gan un arall heb fod ymhell ohonynt chwaith, ond draw tua'r chwith. Bleiddiau oeddynt yn udo ar y lleuad, bleiddiaid yn ymgasglu!

Doedd dim bleiddiaid yn byw'n agos at dwll Mr. Baglan adref, ond roedd yn adnabod eu sŵn. Roedd wedi clywed disgrifiadau ohono'n ddigon aml mewn chwedlau a hanesion. Roedd cefnder hŷn iddo (ar yr ochr Twc wrth gwrs) yn deithiwr brwd, ac yn arfer dynwared y sŵn er mwyn codi ofn arno. Roedd ei glywed go-iawn yn y coed yng ngolau'r lleuad yn ormod i Bilbo. Mae hyd yn oed modrwy hud yn dda i ddim yn erbyn bleiddiaid—yn enwedig y cnudoedd drwg hynny a drigai yng nghysgod mynyddoedd y coblynnod, y tu draw i Gyrion y Gwyllt ar ffin y gwledydd anhysbys. Mae gan fleiddiaid o'r fath synnwyr arogl cryfach nag sydd gan goblynnod, a does dim angen iddynt eich gweld i'ch dal!

"Be wnawn ni, be wnawn ni!?" llefodd. "Dianc coblynnod, dim ond i fleiddiaid ein dal!' meddai, ac mi ddaeth yn ddihareb, er y byddwn yn dweud "o'r badell ffrïo i'r tân" bellach, neu bethau tebyg mewn sefyllfaoedd annifyr felly.

"Dringwch y coed—ar unwaith!" bloeddiodd Gandalff, a rhuthrodd pawb tua'r coed ar gyrion y llannerch, yn chwilio am rai a chanddynt ganghennau gweddol isel neu'n ddigon tenau i ddringo eu boncyffion. Fel y gallwch ddyfalu, cawsant hyd i rai'n bur gyflym; ac i fyny â nhw mor uchel ag y gallent ymddiried yn y canghennau. Basech chi wedi chwerthin pe baech chi'n gweld y corachod (o bellter diogel) yn eistedd yn y coed, eu barfau'n hongian i lawr, fel hen ddynion wedi mynd o'u coeau ac yn chwarae ar fod yn fechgyn ifainc. Roedd Fíli a Kíli wedi dringo llarwydden dal, fel coeden Nadolig enfawr. Roedd Dori, Nori, Ori, Óin a Glóin yn fwy cyfforddus, mewn pinwydden enfawr ag iddi ganghennau rheolaidd yn ymestyn allan fel breichiau olwyn. Roedd Bifur, Bofur, Bombur a Thorin mewn un arall. Roedd Balin a Dwalin wedi dringo pinwydden denau a thal heb lawer o ganghennau o gwbl, ac roeddynt yn ceisio cael rhywle i eistedd yng ngwyrddni ei rhan uchaf. Ac yntau crin dipyn yn dalach na'r lleill, roedd Gandalff wedi cael hyd i goeden na allai'r lleill ei dringo, sef pinwydden dal a safai ar union fin y llannerch. Roedd ei changhennau'n ei guddio'n llwyr, ond roedd modd gweld ei lygaid yn disgleirio yng ngolau'r lleuad wrth iddo sbecian allan.

A Bilbo? Ni allai ddringo'r un o'r coed, ac yno'r oedd yn rhedeg yn bryderus o foncyff i foncyff fel cwningen â chi ar ei hôl yn chwilio am dwll.

"Gadewaist di'r lleidr ar ôl eto!" meddai Nori wrth Dori wrth iddynt edrych i lawr.

"Nid fy ngwaith i mo cludo lladron ar fy nghefn o hyd," meddai Dori, "i lawr twneli ac i fyny coed! Beth wyt ti'n meddwl ydw i? Porthor?"

"Caiff ei fwyta os na wnawn ni rywbeth," meddai Thorin, gyda'r udo ymhobman o'u hamgylch bellach, ac yn agosáu o hyd. "Dori!" galwodd, gan mae ef oedd fwyaf isel yn y goeden fwyaf hawdd, "brysia, a rho help llaw i Mr. Baglan!"

Er gwaetha'i rwgnach un digon clên oedd Dori mewn gwirionedd. Ni allai Bilbo gyrraedd ei law, hyd yn oed wedi iddo ddringo lawr i'r gangen isaf a hongian ei fraich mor isel ag y gallai. Felly dringodd allan o'r goeden yn llwyr er mwyn gadael i Bilbo sgrialu i fyny a sefyll ar ei gefn.

Yr union eiliad honno cyrhaeddodd y bleiddiaid y llannerch, gan ddal i udo. Yn sydyn roedd yna gannoedd o lygaid yn syllu arnynt. Serch hynny ni adawodd Dori Bilbo. Arhosodd nes iddo ddringo oddi ar ei ysgwyddau i'r canghennau, cyn neidio i mewn iddynt ei hunan, a hynny o fewn union pryd! Wrth iddo neidio ceisiodd blaidd frathu'i glogwyn, a bu bron iddo gael ei ddal. O fewn munud roedd cnud gyfan ohonynt yn cyfarth o amgylch y goeden ac yn llamu i fyny ar waelod y boncyff, eu llygaid fel fflamau a'u tafodau'n hongian allan.

Ond ni all hyd yn oed y Wargiaid gwyllt (oherwydd felly y gelwid y bleiddiaid drwg oedd yn byw yn y Parthau Gwyllt) ddringo coed. Roeddynt yn ddiogel, am y tro. Yn ffodus iddynt roedd hi'n ddigon cynnes a doedd dim gwynt: dydy'r un goeden yn lle cyfforddus i eistedd am amser hir, ac yn yr oerfel a'r gwynt, gyda bleiddiaid o'ch amgylch islaw, maen nhw'n bur annymunol.

Mae'n debyg mai math o fan cyfarfod i'r bleiddiaid oedd y llannerch. Ymddangosai rhagor a rhagor ohonynt o hyd. Rhoddwyd gwarchodwyr ar waelod y goeden yr oedd Dori a Bilbo yn cuddio ynddi, ac aeth rhai o'r lleill draw i ffroeni'r coed eraill fesul un nes cael hyd i bob un oedd â rhywun ynddi. Gosodwyd gwarchodwyr ar y rhain hefyd, ond aeth gweddill y bleiddiaid (cannoedd a channoedd ohonynt yn ôl y golwg) i eistedd mewn cylch mawr yng nghanol y llannerch. Ar ganol y cylch mawr roedd un blaidd llwyd enfawr, a siaradai â'r lleill yn iaith hyll y Wargiaid. Roedd Gandalff yn ei deall. Ni ddeallai Bilbo, ond roedd sŵn dychrynllyd iddi, fel pe bai testun pob trafodaeth yn rhywbeth hyll neu greulon—ac roedd hynny'n ddigon gwir. Bob hyn a hyn byddai holl Wargiaid y cylch yn ateb eu pennaeth llwyd ar y cyd, a chymaint oedd y cynnwrf swnllyd fel y bu bron i'r hobyd gwympo o'i goeden.

Fe rannaf gyda chi'r hyn a glywodd Gandalff, er nad oedd Bilbo'n ei ddeall. Byddai'r Wargiaid a'r coblynnod yn cydweithio'n aml ar orchwylion drygionus. Anaml fydd coblynnod yn mentro'n rhy bell o'r mynyddoedd, oni bai eu bod wedi'u gyrru allan ac yn chwilio am gartrefi newydd, neu'n mynd i ryfel (rhywbeth sydd heb ddigwydd am amser maith, mae'n dda gennyf ddweud). Ond yn y dyddiau hynny roeddynt yn mynd ar gyrchoedd o dro i dro, yn enwedig pan oedd angen casglu bwyd neu gaethweision arnynt. Ar yr adegau hynny byddant yn ymofyn cymorth y Wargiaid, a rhannu'r ysbail gyda nhw. Ambell dro byddent yn marchogaeth ar gefnau'r bleiddiaid, fel y mae dynion yn ei wneud ar geffylau. Debyg bod yna goblyn-gyrch mawr wedi'i gynllunio ar gyfer yr union noson honno, ac roedd y Wargiaid wedi dod i gyfarfod â nhw yn y llannerch, ond roedd y coblynnod yn hwyr. Y rheswm dros hynny, heb os, oedd lladd y Coblyn Mawr, a'r holl gyffro a achoswyd gan y corachod a Bilbo a'r dewin. Mwy na thebyg roeddynt yn dal i chwilio amdanynt.

Er gwaethaf holl beryglon y wlad anghysbell hon, roedd dynion dewr wrthi'n araf ers amser yn ei hail-anheddu. Daethent o'r de, i dorri coed i lawr ac i adeiladu eu cartrefi yng nghoedwigoedd brafiach y dyffrynnoedd, ac ar lannau'r afonydd. Roedd nifer fawr ohonynt ac roedd ganddynt arfau; a phe bai llawer ohonynt gyda'i gilydd neu pe bai hi'n olau dydd ni feiddiai hyd yn oed y Wargiaid ymosod arnynt. Ond roedd y Wargiaid a'r coblynnod wedi cyd-gynllunio i ymosod gyda'r nos ar rai o'r pentrefi oedd yn agosaf at y mynyddoedd. Pe bai'r cynllun wedi'i wireddu byddai pob un o'r dynion wedi'u lladd erbyn y diwrnod wedyn, heblaw ambell un y byddai'r coblynnod yn eu cadw rhag y bleiddiaid er mwyn eu cymryd yn ôl i'r ogofâu yn garcharorion.

Roedd gwrando ar y drafodaeth yn ddychrynllyd, nid yn unig oherwydd y coedwigwyr dewr, eu gwragedd a'u plant, ond oherwydd y perygl mawr a wynebai Gandalff a'i gyfeillion bellach. Roedd cael hyd iddynt yma yn eu man cyfarfod wedi digio a drysu'r Wargiaid. Rhaid eu bod yn gyfeillion i'r coedwigwyr, meddyliodd y Wargiaid: wedi dod i ysbïo arnynt er mwyn dychwelyd i'r dyffrynnoedd â newyddion am eu cynlluniau, fel y byddai'n rhaid i'r coblynnod a'r bleiddiaid ymladd frwydr fawr yn hytrach na deffro cysgwyr diarwybod a'u bwyta neu eu cymryd yn garcharorion. Nid oeddynt am adael i'r sawl oedd yn y coed ddianc felly, yn sicr nid cyn y bore. Ac ymhell cyn hynny, meddent, byddai'r coblyn-filwyr yn cyrraedd o'r mynyddoedd, a gall coblynnod ddringo coed, neu eu torri i lawr.

Mi fyddwch chi'n deall felly pam y dechreuodd Gandalff—dewin neu beidio—deimlo ofn mawr wrth wrando ar eu chwyrnu a'u cyfarth. Sylweddolodd eu bod nhw mewn sefyllfa gwael iawn, ac nad oeddynt eto wedi dianc o gwbl mewn gwirionedd. Nid oedd yn bwriadu rhoi rhydd hynt iddynt serch hynny, er nad oedd llawer y gallai ei wneud mewn coeden uchel wedi'i amgylchynu gan fleiddiaid. Casglodd y moch-coed enfawr o ganghennau ei goeden. Wedyn cyneuodd dân glas llachar mewn un ohonynt, a'i daflu i ganol y bleiddiaid. Tarodd un ar ei gefn ac fe gydiodd y tân yn ei flew garw ar unwaith, gan wneud iddo neidio o gwmpas yn cyfarth yn uchel. Daeth un eto ac un eto wedyn, un yn las, un yn goch ac un arall yn wyrdd. Fe lanion nhw ar y ddaear yng nghanol y cylch o fleiddiaid, gan ffrwydro'n wreichion a mwg lliwgar. Tarodd un mawr iawn bennaeth y bleiddiaid ar ei drwyn, ac fe neidiodd hwnnw deg droedfedd i'r awyr cyn mynd ati i ruthro o gwmpas y cylch mewn braw, gan frathu'r bleiddiaid eraill yn ei ofn.

Bloeddiodd y corachod a Bilbo eu cymeradwyaeth. Roedd cynddaredd y bleiddiaid yn ddychrynllyd, a llenwyd y goedwig gyfan a'u sŵn. Mae ofn tân ar fleiddiaid beth bynnag, ond tân erchyll a rhyfedd oedd hwn. Pe bai cymaint â gwreichionyn yn cyffwrdd â blew blaidd byddai'n gafael ynddo, ac oni bai iddo rolio ar y ddaear ar unwaith byddai'n dân i gyd mewn chwinciad. Yn fuan iawn roedd y llannerch yn llawn bleiddiaid yn rholio drosodd a throsodd wrth geisio diffodd y gwreichion ar eu cefnau, wrth i'r rhai oedd yn llosgi eisoes redeg o gwmpas y lle gan udo ac ymledu'r tân i'r lleill, nes i'w ffrindiau eu hunain eu herlid o'r lle i ffoi i lawr y llethrau, yn llefain a chyfarth wrth chwilio am ddŵr.

"Beth yw'r holl gynnwrf yn y goedwig heno?" gofynnodd Arglwydd yr Eryrod. Eisteddai ar ben pinacl unig o graig ar gyrion dwyreiniol y mynyddoedd, yn ddu yng ngolau'r lleuad. "Clywaf leisiau bleiddiaid! Ydy'r coblynnod wrthi'n gwneud drygioni yn y coed?"

Estynnodd ei adenydd mawr a chododd i'r awyr, a llamodd dau o'i warchodwyr i'r awyr oddi ar y creigiau i'r naill ochr a'r llall er mwyn ymuno ag ef. Hedfanon nhw'n uchel i'r awyr er mwyn edrych i lawr ar lannerch y Wargiaid, nad oedd yn ddim ond smotyn bychan ymhell oddi tanynt. Ond mae gan eryrod lygaid anhygoel ac fe allent weld pethau bychain o bellterau maith. Gallai Arglwydd Eryrod Mynyddoedd y Niwl syllu ar yr haul heb gau ei lygaid, a gweld cwningen yn symud ar y llawr o filltir uwchben, hyd yn oed yng ngolau'r lleuad. Felly er na allai weld y bobl yn y coed, gallai weld y bleiddiaid yn eu cynnwrf, a fflachiadau bychain y tân, a gallai glywed yr udo a'r cyfarth ymhell islaw. Gwelodd hefyd adlewyrchiad y lleuad oddi ar bicellau a helmedau coblynnod, wrth i linellau hir o'r creaduriaid drwg hynny ymdeithio drwy eu porth ac i lawr ochrau'r mynydd tua'r coed.

Nid adar caredig mo eryrod. Mae rhai ohonynt yn llwfr a chreulon. Ond hil hynafol mynyddoedd y gogledd oedd y mwyaf ymhlith yr adar i gyd, ac yn gryf, balch a bonheddig. Nid oeddynt yn caru'r coblynnod na'u hofni chwaith. Pan oeddynt yn sylwi ar goblynnod o gwbl (ac anaml oedd hynny, gan nad oeddynt yn bwyta'r fath greaduriaid) byddent yn disgyn arnynt a'u gyrru'n ôl i'w hogofâu dan sgrechian, a rhoi diwedd ar ba bynnag ddrygioni y buont ar ei ganol. Yn eu tro roedd y coblynnod yn casáu ac yn ofni'r eryr, ond ni allent gyrraedd eu clwydi uchel, ac felly doedd nid oedd gobaith ganddynt eu gyrru o'r mynyddoedd.

Roedd Arglwydd yr Eryrod ar dân am gael gwybod beth oedd yn digwydd y noson honno; felly galwodd nifer o eryrod eraill i ymuno ag ef, ac wedi gadael y mynyddoedd aethant draw i hedfan mewn cylchoedd araf i lawr, lawr, lawr tua'r cylch bleiddiaid a man cyfarfod y coblynnod.

A pheth da iawn oedd hynny hefyd! Roedd pethau dychrynllyd yn digwydd yno. Roedd y bleiddiaid oedd ar dân wedi ffoi i'r goedwig ac mewn sawl lle roeddynt wedi rhoi'r coed ar dân yn eu tro. Roedd hi'n ganol haf, ac ychydig iawn o law oedd wedi cwympo ar lethrau dwyreiniol y mynyddoedd. Cyn pen dim roedd y rhedyn sych, canghennau ar lawr, y pentyrrau dwfn o nodwyddau pinwydden ac ambell i goeden farw i gyd yn wenfflam, ac roedd tanau'n llamu ymhobman o amgylch llannerch y Wargiaid. Ond ni adawodd y bleiddiaid oedd yn gwarchod y coed. Roeddynt yn neidio ac yn udo mewn cynddaredd, ac yn melltithio'r corachod yn eu hiaith erchyll, eu tafodau'n hongian allan a'u llygaid yn disgleirio mor goch a ffyrnig â'r fflamau.

Yn sydyn, gan redeg a gweiddi, cyrhaeddodd y coblynnod. Cymerwyd ganddynt bod brwydr ar y gweill gyda'r coedwigwyr, ond sylweddolon nhw'n fuan iawn beth oedd yn digwydd. Eisteddodd ambell un i lawr a dechrau chwerthin hyd yn oed. Chwifiai eraill eu picelli, gan daro'r pelydr ar eu tarianau. Nid oes ofn tân ar goblynnod, a chyn pen dim roedd cynllun ganddynt, un difyr iawn yn eu tyb nhw.

Aeth rhai ohonynt ati i gasglu'r bleiddiaid at ei gilydd mewn cnud fawr. Pentyrrodd eraill rhedyn a phrysgoed o gwmpas gwaelodion y coed. Rhuthrodd eraill o gwmpas i sathru ac i daro, nes bron â diffodd pob tân—heblaw'r tân oedd agosaf i'r coed lle'r guddiai'r corachod. Ychwanegwyd at y tân hwnnw â dail, canghennau a rhedyn marw. Yn fuan roedd yna gylch o fwg a fflamau o amgylch y corachod, cylch y cadwai'r coblynnod ef rhag ymledu allan—ond gadawsant iddo ymledu'n araf tuag i mewn, nes bod y tân yn llyfu ochrau'r pren a bentyrrwyd ganddynt wrth waelod y coed. Llenwodd y mwg lygaid Bilbo, a gallai deimlo gwres y fflamau. Y tu draw i'r mwg gwelodd y coblynnod yn dawnsio o'u cwmpas mewn cylch, fel petai'n goelcerth ganol haf. Safai'r bleiddiaid yn gwylio ac yn aros, pellter parchus o'r dawnswyr arfog gyda'u phicelli a'u bwyelli.

Gallai glywed coblynnod yn dechrau canu cân ddychrynllyd.

> *Pymtheg o'r adar rhyfeddaf erioed,*
> *Eu plu wedi'u llosgi gan dân yn eu coed!*
> *Ond adar bach rhyfedd, heb aden rhyngddynt,*

Be' wnawn ni â nhw, a be' wnawn ni iddynt?
Eu berwi nhw'n fyw mewn lobscows mawr coeth,
Eu ffrïo, eu rhostio a'u bwyta nhw'n boeth!

Yna peidiodd y canu a dechreuodd y coblynnod weiddi: "Hedwch i ffwrdd, adar bach! Hedwch, os gallwch chi! Dewch i lawr, adar bach, neu fe gewch chi'ch rhostio yn eich nythod. Canwch, canwch, adar bach! Beth am i chi ganu i ni?"

"Cerwch o 'ma, fechgyn bach!" gweiddodd Gandalff mewn ateb. "Nid amser nythu mohono eto. Ac mae bechgyn drygionus sy'n chwarae â thân yn cael eu cosbi." Dwedodd hyn er mwyn eu digio, ac i ddangos nad oedd yn eu hofni—er ei fod yn eu hofni, wrth gwrs; dewin neu beidio. Ond ni thalwyd sylw iddo gan y coblynnod, a aeth ymlaen â'u cân.

Llosgwch goed, llosgwch redyn!
Tanau ein ffaglau fydd ddisglair wedyn!
I ninnau gael gweled, eich llygaid agored!
Ia-hei!
Eich pobi a'ch tostio, eich ffrïo a'ch rhostio!
I'ch barfau gael pylu, a'ch llygaid cymylu,
I'ch gwallt ddechrau drewi a'ch croen fynd i grychu;
I'ch braster gael llifo, a'ch holl esgyrn dduo!
I orwedd yn golsion
     Am weddill y noson
I ninnau gael gweled, eich llygaid agored!
          Ia-hei!
          Ia-hari-hei!
          Ia-hoi!

A gyda'r ia-hoi olaf hwnnw, roedd y tân yng nghoeden Gandalff. O fewn eiliadau roedd wedi ymledu i'r lleill hefyd. Dechreuodd y rhisgl losgi a'r canghennau isel gracio.

Dringodd Gandalff i ben ei goeden. Fflachiodd ei ffon â golau gogoneddus yn sydyn wrth iddo baratoi i neidio i ganol picellau'r coblynnod. Hynny fyddai wedi bod ei weithred olaf, er y byddai mwy na thebyg wedi lladd nifer fawr ohonynt wrth ddisgyn ar eu pennau fel mellten. Ond ni neidiodd.

Yr union eiliad honno disgynnodd Arglwydd yr Eryrod o'r wybren uwchben, gafaelodd ynddo â'i grafangau, a diflannodd.

Wedi'u dal yn hollol annisgwyl, bloeddiodd y coblynnod yn uchel mewn cynddaredd. Wedi gair cyflym â Gandalff rhoddodd Arglwydd yr Eryrod gri uchel. Dychwelodd yr adar mawr a fu gydag ef i'r llannerch, gan ddisgyn o'r awyr fel cysgodion enfawr du. Crensiodd y bleiddiaid eu dannedd gan rwgnach; bloeddiodd ac amneidiodd y coblynnod mewn cynddaredd, gan daflu eu picelli trymion tua'r awyr yn ofer. Rhuthrai'r eryrod drostynt gan guro'u hadenydd a bwrw'r coblynnod i'r llawr neu eu gyrru ymaith, a chrafangu eu hwynebau. Hedfanodd adar eraill i ben y coed i afael yn y corachod, oedd wrthi'n dringo mor uchel ag y gallent.

Unwaith eto, bu bron i Bilbo druan gael ei adael ar ôl! Llwyddodd yn yr eiliad olaf i afael yng nghoesau Dori, y corrach olaf, wrth iddo gael ei dynnu ymaith, ac i ffwrdd â nhw dros yr holl dân a'r cythrwfl, â breichiau Bilbo bron â thorri ac yntau'n hongian yn yr awyr.

Ymhell islaw roedd y coblynnod a'r bleiddiaid yn rhedeg i'r coed i bob cyfeiriad. Roedd ambell eryr yn dal i gylchdroi uwchben maes y frwydr pan neidiodd y fflamau'n sydyn uwchben y canghennau uchaf, a ddiflannodd yn y tân clindarddach. Bu cawod sydyn o wreichion a chwmwl mawr o fwg. Roedd Bilbo wedi dianc o drwch blewyn!

Yn fuan nid oedd golau'r tân yn ddim ond rhyw fân befrio coch ar y ddaear du ymhell ar eu holau; ac roeddynt yn uchel yn yr awyr, yn codi mewn cylchoedd uwch o hyd. Anghofiodd Bilbo erioed y daith honno, ei ddwylo'n gafael ym mhigyrnau Dori. "Fy mreichiau, fy mreichiau!" fe lefai, ond "Fy nghoesau, fy nghoesau druain!" llefai Dori yn ei dro.

Byddai Bilbo'n mynd yn benysgafn dim ond o fod yn uchel. Byddai'n teimlo'n rhyfedd hyd yn oed wrth edrych dros ddibyn clogwyn bach, ac nid oedd erioed wedi hoffi bod ar ben ysgol heb sôn am goeden (ni fu'n rhaid iddo ddianc rhag bleiddiaid o'r blaen). Felly gallwch ddychmygu ei ben yn troi wrth iddo syllu i lawr rhwng ei draed crogiedig ar y wlad fawr dywyll ymhell oddi tano, a golau'r lleuad yn adlewyrchu yma a thraw oddi ar graig ar ochr bryn, neu nant yn y gwastatir.

Roedd copaon gwyn y mynyddoedd yn agosáu, pigau o garreg yng ngolau'r lleuad yn codi uwchben y cysgodion du. Haf neu beidio, roedd hi'n oer iawn. Caeodd ei lygaid, gan dybio a fyddai'n gallu parhau i ddal ei afael. Dychmygodd wedyn beth fyddai'n digwydd petai'n methu gwneud. Teimlai'n sâl.

Daeth yr hediad i ben mewn union bryd, ychydig eiliadau cyn i'w freichiau roi'r gorau. Gollyngodd ei afael ar bigyrnau Dori gan dal ei wynt wrth lanio ar fath o blatfform garw, sef nyth eryr. Gorweddai yno heb siarad, ei feddwl yn gymysgedd o syndod ei fod wedi ei achub o'r tân, ac ofn y byddai'n cwympo oddi ar y nyth cul i'r cysgodion oedd ymhell islaw ar y naill ochr a'r llall. Teimlai'n rhyfedd dros ben erbyn hyn, ar ôl holl anturiaethau dychrynllyd y tair diwrnod diwethaf heb fawr ddim i'w fwyta, ac meddai'n uchel, "Fe wn i bellach sut deimlad yw bod yn ddarn o facwn sy'n cael ei bigo'n sydyn o'r badell gyda fforc, a'i roi yn ôl ar y silff!"

"Nac wyt," clywodd Dori'n ei ateb, "achos fe wŷr y bacwn y bydd yn ôl yn y badell yn hwyr neu'n hwyrach, a gobeithiaf na wnawn ni. Nid fforc mo eryr, chwaith!"

"O na! Dim byd yn debyg i storc—fforc, hynny yw," meddai Bilbo, gan godi ar ei eistedd a syllu mewn ofn ar yr eryr oedd yn eistedd gerllaw. Meddyliodd am ba lol arall yr oedd wedi'i ddweud, ac os byddai'r eryr yn ei hystyried yn anfoesgar ai peidio. Peth annoeth iawn yw bod yn anfoesgar wrth eryr, â chithau'n faint hobyd, ac yn gorwedd yn ei nyth gyda'r nos!

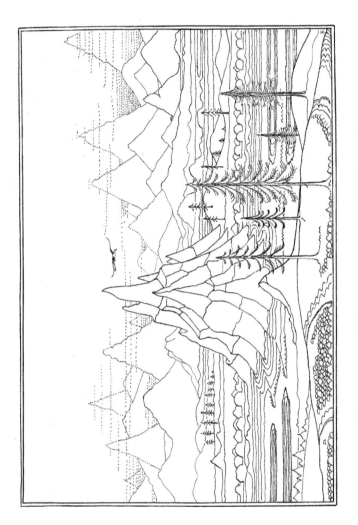

Mynyddoedd y Niwl, wrth edrych tua'r Gorllewin o'r Nyrth at Borth y Coblynnod

Ni dalai'r eryr unrhyw sylw iddo o gwbl fodd bynnag, dim ond eistedd yn hogi'i big ar garreg, a thwtio'i blu.

Cyn bo hir daeth eryr arall o rywle. "Mae Arglwydd yr Eryrod yn gofyn i chi ddod â'ch carcharorion i'r Silff Fawr," meddai, cyn hedfan ymaith unwaith eto. Gafaelodd y llall yn Dori a diflannodd i'r tywyllwch gan adael Bilbo ar ei ben ei hun. Roedd ganddo ddigon o amser a phwyll o hyd i ystyried beth oedd ystyr "carcharorion" tybed, ac i ddychmygu cael ei rwygo'n ddarnau fel cwningen, pan ddaeth ei dro ef.

Dychwelodd yr eryr, gafaelodd ynddo â'i grafangau yng nghefn ei gôt, ac i ffwrdd ag ef. Pellter bach yn unig a hedfanodd y tro hwn. Yn fuan iawn cafodd ei osod, yn crynu mewn ofn, ar silff lydan o graig yn ochr y mynydd. Doedd dim ffordd i'w gyrraedd heblaw hedfan, a doedd dim ffordd i lawr oddi arno chwaith, oni bai eich bod chi'n neidio dros y dibyn. Cafodd hyd i'r lleill i gyd yn eistedd yno â'u cefnau i'r mynydd, mor bell â phosib o'r dibyn. Yno hefyd roedd Arglwydd yr Eryrod, yn siarad â Gandalff.

Debyg nad oedd Bilbo'n mynd i gael ei fwyta wedi'r cyfan. Roedd y dewin a'r eryr-deyrn fel petaent yn adnabod ei gilydd rywfaint, ar dermau cyfeillgar hyd yn oed. A dweud y gwir roedd Gandalff, a oedd wedi bod yn y mynyddoedd lawer gwaith, wedi gwneud cymwynas â'r eryrod unwaith trwy wella eu Harglwydd wedi i saeth heliwr ei glwyfo. Felly fe welwch chi mai ystyr "carcharorion" oedd "y carcharorion a achubwyd rhag y coblynnod", ac nid carcharorion yr eryrod. Wrth iddo wrando ar Gandalff yn siarad sylweddolodd Bilbo eu bod yn mynd i ddianc y mynyddoedd erchyll o'r diwedd, wedi'r cyfan. Roedd Gandalff yn trafod cynllun gydag Arglwydd yr Eryrod i gludo'r corachod, Bilbo ac ef, a'u gosod i lawr cryn bellter i ffwrdd dros y gwastatir islaw.

Fodd bynnag, ni fyddai Arglwydd yr Eryrod yn mynd â nhw'n rhy agos at unrhyw fan lle'r oedd dynion yn byw. "Ein saethu a wnânt, gyda'u bwâu ywen fawr," meddai, "gan y byddant yn cymryd ein bod ni ar ôl eu defaid. Ac ar brydiau eraill bydden nhw'n iawn. Na! Mae'n dda gennym amddifadu'r coblynnod o'u hwyl, a balch gennym ddychwelyd ein diolch am eich cymwynas, ond ni fyddwn yn peryglu'n hunain yng ngwastatir y de er lles corachod."

"Iawn felly," meddai Gandalff, "Ewch â ni i ble bynnag ac mor bell ag y gallwch! Mae arnom ddyled fawr i chi eisoes. Ond yn y cyfamser, rydym ni bron iawn â llwgu."

"Rydw i bron â marw o eisiau bwyd," meddai Bilbo mewn llais bach gwan na chlywodd neb.

"Gallwn unioni hynny, efallai," meddai Arglwydd yr Eryrod.

Yn hwyrach y noson honno, o bosib y byddech chi wedi gweld tân bach llawen ar ben y silff graig a'r corachod o'i gwmpas yn coginio, gydag arogl rhostio braf yn codi i'r awyr. Daeth yr eryrod â phren sych i wneud tân, ynghyd â chwningod, ysgyfarnogod a dafad fechan. Y corachod a baratôdd bopeth. Roedd Bilbo'n rhy wan i helpu, ac ychydig iawn a wyddai beth bynnag am flingo cwningod neu dorri cig, ac yntau wedi arfer â chael ei gig yn barod i'w goginio o'r cigydd. Gorweddai Gandalff i lawr hefyd, ar ôl iddo wneud ei waith i ddechrau'r tân, gan fod Óin a Glóin wedi colli eu blychau tân (hyd heddiw nid yw'r un corrach yn defnyddio matsis).

Dyna ddiwedd anturiaethau Mynyddoedd y Niwl felly. Yn fuan iawn roedd stumog Bilbo yn llawn a chyfforddus unwaith eto, a theimlai y gallai gysgu'n ddigon hapus, er byddai'n well ganddo mewn gwirionedd petai wedi cael torth o fara a menyn na chig wedi'i dostio ar ddarnau o bren. Swatiodd ar y graig galed a chysgodd yn drymach nag y gwnaeth adref yn ei hobyd-dwll bach ar ei wely o blu erioed. Ond serch hynny breuddwydiodd am ei gartref drwy'r nos: roedd yn mynd o ystafell i ystafell, yn chwilio am rywbeth na allai cael hyd iddo, na chofio sut olwg oedd arno.

Pennod VII

LLETY RHYFEDD

Deffrodd Bilbo y bore canlynol â'r haul cynnar yn ei lygaid. Neidiodd ar ei draed i gael golwg ar y cloc ac i roi'r tegell ar y tân cyn sylweddoli nad oedd adref o gwbl. Felly eisteddodd i lawr i freuddwydio'n ofer am gael golchi a brwsio'i wallt. Ni chafodd wneud y naill na'r llall, a chafodd ddim tost na bacwn i'w frecwast, dim ond cig dafad a chwningen oer. Wedi hynny roedd rhaid paratoi i ddechrau ar eu taith unwaith eto.

Y tro hwn caniatawyd iddo ddringo ar gefn eryr a gafael ynddo rhwng ei adenydd. Caeodd ei lygaid wrth i'r awyr ruthro drosto. Roedd y corachod wrthi'n ffarwelio ac yn addo ad-dalu eu dyled i Arglwydd yr Eryrod pe bai'r cyfle'n dod, wrth i bymtheg o adar mawr godi o'r mynydd, â haul y dwyrain yn agos i'r gorwel o hyd. Roedd hi'n fore oer, ac roedd y cymoedd a'r dyffrynnoedd yn llawn niwl oedd wedi'i daenu yma a thraw o gwmpas pigau'r mynyddoedd hefyd. Agorodd Bilbo un o'i lygaid a gwelodd bod yr adar eisoes ymhell uwchben y byd, a'r mynyddoedd yn diflannu ymhell y tu ôl iddynt. Caeodd ei lygaid a gafaelodd yn dynnach.

"Paid â phinsio!" meddai'r eryr. "Does dim angen i ti fod yn ofnus fel cwningen, er dy fod di'n edrych fel un braidd. Mae'n fore braf heb lawer o wynt. Beth sy'n well na hedfan?"

Byddai Bilbo wedi hoffi gallu ei ateb: "Bath cynnes a brecwast hwyr ar y lawnt wedyn," ond meddyliodd mai gwell fyddai peidio â dweud dim, a llacio'i afael ychydig.

Ar ôl cryn amser rhaid bod yr eryr wedi gweld y man yr oeddynt yn hedfan tuag ato, er gwaetha'r uchder, oherwydd roeddynt wedi dechrau disgyn yn araf gan droi mewn cylchoedd mawr. Fe wnaethon nhw hyn am amser hir, ac o'r diwedd mentrodd yr hobyd agor ei lygaid unwaith eto. Roedd y ddaear yn agosach o lawer, ac islaw roedd coed, deri a llwyfenni yn ôl yr olwg, a glaswelltir llydan gydag afon yn rhedeg drwy ei ganol. Ond yn sefyll ar ganol yr afon roedd yna graig enfawr, bron iawn yn fryn o garreg, gyda'r afon yn ystumio o'i chwmpas i'r naill ochr a'r llall. Roedd fel adlais olaf o'r mynyddoedd pell, neu ddarn enfawr a daflwyd am filltiroedd i ganol y gwastatir gan gawr ymysg y cewri.

Disgynnodd yr eryr yn gyflym fesul un i osod eu teithwyr ar ben y graig fawr hon.

"Ffarwél!" meddent, "ble bynnag yr ewch chi, nes i'ch nythod eich derbyn ar ddiwedd y daith!" Hynny sy'n gwrtais, ymysg yr eryr.

"Bydded i'r gwynt yn eich adenydd eich cludo i'r man lle mae'r haul yn hwylio a'r lleuad yn crwydro," atebodd Gandalff, a wyddai'r ateb cywir.

Ac felly ymadawodd yr eryrod. Ac er daeth Arglwydd yr Eryrod yn ddiweddarach yn Frenin ar yr Adar Oll, gan wisgo coron aur, ac er i'w bymtheg cadfridog wisgo coler aur yr un (a wnaed o'r aur a roddwyd iddynt gan y corachod), ni welodd Bilbo mo'r un ohonynt fyth eto— dim ond unwaith, yn uchel ac o bell, yn ystod Brwydr y Pum Llu. Ond gan fod honno'n perthyn i ddiwedd yr hanes hwn, dyna ddigon amdani, am y tro.

Ar ben y garreg enfawr roedd man gwastad, a llwybr treuliedig â nifer fawr o risiau yn arwain i lawr ohoni at yr afon. Roedd nifer o greigiau enfawr gwastad yn yr afon, ac roedd modd croesi'r afon felly drwy neidio o garreg i garreg i'r ochr draw. Ar waelod y grisiau yn agos i'r man croesi roedd yna ogof fechan (un digon braf â cherrig mân ar ei llawr). Ymgasglodd y grŵp yno i drafod y ffordd ymlaen.

"Fy mwriad ers y dechrau oedd eich tywys chi i gyd yn ddiogel dros y mynyddoedd, os yn bosib," meddai'r dewin, "a bellach, drwy reolaeth dda *a* lwc da, rydw i wedi llwyddo. A dweud y gwir rydym ni'n bellach o lawer i'r dwyrain nag yr oeddwn i erioed wedi bwriadu dod gyda chi, oherwydd wedi'r cyfan, nid fy antur i mo hon. Efallai byddaf yn galw heibio eto cyn iddi orffen, ond yn y cyfamser mae gen i fusnes pwysig arall i ddelio ag ef."

Roedd y newyddion hyn yn achos siom a gofid mawr ar ran y corachod, ac fe wnaeth i Bilbo lefain. Roeddynt wedi dechrau meddwl bod Gandalff yn mynd i fod gyda nhw gydol y daith, ac y byddai yno o hyd felly i'w helpu i ddianc rhag pob anhawster. "Dydw i ddim yn mynd i ddiflannu'r eiliad hon," meddai. "Gallaf roi diwrnod neu ddau eto i chi. Bydd modd i mi eich helpu gyda'ch trafferth bresennol, mwy na thebyg, ac mae angen rhywfaint o gymorth arnaf i fy hunan beth bynnag. Does gennym ni ddim bwyd, dim bagiau, a dim merlod i'n cludo ni; ac ni wyddoch chi ble'r ydym ni. Gallaf ddweud hynny wrthoch chi o leiaf. Rydych chi ychydig filltiroedd o hyd i'r gogledd o'r llwybr y byddwn ni wedi'i ddilyn, pe na baem wedi gorfod gadael y mynyddoedd ar frys. Ychydig iawn sy'n trigo yn y parthau hyn, heblaw eu bod wedi cyrraedd ers i mi fod yma'r tro diwethaf, sef cryn nifer o flynyddoedd yn ôl. Ond mae yna *rywun* yma sy'n gyfarwydd i mi, ac sy'n byw'n ddigon agos. Y Rhywun hwnnw a dorrodd y grisiau ar y graig fawr—y Carog yw ei enw ef amdano, rwy'n credu. Dim ond yn anaml mae'n dod yma, a dim o gwbl yn ystod y dydd, a gwastraff amser felly fyddai aros i ddisgwyl amdano. A dweud y gwir byddai gwneud hynny'n beryglus iawn. Rhaid i ni fynd i chwilio amdano, ac os aiff popeth yn dda yn ein cyfarfod, rwy'n credu y bydd modd i mi eich gadael a dymuno, fel y gwnaeth yr eryrod, 'Ffarwél ble bynnag yr ewch chi'!"

Efynnwyd arno i beidio â'u gadael. Cynigiwyd aur ac arian a gemau o drysor y ddraig iddo, ond nid oedd am newid ei feddwl. "Cawn weld, cawn weld!" meddai, "a beth bynnag, rwy'n credu 'mod i'n haeddu rhywfaint o aur eich draig chi eisoes—wedi i chi gael gafael arno, hynny yw."

Rhoddodd y lleill y gorau i bledio ar ôl hynny. Tynnwyd amdanynt ac aethant i ymdrochi yn yr afon, oedd yn fas, yn glir ac yn greigiog lle'r oedd y rhyd. Ar ôl sychu yn yr haul, oedd bellach yn gryf ac yn gynnes, teimlodd pob un ei fod wedi'i adfywio, er eu bod yn dal i frifo braidd, ac eisiau bwyd. Ar ôl ychydig fe groeson nhw'r afon (gan gludo'r hobyd ar eu cefnau) a dechrau ar eu taith drwy'r glaswellt hir gwyrdd, gan ddilyn y deri llydan a'r llwyfenni tal a dyfai mewn llinellau.

"Pam y daeth Carog yn enw ar y graig?" gofynnodd Bilbo wrth y dewin tra'n cerdded wrth ochr y dewin.

"Fe alwodd Carog arni oherwydd carog yw ei air amdano. Mae pethau fel hynny'n garog iddo, a hwn yw *y* Carog oherwydd hwn yw'r unig un sy'n agos i'w gartref, ac mae'n gyfarwydd ag ef."

"Pwy sy'n ei alw? Pwy sy'n gyfarwydd?"

"Y Rhywun soniais amdano—rhywun o bwys. Rhaid i chi gyd fod yn gwrtais iawn pan fyddaf yn eich cyflwyno. Byddaf yn gwneud hynny'n araf, fesul dau rwy'n credu: a *rhaid* i chi ofalu i chi beidio â'i digio, neu bwy a ŵyr beth fydd yn digwydd. Mae'n gallu bod yn gas iawn ar ôl digio, er ei fod yn ddigon clên fel arall. Ond rhaid i mi eich rhybuddio, mae'n digio'n hawdd."

Daeth y corachod at ei gilydd i wrando ar y dewin yn siarad fel hyn â Bilbo. "Ai at hwnnw rydych chi'n mynd â ni nawr?" gofynnwyd iddo. "Onid oes modd i chi gael hyd i rywun mwy dymunol ei natur? Oni fyddai'n well esbonio'r cwbl yn gliriach?"—ac yn y blaen.

"Ie wir! Na allaf! Ac roeddwn i *yn* esbonio, a hynny'n ofalus iawn," atebodd y dewin yn swrth. "Os oes rhaid i chi wybod, Beorn yw ei enw. Mae'n ddyn cryf iawn, ac mae'n groen-newidiwr."

"Beth? Crwynwr? Dyn sy'n galw ysgyfarnog yn gochen, pan nad yw'n gwneud maneg o'i chroen?" gofynnodd Bilbo.

"Diar annwyl mawr, na, na, NA!" meddai Gandalff. "Paid â bod yn ffŵl Mr. Baglan, os medri di helpu, ac yn enw pob dim sy'n werthfawr, *paid* â chrybwyll y gair crwynwr eto o fewn can milltir o'i dŷ, na charthen, mantell, maneg, mýff neu unrhyw air anffodus arall o'r fath! Mae'n groen-newidiwr. Mae'n newid ei groen: weithiau mae'n arth ddu enfawr, weithiau mae'n glamp o ddyn cryf â chanddo wallt du, breichiau enfawr a barf hir. Does dim llawer mwy gen i i'w ddweud na hynny, er y dylai hynny fod yn ddigon. Dywed rhai mai arth yw e, disgynnydd i eirth hynafol y mynyddoedd a oedd yn byw yno ers cyn i'r cewri ddod. Mae eraill yn dweud mai dyn yw e, a'i fod yn ddisgynnydd i'r dynion cyntaf a oedd yn byw yn y rhan yma o'r byd cyn i Smawg a'r dreigiau eraill ddod, a chyn i'r coblynnod ddod i'r bryniau o'r Gogledd. Wn i ddim fy hunan, er mai fy ngreddf yw mai'r ail yw'r stori wir. Dydy e ddim y math o berson y mae rhywun yn gofyn cwestiynau iddo.

"Beth bynnag am hynny, nid oes unrhyw swyn arno, heblaw ei hud ei hun. Mae'n byw mewn coedwig dderi ac mae ganddo dŷ mawr pren. Fel dyn, mae'n cadw gwartheg a cheffylau, rhai bron mor fendigedig ag y mae ef ei hun. Maen nhw'n gweithio iddo ac yn siarad ag ef. Nid yw'n eu bwyta, na'n hela neu fwyta anifeiliaid gwyllt chwaith. Mae'n cadw nifer fawr o gychod llawn gwenyn mawr ffyrnig, ac yn byw ar hufen a mêl gan fwyaf. Pan yn arth, mae'n hoff o grwydro'n bell. Gwelais ef unwaith yn eistedd ar ei ben ei hun ar ben y Carog gyda'r hwyr, yn gwylio'r lleuad yn suddo tuag at Fynyddoedd y Niwl, ac fe'i glywais yn rhuo yn iaith yr eirth: 'Daw'r ddydd pan fyddant yn gelain, a minnau'n dychwelyd!' Dyna sail fy nghred mai o'r mynyddoedd y daeth, unwaith."

Roedd gan Bilbo a'r corachod ddigon i feddwl amdano, ac ni ofynnon nhw ragor o gwestiynau. Roedd cryn bellter i'w gerdded o hyd cyn iddynt gyrraedd. Ymlaen â nhw, gan ddringo llethrau a disgyn i gymoedd bach. Aeth hi'n boeth iawn. Ambell dro aethant i orffwys o dan y coed, ac ar yr adegau hynny teimlai Bilbo'r fath newyn fel y byddai wedi bwyta mes, pe baent wedi bod yn ddigon aeddfed i gwympo i'r llawr.

Roedd yn ganol prynhawn cyn iddyn nhw sylwi ar y clytiau mawr o flodau, y rheiny o'r un math yn tyfu gyda'i gilydd, fel pe baent wedi'u plannu'n fwriadol. Roedd yna glytiau o grib ceiliog, meillion porffor, a lleiniau llydan o feillion gwlanog gwyn, ac roedd arogl mêl ymhobman. Roedd yr awyr yn llawn grŵn a swnian y gwenyn, oedd yn brysur ymhobman. A'r fath wenyn! Doedd Bilbo erioed wedi gweld eu tebyg.

"Pe bai un yn fy mhigo," meddyliodd, "baswn i'n chwyddo'r un mor fawr eto ag ydw i nawr!"

Roeddynt yn fwy na chacwn meirch. Roedd y gwenyn gormes yn fwy o lawer na'ch bys bawd, ac fe dywynnai'r cylchoedd melyn fel aur tanllyd ar eu cyrff du.

"Rhaid ein bod ni'n agos," meddai Gandalff. "Rydyn ni ar gyrion porfeydd ei wenyn."

Ychydig yn ddiweddarach daethant at res o dderi tal a hynafol iawn, a'r tu hwnt i'r rhain roedd yna wrych o ddrain uchel nad oedd modd gweld trwyddo na'i groesi.

"Gwell i chi aros yma," meddai'r dewin wrth y corachod; "a phan byddaf yn galw neu'n chwibanu, dewch ar fy ôl—fe welwch chi pa ffordd i fynd pan af i nawr—ond dewch fesul dau, cofiwch, tua phum munud rhwng pob pâr. Bombur sydd dewaf a bydd yn werth dau, felly gwell iddo ddod ar ei ben ei hun, yn olaf. Tyrd yn dy flaen, Mr. Baglan! Mae yna glwyd yn rhywle, y ffordd yma." A chyda hynny aeth ar hyd y gwrych, â'r hobyd ofnus yn ei ddilyn.

Cyn bo hir daethant at glwyd bren, un uchel a llydan, a'r ochr arall iddi gallent weld gerddi a chlwstwr o adeiladau isel o bren. Roedd gan rai ohonynt doeon gwellt ac roedd pob un wedi'i adeiladu o foncyffion coed, heb eu trin: ysguboriau, stablau, siediau, a thŷ hir isel. Tu ôl i'r glwyd, ar ochr ddeheuol y gwrych, roedd rhes ar ôl rhes o gychod gwenyn â chloriau siâp clychau wedi'u gwneud o wellt. Roedd yr awyr yn llawn sŵn y gwenyn enfawr yn hedfan yma a thraw, ac yn cropian i mewn ac allan o'r cychod.

Gwthiodd y dewin a'r hobyd y giât drom, a wichiai wrth iddi agor, a dilynon nhw lwybr llydan i gyfeiriad y tŷ. Daeth ceffylau i'w cyfarfod, eu blew llyfn yn arwydd amlwg eu bod yn cael eu trin yn dda. Edrychodd y ceffylau arnynt yn ofalus ag wynebau deallus iawn, cyn rhedeg i ffwrdd i gyfeiriad yr adeiladau.

"Maen nhw'n mynd i roi gwybod iddo fod dieithriaid wedi dod," meddai Gandalff.

Cyn bo hir cyrhaeddon nhw fuarth, tair o'i ochrau wedi'u ffurfio gan y tŷ pren a'i ddwy asgell. Ar ganol y buarth gorweddai boncyff derwen fawr, â nifer fawr o'i changhennau wedi'u torri mewn pentyrrau taclus gerllaw. Yn sefyll wrth y boncyff roedd dyn enfawr â chanddo farf a gwallt du trwchus, ei freichiau a'i goesau mawr noethion yn dangos ei gyhyrau clymog. Gwisgai diwnig wlân hyd at ei bengliniau, ac roedd yn pwyso ar fwyell fawr. Safai'r ceffylau gerllaw, eu trwynau wrth ei ysgwydd.

"Ych! Dyma nhw," meddai wrth y ceffylau. "Dydyn nhw ddim yn edrych yn beryglus. Cewch chi fynd!" Chwarddodd yn uchel ac yn ddwfn, cyn gosod ei fwyell i lawr a chamu ymlaen.

"Pwy ydych chi a beth ydych chi eisiau?" gofynnodd yn sarrug, gan sefyll o'u blaenau. Roedd yn dalach o lawer na Gandalff, a byddai Bilbo wedi gallu cerdded rhwng ei goesau'n hawdd heb angen hyd yn oed plygu'i ben i osgoi ymyl y diwnig frown.

"Gandalff ydw i," meddai'r dewin.

"Glywais i erioed amdano," chwyrnodd y dyn. "A beth yw hwn?" meddai, gan blygu i lawr i wgu ar yr hobyd â'i aeliau duon blewog.

"Dyna Mr. Baglan, hobyd o deulu da ac enw dilychwin," meddai Gandalff. Moesymgrymodd Bilbo. Nid oedd ganddo het i'w dynnu, ac roedd yn boenus o ymwybodol o'r holl fotymau yr oedd wedi'u colli. "Dewin ydw i," aeth Gandalff yn ei flaen. "Rydw i wedi clywed amdanoch chi, os nad ydych chi wedi clywed amdanaf; ond efallai eich bod chi wedi clywed am fy nghefnder Radagast, sy'n byw wrth ymyl ddeheuol y Gwyllgoed?"

"Do. Dyn digon dymunol, meddwn i, am ddewin. Roeddwn i'n arfer ei weld nawr ac yn y man," meddai Beorn. "Wel, fe wn i bellach pwy ydych chi, neu bwy'r ydych chi'n *dweud* yr ydych chi, o leiaf. Beth ydych chi'i eisiau?"

"A dweud y gwir, rydym ni wedi colli ein paciau a bron â cholli ein ffordd, ac mae angen help arnom braidd, neu gyngor o leiaf. Rhaid cyfaddef i ni gael amser gwael gyda'r coblynnod yn y mynyddoedd."

"Coblynnod?" meddai'r dyn mawr, yn llai sarrug nag o'r blaen. "O ho, felly rydych chi wedi cael trafferth gyda *nhw*, ife? Pam aethoch chi'n agos atynt?"

"Nid hynny fu ein bwriad. Fe'n daliwyd ganddynt yn annisgwyl gyda'r nos, mewn bwlch roedd yn rhaid i ni'i groesi. Roedden ni'n teithio draw i'r parthau hyn o wledydd y Gorllewin—mae'r hanes yn un hir."

"Gwell i chi ddod i mewn felly, a dweud rhyw faint o'r hanes honno, os na chymerith hi'r diwrnod cyfan," meddai'r dyn gan arwain y ffordd drwy ddrws tywyll a agorodd i'r tŷ o'r buarth.

O ddilyn y dyn cawsant eu bod mewn neuadd lydan â lle tân mawr ar ei chanol. Er ei bod hi'n haf roedd tân yn llosgi a mwg yn codi i'r nenfwd du i chwilio am ffordd allan drwy'r to. Aethant drwy'r neuadd dywyll, nad oedd wedi'i goleuo heblaw gan y tân a'r twll uwch ei phen, a thrwy ddrws arall ychydig yn llai at fath o feranda wedi'i osod ar golofnau, sef boncyffion coed. Roedd yn wynebu'r de ac yn gynnes a golau o hyd gyda haul y gorllewin a daflai ei olau euraidd ar yr ardd llawn blodau hefyd, a ddaeth yr holl ffordd hyd at waelod y grisiau.

Eisteddent ar feinciau pren wrth i Gandalff adrodd ei hanes, a chwifiai Bilbo ei goesau yn ôl ac ymlaen wrth syllu ar y blodau yn yr ardd, gan dybio beth oedd eu henwau, gan nad oedd wedi gweld hanner ohonynt erioed o'r blaen.

"Roeddwn i'n croesi'r mynyddoedd â chyfaill neu ddau..." meddai'r dewin.

"Neu ddau? Dim ond un dwi'n ei weld, a hwnnw'n un bach," meddai Beorn.

"Wel, a dweud y gwir, doeddwn i ddim eisiau eich trafferthu â nifer fawr ohonom ni, cyn i mi wybod os oeddech chi'n brysur neu beidio. Mi wna i eu galw draw, os ydy hynny'n iawn."

"Galwch 'te!"

Felly chwibanodd Gandalff yn hir ac yn uchel, a chyn pen dim ymddangosodd Thorin a Dori wrth ochr y tŷ ger llwybr yr ardd, gan sefyll a moesymgrymu'n isel o'u blaenau.

"Un neu dri roeddech chi'n ei feddwl, dwi'n gweld!" meddai Beorn. "Ond nid hobydion mo'r rhain, ond corachod!"

"Thorin Dariandderw, at eich galwad! Dori at eich galwad!" meddai'r ddau gorrach, gan foesymgrymu unwaith eto.

"Does mo'ch angen chi at fy ngalwad, diolch," meddai Beorn, "ond debyg y bydd angen fy nghymorth arnoch chi. Dwi ddim yn or-hoff o gorachod yn gyffredinol, ond os yw'n wir mai chi yw Thorin (fab Thráin, fab Thrór, dwi'n credu), a bod eich cyfaill yn barchus, a'ch bod yn elynion i goblynnod, ac os nad ydych chi'n bwriadu gwneud unrhyw ddrygioni ar fy nhir—beth *ydych* chi'n ei fwriadu, gyda llaw?"

"Maen nhw ar eu ffordd i ymweld â gwlad eu tadau, draw yn y dwyrain y tu hwnt i'r Gwyllgoed," meddai Gandalff, "a hap a damwain yw ein bod ni ar eich tir o gwbl. Byddai'r Bwlch Uchel roedden ni wrthi'n ei groesi wedi ein harwain at y ffordd sydd i'r de, ond ymosodwyd arnom gan y coblynnod drwg—fel yr oeddwn ar fin dweud."

"Dwedwch 'te!" meddai Beorn, na fyddai fyth yn rhy gwrtais.

"Roedd storom fawr; roedd y carreg-gewri'n taflu eu creigiau, a bu'n rhaid i ni gysgodi mewn ogof ar ben y bwlch, yr hobyd a minnau a nifer o'm cyfeillion..."

"Ydych chi'n galw dau yn nifer?"

"Wel, na, roedd yna fwy na dau, a dweud y gwir."

"Ble maen nhw? Cawson nhw eu lladd, a'u bwyta? Aethon nhw adref?"

"Wel, naddo. Mae'n debyg na ddaeth pob un ohonynt pan chwibanais i. Maen nhw'n swil, hwyrach. A dweud y gwir, mae'n bryder gennym ni bod nifer fawr braidd ohonom i chi eu gwesteia."

"Ewch yn eich blaen, chwibanwch unwaith eto! Rydyn ni am barti, yn ôl yr olwg; wnaiff un neu ddau eto ddim gwahaniaeth," chwyrnodd Beorn.

Chwibanodd Gandalff unwaith eto, ond roedd Nori ac Ori yno bron cyn iddo orffen, gan fod Gandalff, os cofiwch chi, wedi gofyn iddynt ddod fesul dau bob pum munud.

"S'mae," meddai Beorn, "Daethoch chi'n gyflym— ble'r oeddech chi'n cuddio? Dewch i mewn, y jac-yn-y-bocsys bach i chi!"

"Nori at eich galwad, Ori at..." dechreuodd y corachod, ond torrodd Beorn ar eu traws.

"Diolch i chi! Pan fydd angen eich cymorth, byddaf yn galw amdano. Eisteddwch, ac ymlaen â'r hanes, neu mi fydd hi'n amser swper cyn i ni orffen."

"Cyn gynted i ni fynd i gysgu," aeth Gandalff yn ei flaen, "agorodd dwll yng nghefn yr ogof; daeth coblynnod allan a gafael yn yr hobyd a'r corachod a'n praidd o ferlod—"

"Praidd o ferlod? Beth oeddech chi—syrcas ar daith? Neu oeddech chi'n cludo nwyddau lawer? Neu ydych chi'n galw chwech yn braidd?"

"O na! A dweud y gwir roedd mwy na chwech o ferlod, gan fod yna fwy na chwech ohonom ni—a dyma ddau arall!" Ar yr union eiliad honno ymddangosodd Balin a Dwalin, gan foesymgrymu mor isel fel i'w barfau ysgubo'r llawr garreg. Dim ond gwgu arnynt gwnaeth y dyn mawr i ddechrau, ond fe wnaethant eu gorau i fod yn hynod gwrtais, gan nodio a phlygu a moesymgrymu o hyd gan chwifio'u cyflau o flaen eu penliniau (yn null arferol a phriodol y corachod) fel bod golwg mor wirion arnynt fel iddo roi'r gorau i wgu a dechrau chwerthin.

"Syrcas wir," meddai, "ac un difyr hefyd. Dewch i mewn, glowniaid, a beth yw eich enwau *chi*? Does mo'ch eisiau chi at fy ngalwad am y tro, dim ond eich enwau, ac wedyn cewch eistedd, a rhoi'r gorau i foesymgrymu!"

"Balin a Dwalin", meddai'r ddau, mewn gormod o fraw i gael eu tramgwyddo ganddo. Eisteddodd y ddau'n blwmp ar y llawr, â golwg syn ar eu hwynebau.

"Yn dy flaen, ddewin!" meddai Beorn.

"Ble'r oeddwn i? O, wrth gwrs—ces i *mo* fy nal. Lladdais goblyn neu ddau â fflach—"

"Da iawn," chwyrnodd Beorn, "Mae bod yn ddewin yn dda i rywbeth, felly."

"—a llwyddais i lithro drwy'r twll cyn iddo gau. Dilynais i'r lleill i lawr i'r neuadd fawr, oedd yn llawn coblynnod. Yno roedd y Coblyn Mawr â thri neu bedwar deg o filwyr arfog gydag ef. 'Hyd yn oed pe na baent wedi eu clymu gyda'i gilydd â chadwyni, be allai deuddeg wneud yn erbyn cynifer?', meddyliais."

"Deuddeg! Dyna'r tro cyntaf i mi glywed wyth yn cael eu galw'n ddeuddeg. Neu oes yna Jac neu ddau eto yn ei focs o hyd, yn cuddio yn rhywle'n aros i neidio allan?"

"Wel, oes—dyma ambell un arall ohonynt yma nawr—Fíli a Kíli, rwy'n credu," meddai Gandalff, wrth i'r ddau ymddangos a sefyll gan wenu a moesymgrymu.

"Dyna ddigon!" meddai Beorn. "Eisteddwch, a byddwch dawel. Nawr, yr hanes, Gandalff!"

Ymlaen aeth Gandalff â'r hanes felly, gan ddisgrifio'r frwydr yn y tywyllwch, darganfod y porth isaf, a'u dychryn wedi iddynt sylweddoli bod Mr. Baglan ar goll. "Wedi i ni gyfri'n gilydd, fe sylweddolon ni fod yr hobyd ar goll. Dim ond pedwar ar ddeg ohonom ni oedd yno!"

"Pedwar ar ddeg! Dyna'r tro gyntaf i mi glywed colli un o deg yn gadael pedwar ar ddeg. Naw, roeddech chi'n ei feddwl, neu dydych chi heb gyflwyno'ch grŵp cyfan eto."

"Wel, naddo, dydych chi heb gwrdd ag Óin neu Glóin eto. A! Bendith arnaf! Dyma nhw. Gobeithio byddwch yn maddau iddynt am ddarfu arnoch."

"O, gadewch nhw i mewn! Brysiwch! Dewch yn eich blaenau, chi'ch dau, ac eisteddwch. Ond edrychwch, Gandalff, hyd yn oed nawr dim ond chithau, deg o gorachod a'r hobyd a gollwyd sydd yma. Dim ond un ar ddeg (ac un wedi'i golli) yw hynny, ac nid pedwar ar ddeg, heblaw bod dewiniaid yn cyfri'n wahanol i bobl eraill. Ond nawr ewch yn eich blaen â'r hanes." Nid oedd Beorn yn ei dangos yn fwy nag y yr oedd ganddo'r help, ond mewn gwirionedd roedd wedi dechrau cael blas ar yr hanes. Bu'n gyfarwydd ar un adeg â'r union ran o'r mynyddoedd yr oedd Gandalff yn ei disgrifio, yn yr hen ddyddiau. Nodiodd pan glywodd am ailymddangosiad yr hobyd, ac roedd golwg blin arno wrth iddo glywed am y tirlithriad ac am lannerch y bleiddiaid yn y coed.

Pan soniodd Gandalff am ddringo'r coed gyda'r bleiddiaid islaw, cododd a dechreuodd gamu'n anniddig yn ôl ac ymlaen, ac meddai, "Pe bawn i wedi bod yna! Basen nhw wedi cael mwy na thân gwyllt gen i!"

"Wel," meddai Gandalff, yn hynod falch o weld bod ei hanes yn creu argraff, "gwnes i fy ngorau. Yno'r oeddem, y bleiddiaid yn cynhyrfu oddi tanom, a'r goedwig yn dechrau llosgi, pan ymddangosodd y coblynnod o'r mynyddoedd a'n darganfod. Dyma nhw'n bloeddio'n llawen, a dechrau canu caneuon i godi ofn arnom. *Pymtheg o'r adar rhyfeddaf erioed...*"

"Mawredd!" chwyrnodd Beorn. "Paid ag esgus na all coblynnod gyfrif. Fe allent yn iawn. Nid pymtheg mo ddeuddeg ac fe wydden nhw hynny'n iawn."

"A minnau hefyd. Roedd Bifur a Bofur yno hefyd. Dydw i heb eu cyflwyno o'r blaen, ond dyma nhw."

I mewn daeth Bifur a Bofur. "A minnau!" pwffiodd Bombur gan ddilyn ar eu holau. Roedd yn dew ac yn ddig ei fod wedi'i adael yn olaf. Roedd wedi penderfynu nad oedd am aros pum munud, ac wedi dod yn syth ar ôl y lleill.

"Wel, nawr *mae* yna bymtheg ohonoch chi, a chan y gall coblynnod gyfrif, tybiaf mai dyna bawb oedd yn y coed. Nawr efallai y cawn ni orffen yr hanes hon heb i neb arall darfu arnom." Gwelodd Mr. Baglan gynllun cyfrwys Gandalff wedyn. Roedd y tarfu parhaus wedi ennyn diddordeb Beorn yn yr hanes, ac roedd yr hanes wedi'i gadw rhag drin y corachod fel cardotwyr amheus

Neuadd Beorn

a'u gyrru ymaith ar unwaith. Bur anaml y byddai'n gwahodd pobl i mewn i'w dŷ, pe bai modd iddo osgoi gwneud hynny. Ychydig iawn o ffrindiau oedd ganddo ac roedd y rheiny'n byw ymhell, a dim ond ambell un neu ddau byddai'n eu gwahodd i'w dŷ ar y tro. Ond bellach roedd pymtheg o ddieithriaid yn eistedd wrth ei ddrws!

Erbyn i'r dewin orffen ei hanes a sôn am gael eu hachub gan yr eryr a'u cludo i'r Carog, roedd yr haul wedi cwympo'r tu ôl i Fynyddoedd y Niwl ac roedd y cysgodion yng ngardd Beorn wedi mynd yn hir.

"Hanes da iawn!" meddai ef. "Y gorau i mi ei chlywed am beth amser. Pe bai pob cardotwr yn adrodd stori mor dda, efallai y byddwn i'n fwy caredig iddynt. Mae'n bosib mai celwydd yw'r cwbl, wrth gwrs, ond rydych chi'n haeddu swper am yr hanes beth bynnag. Gadewch i ni fwyta!"

"Os gwelwch yn dda!" meddai pawb gyda'i gilydd. "Diolch yn fawr iawn!"

Roedd hi'n dywyll iawn yn y neuadd bellach. Curodd Beorn ei ddwylo, a daeth pedwar o ferlod gwyn hardd i mewn, a nifer o gŵn llwyd â chyrff hirion. Siaradodd Beorn â nhw mewn iaith ryfedd, fel petai sŵn anifeiliaid wedi'i droi'n siarad. Aethant allan eto cyn dychwelyd â ffaglau yn eu cegau i'w cynnau wrth y tân, a'u gosod mewn bracedi isel ar y colofnau o amgylch y tân oedd yn cynnal to'r neuadd. Gallai'r cŵn gerdded ar eu coesau ôl pan oedd arnynt eisiau, a dal pethau â'u coesau blaen. Daethant yn gyflym â byrddau a threstlau o'r ochrau a'u gosod ger y tân.

Yna fe glywyd sŵn brefu, a daeth nifer o ddefaid i mewn, cyn wynned ag eira, wedi'u harwain gan hwrdd oedd yn ddu fel glo. Roedd gan un ohonynt liain gwyn wedi'i frodio â lluniau anifeiliaid; roedd gan eraill hambyrddau ar eu cefnau llydan ag arnynt bowlenni a phlatiau a chyllyll a llwyau pren. Dosbarthwyd y rhain ar y byrddau gan y cŵn. Roedd y byrddau'n isel iawn, fel bod modd i hyd yn oed Bilbo eistedd wrthynt yn gyffordddus. Wrth ochrau'r byrddau gwthiodd merlyn ddwy fainc isel ar gyfer Gandalff a Thorin, â chanddynt seddi brwyn a choesau trwchus byrion, ac wrth y pen pellaf rhoddwyd cadair fawr ddu Beorn, oedd yn debyg iawn i'r meinciau (pan eisteddodd ynddo estynnai ei goesau hirion yn bell o dan y bwrdd). Y rhain oedd yr unig gadeiriau yn ei gartref, a debyg eu bod yn isel, fel y byrddau, er cyfleustra'r anifeiliaid a weinai arno. Ar beth eisteddodd y lleill? Ni chawsant eu hanghofio. Daeth y merlod eraill i mewn â rhannau o foncyffion siâp drymiau, wedi'u llyfnu a'u sgleinio, ac yn ddigon isel i Bilbo hyd yn oed. Cyn bo hir felly roedd pawb yn eistedd wrth fwrdd Beorn, ac roedd y neuadd wedi'i lenwi â chynulliad na welwyd ei debyg yno ers blynyddoedd lawer.

Yno cawsant swper, neu ginio, oedd yn well na'r un a chawsant ers gadael Aelwyd Olaf y Gorllewin a ffarwelio ag Elrond. Fflachiodd golau'r ffaglau a'r tân o'u hamgylch, ac ar y bwrdd roedd dwy gannwyll goch dal o gŵyr gwenyn. Wrth iddynt fwyta, rhannodd Beorn hanesion yn ei lais dwfn am y gwledydd gwyllt ar ochr honno'r mynyddoedd. Soniodd yn enwedig am y goedwig dywyll a pheryglus oedd tua daith diwrnod o'u blaenau, ac a ymestynnai i'r gogledd a'r de gan rwystro'r ffordd i'r dwyrain: coedwig ddychrynllyd y Gwyllgoed.

Gwrandawodd y corachod ac ysgwyd eu barfau, gan y gwyddent y byddai'n rhaid mynd i mewn i'r goedwig honno'n fuan, ac mai honno (heblaw'r mynyddoedd) oedd y gwaethaf o'r rhwystrau y byddai'n rhaid iddynt eu trechu cyn cyrraedd cadarnle'r ddraig. Wedi gorffen cinio fe ddechreuon nhw rannu hanesion yn eu tro, ond roedd Beorn fel petai'n blino, ac ychydig o sylw a dalodd iddynt. Am aur ac arian a gemau ac am greu pethau drwy grefft y gof y soniwyd gan fwyaf, a debyg nad oedd Beorn yn ymddiddori llawer mewn pethau felly. Doedd dim byd aur neu arian yn ei neuadd, a heblaw'r cyllyll ychydig iawn yno oedd wedi'i wneud o fetel o gwbl.

Eisteddon nhw wrth y bwrdd am amser hir, eu powlenni yfed pren yn llawn medd. Y tu allan bu'n nosi. Adnewyddwyd y tanau yng nghanol y neuadd â phren

ffres a diffoddwyd y ffaglau, ac yno'r oeddynt yn dal i
eistedd gyda golau'r fflamau'n dawnsio, â cholofnau tal y
neuadd y tu ôl iddynt fel coed tywyll uwch eu pennau. Ni
wyddai Bilbo os mai hud a lledrith oedd wrthi neu beidio,
ond teimlai iddo glywed sŵn yn nhrawstiau'r to fel gwynt
drwy ganghennau, neu gri tylluanod. Cyn bo hir
dechreuodd nodio'n gysglyd ac roedd y lleisiau fel petai'n
ymbellhau, ond wedyn deffrodd yn sydyn.

Roedd y drws mawr wedi gwichian a chau'n glep.
Roedd Beorn wedi diflannu. Eisteddai'r corachod ar y
llawr o amgylch y tân o hyd, ac ar ôl ychydig dechreuon
nhw ganu. Dyma rai o'r penillion, ond roedd yna lawer yn
rhagor, ac aeth y canu ymlaen am gyfnod hir:

> *Drwy'r rhos ddiffrwyth fe chwythai'r gwynt*
> *Ond distaw fu y goedwig gynt,*
> *Ei dail yn llonydd, nos neu ddydd*
> *A thywyllwch llwyr o danynt.*

> *Gwynt ddaeth o'r mynydd gyda'r wawr*
> *Yn ruo'n uchel â llais cawr*
> *Gan lenwi'r nen a phlygu'r pren*
> *A thaflu'r dail ar hyd y llawr.*

> *Y gwynt ymlaen i'r dwyrain aeth*
> *Llonyddwch 'nôl i'r goedwig ddaeth*
> *Ond corsydd lu llenwyd â'i gri*
> *A chwiban cras a hyll ei lais.*

> *Fe blygai'r gwynt pob rhedynen*
> *Ysgydwai pob un galloden*
> *A phob un pwll yn nhiroedd mwll*
> *Y dwyrain, a chymylau'r nen.*

> *Aeth uwchben mwg y mynydd unig:*
> *Sef cartref moel y ddraig cyrnig*
> *Lle gorweddai y creigiau*
> *Yn loyod duon llosgedig.*

127

Gan adael ar ei ôl y ddaear
A hedfan fry i'r awyr claear
I chwythu'r lloer i'r pellter oer
A megino tân y sêr llachar.

Dechreuodd ben Bilbo nodio unwaith eto. Yn sydyn cododd Gandalff ar ei draed.

"Daeth yn amser i ni gysgu," meddai "i ni, ond nid Beorn, dydw i ddim yn credu. Gallwn gysgu'n ddigon diogel yn y neuadd hon, ond fe'ch rhybuddiaf i gyd i beidio anghofio'r hyn ddywedodd Beorn cyn gadael: rhaid i chi beidio â mynd allan cyn toriad y wawr, er eich diogelwch chi."

Gwelodd Bilbo fod gwlâu eisoes wedi'u gosod wrth ochrau'r neuadd iddynt, ar fath o lwyfan rhwng y colofnau a'r mur allanol. Roedd matres gwellt bychan iddo, a blancedi gwlân. Haf neu beidio, suddodd i mewn iddynt yn fodlon iawn ei fyd. Llosgai'r tân yn isel ac fe gwympodd i gysgu. Ond deffrodd yn ystod y nos: marwor yn unig oedd y tân bellach, ac roedd Gandalff a'r corachod yn cysgu, yn ôl sŵn eu hanadlu. Ar y llawr roedd yna bwll o olau gwyn lle'r oedd y lleuad uchel yn disgleirio drwy'r twll mwg yn y to.

Ond o'r tu allan deuai sŵn chwyrnu ffyrnig, a sŵn fel petai ryw greadur mawr yn ffroeni wrth waelod y drws. Beth ar y ddaear oedd yno, tybiodd Bilbo? Ai Beorn ydoedd, ar ei ffurf amgen hud, ac os felly, a fyddai'n dod i mewn fel arth a'u lladd bob un? Cuddiodd ei ben o dan y blancedi, ac er gwaetha'i ofn aeth i gysgu drachefn.

Roedd yn fore hwyr pan ddihunodd. Roedd un o'r corachod wedi baglu drosto wrth iddo orwedd yn y cysgodion, ac wedi cwympo oddi ar y llwyfan i'r llawr. Bofur oedd, ac roedd yn cwyno wrth i Bilbo agor ei lygaid.

"Ar dy draed, y diogyn," meddai, "neu fydd dim brecwast ar ôl i ti."

Neidiodd Bilbo ar ei draed. "Brecwast!" llefodd. "Ble mae brecwast?"

"Ynom ni, gan fwyaf," atebodd y corachod eraill oedd yn symud o gwmpas y neuadd; "ond mae'r gweddillion allan ar y feranda. Rydyn ni wedi bod yn chwilio am Beorn ers i'r haul godi, ond does dim sôn amdano'n unman, er y cawson ni hyd i'r brecwast ar unwaith wedi i ni fynd allan."

"Ble mae Gandalff?" gofynnodd Bilbo, gan fynd i chwilio am rywbeth i'w fwyta cyn iddo golli'r cyfle.

"O, allan yn rhywle," daeth yr ateb. Ond ni welodd ef unrhyw sôn am y dewin drwy'r dydd, nes yr hwyr. Ychydig cyn iddi nosi, cerddodd i mewn i'r neuadd, lle'r oedd yr hobyd a'r corachod yn mwynhau eu swper, ac anifeiliaid anhygoel Beorn yn gweini arnynt fel yr oeddynt wedi'i wneud drwy'r dydd. Ond o ran Beorn ei hun, doedd yr un ohonynt wedi gweld neu glywed dim, ac roeddynt yn dechrau anesmwytho.

"Ble mae ein gwesteiwr, a ble wyt *ti* wedi bod drwy'r dydd dy hunan?" gofynnodd y corachod.

"Un cwestiwn ar y tro—a dim un ohonynt cyn swper! Dydw i heb fwyta dim byd ers brecwast."

O'r diwedd gwthiodd Gandalff ei blât a'i jwg i ffwrdd. Roedd wedi bwyta dwy dorth gyfan (ac arnynt doreth o fenyn, mêl a hufen tolch trwchus) ac wedi yfed o leiaf chwart o fedd. Estynnodd ei bibell. "Atebaf eich ail gwestiwn yn gyntaf," meddai, "ond bendith arnaf! Am le rhagorol ar gyfer cylchoedd mwg!" A dyna oedd y cwbl a gawsant ganddo am gryn amser wedyn, wrth iddo eistedd a mwynhau ei hun yn anfon cylchoedd rhwng colofnau'r neuadd, eu newid i bob math o siapau a lliwiau gwahanol, a'u hanfon o'r diwedd un ar ôl y llall drwy'r twll yn y to. Rhaid bod golwg rhyfedd iawn arnynt o'r tu allan, yn saethu i'r awyr fesul un, gwyrdd, glas, coch, arian-lwyd, melyn, gwyn; rhai mawr, rhai bach yn rhuthro drwy ganol y rhai mawr ac yn cyfuno i greu siapau rhif wyth, cyn hedfan ymaith i'r awyr fel haid o adar.

"Rydw i wedi bod yn dilyn olion traed eirth," meddai o'r diwedd. "Debyg y buodd yna gynulliad go iawn ohonynt y tu allan neithiwr. Sylweddolais yn fuan nad oedd yn bosib mai ôl Beorn oedd pob un ohonynt: roedd llawer gormod, ac roeddynt i gyd o feintiau gwahanol hefyd. O'r hyn i mi weld roedd yma eirth bach, rhai mawr, rhai o faint cyffredin, a rhai enfawr, pob un ohonynt yn dawnsio'r tu allan, a hynny bron iawn o fachlud yr haul hyd y wawr. Daethant o bob cyfeiriad bron, heblaw'r gorllewin, dros yr afon, o'r du'r mynyddoedd. Dim ond un set o olion traed oedd yn mynd i'r cyfeiriad yna—dim un yn dod, dim ond y rhai oedd yn gadael. Dilynais y rhain mor bell â'r Carog. Diflannodd yr olion i'r afon wedyn, ond roedd y dŵr yn rhy ddwfn ac yn llifo'n rhy gryf heibio'r graig i mi allu croesi. Fel y cofiwch, digon hawdd yw croesi o ochr yma'r afon i'r Carog, ond ar yr ochr arall mae clogwyn uchel uwchben sianel ddofn a chyflym. Bu rhaid i mi gerdded milltiroedd cyn i mi gael hyd i fan lle'r oedd yr afon yn ddigon bas a llydan i mi nofio a rhydio croesi, ac wedyn milltiroedd eto yn fy ôl i gyrraedd yr olion drachefn. Erbyn hynny roedd hi'n rhy hwyr i'w dilyn yn bell iawn. Aethant yn syth i gyfeiriad y goedwig pinwydd ar lethrau dwyreiniol Mynyddoedd y Niwl, lle cawson ni ein dathliad bach braf gyda'r Wargiaid echnos. A chredaf nawr i mi ateb eich cwestiwn cyntaf hefyd," meddai Gandalff, ac yna eisteddodd yn dawel am gryn amser.

Credai Bilbo ei fod yn gwybod beth oedd ystyr y dewin. "Beth wnawn ni," llefodd, "os bydd e'n arwain yr holl Wargiaid a'r coblynnod yma? Fe gawn ni ein dal a'n lladd! Dywedaist ti nad oedd e'n gyfeillgar gyda nhw, roeddwn i'n meddwl."

"Do, dwedais i hynny. A phaid â bod yn ddwl! Gwell i ti fynd i'r gwely, mae dy feddwl di'n gysglyd."

Teimlai'r hobyd druan yn wirion dros ben. Gan na allai feddwl am ddim byd arall i'w wneud, aeth ar ei union i'r gwely. A'r corachod yn dal i ganu o hyd, cwympodd i gysgu, ei ben bach yn dal i ddrysu ynghylch Beorn. Breuddwydiodd fod yna gannoedd o eirth duon yn dawnsio o gwmpas y buarth, yn araf ac yn drwm yng ngolau'r lleuad. Yna deffrodd unwaith eto pan oedd pawb arall yn cysgu, ac unwaith eto clywodd yr un sŵn crafu a ffroeni ag yr oedd wedi'i glywed o'r blaen.

Y bore nesaf cawsant eu deffro bob un gan Beorn ei hunan. "Rydych chi yma o hyd felly!" meddai. Cododd yr hobyd yn ei freichiau gan chwerthin. "Heb gael eich bwyta gan Wargiaid neu goblynnod neu eirth cas eto, fe welaf i!" Prociodd wasgod Mr. Baglan, braidd yn ddi-barch. "Mae'r gwningen fach yn mynd yn hyfryd o dew unwaith eto, wedi'r holl fara a mêl," chwarddodd. "Tyrd i gael rhagor!"

Felly aethant i gyd i fwyta brecwast gydag ef. Y tro hwn roedd Beorn yn llawen iawn ac yn ddigon siaradus; roedd i'w weld mewn hwyliau rhagorol, ac yn gwneud i bob un ohonynt chwerthin â'i straeon doniol. Ni fu'n rhaid iddynt aros yn hir i wybod ble'r oedd wedi bod chwaith, na pham oedd yn bod mor garedig, oherwydd iddo esbonio hynny iddynt ei hunan. Roedd wedi croesi'r afon a dilyn eu trywydd yn ôl i'r mynyddoedd—ac o wybod hynny gallwch ddyfalu pa mor gyflym y gallai deithio pan fynnai, ar ffurf arth beth bynnag. Cawsai hyd i olion llosg y llannerch, fu'n gadarnhad iddo fod y rhan hynny o'u hanes yn wir o leiaf, ond cafodd hyd i fwy na hynny. Daliodd Warg a choblyn yn crwydro yn y coed, a chafodd ddysgu llawer gan y rhain. Roedd patrolau'r coblynnod yn dal i chwilio am y corachod gyda'r Wargiaid, ac roeddynt yn gythreulig o ddig ar ôl lladd y Coblyn Mawr, a llosgi trwyn pennaeth y bleiddiaid hefyd, a lladd gymaint o'i weision pennaf yn nhân y dewin. Gorfodwyd iddynt ddweud y pethau hyn wrtho, fodd bynnag dyfalodd fod yna fwy o ddrygioni ar y gweill, sef cynllun am ymosodiad mawr gan holl fyddin y coblynnod a'u cynghreiriad y bleiddiaid ar y wlad yng nghysgod y mynyddoedd, er mwyn cael hyd i'r corachod, neu ddial ar y dynion a'r creaduriaid oedd yn byw yno, ac y gallai fod wedi'u lletya.

"Chwedl dda oedd eich hanes chi," meddai Beorn, "ond dwi'n ei hoffi'n fwy fyth bellach, a minnau'n gwybod ei bod hi'n wir bob gair. Pe baech chi'n byw'n agos at gyrion y Gwyllgoed fasech chi ddim yn credu neb chwaith, heblaw eich bod chi'n eu nabod nhw'r un mor dda â'ch brawd, neu'n well na hynny. Fel y mae hi, y cwbl y gallaf ddweud yw 'mod i wedi rhuthro'n ôl mor gyflym ag y gallwn er mwyn sicrhau'ch bod chi'n ddiogel, ac i gynnig i chi unrhyw gymorth y gallaf. Byddaf yn trin corachod yn fwy caredig o hyn ymlaen. Lladd y Coblyn Mawr, lladd y Coblyn Mawr!" chwarddodd i'w hunan.

"Beth wnaethoch chi â'r coblyn a'r Warg?" gofynnodd Bilbo'n sydyn.

"Dewch i weld!" meddai Beorn, cyn eu harwain allan ac o gwmpas ochr y tŷ. Roedd pen coblyn ar bostyn y tu hwnt i'r glwyd, ac ychydig ymhellach i ffwrdd roedd croen Warg wedi'i hoelio i goeden. Gelyn ffyrnig oedd Beorn. Ond ag yntau'n gyfeillgar iddynt bellach, ystyriodd Gandalff mai doeth fyddai dweud eu hanes i gyd a'r gwir reswm dros eu taith, er mwyn cael y cymorth gorau posib ganddo.

Addawodd hyn: byddai'n rhoi merlyn bob un iddynt, a cheffyl i Gandalff, ar gyfer eu taith i'r goedwig, a'u llwytho â digon o fwyd i'w cynnal am wythnosau, dim ond iddynt fod yn ofalus, wedi'i bacio fel ei fod yn hawdd cludo. Cnau, blawd, jariau wedi'u selio'n llawn ffrwythau sych, a phriddlestri coch llawn mêl, a chacenni wedi'u pobi dwywaith ac a fyddai'n cadw'n hir, ac y gallent deithio'n bell ar damaid bach ohonynt. Roedd pobi'r cacenni yma'n un o'i gyfrinachau; ond roedd mêl ynddynt, fel oedd yn gyffredin yn ei fwyd, ac roeddynt yn flasus, er eu bod yn dwyn syched. Ni fyddai angen cludo dŵr arnynt yr ochr yma i'r coed, meddai, gan fod yna nentydd a ffynhonnau wrth ochrau'r ffordd. "Ond bydd eich llwybr drwy'r Gwyllgoed yn dywyll, peryglus ac anodd," meddai. "Mae'n anodd cael hyd i ddŵr yno, a bwyd hefyd. Nid yw'n gyfnod cnau arnom eto (er y gallai hynny fod wedi dod a mynd, debyg, erbyn i chi gyrraedd yr ochr draw), a'r rheiny yw'r unig beth bwytadwy sy'n tyfu yno, mwy neu lai. Mae'r pethau gwyllt yno'n dywyll, yn rhyfedd ac yn fileinig ar y cyfan. Rhoddaf i chi grwynau i gludo dŵr, a bwâu a saethau. Ond dwi'n amau'n fawr y cewch chi hyd i unrhyw beth yn y Gwyllgoed sy'n dda i'w fwyta neu yfed.

Dim ond un afon sydd yno, hyd y gwn i, yn llifo'n ddu ac yn gryf wrth iddi groesi'r llwybr. Ni ddylech chi yfed dŵr yr afon honno nac ymdrochi ynddi chwaith: rwyf ar ddeall bod swyn cryf iddi sy'n gwneud i rywun deimlo'n gysglyd ac anghofus. Beth bynnag, dydw i ddim yn credu y byddwch chi'n cael hyd i ddim byd i'w saethu yng nghysgodion tywyll y lle hynny heb adael y llwybr, a rhaid i chi BEIDIO Â GWNEUD HYNNY, am unrhyw reswm.

"Dyna'r holl gyngor y gallaf i ei roi i chi. Ni allaf eich helpu ryw lawer y tu hwnt i gyrion y goedwig; rhaid i chi ddibynnu ar eich lwc a'ch dewrder, a'r bwyd y rhoddaf i chi. Rhaid i mi ofyn i chi anfon fy ngheffyl a'm merlod yn ôl ataf wedi i chi gyrraedd y coed. Ond dymunaf bob lwc i chi, ac mae fy nhŷ yn gartref i chi, os dewch chi'r ffordd yma byth eto."

Rhoddwyd llawer diolch iddo, wrth gwrs, a phob math o foesymgrymu ac o dynnu cyflau, ac o ddweud 'at eich galwad, meistr y neuadd bren lydan!'. Ond suddodd eu calonnau wrth wrando ar ei rybuddion llwm, a theimlai pob un ohonynt bellach fod yr antur yn llawer fwy peryglus nag yr oedd wedi meddwl. Rhaid oedd cadw mewn cof hefyd bod y ddraig yn aros amdanynt ar ddiwedd eu taith, hyd yn oed pe baent yn llwyddo i drechu holl beryglon y llwybr.

Roeddynt yn brysur yn ymbaratoi drwy'r bore. Toc wedi canol dydd aethant i fwyta gyda Beorn am y tro olaf, cyn dringo ar gefnau'r ceffylau y cawsant eu benthyg ganddo. Wedi dymuno llawer hwyl iddo, aethant drwy ei glwyd i ailddechrau ar eu taith.

Da fu eu cynnydd. Ar ôl gadael y gwrychoedd tal ar gyrion dwyreiniol tir Beorn, troesant tua'r gogledd ac wedyn y gogledd-orllewin. Yn unol â chyngor Beorn, nid oeddynt bellach yn anelu am y brif ffordd drwy'r goedwig, oedd i'r de o'i gartref. Pe baent wedi gallu parhau ar hyd y llwybr o'r bwlch, byddai wedi eu harwain ar hyd nant o'r mynyddoedd oedd yn ymuno â'r afon fawr nifer o filltiroedd i'r de o'r Carog. Yno roedd rhyd ddofn y byddent wedi gallu'i chroesi (gan gymryd bod merlod ganddynt o hyd), a'r ochr draw roedd llwybr yn arwain at gyrion y goedwig a'r fynedfa i'r hen ffordd a aeth drwyddi. Ond roedd Beorn wedi'u rhybuddio bod y coblynnod yn defnyddio'r llwybr hwnnw bellach; ac o ran y ffordd drwy'r goedwig ei hun, roedd wedi clywed nad oedd y pen dwyreiniol wedi'i ddefnyddio ers blynyddoedd a'i fod yn prysur dyfu'n wyllt, a'i fod yn arwain beth bynnag at gorsydd nad oedd modd eu croesi gan fod y llwybrau drwyddynt wedi hen ddiflannu. Yn ogystal, roedd pen dwyreiniol y ffordd hwnnw ymhell i'r de o'r Mynydd Unig erioed, a byddai taith hir ac anodd i'r gogledd yn aros amdanynt wedi iddynt gyrraedd ochr draw y goedwig. I'r gogledd o'r Carog tyfai'r Gwyllgoed yn agosach i'r Afon Fawr, ac er bod y mynyddoedd hefyd yn agosach, hwn oedd y trywydd y cynghorodd Beorn iddynt ei ddilyn serch hynny. Ychydig ddyddiau i'r gogledd o'r Carog roedd dechrau llwybr anhysbys, llwybr a arweiniai drwy'r Gwyllgoed bron yn unionsyth, i gyfeiriad y Mynydd Unig.

"Fydd y coblynnod ddim yn meiddio croesi'r Afon Fawr o fewn can milltir i'r gogledd o'r Carog," meddai Beorn wrthynt, "na dod ar gyfyl fy nhŷ chwaith—mae ei amddiffynfeydd gyda'r nos yn dda!—ond serch hynny dylech chi brysuro, oherwydd os ddaw eu hymosodiad yn fuan byddant yn croesi'r afon tua'r de i gribo cyrion y goedwig er mwyn eich rhwystro rhag mynd ymhellach. Gall Wargiaid redeg yn gyflymach na merlod. Serch hynny, byddwch yn fwy diogel o fynd i'r gogledd, er y byddwch yn agosach at eu cadarnleoedd, gan na fyddant yn disgwyl hynny; a bydd taith bellach ganddynt i'ch dal. Ond brysiwch nawr, i ffwrdd â chi!"

Oherwydd hyn felly roeddynt yn marchogaeth mewn tawelwch erbyn hyn, ac yn carlamu pan oedd y ddaear welltog yn ddigon esmwyth i wneud hynny. Roedd y mynyddoedd tywyll ar eu hochr chwith, a llinell yr afon a'i choed yn agosáu o'r pellter. Dim ond newydd droi tua'r gorllewin oedd yr haul wrth iddynt ddechrau, a hyd yn hwyr roedd y wlad o'u hamgylch wedi'i throchi mewn golau euraidd. Anodd oedd dychmygu bod coblynnod ar eu hôlau, ac ar ôl iddynt fynd ychydig filltiroedd o gartref Beorn dechreuon nhw sgwrsio a chanu unwaith eto, gan anghofio'r llwybr tywyll drwy'r goedwig o'u blaenau. Ond gyda'r hwyr, â hithau'n dechrau tywyllu a'r mynyddoedd yn goch gyda machlud yr haul, gosodwyd gwarchodwyr ganddynt i wylio dros eu gwersyll. Fe gysgodd y rhan fwyaf ohonynt yn anniddig, eu breuddwydion yn llawn coblynnod yn bloeddio a bleiddiaid yn udo.

Serch hynny, roedd y bore canlynol yn braf unwaith eto. Roedd niwl gwyn hydrefol ar y ddaear ac roedd yr awyr yn oer, ond cyn bo hir cododd yr haul coch yn y dwyrain a diflannodd y niwl, ac i ffwrdd â nhw unwaith eto, y cysgodion yn hir o hyd. Buont yn marchogaeth am ddeuddydd eto, heb weld dim heblaw gwair, blodau, adar ac ambell goeden, ac ambell gyr bach o geirw cochion yn chwilio am fwyd neu'n gorffwyso yng nghysgod coed rhag yr haul ganol dydd. Sawl tro, dechreuodd Bilbo feddwl mai canghennau coed meirwon oedd yno pan welodd gyrn yr hyddod uwchben y gwair hir. Gyda'r hwyr ar y trydydd diwrnod, mor awyddus oeddynt i wneud cynnydd fel iddynt barhau i farchogaeth ar ôl iddi dywyllu, â'r lleuad yn goleuo'r ffordd. Wrth i'r golau bylu tybiodd Bilbo iddo weld cysgod ar ffurf arth yn eu dilyn, ymhell ohonynt i'r dde neu'r chwith. Ond er iddo feiddio crybwyll y peth wrth Gandalff, "Ust! Paid ti â thalu sylw," oedd ateb y dewin.

Dechreuon nhw cyn y wawr y diwrnod canlynol, er mor fyr fu eu gorffwys. Cyn gynted ag yr oedd hi'n olau roedd modd iddynt weld y goedwig yn agosáu, fel petai'n dod i'w cyfarfod, neu'n aros amdanynt fel mur tywyll digroeso o'u blaenau. Yma dechreuodd y tir esgyn, a synhwyrodd yr hobyd fod math o dawelwch yn dechrau ymgasglu o'u cwmpas. Roedd yr adar yn canu llai. Ni welodd yr un carw mwyach, na hyd yn oed cwningen. Erbyn y prynhawn roeddynt wedi cyrraedd bargod y

Gwyllgoed, ac yn gorffwyso bron iawn dan ganghennau enfawr y coed ymylol. Roedd y boncyffion yn enfawr ac yn gnotiog, eu canghennau'n plethu gyda'i gilydd, eu dail yn dywyll ac yn hir. Roedd yr iorwg yn drwchus arnynt, ac ar y llawr o danynt hefyd.

"Wel, dyma'r Gwyllgoed!" meddai Gandalff. "Coedwig fwyaf Gogledd ein byd. Gobeithio bod yn dda gennych ei golwg hi. Nawr mae'n amser i chi anfon y merlod benthyg ardderchog hyn yn ôl."

Roedd y corachod yn anfodlon braidd, ond rhybuddiodd y dewin iddynt mai ffolineb fyddai peidio gwneud. "Mae Beorn yn agosach nag yr ydych chi'n meddwl, a gwell beth bynnag fyddai cadw'ch addewidion, gan nad ydych chi ei eisiau'n elyn. Mae llygaid Mr. Baglan yn well na'ch rhai chi, os na welsoch chi arth fawr yn ein dilyn bob nos, neu'n eistedd a'n gwylio. Nid i'ch tywys a'ch gwarchod chi yn unig, ond i gadw golwg ar y merlod hefyd. Mae Beorn yn gyfaill i chi, ond mae'n caru ei anifeiliaid fel petaent yn blant iddo. Prin y gwyddoch chi pa mor garedig mae wedi bod drwy ganiatáu i gorachod eu marchogaeth mor bell a mor gyflym, a phrin y gwyddoch chi chwaith beth fyddai'n digwydd pe baech chi'n mentro eu cymryd i mewn i'r goedwig."

"Beth am y ceffyl, felly?' gofynnodd Thorin. "Dwy ti ddim yn sôn am ddanfon hwnna'n ôl."

"Nac ydw, gan nad wyf am ei ddanfon yn ôl."

"Beth am dy addewid *di* 'te?"

"Byddaf yn gofalu am hynny. Nid danfon y ceffyl yn ôl byddaf: byddaf yn ei ddychwelyd yn bersonol!"

Sylweddolwyd ganddynt wedyn fod Gandalff yn bwriadu eu gadael yno ar gyrion y Gwyllgoed, a suddodd pob un ohonynt i anobaith ar unwaith. Ond nid oedd unrhyw beth y gallent ei ddweud i newid ei feddwl.

"Rydyn ni wedi trafod hyn oll yn barod, wedi i ni lanio ar y Carog," meddai. "Ofer yw dadlau. Mae gen i, fel yr ydw i wedi'i ddweud o'r blaen, fusnes pwysig yn y de; ac rwyf eisoes yn hwyr amdani, ar ôl yr holl drafferth rwyf wedi'i gael gyda chi. Efallai y byddwn ni'n cwrdd unwaith eto cyn diwedd hyn oll, neu efallai na fyddwn, wrth gwrs. Mae hynny'n dibynnu ar eich lwc, eich dewrder a'ch synnwyr chi; ac rydw i'n danfon Mr. Baglan gyda chi hefyd. Rydw i wedi sôn eisoes bod rhagor iddo nag yr ydych chi'n ei ddyfalu, a chyn bo hir fe welwch chi hynny eich hunain. Felly cwyd dy galon Bilbo, a phaid ag ymddangos mor ddigalon. Codwch eich calonnau, Thorin a'i Gwmni! Eich ymgyrch chi yw hwn wedi'r cyfan. Meddyliwch am y trysor sy'n aros amdanoch, ac anghofiwch am y goedwig a'r ddraig, hyd bore fory o leiaf!"

Pan ddaeth bore fory roedd ei ateb yr un fath. Doedd dim byd i'w wneud felly ond llenwi'u crwynau dŵr o ffynnon glir y daethant o hyd iddo ychydig bellter o fynedfa'r goedwig, a dadlwytho'r merlod. Dosbarthwyd y pecynnau rhyngddynt mor deg â phosib, er bod Bilbo'n ystyried ei lwyth yn drwm eithriadol, ac nid oedd yn hoff o gwbl o'r syniad o gerdded am filltiroedd lawer â chymaint ar ei gefn.

"Paid â phoeni!" meddai Thorin. "Bydd dy lwyth yn ysgafnhau'n ddigon buan. Rwy'n disgwyl y byddwn ni i gyd yn dymuno i'n llwythau fod yn drymach cyn bo hir, pan fydd y bwyd yn dechrau rhedeg allan."

O'r diwedd ffarweliodd pawb â'r merlod, a throesant eu pennau tua'r ffordd ymlaen. Trotiodd y merlod ymaith yn ddigon bodlon, yn ôl pob golwg yn falch iawn o gael troi eu cynffonau at gysgodion y Gwyllgoed. Wrth iddynt adael roedd Bilbo yn sicr iddo weld rhywbeth tebyg i arth yn gadael y cysgodion a llusgo'i hun yn gyflym ar eu holau.

Roedd hi'n amser nawr i Gandalff ddweud hwyl fawr hefyd. Eisteddai Bilbo ar y llawr yn ddigalon, gan feddwl gymaint y byddai wedi hoffi bod wrth ochr y dewin ar ei geffyl uchel. Roedd wedi mynd i mewn i'r goedwig ychydig bellter ar ôl brecwast (un digon tila), ac edrychai'r un mor dywyll yno gyda'r bore ag y bu gyda'r nos. Roedd rhyw naws ddirgel yno hefyd: "Rhyw deimlad fel petai o wylio ac o wardio," meddai wrtho'i hun.

"Hwyl fawr!" meddai Gandalff wrth Thorin. "A hwyl fawr i chi i gyd, hwyl fawr! Yn syth drwy'r goedwig mae'ch trywydd. Peidiwch â gadael y llwybr! Os wnewch chi, mae un siawns mewn mil gewch chi hyd iddo eto, a dianc y Gwyllgoed o gwbl, a mwy na thebyg ni fyddaf i na neb arall yn eich gweld chi byth eto."

"Oes wirioneddol raid i ni fynd trwyddi?" ochneidiodd yr hobyd.

"Oes, rhaid gwneud!" meddai'r dewin, "os ydych chi am gyrraedd yr ochr draw. A dydw i ddim yn mynd i adael i ti droi'n ôl nawr, Mr. Baglan. Rhag dy gywilydd am feddwl hynny. Rhaid i ti edrych ar ôl yr holl gorachod yma drosof," chwarddodd.

"Na! Na," meddai Bilbo. "Nid dyna beth oeddwn i'n ei feddwl. Eisiau gwybod oeddwn i a oes ffordd o gwmpas?"

"Oes, os ydych chi'n fodlon mynd rhyw dau gan filltir allan o'ch ffordd tua'r gogledd, a dwywaith hynny tua'r de. Ond ni fyddai'ch llwybr yn ddiogel o wneud hynny chwaith. Nid oes yr un llwybr diogel yn y rhan yma o'r byd. Cofiwch eich bod chi bellach y tu hwnt i Gyrion y Gwyllt, a lle bynnag yr ewch chi mae hwyl o bob math yn aros amdanoch. Cyn i chi allu mynd o gwmpas y Gwyllgoed tua'r gogledd mi fyddech chi ar ganol y Mynyddoedd Llwydion, sy'n frith o goblynnod, pwcaod ac orchod o'r math gwaethaf. Cyn i chi allu mynd o'i hamgylch tua'r de, mi fyddech chi'n cyrraedd tiriogaeth Dewin y Meirw, a does dim angen i mi rannu'r un o hanesion y swynwr drwg hwnnw, hyd yn oed gyda thithau Bilbo. Dydw i ddim yn eich cynghori i fynd ar gyfyl unrhyw le dan gysgod ei dŵr tywyll! Cadwch at lwybr y goedwig, daliwch i gynnal eich hwyliau, a'ch gobeithion am y gorau, a gyda thalp mawr o lwc *efallai* fe gyrhaeddwch chi'r diwedd a gweld y Corsydd Hirion o'ch blaenau ryw ddiwrnod, ac yn y dwyrain y tu hwnt iddynt, y Mynydd Unig, lle mae ein Smawg annwyl ni'n byw, er nad yw'n eich disgwyl chi, gobeithio."

"Rwyt ti'n codi calon corrach, rhaid cyfaddef," meddai Thorin yn sarrug. "Hwyl fawr! Os nad wyt ti'n dod gyda ni yna gwell fyddai gadael heb ddweud dim byd arall!"

"Hwyl fawr 'te, a gwir i chi, hwyl fawr!" meddai Gandalff, gan droi ei geffyl o gwmpas a'i farchogaeth tua'r gorllewin. Ond ni allai wrthsefyll y demtasiwn i gael y gair olaf. Cyn iddo adael eu clyw yn gyfan gwbl, trodd yn ôl a rhoddodd ei ddwylo i'w geg i alw arnynt. Clywsant ei lais o bell: "Hwyl fawr! Byddwch yn dda, gofalwch am eich gilydd—a PHEIDIWCH Â GADAEL Y LLWYBR!"

Yna carlamodd ei geffyl ymaith, a chyn bo hir roeddynt wedi mynd o'r golwg. "O, hwyl fawr, a cher o 'ma!" meddai'r corachod yn anfodlon, hynny mwy byth gan eu bod yn wirioneddol ddigalon ynghylch ei ymadawiad. Nawr roedd hi'n amser iddynt ddechrau ar ran mwyaf peryglus eu taith. Cododd pob un ei becyn trwm, a'r crwyn dŵr yr oedd yn ddyletswydd iddo'i gludo, a chan gefnu ar y golau a orchuddiai'r wlad y tu allan, fe blymion nhw i mewn i'r goedwig.

Pennod VIII

CORYNNOD A CHLÊR

Cerddai'r corachod un ar ôl y llall. Roedd dechrau'r llwybr fel rhyw fath o fwa yn arwain i dwnnel tywyll o dan dwy goeden fawr yn pwyso yn erbyn ei gilydd, yn rhy hen a chanddynt ormod o iorwg ac o gen arnynt iddynt allu cynnal mwy nag ambell ddeilen ddu. Roedd y llwybr ei hun yn gul, ac ymdroellai rhwng y coed o'r naill ochr i'r llall. Cyn bo hir nid oedd golau'r fynedfa'n fwy na thwll bach llachar ymhell y tu ôl iddynt, ac roedd y tawelwch mor llethol fel bod sŵn eu traed ar y ddaear fel curo drymiau. Pwysai'r coed tuag atynt, fel petaent yn gwrando.

Wedi i'w llygaid ymgyfarwyddo â'r gwyll roedd modd gweld ychydig bellter i'r naill ochr a'r llall, dan ryw olau gwyrdd gwan. Bob hyn a hyn roedd pelydryn o heulwen yn ddigon lwcus i sleifio trwy ryw dwll yn y dail uwchben, ac yn fwy lwcus byth i osgoi cael ei ddal gan y canghennau clymog a'r brigau matiog odanynt, gan drywanu'r tywyllwch o'u blaen yn fain ac yn llachar. Ond anaml y digwyddai hynny, hyd yn oed ar y dechrau, ac ychydig bellter i mewn i'r goedwig peidiodd ddigwydd o gwbl.

Trigai gwiwerod du yn y goedwig. Wrth i lygaid craff a chwilfrydig Bilbo ddechrau arfer â phethau, sylwodd arnynt yn ei heglu hi oddi ar y llwybr i guddio tu ôl i'r coed. Clywodd bethau eraill hefyd: rhochian, symudiadau cyflym, a phethau'n rhuthro o gwmpas yn yr isdyfiant gan wasgaru'r dail oedd wedi'u pentyrru ar lawr y goedwig, yn ddwfn eithriadol mewn mannau. Fodd bynnag, pa bynnag greaduriaid oedd yn gwneud y sŵn, ni allai eu gweld. Mwy dychrynllyd fyth oedd gweoedd y corynnod: yn anferth, dwys a thywyll, ymestynnai eu llinynnau trwchus o goeden i goeden yn aml, neu fel arall roeddynt yn glymau i gyd yn y canghennau isel ar naill ochr y llwybr neu'r llall. Nid estynnai'r un we ar draws y llwybr, ond amhosib oedd dweud os mai rhyw swyn oedd yn cadw'r llwybr yn glir ohonynt neu os oedd rhywbeth arall ar waith, yr un mor annirnadwy.

Cyn bo hir daethant i gasáu'r goedwig â'r un casineb yr oeddynt wedi'i deimlo at dwneli'r coblynnod, ac roedd ei golwg fel petai'n cynnig hyd yn oed llai o obaith o orffen. Ond rhaid oedd mynd ymlaen ac ymlaen o hyd, a hwythau'n ysu am gael gweld yr haul a'r awyr neu deimlo'r gwynt ar eu hwynebau. Ni tharfai'r un gwynt ar y llonyddwch dan y dail, oedd yn barhaol dywyll a myglyd. Dechreuodd hynny bwyso ar y corachod hyd yn oed, er eu bod wedi hen arfer â bod o dan y ddaear, ac weithiau'n mynd am amser maith heb olau'r haul. Yn ei dro, teimlai'r hobyd—a hoffai dwll i wneud tŷ ohono, ond nid i dreulio dyddiau'r haf ynddo—fel petai'n cael ei dagu'n araf.

Y nosweithiau oedd y gwaethaf. Adeg hynny roedd hi'n ddu fel y fagddu—nid yr hyn y basech chi'n ei alw'n 'ddu fel y fagddu', ond yn wirioneddol ddu: mor ddu fel nad oedd modd gweld unrhyw beth o gwbl. Chwifiodd Bilbo ei law o flaen ei drwyn, ond ni allai weld dim. Wel—efallai nad yw'n gywir dweud nad oedd modd gweld dim byd: gwelent lygaid. Cysgent yn agos at ei gilydd a chymerent eu tro i wylio; a phan oedd yn dro ar Bilbo gallai weld pwyntiau bychain o oleuni yn y tywyllwch o'u cwmpas, ac weithiau byddai parau o lygaid melyn neu goch neu wyrdd yn syllu arno ychydig bellter i ffwrdd, cyn diflannu'n araf, dim ond i ailymddangos yn rhywle arall. Teimlai fwyaf ofnus pan welai lygaid yn syllu arno o'r canghennau yn union uwch ei ben. Ond gwaethaf oll ganddo oedd y llygaid gwelw, oddfog. "Llygaid pryfed," meddyliodd, "nid anifeiliaid. Ond maen nhw'n rhy fawr o lawer..."

Er nad oedd hi'n oer iawn eto, rhoesant gynnig ar gynnau tân gyda'r hwyr, ond bu rhaid iddynt roi'r gorau i hynny'n fuan iawn. Denai'r tân gannoedd a channoedd o lygaid atynt, er i'r creaduriaid, beth bynnag oeddynt, ofalu i beidio â dangos eu cyrff yng ngolau bach y fflamau. Yn waeth na'r llygaid hyd yn oed, denai filoedd o wyfynod llwydion a duon, rhai ohonynt mor fawr â'ch llaw, i guro'u hadenydd o gwmpas eu clustiau. Roedd hynny'n annioddefol, heb sôn am yr ystlumod anferth, cyn dued â het sidan; rhoddwyd y gorau i danau felly a phob nos wedi hynny eisteddai pawb i bendwmpian yn y tywyllwch annaearol.

Aeth hyn ymlaen am gyfnod hir a deimlai fel oesau ac oesau i'r hobyd. Â hwythau mor mor ofalus gyda'r bwyd, roedd yn llwglyd o hyd. Ond er gwaethaf hynny, wrth i'r dyddiau ddilyn ei gilydd roedd y goedwig yr un fath ag erioed, ac fe ddechreuon nhw boeni. Ni fyddai'r bwyd yn parhau am byth, ac a dweud y gwir roedd e'n dechrau mynd yn brin eisoes. Rhoddwyd cynnig ar saethu'r gwiwerod, ac fe wastraffwyd saethau lu cyn llwyddo i ddod ag un i lawr ar y llwybr. Ond wedi'i rhostio roedd yn blasu'n ofnadwy, ac ni saethodd neb yr un wiwer arall.

Roedd syched arnynt hefyd, oherwydd ychydig iawn o ddŵr oedd ganddynt, ac ni welwyd yr un ffynnon na nant ganddynt ers cychwyn y daith drwy'r goedwig. Hynny felly oedd eu cyflwr un diwrnod pan ddaethant ar draws afon a groesai'r llwybr. Nid oedd yn llydan iawn ond llifai'n gyflym a chryf gan dorri ar draws y llwybr, ac roedd yn ddu, neu o leiaf ymddangosai felly yn y gwyll. Peth da oedd bod Beorn wedi'u rhybuddio amdani, neu mi fasen nhw wedi yfed ohoni er gwaetha'i lliw, ac wedi llenwi eu crwynau gwag ar y lan. Fel y bu hi, eu hunig ystyriaeth oedd ei chroesi heb wlychu. Roedd yno olion pont bren, ond roedd honno wedi hen bydru a chwympo gan adael y postiau'n unig ar y lan.

Gan ben-glinio wrth ymyl y dŵr a chraffu ar yr ochr arall, galwodd Bilbo: "Mae yna gwch ar yr ochr draw! O na bai e'r ochr yma!"

"Pa mor bell, wyt ti'n meddwl?" gofynnodd Thorin. Gwyddai pawb bellach mai llygaid Bilbo oedd y gorau yn eu plith.

"Fawr dim o gwbl. Faswn i ddim yn dweud ei bod hi'n fwy na deuddeg llath."

"Deuddeg llath! Baswn i wedi dweud ei bod hi'n ddeg ar hugain o leiaf, ond dyw fy llygaid i ddim yn gweld cystal ag oeddynt ganrif yn ôl. Serch hynny, cystal iddi fod yn filltir. Mae'n rhy hir i neidio, a meiddiwn ni ddim rhydio neu nofio."

"All un ohonoch chi daflu rhaff?"

"Be dda fyddai hynny? Mae'r cwch yn sicr o fod wedi'i glymu, hyd yn oed pe baem yn llwyddo i'w fachu, a dwi'n amau y byddwn."

"Dydw i ddim yn credu'i fod wedi'i glymu," meddai Bilbo, "ond mae'n anodd dweud heb olau, wrth gwrs. Ond mae'n edrych i mi fel petai wedi'i dynnu i'r lan, sy'n isel lle mae'r llwybr yn cyrraedd y dŵr."

"Dori yw'r cryfaf, ond Fíli yw'r ieuengaf, a chanddo ef mae'r llygaid gorau o hyd," meddai Thorin. "Tyrd yma Fíli, a dywed: wyt ti'n gallu gweld y cwch y mae Mr. Baglan yn sôn amdano?"

Credai Fíli y gallai, felly wedi iddo dreulio ychydig yn syllu i gael syniad o'r cyfeiriad cywir, daethpwyd â rhaff iddo. Roedd sawl un ganddynt, ac ar ben yr hiraf clymwyd un o'r bachau haearn mawr yr oeddynt yn eu defnyddio i glymu eu pecynnau i'r strapiau ar eu hysgwyddau. Gafaelodd Fíli ynddo, a'i bwyso am eiliad, cyn ei daflu dros yr afon.

Tasgodd y dŵr wrth iddo lanio ynddi. "Dim digon pell!" meddai Bilbo, wrth graffu i'r tywyllwch. "Ambell droedfedd ymhellach a baset ti wedi cyrraedd y cwch. Rho gynnig arall. Hwyrach nad yw'r swyn yn ddigon cryf i dy niweidio dim ond o gyffwrdd â rhaff wlyb."

Edrychai Fíli'n amheus iawn, ond serch hynny tynnodd y rhaff yn ôl a gafaelodd yn y bachyn unwaith eto. Taflodd yn galetach y tro hwn.

"Araf bach!" meddai Bilbo, "rwyt ti wedi'i daflu i'r coed ar yr ochr draw. Tynna nôl, yn araf." Tynnodd Fíli ar y rhaff yn ofalus, ac ar ôl ychydig meddai Bilbo: "Gan bwyll! Mae'n gorwedd yn y cwch. Gobeithio bydd y bachyn yn gafael ynddo."

Dyna a wnaeth. Tynhaodd y rhaff, a thynnodd Fíli arno, ond yn ofer. Daeth Kíli i'w gynorthwyo, ac wedyn Oín a Gloín. Wedi tynnu a thynnu, yn sydyn cwympodd bob un ohonynt ar ei gefn. Roedd Bilbo'n gwylio, fodd bynnag, a gafaelodd yn y rhaff, a daeth â'r cwch bach du o dan reolaeth â brigyn wrth iddo ruthro ar draws yr afon. "Help!" gwaeddodd, ac roedd Balin o fewn pryd i afael yn y cwch cyn iddo ddiflannu i lawr yr afon gyda'r cerrynt.

"Roedd wedi'i glymu wedi'r cyfan," meddai, gan edrych ar ddarn o raff arall yn hongian o'r cwch, wedi'i dorri. "Gwaith da, fechgyn, a pheth da mai ein rhaff ni oedd gryfaf."

"Pwy fydd yn croesi gyntaf?" gofynnodd Bilbo.

"Fi," meddai Thorin, "a dere di gyda fi, a Fíli a Balin. Dyna'r cwbl fydd y cwch yn ei ddal ar yr un pryd. Ar ôl hynny Kíli ac Oín a Gloín a Dori; wedyn Ori a Nori, Bifur a Bofur; ac yn olaf Dwalin a Bombur."

"Fi sydd olaf bob tro, a dwi wedi cael digon," meddai Bombur. "Tro rhywun arall ydy hi i fod yn olaf heddiw,"

"Dylet ti ddim bod mor dew felly. Fel yr wyt ti mae'n rhaid i ti fod yn y llwyth olaf, a'r ysgafnaf. Paid â dechrau cwyno am fy ngorchmynion, neu bydd rhywbeth drwg yn digwydd i ti."

"Does dim rhwyfau. Sut ydych chi'n mynd i wthio'r cwch yn ôl i'r ochr arall?" gofynnodd yr hobyd.

"Rho raff a bachyn arall i mi," meddai Fíli, ac ar ôl ei baratoi taflodd y rhaff i'r tywyllwch o'i flaen mor uchel ag y gallai. Ni chwympodd yn ôl i'r ddaear, ac o'r golwg roedd yn sownd yn y canghennau uwchben. "I mewn i'r cwch â chi," meddai Fíli, "Rhaid i un ohonoch chi dynnu ar y rhaff sy'n sownd yn y coed yr ochr draw. Rhaid i rywun arall fynd â'r bachyn a ddefnyddion ni'r tro cyntaf, ac wedi i chi gyrraedd yr ochr draw yn ddiogel gallwch fachu'r cwch unwaith eto er mwyn i'r lleill gael ei dynnu'n ôl."

Drwy ddilyn cyfarwyddiadau Fíli, cyn pen dim roedd pob un ohonynt yn ddiogel ar ochr draw'r afon hud. Roedd Dwalin newydd ddringo allan o'r cwch â'r rhaff ar ei fraich, ac roedd Bombur (oedd yn dal i rwgnach) ar fin ei ddilyn—

pan ddigwyddodd rhywbeth drwg. Yn sydyn daeth sŵn carnau'n carlamu ar y llwybr o'u blaenau. Yn sydyn, ymddangosodd ffurf carw o'r gwyll. Rhuthrodd i ganol y corachod a'u gwasgaru i bob cyfeiriad, cyn paratoi i lamu. Gwnaeth hynny'n uchel, gan glirio'r afon mewn un naid enfawr. Serch hynny, ni chyrhaeddodd yr ochr arall yn ddiogel. Thorin oedd yr unig un ohonynt i gadw ei bwyll, ac i aros ar ei draed. Yn syth ar ôl glanio ar ochr draw'r afon roedd wedi estyn ei fwa a pharatoi saeth, rhag ofn i unrhyw warchodwr cudd ymddangos i amddiffyn y cwch. Rhyddhaodd ei saeth yn syth at y bwystfil wrth i hwnnw neidio. Baglodd wrth lanio cyn cael ei lyncu gan y cysgodion, ond fe glywsant sŵn ei garnau'n arafu, cyn llonyddu.

Cyn i neb fedru canmol saethu Thorin, fodd bynnag, rhoddodd Bilbo lef ddychrynllyd a wthiodd pob meddwl am gig carw o'u meddyliau. "Mae Bombur yn y dŵr! Mae Bombur yn boddi!" Roedd yn wir. Dim ond un troed oedd gan Bombur ar y tir pan ymddangosodd yr hydd, a lamodd yn syth dros ei ben. Cwympodd Bombur, gan wthio'r cwch o'r lan a glanio yn y dŵr tywyll, ei ddwylo'n llithro wrth geisio gafael yn y gwreiddiau seimllyd wrth ochr y dŵr. Arnofiodd y cwch i ffwrdd gan droelli'n araf, a diflannu.

Pan ruthrodd y lleill i lan yr afon gwelsant gwfl Bombur uwchben y dŵr o hyd. Yn gyflym, taflwyd rhaff â bachyn tuag ato. Daliodd â'i law, ac fe'i tynnwyd i'r lan. Roedd yn diferu o'i wallt i'w esgidiau, wrth gwrs, ond nid hynny oedd gwaethaf. Pan roddwyd ef i orwedd roedd eisoes yn cysgu'n drwm, gydag un llaw yn dal i afael yn y rhaff mor dynn fel nad oedd modd ei ryddhau. Beth bynnag y gwnaethent i geisio'i ddeffro, daliai i gysgu o hyd.

Roeddynt yn dal i sefyll drosto, yn melltithio'u hanlwc a lletchwithdod Bombur, a galaru'r ffaith iddynt golli'r cwch fel nad oedd modd dychwelyd i chwilio am yr hydd, pan ddaethant yn ymwybodol o gyrn hela'n cael eu chwythu'n bell i ffwrdd yn y coed yn rhywle, a chŵn yn cyfarth. Arhosodd pawb yn dawel, ac wrth wrando'n astud gallent glywed sŵn nifer fawr o bobl yn hela wrth fynd heibio tua'r gogledd, er na welsant ddim byd.

Eisteddon nhw am gryn amser heb feiddio symud. Cysgai Bombur o hyd, gwên ar ei wyneb tew fel pe na bai'n poeni o gwbl am eu trafferthion bellach. Yn sydyn ymddangosodd ragor o geirw ar y llwybr o'u blaenau, ewig ac elanedd oedd mor eira-wyn ag y bu'r hydd yn dywyll. Roeddynt bron fel pe baent yn disgleirio yn y tywyllwch. Cyn i Thorin allu ebychu roedd tri o'r corachod wedi neidio i'w traed a rhyddhau saethau o'u bwâu. Methodd pob un. Trodd y ceirw a diflannu yn y coed yr un mor ddistaw ag iddynt ymddangos, wrth i'r corachod barhau i geisio'n ofer i'w saethu.

"Peidiwch! Peidiwch!" bloeddiodd Thorin; ond roedd hi'n rhy hwyr. Yn eu cyffro roedd y corachod wedi defnyddio eu saethau olaf, ac roedd y bwâu yr oedd Beorn wedi rhoi iddynt bellach yn dda i ddim.

Grŵp digon digalon oeddynt y noson honno, ac ni chododd eu hwyliau dros y dyddiau nesaf. Roeddynt wedi croesi'r afon hud, ond y tu hwnt iddi ymlusgai'r llwybr yn ei flaen yn union fel o'r blaen, a ni sylwodd yr un ohonynt ar unrhyw newid yn y goedwig. Ond pe baent yn gallach, ac wedi meddwl go iawn am oblygiadau'r helfa a'r ceirw gwynion yr oeddynt wedi'u gweld ar y llwybr, byddent wedi sylweddoli eu bod yn agosáu o'r diwedd at ymyl ddwyreiniol y goedwig, a phe baent wedi gallu codi eu calonnau a chynnal eu gobeithion, cyn bo hir byddent wedi cyrraedd y man lle'r oedd y coed yn llai trwchus a golau'r haul i'w weld unwaith eto.

Ond nid oeddynt yn gwybod hyn. Baich newydd iddynt hefyd oedd corff trwm Bombur, yr oedd rhaid iddynt ei gario gorau y gallent gan gymryd eu tro mewn timau o bedwar wrth i'r lleill rannu'r pecynnau rhyngddynt. Byddai hynny wedi bod yn amhosib pe na bai'r rhain wedi ysgafnhau gymaint dros y dyddiau diwethaf, ond serch hynny roedd Bombur, yn ei drwmgwsg â'i wen barhaus, yn gyfnewid gwael am becynnau'n llawn bwyd, waeth pa mor drwm fu'r rheiny. Ymhen ychydig ddyddiau roedd y nesaf peth i ddim ganddynt ar ôl i'w fwyta neu yfed. Doedd dim byd maethlon i'w weld yn tyfu yn y goedwig, dim ond ffwng a rhyw fân blanhigion, eu dail yn welw a'u hoglau'n annymunol.

Tua phedwar diwrnod ar ôl iddynt groesi'r afon daethant at ran o'r goedwig lle'r oedd y coed yn ffawydd gan fwyaf. Croesawyd y newid hwn i ddechrau, gan fod llai o isdyfiant a'r cysgodion yn llai dwys. Roedd golau gwyrdd o'u cwmpas, ac roedd modd gweld cryn bellter o'r llwybr mewn mannau. Ond y cwbl a wnaeth hynny oedd amlygu'r llinellau diderfyn o goed llwydion, fel pileri mewn rhyw neuadd enfawr tywyll. Roedd rhagor o awyr ac roedd modd clywed y gwynt, ond roedd sŵn trist iddo. Cwympai ambell ddeilen i'w hatgoffa bod yr hydref ar ddod, y tu hwnt i'r goedwig. Tarfodd eu traed ar ddail meirw hydrefau blaenorol aneirif, lle'r oedd carpedi coch dwfn y goedwig yn gorlifo dros ochrau'r llwybr.

Daliai Bombur i gysgu, ac roedd y lleill wedi dechrau blino'n lân. O bryd i'w gilydd fe'u haflonyddid gan sŵn chwerthin yn rhywle. Ambell dro roedd modd clywed sŵn canu yn y pellter hefyd. Lleisiau dymunol oeddynt, nid lleisiau coblynnod, ond er bod y canu'n brydferth roedd sŵn annaearol a rhyfedd iddo, ac nid oedd yn gysur i'r un ohonynt. Y cwbl y gallent wneud oedd rhuthro ymlaen o'r mannau hynny â hynny o nerth oedd ganddynt ar ôl.

Deuddydd yn ddiweddarach sylwyd ganddynt fod eu llwybr yn mynd tuag i lawr, a chyn bo hir roeddynt mewn dyffryn wedi'i lenwi bron yn gyfan gwbl â deri enfawr.

"Oes diwedd o gwbl i'r goedwig felltigedig hon?" meddai Thorin. "Rhaid i rywun ddringo coeden i weld os yw'n gallu cael ei ben uwchben y dail, er mwyn cael golwg o'n cwmpas. Rhaid i ni ddewis y goeden uchaf sydd uwchben y llwybr."

Wrth gwrs, ystyr 'rhywun' oedd Bilbo. Ef oedd y dewis, oherwydd os oedd y dringwr i fod o unrhyw ddefnydd byddai'n rhaid iddo gael ei ben uwchben y dail uchaf, a rhaid iddo fod yn ddigon ysgafn i'r canghennau fwyaf uchel a thenau ei ddal. Nid oedd Mr. Baglan druan wedi cael llawer o ymarfer ar ddringo coed erioed, ond cododd y corachod ef i ganghennau isaf derwen anferthol oedd yn tyfu'n union uwchben y llwybr, ac roedd rhaid iddo'i dringo, gorau y gallai. Gwthiodd ei ffordd drwy'r brigau clymog gan ddioddef sawl glatsien i'w lygaid. Cafodd ei a'i faeddu a'i staenio'n wyrdd gan hen risgl y canghennau mwyaf; a llithrodd mwy nag unwaith, gan lwyddo i achub ei hun o drwch y blewyn. O'r diwedd, ar ôl trafferth fawr mewn un man lle nad oedd yr un gangen gyfleus, cafodd ei hunan yn agos i ben y goeden. Tybiai yr holl amser beth fyddai'n ei wneud pe bai corynnod yn y goeden, a sut oedd yn mynd i ddisgyn drachefn (heblaw drwy gwympo).

O'r diwedd llwyddodd i godi ei ben uwchben y to o ddail, ac yno cafodd hyd i'w gorynnod. Ond rhai bach oeddynt, o faint arferol, yn hela'r gloÿnnod byw. Bu bron i'r golau ddallu Bilbo. Gallai glywed y corachod yn galw arno o bell, ond ni allai eu hateb, dim ond dal ei afael ac amrantu'n syn. Tywynnai'r haul yn llachar iawn, ac roedd yn amser hir cyn iddo allu'i ddioddef. Ar ôl mynd i'r arfer gallai weld môr o wyrdd tywyll ym mhob cyfeiriad, yn symud yma a thraw gyda'r awel, ac roedd yna loÿnnod byw ymhobman. Debyg mai math o "fantell borffor" oeddynt, glöyn byw sy'n hoff o goedwigoedd deri, ond nid oedd y rhain yn borffor o gwbl, ond yn hytrach yn ddu felfedaidd eithriadol dywyll, heb unrhyw farciau o gwbl.

Gwyliodd y "mentyll du" am gyfnod, gan fwynhau teimlo'r awel yn ei wallt ac ar ei wyneb, ond ar ôl ychydig clywodd y corachod, oedd bellach yn strancio'n ddiamynedd ac yn galw arno i'w atgoffa beth oedd yno i'w wneud. Ond ofer oedd hi. Er iddo graffu, ni allai weld diwedd ar y coed a'r dail mewn unrhyw gyfeiriad. Roedd ei galon wedi ysgafnhâi o weld yr haul a theimlo'r gwynt, ond nawr plymiodd yn ôl i'w draed: doedd dim bwyd i ddychwelyd ato isod.

Fodd bynnag, fel yr wyf wedi sôn wrthych eisoes, nid oeddynt mewn gwirionedd ymhell o ymyl y goedwig, a phetai gan Bilbo'r synnwyr i weld hynny byddai wedi sylweddoli bod y goeden yr oedd wedi'i dringo, er mor dal oedd hi, yn sefyll ar waelod dyffryn llydan. O ben y goeden edrychai'r coed eraill fel petaent yn codi o'i amgylch, fel ymyl powlen enfawr. Ofer felly fyddai disgwyl gweld beth oedd hyd a lled y goedwig y tu hwnt i'r fan. Ni sylweddolodd hynny fodd bynnag, a dringodd yn ôl i'r llawr yn ddiobaith. Cyrhaeddodd y gwaelod o'r diwedd, yn grafiadau i gyd, yn boeth, ac yn hollol ddigalon, ac ni allai weld dim byd yn y gwyll. Wedi iddo rannu ei adroddiad gyda'r lleill, roeddynt yr un mor anobeithiol.

"Mae'r goedwig yn mynd i bob cyfeiriad am byth ac am byth ac am byth! Beth wnawn ni? A be dda yw anfon hobyd?!" llefai'r lleill, fel petai ef ar fai rywsut. Nid oeddynt yn hidio dim am y gloÿnnod byw, a dim ond eu cythruddo'n fwy eto gwnaeth Bilbo pan soniodd am yr awel hyfryd yr oeddynt yn rhy drwm i allu dringo i fyny i'w deimlo.

Y noson honno bwytawyd y tameidiau a'r brwsion olaf oedd ganddynt, ac wedi iddynt ddeffro'r bore wedyn y peth cyntaf iddynt sylwi oedd eu bod yn dal i lwgu, a'r ail beth oedd ei bod hi'n bwrw glaw, gyda diferion mawr yn disgyn i'r ddaear yma a thraw. Y cwbl wnaeth hynny oedd eu hatgoffa bod syched enbyd arnynt: amhosib yw torri syched drwy sefyll o dan goed enfawr a gobeithio y bydd diferyn yn glanio ar eich tafod ar hap. Daeth yr unig lygedyn o obaith yn annisgwyl, o gyfeiriad Bombur.

Deffrodd hwnnw'n sydyn, gan godi ar ei eistedd a chrafu ei ben. Ni wyddai lle'r oedd o gwbl, na pham oedd yn teimlo mor llwglyd; roedd wedi anghofio pob dim oedd wedi digwydd ers iddynt ddechrau ar eu taith y bore hwnnw ym mis Mai amser maith yn ôl. Y peth diwethaf iddo allu'i gofio oedd y parti yn nhŷ'r hobyd, a chawsant drafferth wrth geisio'i berswadio i gredu hanes eu holl anturiaethau ers hynny.

Pan glywodd nad oedd dim byd i'w fwyta, eisteddodd i lawr ac wylo, gan ei fod yn teimlo'n hynod wan, ac roedd ei goesau'n crynu. "Pam bu'n rhaid mi ddeffro!?" wylodd. "Roedd fy mreuddwydion yn hyfryd. Breuddwydiais 'mod i'n cerdded mewn coedwig debyg i hon, ond wedi'i goleuo â ffaglau a lampau oedd yn crogi o'r canghennau, a thanau'n llosgi ar y ddaear; ac roedd gwledd fawr yn mynd ymlaen, a hynny am byth. Roedd brenin y goedwig yno â choron o ddail ar ei ben, ac roedd canu llawen, ac amhosib fyddai cyfri neu ddisgrifio'r holl bethau oedd yno i'w bwyta a'u hyfed."

"Paid â thrafferthu, os felly," meddai Thorin. "A dweud y gwir, os nad oes gen ti ddim byd arall i'w ddweud, byddai'n well i ti gadw'n dawel. Rwyt ti wedi'n cythruddo digon fel y mae hi. Pe baet ti heb ddeffro, mi fyddwn ni wedi dy adael di i dy freuddwydion gwirion yn y goedwig. Mae dy gario di'n ddigon o faich fel y mae hi, hyd yn oed wedi wythnosau o brinder bwyd."

Doedd dim byd i'w wneud ond tynhau eu gwregysau, gafael yn eu pecynnau a'u sachau gweigion a pharhau ar y llwybr heb lawer o obaith o gyrraedd y diwedd cyn gorwedd i lawr ar y ddaear i farw o newyn. Ymlwybron nhw ymlaen drwy'r dydd, yn araf ac yn flinedig; cwynai Bombur o hyd nad oedd ei goesau'n gallu ei gario a bod arno eisiau gorwedd a mynd i gysgu.

"Paid â meiddio!" oedd yr ateb a gafodd. "Tro dy goesau di yw hi nawr, rydyn ni wedi dy gario di'n ddigon pell."

Serch hynny, arhosodd yn sydyn a thaflu ei hun i'r ddaear a gwrthod mynd gam ymhellach. "Ymlaen â chi, os oes rhaid," meddai. "Dwi'n mynd i orwedd yma i gysgu a breuddwydio am fwyd, os nad oes unrhyw fodd arall i mi ei gael. Gobeithio na fyddaf yn deffro byth eto."

Yr union eiliad honno, galwodd Balin, oedd ychydig o flaen y lleill: "Beth oedd hynna? Dwi'n meddwl i mi weld golau'n disgleirio yn y goedwig."

Edrychodd pawb, ac ychydig bellter i ffwrdd, oedd, roedd yna ryw olau coch yn y tywyllwch. Ymddangosodd un arall, ac un arall eto gerllaw'r cyntaf. Cododd Bombur hyd yn oed ar ei draed a rhuthrodd pob un ohonynt yn eu blaenau, heb boeni os mai troliaid neu goblynnod oedd yno. Roedd y golau o'u blaenau i'r chwith o'r llwybr, ac wedi iddynt ddod gyferbyn ag ef gwelent yn glir fod yna ffaglau a thanau'n llosgi dan y coed, ond cryn bellter o'r llwybr.

"Mae'n edrych fel petai fy mreuddwydion yn dod yn wir," pwffiodd Bombur yn y cefn. Roedd arno eisiau rhuthro'n syth i'r goedwig tuag at y goleuadau, ond cofiai'r lleill rybuddion Beorn a'r dewin.

"Byddai gwledd yn dda i ddim, pe na baen ni'n dychwelyd ohoni'n fyw," meddai Thorin.

"Ond heb wledd byddwn ni ddim yn byw'n llawer hirach beth bynnag," meddai Bombur, ac roedd Bilbo'n cytuno'n llwyr. Aeth y ddadl yn ôl ac ymlaen am gryn amser, cyn iddynt gytuno yn y diwedd i anfon pâr o ysbiwyr tuag at y goleuadau er mwyn dysgu rhagor amdanynt. Ond wedyn ni allent gytuno ar bwy i'w anfon: doedd neb yn awyddus i fentro'i hunan rhag ofn iddo fynd ar goll heb weld ei ffrindiau byth eto. Er gwaetha'r rhybuddion, newyn benderfynodd drostynt yn y diwedd, â Bombur wrthi o hyd yn disgrifio'r holl bethau da oedd yn cael eu bwyta yn y wledd yn y goedwig yn ei freuddwyd. Gadawodd pob un ohonynt y llwybr felly, gan blymio i'r goedwig gyda'i gilydd.

Ar ôl llawer iawn o sleifio a chropian, yno'r oeddynt yn syllu o'r tu ôl i foncyffion y coed ar lannerch lle'r oedd y coed wedi'u torri i lawr a'r tir wedi'i wastadu. Roedd nifer fawr o bobl yno â golwg debyg i ellyll arnynt, mewn gwisgoedd gwyrdd a brown ac yn eistedd mewn cylch mawr ar ddarnau o foncyffion. Ar ganol y cylch roedd tân, ac roedd ffaglau wedi'u clymu i rai o'r coed o'u hamgylch, ond mwyaf ardderchog yn nhyb y corachod a'r hobyd oedd eu bod i gyd yn bwyta ac yn yfed, ac yn chwerthin yn llawen.

Mor hudolus oedd arogl y cig rhost fel i bob un ohonynt godi a rhuthro i'r cylch heb aros i ymgynghori â'i gilydd, pawb a'i fryd ar fegera am rywbeth i'w fwyta. Ond fel pe bai drwy swyn, diffoddodd pob un o'r goleuadau ar unwaith cyn gynted i'r cyntaf ohonynt roi troed yn y llannerch. Ciciodd rhywun y tân, a ddiflannodd yn sydyn mewn ffrwydrad o wreichion disglair. Roeddynt ar goll wedyn mewn tywyllwch llwyr, a chymrodd cryn amser iddynt ddod o hyd i'w gilydd unwaith eto, heb sôn am gael hyd i ddim byd arall. Ar ôl ymbalfalu'n orffwyll yn y gwyll, baglu dros foncyffion, a tharo coed yn bendramwnwgl, gan floeddio a galw ar ei gilydd nes eu bod, mae'n rhaid, wedi deffro popeth yn y goedwig am filltiroedd, o'r diwedd fe lwyddon nhw i ymgasglu'n un haid a chyfri pawb drwy gyffwrdd ei gilydd. Erbyn hynny roeddynt, wrth gwrs, wedi hen anghofio i ba gyfeiriad oedd y llwybr, ac roeddynt ar goll yn llwyr, tan y bore o leiaf.

Doedd dim byd i'w wneud ond derbyn bod yn rhaid iddynt aros lle'r oeddynt dros nos: ni feiddiai neb chwilio am frwsion ar y llawr hyd yn oed rhag ofn iddo golli'r lleill unwaith eto. Ond nid oeddynt wedi bod yn gorwedd yn hir, a dim ond newydd ddechrau pendwmpian oedd Bilbo, pan glywodd Dori, sef y gwyliwr cyntaf, yn sibrwd yn uchel:

"Dyna'r goleuadau'n ymddangos unwaith eto, ac mae mwy ohonynt nag erioed."

Neidiodd pob un ohonynt ar eu traed. Roedd Dori'n dweud y gwir: heb fod ymhell ohonynt roedd dwsinau o oleuadau disglair, ac roedd modd clywed lleisiau a chwerthin yn glir. Y tro hwn aethant yn araf, gan sleifio mewn un rhes, pob un yn cyffwrdd yng nghefn yr un o'i flaen. Pan oeddynt yn agos meddai Thorin: "Dim rhuthro ymlaen y tro hwn! Does neb i fentro o'i guddfan nes i minnau roi'r gair. Danfonaf Mr. Baglan ymlaen ar ei ben ei hun i siarad â nhw'n gyntaf. Ni fydd yn codi ofn arnynt"—("Beth os ydyn nhw'n codi ofn arna *i*?" meddlyiodd Bilbo)—"a gobeithio na wnân nhw ddim byd cas iddo, o leiaf."

Wedi iddynt gyrraedd ochr y cylch goleuadau gwthiodd y corachod Bilbo yn ei flaen yn sydyn. Cyn iddo gael cyfle i wisgo'i fodrwy baglodd felly i ganol golau llawn y tân a'r ffaglau. Ond roedd hi'n ofer. Diffoddodd yr holl oleuadau eto, a bu tywyllwch llwyr.

Os bu hi'n anodd cael hyd i'w gilydd y tro diwethaf, roedd yn waeth o lawer y tro hwn. Ac nid oedd unrhyw sôn am yr hobyd yn unman. Galwyd a gweiddwyd amdano: "Bilbo Baglan! Hobyd! Yr hobyd melltith! Hei! Hobyd bondigrybwyll, ble wyt ti?" a phethau felly, ond ni ddaeth yr un ateb.

Roeddynt ar fin anobeithio pan gafodd Dori hyd iddo, bron iawn ar ddamwain. Baglodd dros rywbeth yn y tywyllwch, gan feddwl mai boncyff oedd yno cyn cael hyd i'r hobyd wedi cyrlio'n belen ac yn cysgu'n drwm. Roedd angen llawer o ysgwyd arno i'w ddeffro, ac nid oedd yn falch o hynny chwaith.

"Roeddwn i ar ganol breuddwyd hyfryd," meddai, "am fwyta'r cinio godidocaf."

"Nefoedd! Mae wedi mynd yr un fath â Bombur," meddai'r lleill. "Paid â sôn rhagor am freuddwydion. Mae breuddwyd-brydau'n dda i ddim, a does mo'u rhannu chwaith."

"Serch hynny, dyna'r prydau gorau rwy'n debyg o'u cael yn y lle ofnadwy hwn," meddai dan ei anadl, wrth orwedd i lawr gyda'r corachod a cheisio dychwelyd i'w gwsg a'i freuddwyd.

Ond nid dyna ddiwedd ar y goleuadau yn y goedwig. Yn hwyrach, â'r noson yn mynd braidd yn hen, deffrwyd pawb unwaith eto, gan Kíli oedd yn gwylio'r tro hwn. Meddai:

"Mae golau mawr wedi ymddangos, coelcerth go iawn, heb fod yn bell—rhaid bod yna gannoedd o ffaglau a sawl tân wedi'u cynnau'n sydyn drwy ryw swyn. A gwrandewch ar y canu a'r telynau!"

Ar ôl gorwedd a gwrando am ychydig, amhosib oedd gwrthsefyll yr ysfa i fynd yn agosach i geisio gofyn am gymorth unwaith eto. I fyny â nhw am y trydydd tro, ond y tro hwn roedd y canlyniad yn drychinebus. Roedd y wledd a welsant yn fwy ac yn odidocach nag erioed, ac ar ben rhes hir o wleddwyr eisteddai brenin y goedwig, coron o ddail ar ei wallt euraidd, yn debyg iawn i ddisgrifiad Bombur o'r cymeriad yn ei freuddwyd. Roedd yr ellyll yn pasio'u powlenni o law i law o gwmpas y tanau, ac roedd rhai'n chwarae'r delyn a nifer fawr ohonynt yn canu. Roedd blodau lliwgar wedi'u plethu i'w gwallt, a gemau gwyrdd a gwyn yn disgleirio ar eu coleri a'u gwregysau, ac roedd eu hwynebau'n llawen, a'u canu hefyd, oedd yn uchel, clir a pheraidd. I ganol hyn oll camodd Thorin.

Roedd newydd agor ei geg pan aeth popeth yn ddistaw fel y bedd, a diffoddodd pob golau wrth i'r tanau droi'n fwg du. Llenwyd llygaid y corachod â lludw a gwreichion, ac unwaith eto llenwyd y goedwig gyda'u twrw a'u llefain.

Cafodd Bilbo ei hun yn rhedeg mewn cylchoedd (neu felly roedd yn teimlo) yn galw a galw: "Dori, Nori, Ori, Oín, Gloín, Fíli, Kíli, Bombur, Bifur, Bofur, Dwalin, Balin, Thorin Dariandderw," wrth i bobl na allai eu gweld na'u teimlo wneud yr un peth o'i gwmpas (gydag ambell i "Bilbo!" hefyd). Ond aeth galwadau'r lleill yn gynyddol bell ac egwan, ac er iddo gredu iddo glywed yr enwau'n troi'n ymbilio taer am gymorth yn y pellter, yn y diwedd peidiodd pob sŵn, ac roedd ar ei ben ei hun mewn tawelwch a thywyllwch llwyr.

Dyna oedd un eiliadau mwyaf digalon ei fywyd. Ond penderfynodd yn fuan na fyddai unrhyw bwrpas iddo geisio gwneud dim byd cyn y wawr a'r ychydig olau, ac na thalai hi geisio baglu o gwmpas a blino heb obaith am frecwast i'w adfywio'r bore wedyn. Felly eisteddodd i lawr a phwyso'i gefn yn erbyn coeden, a meddwl—nid am y tro olaf—am ei hobyd-dwll a'i bantrïau hyfryd. Roedd wedi ymgolli mewn breuddwydion am facwn ac wyau a thost a menyn pan deimlodd rywbeth yn cyffwrdd â fe. Roedd math o linyn gludiog cryf yn erbyn ei law chwith, a phan geisiodd symud sylweddolodd fod ei goesau wedi'u lapio yn yr un sylwedd, a phan geisiodd sefyll fe gwympodd.

Wedyn daeth y corryn mawr o'r tu ôl iddo. Roedd wedi bod wrthi'n ceisio'i glymu tra'r oedd yn cysgu. Dim ond llygaid y creadur y gallai eu gweld, ond teimlai'r coesau blewog wrth i hwnnw geisio lapio'i edeifion erchyll o'i amgylch. Lwc da oedd iddo ddeffro mewn pryd, oherwydd cyn bo hir ni fyddai wedi gallu symud o gwbl. Cafodd frwydr wyllt i ryddhau ei hun fel yr oedd hi. Ceisiodd daro'r creadur â'i ddwylo—roedd hwnnw'n ceisio'i wenwyno i'w gadw'n dawel, fel y mae corynnod bach yn gwneud i glêr—cyn iddo gofio'i gleddyf, a'i dynnu allan. Neidiodd y corryn yn ôl, gan roi'r cyfle i Bilbo ryddhau ei goesau â'i gleddyf. Wedyn tro Bilbo oedd hi i ymosod. Debyg nad oedd y corryn wedi arfer â hela pethau â chanddynt olynnau o'r fath, neu byddai wedi rhuthro i'w ddianc yn gynharach. Daeth Bilbo ato cyn iddo allu gwneud hynny a'i daro â'i gleddyf yn syth rhwng ei lygaid. Aeth y corryn yn gynddeiriog gan ddawnsio a llamu o gwmpas y lle, ei goesau'n hyrddio'n erchyll, nes i Bilbo ei drywanu eto, a'i ladd. Cwympodd Bilbo i'r llawr mewn llewyg. Ni allai gofio beth ddigwyddodd am gyfnod hir wedi hynny.

Pan ddaeth ato'i hun gwelodd lwydni cyfarwydd golau dydd yn y goedwig o'i amgylch. Roedd y corryn yn gelain wrth ei ochr ac roedd llafn ei gleddyf wedi'i staenio'n ddu. Rywsut, gwnaeth gwahaniaeth mawr i Mr. Baglan iddo lwyddo i ladd y corryn enfawr ar ei ben ei hun yn y tywyllwch heb gymorth dewin na chorrach na neb arall. Teimlai'n berson gwahanol, un llawer ffyrnicach a dewrach er gwaetha'i stumog wag, wrth iddo lanhau ei gleddyf ar y glaswellt cyn ei ddychwelyd i'w wain.

"Rhoddaf enw i ti," meddai wrth y cleddyf, "*Colyn* fyddi di.'

Wedi gwneud hynny, aeth Bilbo ati i archwilio'r goedwig. Roedd hi'n dawel ac yn fygythiol, ond yn amlwg y peth cyntaf i'w wneud oedd chwilio am ei gyfeillion, nad oeddynt yn debyg o fod yn rhy bell oni bai eu bod wedi'u gwneud yn garcharorion gan yr ellyll (neu bethau gwaeth na'r rheiny). Teimlai na fyddai'n ddiogel gweiddi, ac arhosodd am gryn dipyn yn ystyried i ba gyfeiriad oedd y llwybr, ac i ba gyfeiriad y dylai ddechrau chwilio am y corachod.

"O! Pam na wnaethon ni gofio cyngor Beorn, a Gandalff!" meddai'n edifar. "Am lanast rydyn ni ynddo nawr! Ni? O na bai 'na *ni*! Peth dychrynllyd yw bod ar fy mhen fy hun."

Yn y diwedd bu iddo ddyfalu orau y gallai o ba gyfeiriad y deuai'r gweiddi yn ystod y nos—a thrwy lwc (cafodd ei eni â chyfran go dda ohono) roedd mwy neu lai'n gywir, fel y byddwch yn gweld. Wedi gwneud ei benderfyniad sleifiodd yn ei flaen mor ofalus ag y gallai. Mae hobydion yn ddigon medrus mewn bod yn dawel, yn enwedig dan goed, fel y dwedais wrthych o'r blaen; roedd Bilbo wedi gwisgo'i fodrwy cyn dechrau hefyd. Dyna pam na welodd na chlywodd y corynnod ef yn dod.

Roedd wedi sleifio'n llechwraidd am gryn bellter pan welodd fod y cysgodion o'i flaen yn neilltuol o ddu a dwys, hyd yn oed o'u cymharu â gweddill y goedwig. Edrychai fel rhyw ddarn o ganol nos nad oedd erioed wedi'i glirio. Wrth iddo agosáu sylwodd mai'r hyn yr oedd yn edrych arno oedd gweoedd corynnod, uwchben a thu ôl ac wedi'u plethu gyda'i gilydd. Sylwodd yn sydyn fod yna gorynnod enfawr erchyll yn eistedd yn y canghennau uwch ei ben, a modrwy neu beidio fe grynai mewn ofn iddo gael ei ddarganfod. Safodd y tu ôl i goeden i wylio grŵp ohonynt am gryn amser, ac yn nhawelwch a llonyddwch y coed sylweddolodd fod y creaduriaid atgas hyn yn siarad â'i gilydd. Roedd eu lleisiau'n fath o wichio a hisian tenau, ond gallai glywed llawer o'r geiriau. Roeddynt yn trafod y corachod!

"Brwydr galed oedd hi, ond gwerth ei hymladd," meddai un. "Mae croen trwchus cas ganddynt, mae'n siŵr, ond mi dynga i fod y sudd tu mewn yn dda."

"Bydd, mi fydd bwyta da arnynt, ar ôl eu crogi am dipyn," meddai un arall.

"Peidiwch â'u crogi'n rhy hir," meddai'r trydydd. "Dydyn nhw ddim mor dew â hynny. Heb fwyta'n rhy dda yn ddiweddar, meddwn i."

"Dylen ni eu lladd nhw, meddwn i," hisiodd y pedwerydd, "Eu lladd nawr a'u crogi'n farw."

"Maen nhw'n farw'n barod, o'u golwg," meddai'r cyntaf.

"Nac ydynt. Gwelais un ohonynt yn stryffaglio'n gynharach. Yn dod ato'i hun, meddwn i, wedi gorffwys *hyfryd*. Edrychwch."

Gyda hynny rhedodd un o'r corynnod tew ar hyd un o raffau'i we at ddwsin o fwndeli'n crogi o gangen uchel mewn rhes. Aeth ias i lawr gefn Bilbo wrth iddo sylwi ar droed ambell gorrach yn ymwthio allan o rai o'r bwndeli, blaen trwyn yma a thraw, a darnau o farf neu gwfl.

Aeth y corryn at y bwndel mwyaf—"Bombur druan, debyg," meddyliodd Bilbo—a brathodd yn galed ar y trwyn oedd yn ymwthio ohoni. Rhoddodd y bwndel waedd a saethodd troed i fyny, gan gicio'r corryn yn galed. Roedd bywyd o hyd yn Bombur. Cwympodd y corryn cynddeiriog oddi ar y gangen gyda sŵn fel petai rywun wedi cicio pêl droed fflat; bu bron iddo gwympo'r holl ffordd i'r ddaear cyn llwyddo'i ddal ei hun â'i linyn o fewn pryd.

Chwarddodd y lleill. "Roeddet ti'n iawn," meddent, "mae'r cig yn fyw ac yn iach!"

"Hyd yn hyn, efallai," meddai'r corryn dig wrth ddringo'n ôl i ben y gangen.

Sylweddolodd Bilbo ei bod hi'n amser iddo wneud rhywbeth ar frys. Ni allai gyrraedd y bwystfilod a doedd dim byd ganddo i'w saethu, fodd bynnag wrth edrych o'i gwmpas sylwodd ar nifer fawr o gerrig yn gorwedd mewn rhywbeth oedd yn edrych fel dyfrffos fechan wedi hen sychu. Un digon da oedd Bilbo ar daflu cerrig, a chyn bo hir cafodd hyd i un da siâp wy oedd yn ffitio'i law i'r dim. Yn fachgen ifanc roedd wedi arfer taflu cerrig at bethau, nes i gwningod a gwiwerod ac adar hyd yn oed ruthro o'i ffordd bob tro iddynt ei weld yn plygu i lawr. Hyd yn oed ar ôl iddo dyfu'n hŷn roedd wedi treulio cryn amser yn chwarae coetio, dartiau, saethu'r wialen, bowliau, naw pinnau a gemau eraill o anelu ac o daflu—yn wir, gwyddai sut i wneud pob math o bethau heblaw chwythu cylchoedd mwg, gosod posau ar ffurf rhigymau, a choginio, pethau nad ydw i wedi cael cyfle i sôn amdanynt wrthych chi. Nid nawr mo'r amser chwaith. Roedd y corryn wedi cyrraedd Bombur drachefn wrth iddo godi cerrig, a byddai hwnnw'n farw'n fuan iawn debyg.

Taflodd Bilbo ei garreg yr eiliad honno. Tarodd y corryn yn glec ar ei ben, a chwympodd hwnnw'n anymwybodol o'r goeden i lanio ar y ddaear yn blwmp, ei goesau wedi'u cyrlio tuag i mewn.

Aeth y garreg nesaf yn syth drwy ganol gwe enfawr, gan dorri nifer o'i llinynnau a tharo'r corryn oedd yn eistedd ar ei chanol, *chwip*, yn farw. Bu cythrwfl mawr ymysg y corynnod wedyn, ac anghofiwyd am y corachod am gyfnod. Ni allent weld Bilbo, ond fe wyddent yn iawn o ble'r oedd y cerrig yn dod. Gan redeg neu siglo drwy'r coed daethant yn gyflym fel mellten tuag at yr hobyd, gan daflu'u llinynnau hir i bob cyfeiriad a llenwi'r awyr â'u rhwydau.

Ond llithrodd Bilbo i ffwrdd yn gyflym i rywle arall. Daeth y syniad iddo y gallai geisio arwain y corynnod cynddeiriog yn bellach a phellach oddi wrth y corachod, pe baent yn eu dilyn; gan eu digio, eu cyffroi, ac ennyn eu chwilfrydedd, i gyd ar yr un pryd. Wedi i ryw bumdeg ohonynt gyrraedd y man lle bu o'r blaen, taflodd ragor o gerrig atynt, ac at rai eraill oedd wedi aros ar ôl. Wedyn, gan ddawnsio o goeden i goeden, dechreuodd ganu cân i'w cynddeiriogi a'u hannog i'w dilyn, ac er mwyn i'r corachod glywed ei lais hefyd.

Dyma'r gân a ganodd:

> *Hen gorryn tew, mewn coeden fry!*
> *Hen gorryn tew, methu 'ngweld i!*
> *Corryn mawr gwirion!*
> *Tyrd ar dy union!*
> > *Gadael dy we, tyrd i'm dal i!*

> > *Twpsyn penddafad, dy hen gorff sy'n anllad!*
> > *Twpsyn penddafad na all fy nal i!*
> > > *Corryn mawr gwirion!*
> > > *Lawr â thi'n burion!*
> > *Wnei di mo'm dal i mewn coeden fawr fry.*

Dim byd arbennig, efallai, ond rhaid i chi gofio y gorfu iddo'i dyfeisio yn y fan a'r lle, a lle chwithig braidd oedd hi hefyd. Gwnaeth y tro beth bynnag. Wrth iddo ganu taflodd ragor o gerrig a stampiodd ei draed. Daeth bron pob un o gorynnod y lle ar ei ôl: disgynnodd rhai i'r ddaear, dilynodd rhai eraill i fyny yn y canghennau, drwy neidio o goeden i goeden, neu drwy daflu rhaffau newydd rhyngddynt. Daethant yn gyflymach o lawer nag oedd wedi'i ddisgwyl, ac roeddynt yn wyllt gacwn. Heb sôn am y cerrig, dydy'r un corryn yn gwerthfawrogi cael ei alw'n "gorryn mawr gwirion", ac mae "twpsyn penddafad" yn sarhad i unrhyw un wrth gwrs.

Sgrialodd Bilbo nerth ei draed i safle newydd, ond roedd nifer o'r corynnod wedi rhuthro i gyfeiriadau gwahanol ac roeddynt yn prysuro i osod eu gweoedd yn y bylchau rhwng y coed. Cyn bo hir byddai'r hobyd wedi'i ddal gan fur o weoedd—neu hynny oedd bwriad y corynnod, o leiaf. Gan sefyll bellach ar ganol y corynnod, a hwythau'n hela a gweu o'i amgylch, llyncodd Bilbo'i ofn a dechreuodd ganu cân newydd:

> *Corynnod dig, corynnod diog*
> *Sy'n gweu maglau i mi,*
> *Melysaf wyf na'r un cig arall*
> *Ond anodd iawn fy nal i!*

> *Fi sy'n gleren gyfrwys fach*
> *Chi sy'n dew a diog.*
> *Ni chaff fy nal, er i chi drio,*
> *A chithau mor hir-oediog!*

Gyda hynny trodd a gweld bod y bwlch olaf rhwng y coed o'i amgylch wedi'i gau â gwe—ond yn ffodus, nid gwe go iawn, dim ond corryn-raffau trwchus wedi'u lapio o foncyff i foncyff ar frys. Estynnodd ei gleddyf bach, torrodd y rhaffau'n ddarnau mân, ac i ffwrdd ag ef, yn canu o hyd.

Gwelodd y corynnod y cleddyf, er debyg nad oeddynt yn gwybod beth ydoedd, a rhuthrodd pob un ohonynt ar unwaith ar ôl yr hobyd, ar y ddaear neu drwy'r canghennau, eu coesau blewog yn chwifio, eu dannedd yn crensian, a'u llygaid chwyddedig yn llawn o ewyn a llid. Dilynwyd Bilbo ganddynt drwy'r goedwig nes iddo fynd mor bell ag y meiddiai. Yna, yn ddistaw fel llygoden, trodd yn ei ôl.

Gwyddai nad oedd ond ychydig iawn o amser ganddo cyn i'r corynnod flino a dychwelyd i'r coed lle'r oedd y corachod, ac y byddai'n rhaid iddo'u hachub cyn hynny. Rhan waethaf ei dasg oedd cyrraedd y gangen hir lle'r oedd y bwndeli'n crogi. Debyg na fyddai wedi llwyddo fel arall, ond wrth lwc roedd corryn wedi gadael rhaff yn hongian i lawr. Er iddo lynu wrth ei ddwylo a'i frifo, llwyddodd i ddefnyddio'r rhaff i ddringo i'r goeden—dim ond i gwrdd â hen gorryn tew araf oedd wedi aros ar ôl i warchod y carcharorion, ac oedd wrthi'n eu pinsio fesul un er mwyn penderfynu pa un fyddai'n fwyaf suddlawn. Roedd yn ystyried dechrau ar y wledd tra bod y lleill i ffwrdd, ond roedd Mr. Baglan ar frys, a chyn i'r corryn wybod beth oedd yn digwydd teimlodd golyn Bilbo, ac fe gwympodd yn farw oddi ar y gangen.

Tasg nesaf Bilbo oedd rhyddhau corrach. Beth fyddai'n rhaid iddo'i wneud? Pe bai'n torri'r llinyn yr oedd y corrach druan yn crogi arno, byddai'n cwympo'n bendramwnwgl i'r ddaear cryn bellter islaw. Wrth sleifio ar hyd y gangen (gan wneud i'r corachod druain ddawnsio fel aeron mawr) cyrhaeddodd y bwndel cyntaf.

"Fíli neu Kíli," meddyliodd wrth sylwi ar ddarn o gwfl glas ar ben y bwndel. "Fíli mwy na thebyg," meddyliodd pan sylwodd ar drwyn hir yn ymwthio o'r llinynnau lapiedig. Drwy ymestyn yn ofalus llwyddodd i dorri'r rhan fwyaf o'r llinynnau cryf gludiog oedd yn ei glymu, ac yn union fel yr oedd wedi'i ddyfalu, ar ôl cic ac ychydig o straffaglu daeth y rhan fwyaf o Fíli i'r golwg. Er gwaetha'r sefyllfa ni allai Bilbo beidio â chwerthin wrth weld Fíli'n symud ei freichiau a'i goesau stiff wrth iddo hongian o'r gangen, a rhaffau'r corynnod dan ei geseiliau. Roedd fel un o'r teganau neu bypedau gwirion hynny sy'n crogi ar weiren.

Llwyddwyd rywsut i gael Fíli ar ben y gangen, a gwnaeth hwnnw ei orau wedyn i gynorthwyo'r hobyd, er ei fod yn teimlo'n sâl iawn yn sgil gwenwyn y corryn a'r ffaith iddo dreulio'r rhan fwyaf o'r noson a'r diwrnod canlynol wedi'i grogi a'i lapio'n llwyr, oni bai am ei drwyn er mwyn iddo anadlu. Cymerodd oes iddo waredu'r stwff dieflig o'i lygaid a'i aeliau, a bu'n rhaid torri'r rhan fwyaf o'i farf i ffwrdd. Gyda'i gilydd wedyn llwyddon nhw i gael y corachod eraill i ben y gangen fesul un a'u torri'n rhydd. Nid oedd yr un ohonynt mewn cyflwr gwell na Fíli, ac roedd rhai ohonynt yn waeth o lawer. Prin oedd rhai wedi gallu anadlu o gwbl (mae trwynau hirion yn ddefnyddiol ar brydau, wyddoch chi) ac roedd rhai wedi'u gwenwyno'n waeth.

Yn y dull yma llwyddwyd i achub Kíli, Bifur, Bofur, Dori a Nori. Roedd Bombur druan wedi llwyr ymlâdd—gan mai'r tewaf oedd, roedd y corynnod wedi'i brocio a'i binsio o hyd—a'r cwbl a wnaeth oedd rholio oddi ar y gangen a chwympo'n blwmp i'r ddaear (glaniodd, wrth lwc, mewn pentwr dail) a gorwedd yno. Ond roedd pump o gorachod yn crogi o hyd o ben y gangen pan ddechreuodd y corynnod ddychwelyd, yn gynddeiriocach nag erioed.

Aeth Bilbo'n syth at ben y gangen oedd agosaf i'r goeden er mwyn cadw draw'r rhai oedd yn ei dringo. Roedd wedi tynnu ei fodrwy cyn achub Fíli ac wedi anghofio'i hail-wisgo, felly fe allai'r corynnod ei weld bellach. Gan boeri a hisio, medden nhw:

"Rydyn ni'n dy weld di nawr, y trychfil bach hyll! Gwnawn ni dy fwyta a gadael dy esgyrn a'th groen i grogi o'r coed. Ych! Mae ganddo golyn, oes e? Fe'i cawn ni ef serch hynny, a'i grogi â'i ben i waered am ddiwrnod neu ddau!"

Yn y cyfamser roedd y corachod eraill wrthi'n gweithio i ryddhau'r carcharorion olaf, gan dorri'r llinynnau â'u cyllyll. Byddai pob un yn rhydd cyn hir, ond nid oedd hi'n glir beth fyddai'n digwydd wedyn. Roedd y corynnod wedi'u dal yn ddigon hawdd y noson gynt, ond roedd hynny yn y tywyllwch ac yn ddi-rybudd. Y tro hwn roedd golwg brwydr ddychrynllyd arni.

Sylwodd Bilbo'n sydyn fod rhai o'r corynnod ar y ddaear wedi ymgasglu o amgylch Bombur, ac wedi'i glymu eto ac yn dechrau'i lusgo ymaith. Rhoddodd floedd a chwifiodd ei gleddyf i gyfeiriad y corynnod o'i flaen. Ildiodd y rheiny'n gyflym, ac yn hanner sgrialu a hanner cwympo disgynnodd o'r goeden i blith y rhai ar y ddaear. Rhywbeth newydd iddynt fel colyn oedd ei gleddyf bach, ac mor gyflym y gwibiai hwnnw o'r naill ochr i'r llall! Disgleiriai'r cleddyf mewn boddhad wrth i Bilbo drywanu. Roedd wedi lladd hanner dwsin ohonynt cyn i'r lleill gilio, gan adael Bombur.

"Dewch i lawr! Dewch i lawr!" gwaeddodd Bilbo ar y corachod ar y gangen. "Peidiwch aros i gael eich rhwydo!" Gallai weld corynnod yn heidio i fyny'r coed cyfagos, ac yn cropian ymysg y canghennau uwchben pennau'r corachod.

Sgrialodd, neidiodd neu gwympodd y corachod i'r ddaear, un ar ddeg ohonynt mewn pentwr mawr, y rhan fwyaf yn simsan iawn a phrin yn gallu sefyll. Yno'r oeddynt, deuddeg ohonynt gan gyfrif Bombur druan oedd yn pwyso ar ei gefnder Bifur ar y naill ochr a'i frawd Bofur ar y llall; a Bilbo'n dawnsio o gwmpas gan chwifio'i Golyn. Ond roedd cannoedd o gorynnod llidiog wrthi'n eu llygadu o bob cyfeiriad o'u hamgylch, ac uwch eu pennau hefyd. Edrychai'n ddu iawn arnynt.

Dyma'r frwydr yn dechrau. Roedd gan rai o'r corachod gyllyll, ac eraill ffyn, a gallai pob un ohonynt gyrraedd cerrig; ac roedd gan Bilbo ei ddagr ellyllaidd. Gyrrwyd y corynnod ymaith dro ar ôl tro, a lladdwyd nifer ohonynt. Ond amhosib fyddai parhau'n hir. Roedd Bilbo bron â blino'n lân a dim ond pedwar o'r corachod oedd yn dal i allu sefyll yn gadarn. Roeddynt ar fin cael eu trechu fel clêr blinedig mewn gwe. Roedd y corynnod eisoes wedi dechrau gosod eu gweoedd rhwng y coed unwaith eto, er mwyn eu hamgylchynu.

Yn y diwedd ni allai Bilbo feddwl am ddim i'w wneud heblaw datgelu cyfrinach ei fodrwy i'r corachod. Roedd yn flin ganddo orfod gwneud hynny, ond doedd dim dewis.

"Rydw i'n mynd i ddiflannu," meddai. "Byddaf yn arwain y corynnod i ffwrdd, os gallaf; a rhaid i chi gadw at eich gilydd a mynd i'r cyfeiriad arall wedyn. Draw i'r chwith, mwy neu lai, yw'r ffordd yn ôl i'r man lle gwelon ni danau'r ellyll tro diwethaf."

Gwaith caled oedd cael iddynt ddeall gyda'u pennau dryslyd, y gweiddi, y taro ffyn a'r taflu cerrig; ond o'r diwedd teimlodd Bilbo na allai oedi rhagor—roedd y corynnod yn tynnu eu cylch yn agosach ac agosach. Gwisgodd ei fodrwy a ddiflannodd yn sydyn, er syndod mawr i'r corachod.

Yn fuan wedyn daeth sŵn rhywun yn galw "tew a diog!" a "corryn gwirion!" o'r coed draw tua'r dde. Cynhyrfwyd y corynnod yn fawr gan hyn. Peidiodd yr ymosodiad ar y corachod, a dechreuodd rai ohonynt symud i gyfeiriad y llais. Cymaint oedd eu dicter wrth gael eu galw'n "dew a diog" fel iddynt golli pob synnwyr. Roedd Balin wedi deall cynllun Bilbo yn well na'r lleill, a dewisodd yr eiliad honno i arwain ymosodiad. Gan lynu'n agos at ei gilydd a thaflu cawod o gerrig o'u blaenau, rhuthrodd y corachod i gyfeiriad y corynnod ar eu chwith, gan lwyddo i dorri drwy'r cylch. Yn sydyn peidiodd y gweiddi a'r canu y tu ôl iddynt.

Gan obeithio'n daer nad oedd Bilbo wedi'i ddal, aeth y corachod yn eu blaenau, ond yn rhy araf. Roeddynt yn sâl ac yn flinedig, ac er gwaetha'r corynnod oedd yn eu herlyn roedd eu symud yn fwy o hercian cloff na rhedeg. Bob hyn a hyn bu rhaid iddynt droi a gyrru ymaith y bwystfilod oedd wedi dal i fyny; ac eisoes roedd rhai corynnod yn y coed uwch eu pennau wedi dechrau estyn eu llinynnau gludiog i lawr tuag atynt.

Edrychai'n ddu iawn arnynt unwaith eto pan ailymddangosodd Bilbo o'r ochr heb rybudd i ruthro'n sydyn at y corynnod syn.

"Ymlaen! Ymlaen!" gweiddodd. "Fi a wnaiff y colynnu!"

A hynny wnaeth. Gwibiodd yn ôl ac ymlaen, gan dorri llinynnau gweoedd y corynnod a hacio'u coesau, a'u trywanu yng nghanol eu cyrff tew pan ddaethant yn ddigon agos. Roedd y corynnod yn gynddeiriog, yn chwydu ac ewynnu a hisio pob math o felltithion erchyll, ond yn ofni Colyn yn enbyd bellach. Nawr bod hwnnw wedi dychwelyd nid oeddynt yn meiddio dod yn rhy agos. Roedd eu hysglyfaeth yn araf ddianc felly, er gwaetha'u melltithion. Gorchwyl dychrynllyd oedd hi a gymerodd yr hyn a deimlodd fel oriau; ond o'r diwedd, â Bilbo'n teimlo mai amhosib fyddai codi'i fraich i roi cymaint ag un ergyd arall, dyma'r corynnod yn sydyn yn rhoi'r gorau i'w dilyn ac yn dychwelyd i'w nythod tywyll yn siomedig.

Ar unwaith, sylweddolon nhw eu bod wedi cyrraedd ymyl man lle'r oedd yr ellyll wedi cael tân. Amhosib oedd dweud os mai un o'r rhai a welwyd ganddynt gynt ydoedd neu beidio, ond debyg bod yna ryw swyn da'n parhau yno nad oedd y corynnod yn hoff ohoni. Beth bynnag, roedd y golau yno'n wyrddach, a'r canghennau'n llai trwchus a bygythiol, a chawsant gyfle i orffwys ac adennill eu gwynt.

Gorweddodd Bilbo a'r corachod yno am beth amser, yn pwffio ac anadlu'n ddwfn. Ond yn fuan iawn dechreuodd y cwestiynu. Bu'n rhaid i Bilbo esbonio'r busnes diflannu'n ofalus iawn, a chymaint oedd diddordeb y corachod yn narganfyddiad y fodrwy fel iddynt anghofio'u trafferth bresennol, am y tro o leiaf. Mynnodd Balin yn enwedig glywed holl hanes Golwm unwaith eto, y rhigymau a phob dim, gyda'r fodrwy yn ei phriod le. Ond cyn bo hir dechreuodd y golau wanhau, a dechreuwyd gofyn cwestiynau gwahanol. Ble oeddynt, ble oedd y llwybr, oedd yna fwyd i'w gael, a beth oedden nhw'n mynd i'w wneud nesaf? Gofynnwyd y cwestiynau hyn eto ac eto, a debyg mai gan Bilbo bach bellach yr oedd disgwyl i'r atebion ddod. Fe welwch chi o hynny fod barn y corachod ynghylch Mr. Baglan wedi newid llawer, a'u bod bellach yn ei barchu'n fawr (yn union fel i Gandalff broffwydo). Yn wir, nid cwyno'n unig oeddynt mewn gwirionedd ond yn hytrach yn disgwyl go iawn y byddai'n llwyddo i feddwl am ryw gynllun ardderchog i ddatrys eu trafferthion. Deallent yn iawn y byddai pob un ohonynt wedi bod yn farw'n fuan oni bai am yr hobyd, ac fe ddiolchwyd iddo lawer gwaith. Cododd rai ohonynt hyd yn oed i foesymgrymu o'i flaen, er bod yr ymdrech yn gymaint fel iddynt gwympo'n ôl i'r ddaear heb allu codi eto am amser hir. Ni newidiodd eu barn o gwbl wedi iddynt ddysgu'r gwirionedd am y diflannu: roedd yn glir iddynt fod ganddo synnwyr yn ogystal â lwc a modrwy hud—tri pheth hynod werthfawr a defnyddiol. A dweud y gwir, cymaint oedd eu canmoliaeth fel i Bilbo ddechrau teimlo bod yna rywfaint o'r anturiaethwr dewr ynddo wedi'r cyfan. Byddai wedi teimlo'n ddewrach o lawer serch hynny pe bai ganddo rywbeth i'w fwyta.

Ond doedd dim byd, dim byd o gwbl, a doedd yr un ohonynt mewn cyflwr o unrhyw fath i fynd i chwilio amdano, nac am y llwybr coll. Y llwybr! Ni allai Bilbo feddwl am unrhyw beth arall. Eisteddai'n flinedig yn syllu ar y coed diddiwedd o'i flaen, ac ar ôl ychydig ymdawelodd pawb unwaith eto. Pawb heblaw Balin: ymhell wedi i'r lleill roi'r gorau i siarad a chau eu llygaid roedd yntau'n dal i rwgnach a chwerthin yn dawel i'w hunan.

"Golwm! Iesgob mawr! Felly dyna sut llwyddodd i sleifio heibio i mi, ife? Fe wn i nawr! Sleifio'n dawel wnest ti, Mr. Baglan? Botymau dros y lle! Da iawn Bilbo... Bilbo... bo... bo..." ac wedyn cwympodd i gysgu, a bu tawelwch llwyr am gyfnod.

Yn sydyn agorodd Dwalin lygad, gan edrych o gwmpas ar y lleill. "Ble mae Thorin?" gofynnodd.

Dyna fraw a gawsant. Wrth gwrs, dim ond tri ar ddeg ohonynt oedd yno: deuddeg corrach a'r hobyd. Ble'n wir oedd Thorin? Tybed beth fu ei dynged anffodus, ai'r swyn neu'r angenfilod tywyll? Crynodd pob un ohonynt wrth orwedd yno ar goll yn y goedwig. Aethant i gysgu fesul un, cwsg anesmwyth a hunllefus, wrth i'r noswaith droi'n nos ddu. Bydd yn rhaid i ni eu gadael yno am y tro, pob un ohonynt yn rhy sâl ac yn rhy flinedig i osod gwarchodwyr neu i gymryd tro i wylio dros y lleill.

Roedd Thorin wedi cael ei ddal yn gyflymach o lawer na'r lleill. Ydych chi'n cofio i Bilbo syrthio i drwmgwsg ar unwaith wedi iddo gamu i'r goleuni? Thorin oedd y cyntaf

165

i gamu yn ei flaen y tro nesaf, ac wrth i'r goleuadau ddiffodd aeth i gysgu fel carreg, wedi'i swyno. Ni chlywodd y corachod yn baglu yn y tywyllwch, eu gweiddi wrth i'r corynnod eu dal a'u rhwymo, na holl sŵn brwydro'r diwrnod canlynol. Wedyn cafwyd hyd iddo gan Ellyll y Coed, a'i rwymodd a'i gludo ymaith.

Ellyll y Coed oedd y rhai a fu'n gwledda, wrth gwrs. Nid pobl ddrygionus mohonynt. Os oes ganddynt fai, yna'r ffaith eu bod yn ddrwgdybus iawn tuag at estroniaid yw hwnnw. Er bod eu swyn yn gryf, roeddynt yn ochelgar hyd yn oed yn y dyddiau hynny. Roeddynt yn wahanol i Uchel-Ellyll y Gorllewin, yn fwy peryglus ac yn llai doeth. Roedd y rhan fwyaf ohonynt (ynghyd â'u perthnasau, oedd ar wasgar yn y bryniau a'r mynyddoedd) yn ddisgynyddion i'r llwythi hynafol hynny na aeth erioed i Faerie yn y Gorllewin. Yno bu Ellyll y Golau, yr Ellyll Dwfn ac Ellyll y Môr yn byw am oesoedd, gan dyfu'n decach ac yn ddoethach ac yn fwy hyddysg, gan fireinio'u hud a'u crefft glyfar wrth greu pethau hardd a rhyfeddol, cyn i rai ohonynt ddychwelyd i'r byd. Arhosodd Ellyll y Coed yn ein byd ni fodd bynnag, dan olau ein haul a'n lleuad ni, er mai'r sêr oedd orau ganddynt. Crwydrai Ellyll y Coed y coedwigoedd mawr a dyfai'n uchel mewn gwledydd sydd bellach yn angof. Trigent gan amlaf ar ymylon y coedwigoedd, fel bod modd iddynt fynd i hela neu farchogaeth neu redeg drwy'r wlad agored dan olau'r lleuad neu'r sêr. Wedi dyfodiad Dynion aethant fwyfwy i dreulio'u hamser yn y cyfnos a'r gwyll. Serch hynny, ellyll oeddynt ac ellyll ydynt o hyd, ac felly'n Bobl Dda yn y bôn.

Yr adeg hynny roedd eu brenin mwyaf yn byw mewn ogof fawr ychydig filltiroedd o ymyl ddwyreiniol y Gwyllgoed. O flaen ei ddrysau mawr o graig llifai afon o ucheldiroedd y goedwig i'r corsydd wrth droed y bryniau coediog. Roedd ogofâu bychain eraill di-rif yn ymuno â'r ogof fawr hon, a ymdroellai'n ddwfn i'r ddaear yn frith o dwneli a neuaddau llydan. Serch hynny roedd hi'n oleuach ac yn fwy iachusol na chartref unrhyw goblyn, ac yn llai dwfn a pheryglus. Roedd deiliaid y brenin yn byw ac yn hela yn y goedwig ei hun gan fwyaf, lle'r oedd ganddynt dai a chytiau ar y ddaear ac yng nghanghennau'r coed eu hunain. Y ffawydd oedd orau ganddynt. Ond ogof y brenin oedd ei blas, cadarnle'i gyfoeth, a chastell ei bobl rhag eu gelynion.

Roedd hefyd yn ddwnsiwn ar gyfer ei garcharorion. I'r ogof yr aethpwyd â Thorin felly—ac nid yn dyner, gan nad oedd yr ellyll yn hoff o gorachod, ac roeddynt yn ei ystyried yn elyn. Mewn oesau pell yn ôl bu rhyfeloedd rhyngddynt a rhai o'r corachod a gyhuddent o ddwyn eu trysor. Teg fyddai nodi bod y corachod yn cofio'r hanes yn wahanol. Eu chwedl hwythau oedd mai dim ond yr hyn oedd yn ddyledus iddynt a gymerwyd, oherwydd iddynt daro bargen â'r Ellyllyn-frenin i lunio'i aur a'i arian crai yn drysor cain cyn gwrthod talu am eu gwasanaethau wedyn. Os oedd gwendid gan yr Ellyllyn-frenin yna trysor oedd hwnnw, yn enwedig arian a gemau gwyn; ac er mor sylweddol oedd ei gyfoeth roedd yn awyddus o hyd i ychwanegu ato gan nad oedd cystal â chyfoeth arglwyddi'r ellyll gynt. Nid oedd ei bobl yn cloddio na gweithio metel neu emau eu hunain, nac yn trafferthu rhyw lawer â masnachu neu drin y tir chwaith. Roedd hyn i gyd yn hysbys i bob corrach, er nad oedd gan deulu Thorin ddim byd i'w wneud â'r hen anghydfod yr wyf wedi sôn amdano. O ganlyniad, pan ddad-wnaed y swyn oedd wedi'i gadw i gysgu, roedd Thorin yn anfodlon iawn â'r ffordd yr oedd wedi'i drin ganddynt. Roedd yn benderfynol hefyd na fyddai'r ellyll yn clywed yr un gair o'i geg am aur neu emau.

Roedd golwg llym ar y brenin pan ddaethpwyd â Thorin ger ei fron, a gofynnodd cwestiynau lawer iddo. Ond y cwbl ddwedodd Thorin oedd ei fod yn llwgu.

"Pam wnaethoch chi a'ch pobl ddod deirgwaith i ymosod arnom ni wrth i ni wledda?" gofynnodd y brenin.

"Nid ymosod oedden ni," atebodd Thorin, "ceisio begera oeddem, gan ein bod yn llwgu."

"Ble mae eich ffrindiau nawr, a beth maen nhw'n ei wneud?"

"Wn i ddim. Llwgu yn y goedwig mwy na thebyg."

"Beth oeddech chi'n ei wneud yn y goedwig?"

"Chwilio am fwyd ac am ddiod, gan ein bod yn llwgu."

"Ond pam oeddech chi yn y goedwig o gwbl?" gofynnodd y brenin yn ddig.

Caeodd Thorin ei geg, gan wrthod dweud gair yn rhagor.

"Iawn felly," meddai'r brenin. "I ffwrdd ag ef, a'i gadw'n ddiogel, nes iddo gael yr awydd i ddweud y gwir, hyd yn oed os yw'n cymryd canrif."

Wedyn fe rwymwyd Thorin â chareiau a'i gau mewn un o'r ogofâu dyfnaf y tu ôl i ddrysau pren cryf, a'i adael yno. Rhoddwyd bwyd a diod iddo, digonedd o'r ddau, er nad oeddynt yn rhy goeth: nid coblynnod oedd Ellyll y Coed, ac wedi eu dal roeddynt yn trin eu carcharorion yn weddol dda, hyd yn oed eu gelynion. Y corynnod mawr oedd yr unig fodau byw y byddent yn eu trin heb drugaredd.

Yno gorweddai Thorin druan, yn nwnsiwn y brenin; ac wedi iddo orffen teimlo'n ddiolchgar am gael bara, cig a dŵr dechreuodd feddwl am beth oedd wedi digwydd i'w ffrindiau anffodus. Cafodd wybod hynny'n ddigon buan, ond hanes ar gyfer y bennod nesaf yw honno, a dechrau antur arall lle dangosodd yr hobyd unwaith eto pa mor ddefnyddiol yr oedd yn gallu bod.

Pennod IX

CASGENNI O'R CARCHAR

Y bore'n dilyn y frwydr â'r corynnod, rhoddodd Bilbo a'r corachod gynnig olaf—heb lawer o obaith—ar chwilio am ffordd allan o'r goedwig cyn marw o syched a newyn. Codon nhw ar eu traed a dechrau hercian i'r cyfeiriad y credai wyth o'r tri ar ddeg ohonynt fod y llwybr i'w gael—ond ni chawsant wybod os oeddynt yn gywir neu beidio. Â thywyllwch y nos yn prysur ddisodli'r ychydig olau dydd oedd i'w gael yn y goedwig, ymddangosodd golau nifer fawr o ffaglau o'u hamgylch yn sydyn fel cannoedd o sêr cochion. Allan neidiodd Ellyll y Coed â'u bwâu a'u picelli, a gorchmynnwyd y corachod i aros lle'r oeddynt.

Ni feddyliodd neb am ymladd. Hyd yn oed pe na baent mor druenus fel eu bod yn wirioneddol ddiolchgar o gael eu dal, eu hunig arfau oedd eu cyllyll bach. Byddai'r rheiny'n dda i ddim yn erbyn saethau'r ellyll, a allai daro llygad aderyn yn y tywyllwch. Felly'r cwbl a wnaethant oedd eistedd i lawr ac aros—pob un heblaw Bilbo, a sleifiodd o'r neilltu'n gyflym gan wisgo'i fodrwy. O ganlyniad, wedi i'r Ellyll rwymo'r corachod mewn un llinell hir a'u cyfrif, ni chawsant hyd i'r hobyd, na'i gyfrif.

Ni chafodd Bilbo chwaith ei glywed na'i deimlo wrth iddo ddillyn ychydig bellter y tu ôl i olau'r ffaglau'r Ellyll wrth iddynt arwain eu carcharorion drwy'r goedwig. Rhoesant fygydau dros lygaid y corachod, er na wnaeth hynny lawer o wahaniaeth: ni allai lygaid Bilbo hyd yn oed weld ble'r oeddynt yn mynd, a beth bynnag, ni wyddai'r

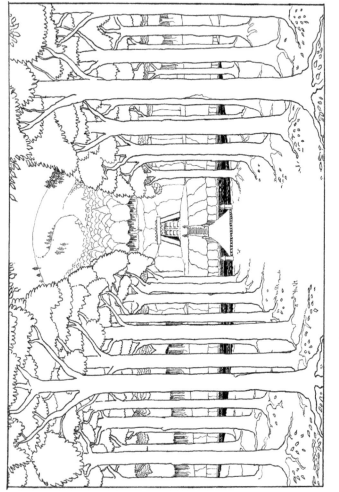

Porth yr Ellyllyn-Frenin

un ohonynt lle'r oeddynt wedi dechrau. Roedd yn anodd i Bilbo wneud mwy na dilyn y ffaglau, wrth i'r ellyll wthio'r corachod mor gyflym ag y gallent er gwaetha'u salwch a'u blinder. Roedd y brenin wedi'u gorchymyn i beidio ag oedi. Yn sydyn, arhosodd y ffaglau, a chafodd yr hobyd amser i ddal i fyny cyn iddynt ddechrau croesi'r bont, sef y bont a groesai'r afon o flaen drysau'r brenin. Llifai'r dŵr yn dywyll, yn gyflym ac yn gryf islaw, ac ar ben draw'r bont roedd pâr o gatiau yng ngheg ogof enfawr yn ochr llethr serth oedd yn frith o goed. Tyfai'r ffawydd mawr yno hyd at lannau'r afon, nes bod eu gwreiddiau'n ymdrochi yn y dŵr.

Gwthiodd yr ellyll eu carcharorion dros y bont, ond oedodd Bilbo. Nid oedd yn hoff o olwg yr ogof a bu ond y dim iddo golli'i gyfle, ond penderfynodd ar yr eiliad olaf na fyddai'n cefnu ar ei ffrindiau. Rhuthrodd ar draws y bont ar ôl yr ellyll olaf, cyn i gatiau mawr y brenin gau'n swnllyd y tu ôl iddynt.

Y tu mewn, roedd ffaglau coch yn goleuo'r twneli. Dechreuodd yr ellyllyn-filwyr ganu, eu lleisiau'n atseinio wrth iddynt ymdeithio ar hyd y llwybrau troellog. Roedd y cynteddau hyn yn wahanol i'r rheiny yn ninasoedd y coblynnod: yn llai, heb fod mor ddwfn, a'r awyr ynddynt yn lanach. Eisteddai'r Ellyllyn-frenin ar gadair bren gerfiedig mewn neuadd fawr, ei cholofnau wedi'u cerfio o'r graig ei hun. Â hithau'n hydref bellach, ar ei ben roedd coron o lus ac o ddail cochion—yn y gwanwyn byddai'n gwisgo coron o flodau coedwigol. Daliai ffon dderw gerfiedig.

Daethpwyd â'r carcharorion ger ei fron, ac wedi iddo syllu'n llym arnynt gofynnodd i'w ddynion eu rhyddhau o'u rhwymau, â hwythau mor flinedig a charpiog. "Beth bynnag," meddai, "nid oes angen rhaffau yma. Nid yw'r sawl sy'n dod drwy fy nrysau hud yn dianc."

Holodd y corachod yn hir ac yn fanwl ynghylch beth oeddynt yn ei wneud, ble'r oeddynt yn mynd, ac o ble'r oeddent wedi dod, ond ni chafodd lawer yn fwy ganddynt nag y cafodd gan Thorin. Roeddynt yn ddig ac yn swta, a ni wnaethant gymaint ag esgus bod yn gwrtais hyd yn oed.

"Beth wnaethon ni, O frenin?" meddai Balin, sef yr hynaf ohonynt bellach. "Ai trosedd yw bod ar goll yn y goedwig, dioddef newyn a syched, a chael ein dal gan gorynnod? Ai creaduriaid dof neu'ch eiddo chi yw'r corynnod, os yw eu lladd yn eich digio?"

Wrth gwrs fe ddigiodd y brenin yn fwy nag erioed â chwestiwn felly, ac atebodd yntau: "Mae'n drosedd crwydro fy nheyrnas heb ganiatâd. Ydych chi wedi anghofio yr oeddech chi yn fy nheyrnas, ac yn defnyddio'r llwybr adeiladodd fy neiliaid i? Oni wnaethoch chi erlyn ac amharu ar fy mhobl yn y goedwig deirgwaith, a chynhyrfu'r corynnod gyda'ch holl derfysg a thwrw? Ar ôl yr holl drafferth i chi ei achosi, mae gen i hawl i wybod pam eich bod chi yma, ac os na wnewch chi ddweud wrthyf yn awr, yna mi wna i'ch cadw yn y carchar nes i chi ddysgu cwrteisi, a synnwyr!"

Gorchmynnodd wedyn i'w filwyr roi'r corachod mewn celloedd ar wahân ac i roi bwyd a diod iddynt, ond i beidio â'u gadael allan o'u carchardai bach personol nes bod o leiaf un ohonynt yn fodlon dweud popeth wrtho yr oedd arno eisiau'i wybod. Ond ni ddwedodd wrthynt fod Thorin yn garcharor ganddo hefyd. Bilbo ddarganfuodd hynny.

Druan o Mr. Baglan—hir a blinderus oedd yr amser y bu'n byw ar ei ben ei hun yn y lle hwnnw, yn cuddio'r holl amser. Ni feiddiodd dynnu ei fodrwy o gwbl, a phrin yr oedd yn meiddio cysgu, hyd yn oed yn y corneli tywyllaf iddo gael hyd iddynt. Heb ddim byd arall ganddo i'w wneud, dechreuodd grwydro palas yr Ellyllyn-frenin. Roedd y gatiau'n agor a chau drwy swyn, ond serch hynny gallai ddianc o bryd i'w gilydd. Yn achlysurol byddai llengoedd yr ellyll, dan arweinyddiaeth y brenin ar adegau, yn gadael er mwyn hela neu ar ryw fusnes arall yn y goedwig neu'r wlad i'r dwyrain. Gallai Bilbo sleifio allan ar eu holau pe bai'n gyflym, er bod gwneud hynny'n beryglus iawn. Bu bron iddo gael ei ddal yn y drysau fwy nag unwaith, ond ni feiddiai cerdded ymhlith yr ellyll rhag ofn i'w gysgod (waeth pa mor wan a chrynedig oedd hwnnw yng ngolau'r ffaglau)

ei fradychu, neu iddo daro i mewn i rywun, a chael ei
ddarganfod. Ond ni chyflawnodd ryw lawer ar yr adegau
anaml hynny pan lwyddodd i ddianc. Nid oedd arno eisiau
gadael y corachod, a beth bynnag, ni wyddai ble yn y byd i
fynd hebddynt. Nid oedd yn ddigon cyflym i ddilyn yr ellyll
wrth iddynt hela, felly ni lwyddodd i ddarganfod eu
llwybrau o'r goedwig erioed, a'r cwbl y gallai ei wneud oedd
crwydro'r goedwig yn ddigalon, gan ofni mynd ar goll o
hyd, nes cael cyfle i ddychwelyd. Roedd eisiau bwyd arno
hefyd y tu allan, gan nad oedd ganddo unrhyw allu o ran
hela; gallai grafu byw yn yr ogofeydd fodd bynnag drwy
ddwyn bwyd o'r storfeydd neu'r byrddau pan nad oedd neb
yn gwylio.

"Rydw i fel lleidr sy'n methu dianc, ac yn gorfod dwyn
o hyd o'r un tŷ, diwrnod ar ôl diwrnod," meddyliodd.
"Dyma ran fwyaf diflas ac undonog yr holl antur druenus,
flinedig, anghyfforddus hon! O na bawn i adref yn fy
hobyd-dwll wrth ochr y lle tân cynnes yng ngolau'r lamp!"
Yn aml chwenychai am allu anfon neges at y dewin yn
gofyn am gymorth, ond roedd hynny'n hollol amhosib
wrth gwrs. Cyn bo hir sylweddolodd os oedd rhywbeth y
gellid ei wneud yna byddai'n rhaid iddo ef ei hun, Mr.
Baglan, ei gwneud hi, a hynny heb gymorth neb arall.

Yn y diwedd, wedi wythnos neu ddau o'r bywyd
cyfrinachol yma, drwy wylio a dilyn y gwarchodwyr a
chymryd pob cyfle llwyddodd i ddarganfod ble'r oedd pob
corrach wedi'i gadw. Cafodd hyd i bob un o'r deuddeg cell
mewn mannau gwahanol o'r palas, ac ymhen ychydig roedd
yn gwybod ei ffordd o gwmpas yn dda iawn. Wrth glywed
rhai o'r gwarchodwyr yn sgwrsio un diwrnod synnodd i
ddysgu bod yna gorrach arall yn y carchar hefyd, mewn
man neilltuol o ddwfn a thywyll. Dyfalodd ar unwaith mai
Thorin oedd hwnnw, a chafodd gadarnhad o hynny
ychydig yn ddiweddarach. O'r diwedd, ar ôl cryn anhawster,
llwyddodd gael hyd i'r lle pan nad oedd neb arall o gwmpas,
a chafodd gyfle i siarad â phennaeth y corachod.

Roedd Thorin yn rhy druenus bellach i ddal dig
ynghylch ei anffawd, ac roedd hyd yn oed yn dechrau

ystyried cyfaddef wrth y brenin am ei drysor a'i ymgyrch (sy'n dangos mor ddigalon ydoedd) pan glywodd lais bach Bilbo wrth ddrws ei gell. Prin y gallai gredu ei glustiau. Penderfynodd serch hynny nad oedd yn camgymryd, a daeth at y drws er mwyn cynnal trafodaeth hir â'r hobyd mewn sibrydion.

Bu modd felly i Bilbo fynd â neges ddirgel gan Thorin at bob un o'r corachod eraill yn y carchar, a rhoi gwybod iddynt fod eu pennaeth Thorin gerllaw ac yn garcharor hefyd, ac nad oedd yr un ohonynt i ddatgelu gwir bwrpas eu hymgyrch i'r brenin eto, nid cyn i Thorin roi'r gair. Cododd calon Thorin yn sylweddol pan glywodd fod yr hobyd wedi achub ei gyfeillion rhag y corynnod, ac unwaith eto roedd yn benderfynol na fyddai'n wystl i'r brenin nac yn addo cyfran o'i drysor iddo'n bridwerth, nid nes i bob gobaith arall o ddianc diflannu: hynny yw, nes bod Mr. Baglan Anweledig (roedd ganddo feddwl uchel iawn ohono bellach) wedi methu'n llwyr â meddwl am gynllun cyfrwys.

Wedi iddynt dderbyn ei neges roedd y corachod eraill yn cytuno'n llwyr. Credent y byddai eu cyfrannau unigol o'r trysor yn dioddef yn fawr petai Ellyll y Coed yn derbyn cyfran hefyd (ystyriwyd y trysor ganddynt yn eiddo iddynt eisoes, er gwaetha'u trafferth bresennol ac er gwaetha'r ddraig, oedd heb ei drechu o hyd), a bellach roedd pob un ohonynt yn ymddiried yn llwyr yn Bilbo. Fel y cofiwch, roedd Gandalff wedi rhagweld y byddai hynny'n digwydd. Hwyrach mai dyna'r rheswm iddo'u gadael.

Fodd bynnag, nid oedd Bilbo'n teimlo hanner mor obeithiol. Ni hoffai feddwl bod pawb arall yn dibynnu arno, a gresynai nad oedd y dewin gydag ef. Ond da i ddim oedd hynny, â holl bellter tywyll y Gwyllgoed rhyngddynt mwy na thebyg. Eisteddodd, gan feddwl a myfyrio nes i'w ben bron â ffrwydro, ond ni ddaeth yr un syniad gwych ato. Peth braf iawn oedd modrwy hud, ond nid oedd llawer o werth iddi rhwng pedwar ar ddeg ohonynt. Ond llwyddodd i achub ei gyfeillion yn y diwedd wrth gwrs, a dyma sut y gwnaeth hynny.

Wrth grwydro o gwmpas a busnesa un diwrnod dysgodd Bilbo rywbeth diddorol iawn: nid y gatiau mawr oedd yr *unig* fynedfa i'r ogofâu. O dan ran ddyfna'r palas fe lifai afon, cyn iddi ymuno ag afon y goedwig cryn bellter i'r dwyrain y tu hwnt i'r llethr serth lle'r oedd y prif gatiau. Lle'r oedd yr afon danddaearol hon yn llifo o ochr y bryn i'r awyr agored roedd yna fath o glwyd yn y dŵr. Roedd craig y nenfwd yn agos at wyneb y dŵr yno, ac roedd porthcwlis yr oedd modd ei ollwng yr holl ffordd i waelod yr afon er mwyn rhwystro unrhyw un rhag mynd i mewn neu allan. Ond byddai'r porthcwlis ar agor yn aml, oherwydd bod llawer o draffig yn mynd ac yn dod ar yr afon. O ddod i mewn drwy'r fynedfa hon byddai rhywun yn cael ei hun mewn twnnel tywyll a garw'n arwain i grombil y bryn, ond mewn un man lle'r oedd yr afon yn union o dan yr ogofâu roedd y nenfwd wedi'i dorri i ffwrdd a'i orchuddio â phâr o drapddorau mawr derw. Uwchben, ar ochr arall y trapddorau, roedd selerau'r brenin. Yn y rheiny roedd yna gasgenni, a chasgenni, a chasgenni lawer: roedd Ellyll y Coed yn hoff iawn o win, eu brenin yn enwedig, er na thyfai'r un gwinwydd yn y parthau hynny. Daeth y gwin a nwyddau eraill oddi wrth dylwyth yr ellyll tua'r de, neu o winllannoedd Dynion mewn gwledydd pell.

Gan guddio tu ôl i un o'r casgenni mwyaf cafodd Bilbo hyd i'r trapddorau a'u pwrpas, ac o aros i wrando ar weision y brenin yn sgwrsio dysgodd fod y gwin a nwyddau eraill yn dod i fyny'r afonydd, neu dros y wlad, nes cyrraedd y Llyn Hir. Debyg bod yna dref o ddynion yn ffynnu yno o hyd, o'r enw Trellyn, ac wedi'i hadeiladu ar bontydd uwchben y dŵr er mwyn ei hamddiffyn rhag gelynion o bob math, yn enwedig y ddraig yn y Mynydd. Daethpwyd â'r casgenni o Drellyn i gartref yr ellyll ar hyd afon y goedwig. Yn aml byddent yn cael eu rhwymo gyda'i gilydd i greu rafftiau mawr a'u gwthio neu eu rhwyfo i fyny'r afon; ar brydau eraill byddent yn cael eu llwytho ar gychod gwastad.

Wedi gwagio'r casgenni'n byddai'r ellyll yn eu taflu drwy'r trapddorau ac yn agor y glwyd, a byddai'r casgenni wedyn yn arnofio ar hyd yr afon gan siglo i fyny ac i lawr wrth i'r cerrynt eu cludo i le'n agos at ymyl ddwyreiniol y Gwyllgoed lle'r oedd yna ddarn o dir yn ymestyn i'r afon. Yno byddent yn cael eu casglu a'u clymu at ei gilydd er mwyn eu harnofio yn ôl i Drellyn, nad oedd yn bell o'r aber lle'r oedd afon y goedwig yn ymuno â'r Llyn Hir.

Eisteddodd Bilbo i ystyried y glwyd hon am amser hir, gan dybio a fyddai modd i'w ffrindiau ddianc drwyddi. O'r diwedd, eginodd gynllun mentrus yn ei feddwl.

Roedd y carcharorion newydd dderbyn eu pryd gyda'r hwyr. Gadawodd eu gwarchodwyr gan fynd â golau'r ffaglau gyda nhw a gadael popeth yn dywyll. Yna clywodd Bilbo fwtler y brenin yn dymuno nos da i bennaeth y gwarchodwyr.

"Nawr dewch gyda fi," meddai, "i flasu'r gwin newydd sydd newydd gyrraedd. Byddaf yn brysur heno'n clirio'r pren gwag o'r seler, felly gadewch i ni yfed diod yn gyntaf er mwyn gwneud y gwaith yn haws."

"Da iawn," chwarddodd y prif warchodwr. "Cymeraf innau ddiferyn gyda chi i gael gweld os yw'n addas ar gyfer bwrdd y brenin. Mae yna wledd heno, ac ni fydd unrhyw hen stwff yn gwneud y tro!"

Wrth glywed hyn dechreuodd galon Bilbo garlamu. Gwelodd fod ganddo lwc a mai dyma'r cyfle i roi ei gynllun mentrus ar waith ar unwaith. Dilynodd y ddau ellyllyn at seler fach lle eisteddent wrth fwrdd ag arno ddwy fflagen fawr. Cyn bo hir roeddynt yn yfed ac yn chwerthin yn llawen. Bu Bilbo yn eithriadol o lwcus wedyn. Rhaid wrth win cryf iawn i wneud i ellyllyn deimlo'n flinedig, ond debyg mai o gynhaeaf meddwol gerddi mawr Dorwinion oedd y gwin hwn. Roedd wedi'i fwriadu ar gyfer gwledd y brenin yn unig, nid ei weision na'i filwyr, ac ar gyfer powlenni bychain yn hytrach na fflagenni mawr y bwtler.

Cyn bo hir dechreuodd y prif warchodwr bendwmpian, ac wedyn gorwedd ei ben ar y bwrdd a mynd i gysgu. Parhaodd y bwtler i siarad a chwerthin wrth ei hunan am gyfnod fel petai heb sylwi, ond cyn pen dim roedd ef yn pendwmpian hefyd, ac wedyn gorweddodd i lawr wrth ochr ei gyfaill a dechrau chwyrnu. Sleifiodd yr hobyd i mewn i'r ystafell. Ymhen dim roedd wedi dwyn allweddi'r prif warchodwr ac roedd Bilbo'n rhedeg nerth ei draed ar hyd y twneli i gyfeiriad y celloedd. Roedd yr allweddi niferus yn drwm iawn, ac er gwaetha'i fodrwy roedd ar bigau'r drain gan na allai rwystro'r allweddi rhag tincial a chloncian bob hyn a hyn. Crynai mewn ofn.

Drws Balin oedd y cyntaf iddo'i agor, a chyn gynted i'r corrach ddod allan aeth ati i gloi'r drws yn ofalus unwaith eto. Roedd Balin wedi'i synnu'n fawr, fel y gallwch ddychmygu; ond er mor falch oedd o ddianc yr ystafell fach ddiflas o garreg roedd arno eisiau aros a gofyn cwestiynau, a gwybod beth oedd Bilbo'n ei wneud, a phob dim felly.

"Does dim amser!" meddai'r hobyd. "Dilyn di fi! Rhaid i ni gadw gyda'n gilydd a pheidio cael ein gwahanu. Rhaid i bob un ohonom ni ddianc neu dim un, a dyma'n cyfle olaf. Pwy a ŵyr ble fydd y brenin yn eich rhoi chi nesaf os cawn ni ein dal, a bydd cadwyni ar eich dwylo a'ch traed hefyd mwy na thebyg. Paid ddadlau, da ti!"

Yna aeth o ddrws i ddrws nes bod deuddeg o gorachod yn ei ddilyn—dim un ohonynt yn rhy sionc ar ôl ei garchariad hir yn y tywyllwch. Curodd calon Bilbo'n gyflymach bob tro i un ohonynt gerdded i mewn i un arall neu rochian neu sibrwd yn y tywyllwch. "Go daria'r holl dwrw corachaidd hwn!" meddai wrth ei hunan. Ond aeth pob dim yn iawn, a ni ddaethant ar draws yr un gwarchodwr. Fel mae'n digwydd roedd yna wledd fawr i ddathlu'r hydref yn y goedwig y noson honno, ac yn y neuaddau uwchben. Roedd bron i bob un ellyllyn wrthi'n dathlu ac yn mwynhau.

O'r diwedd, ar ôl llawer o faglu, dyma nhw'n cyrraedd dwnsiwn Thorin, mewn man dwfn iawn oedd, wrth lwc, yn agos i'r selerau.

"Ar fy ngair!" meddai Thorin, pan sibrydodd Bilbo wrtho i ddod allan i ymuno â'i gyfeillion. "Roedd Gandalff yn dweud y gwir, fel bob tro! Rwyt ti'n lleidr llawn ddigon da pan fo angen, debyg. Beth bynnag sy'n digwydd o hyn ymlaen, mae dyled arnom ni i chi am byth, mae'n siŵr. Ond beth nawr?"

Gwyddai Bilbo ei bod hi'n bryd iddo esbonio'i gynllun, mor bell ag y gallai, ond nid oedd yn siŵr o gwbl sut fyddai'r corachod yn ymateb. Roedd yn iawn i boeni, gan nad oeddynt yn hoff o gwbl o'r syniad, ac er gwaetha'r perygl dechreuon nhw gwyno'n uchel.

"Cawn ni ein cleisio a'n colbio'n ddarnau mân, a'n boddi hefyd, mae'n siŵr!" meddent. "Roeddem ni'n meddwl bod gen ti ryw syniad synhwyrol pan lwyddaist ti i gael gafael ar yr allweddi. Syniad gwallgof yw hyn!"

"Iawn felly!" meddai Bilbo'n ddigalon, a braidd yn flin hefyd. "Fe awn ni'n ôl i'ch celloedd clyd a chynnes, ac mi wna i'ch cloi chi i mewn unwaith eto, ac fe gewch chi eistedd yno'n gyfforddus a meddwl am gynllun gwell—er debyg na fydd modd i mi gael gafael ar yr allweddi eto, hyd yn oed os byth y daw awydd drosof i roi cynnig arall arni."

Roedd hynny'n ormod iddynt, ac fe beidiodd y cwyno. Yn y diwedd wrth gwrs bu rhaid gwneud yn union fel yr oedd Bilbo'n awgrymu, achos roedd hi'n amlwg mai amhosib fyddai iddynt gyrraedd y neuaddau uwch, neu ymladd eu ffordd drwy'r gatiau oedd wedi'u cloi gyda swynion. Da i ddim chwaith fyddai eistedd yn y twnnel yn cwyno nes cael eu dal unwaith eto. Gan ddilyn yr hobyd felly, sleifiodd y corachod i lawr i'r selerau isel. Wrth fynd heibio i ddrws gwelsant y prif warchodwr a'r bwtler yn chwyrnu'n hapus ac yn gwenu'n braf. Byddai golwg gwahanol iawn ar wyneb y prif wyliwr y diwrnod wedyn, er i Bilbo fod mor garedig â sleifio mewn a ddychwelyd yr allweddi i'w wregys cyn iddynt fynd yn eu blaenau.

"Bydd hynny'n arbed rhyw faint o'r drafferth sy'n aros amdano," meddai Mr. Baglan i'w hunan. "Doedd e ddim yn ŵr drwg, ac yn ddigon clên i'r carcharorion. Bydd hi'n ddryswch mawr iddynt hefyd. Debyg y gwnân nhw gredu bod yna ryw swyn cryf iawn gennym i ni allu mynd drwy'r holl ddrysau, a diflannu. Diflannu! Rhaid brysio, os ydyn ni am i hynny ddigwydd!"

Arhosodd Balin i wylio'r gwarchodwr a'r bwtler ac i rybuddio'r lleill pe bai un ohonynt yn symud. Aeth y lleill i'r seler cyfagos, lle'r oedd y trapddorau. Doedd dim amser i'w golli. Gwyddai Bilbo fod nifer o ellyll dan orchymyn i ddod yno'n fuan er mwyn cynorthwyo'r bwtler i wthio'r casgenni gweigion drwy'r drysau ac i'r dŵr islaw. A dweud y gwir roedd y rheiny'n sefyll mewn rhes yn barod, yn aros i gael eu gwthio. Casgenni gwin oedd rhai ohonynt, ac ni fyddai'r rhain o ddefnydd mawr iddynt gan mor anodd fyddai eu hagor yn ddistaw, heb sôn am eu cau eto wedyn. Ond yn eu plith hefyd roedd nifer o gasgenni eraill oedd wedi cynnwys pethau megis menyn, afalau, a phob math o bethau eraill at balas y brenin.

Yn fuan cawsant hyd i dair ar ddeg ohonynt oedd â digon o le i gorrach ym mhob un. A dweud y gwir roedd rhai ohonynt yn rhy fawr, ac wrth iddynt ddringo i mewn dechreuodd y corachod bryderu am yr ysgwyd a'r cnocio oedd yn eu haros, er i Bilbo wneud ei orau i gael hyd i wellt a phethau eraill i'w pacio mor gyfforddus â phosib yn yr ychydig amser oedd ar gael. O'r diwedd, roedd deuddeg o'r corachod yn y casgenni. Roedd Thorin wedi rhoi cryn drafferth iddynt wrth iddo wingo a throi yn ei gasgen, yn grwgnach fel ci mawr mewn cwt bach. Gwnaeth Balin, sef yr olaf, bob math o ffwdan ynghylch y tyllau roedd eu hangen arno i anadlu, a dechreuodd gwyno'i fod yn rhy boeth hyd yn oed cyn cau'r caead. Roedd Bilbo wedi gwneud hynny a allai i lenwi unrhyw dyllau yn ochrau'r casgenni, ac i osod y caeadau mor gadarn ag yr oedd modd gwneud, a bellach roedd ar ei ben ei hunan unwaith eto'n rhedeg o gwmpas yn gwirio'r pacio am y tro olaf, ac yn gobeithio y byddai'i gynllun yn llwyddo er gwaethaf popeth.

Gorffennodd mewn union bryd. Munud neu ddau wedi iddo osod caead Balin daeth sŵn lleisiau a golau ffaglau. Daeth nifer o ellyll i mewn dan chwerthin, siarad a chanu pytiau o ganeuon. Roeddynt newydd ddod o wledd ragorol mewn un o'r neuaddau uchod, ac roedd arnynt eisiau dychwelyd iddi cyn gynted â phosib.

"Ble mae'r hen Galion, y bwtler?" gofynnodd un ohonynt. "Gwelais i mohono wrth y bwrdd heno. Dyle fe fod yma i ddangos i ni beth i'w wneud."

"Byddaf i'n flin os bydd yr hen falwoden yn hwyr," meddai un arall. "Does arna i ddim eisiau gwastraffu amser yma ar ganol yr holl ganu!"

"Ha, ha!" galwodd un ohonynt. "Dyma'r hen ddihiryn, â'i ben ar y bwrdd! Mae wedi bod yn cael gwledd fach i'w hunan gyda'i gyfaill, y capten."

"Siglwch e! Deffrwch e!" gwaeddodd y lleill yn ddiamynedd.

Nid oedd Galion yn fodlon o gwbl ar gael ei siglo na'i ddeffro, ac yn fwy anfodlon byth bod rhywrai'n chwerthin am ei ben. "Rydych chi i gyd yn hwyr," cwynodd. "Dyma fi'n aros ac yn aros, a chithau'n yfed a mwynhau ac yn anghofio'ch dyletswyddau. Does dim syndod 'mod i'n blino ac yn cwympo i gysgu!"

"Dim syndod," meddai'r lleill, "pan fo'r esboniad yn y jwg gerllaw! Rhowch flas i ni o'ch dracht cysgu cyn i ni ddechrau arni! Does dim angen deffro'r gwarchodwr arall 'na. Mae wedi cael ei ddogn yn barod, ar yr olwg."

Cafodd pawb flas o'r gwin a chyn pen dim roedd y criw yn llawen iawn. Ond ni chollon bob rheswm. "Rhad arnom, Galion!" meddai rhai ohonynt, "dechreuaist dy wledda'n gynnar, ac rwyt ti wedi ddrysu! Debyg dy fod di wedi gosod casgenni llawn yma'n lle rhai gweigion, â hwythau mor drwm!"

"Ymlaen â'ch gwaith!" chwyrnodd y bwtler. "Mae breichiau diogyn yn cael popeth yn drwm. Y rhain sydd i fynd, ac nid unrhyw rai eraill. Gwnewch fel rwy'n dweud!"

"Iawn, iawn," meddai'r ellyll wrth rolio'r casgenni tuag at yr agoriad. "Dy fai di fydd hi felly, os gaiff casgenni'n llond o fenyn y brenin a'i win gorau eu gwthio i'r afon, i wŷr y Llyn gael gwledd am ddim!"

> *Gwthio, rholio, hyrddio!*
> *Trwy'r drysau gwnânt eu hanfon;*
> *Cwympo, glanio, shlasio,*
> *I ganol llif yr afon!*

Hon oedd cân yr ellyll wrth iddynt wthio un gasgen ac wedyn un arall i'r agoriad tywyll a thrwyddo i'r dŵr oer ychydig droedfeddi islaw. Roedd rhai o'r casgenni'n wag, wrth gwrs, a chorrach wedi'i bacio'n ofalus yn y lleill; ond i lawr â nhw i gyd fesul un i wrthdaro a chlatsio a glanio ar ben y rhai oedd yn yr afon eisoes, a tharo'r dŵr yn galed, a bwrw yn erbyn ochrau'r twnnel neu wrthdaro yn erbyn ei gilydd, ac arnofio i lawr yr afon gyda'r cerrynt.

Yr eiliad honno sylweddolodd Bilbo'n sydyn ar y gwendid yn ei gynllun. Mwy na thebyg fe'i welsoch chi e gryn amser yn ôl, ac rydych chi wedi bod yn chwerthin am ben Bilbo, ond heriaf na fyddwch chithau wedi gwneud hanner cystal eich hunan. Wrth gwrs, nid oedd ef ei hun mewn casgen, a hyd yn oed pe bai un gerllaw iddo neidio i mewn iddi, doedd neb ar ôl i'w bacio! Edrychai'n sicr y byddai'n colli ei ffrindiau'r tro hwn (roedd bron pob un ohonynt eisoes wedi diflannu drwy'r trapddorau tywyll), wedi ei adael ar ôl ac yn gorfod aros yn lleidr parhaol yn ogofeydd yr ellyll am weddill ei oes. Hyd yn oed pe bai'n gallu dianc drwy'r prif gatiau ar unwaith, roedd yn annhebyg iawn y byddai'n gallu cael hyd i'r corachod eto. Doedd dim syniad ganddo sut i gyrraedd y man lle casglwyd y casgenni drwy'r goedwig. Poenai hefyd am beth fyddai'n digwydd i'r corachod hebddo, gan nad oedd wedi cael cyfle i rannu'r holl bethau roedd wedi'u dysgu na'r hyn roedd wedi bwriadu'i wneud ar ôl iddynt ddianc o'r goedwig.

Wrth i'r meddyliau hyn fynd drwy ei feddwl, dechreuodd yr ellyll chwil o amgylch y trapddorau ganu cân. Roedd rhai eisoes wedi mynd i dynnu ar y rhaffau oedd yn codi'r porthcwlis er mwyn gadael y casgenni allan unwaith eu bod i gyd yn yr afon.

Nofiwch, gyda'r nentydd cudd
I'r wlad fu i chi'n gyfarwydd!
Gadewch neuadd, gadewch dŷ
Gadewch fryniau uchel fry
Lle mae'r goedwig lydan lwyd
Yn taenu ei gerwin nwyd!

Nofiwch heibio byd y coed
I'r awel braf yn ddi-oed,
Heibio'r rhedyn, heibio'r brwyn
Heibio'r gors, ei mawn a'i llwyn,
Drwy'r niwl gwyn sy'n codi'n oer
O bwll a mignen gyda'r hwyr!
Ewch ar ôl y sêr a hed
I fyny hyd at nen eich cred.
Pan welwch dywod gyda'r wawr,
Trowch at wlad â thecach sawr.
Tua'r de! A thua'r de!
Tua'r heulwen, â'r bore,
Nôl at borfeydd, nôl at fedd,
Nôl i'r man lle gewch gael hedd,
Nôl at gerddi hardd ar fryn
Lle tyfa'r aeron coch a gwyn
Tua'r haf a'r heulwen gref;
Tua'r de! A thua'r de!
Nofiwch, gyda'r nentydd cudd
I'r wlad fu i chi'n gyfarwydd!

Nawr roedd y gasgen olaf un yn cael ei rholio tua'r drysau! Mewn braw, a heb wybod beth arall i'w wneud, gafaelodd Bilbo druan ynddi a'i dilyn dros y dibyn. I lawr i'r dŵr ag ef, splash! Glaniodd yn y dŵr oer tywyll â'r gasgen ar ei ben.

Daeth i'r wyneb eto gan boeri a diferu, ac yn gafael yn y gasgen fel llygoden fawr, ond er gwaethaf pob ymdrech ni allai ddringo arni. Pob tro iddo geisio gwneud hynny rholiodd y gasgen a'i wthio'n ôl i'r dŵr. Un gwag oedd hi, ac arnofiai fel corcyn. Er bod ei glustiau'n llawn dŵr, gallai glywed yr ellyll yn dal i ganu yn y seler uwchben. Wedyn caeodd y trapddorau'n sydyn gyda chlec, a diflannodd y lleisiau. Roedd Bilbo mewn twnnel tywyll, yn arnofio mewn dŵr rhewllyd, ar ei ben ei hun (dydy ffrindiau wedi'u pacio mewn casgenni'n fawr o gwmni).

Cyn bo hir ymddangosodd ychydig o oleuni llwyd yn y tywyllwch o'i flaen. Clywodd sŵn y glwyd yn agor, ac roedd ar ganol llwyth o gasgenni'n dowcio ac yn taro yn

182

erbyn ei gilydd, yn gwthio'i gilydd trwy'r agoriad ac allan i'r awyr agored. Bu'r ymdrech i osgoi cael ei falu'n ddarnau mân bron iawn yn drech nag ef, ond o'r diwedd dechreuodd y casgenni ymwahanu ac arnofio ymaith fesul un drwy'r glwyd. Gwelodd na fyddai wedi bod yn fawr o help hyd yn oed pe bai wedi llwyddo i aros ar ben ei gasgen, oherwydd nad oedd digon o le i hobyd hyd yn oed rhwng y gasgen a'r nenfwd, a ddaethai lawr at y dŵr yn sydyn yn y man lle'r oedd y glwyd.

Allan â nhw dan ganghennau'r coed a dyfai ar naill ochr yr afon a'r llall. Tybed sut olwg oedd ar y corachod, meddyliodd Bilbo, a faint o ddŵr oedd yn gollwng i mewn i'w casgenni? Roedd rhai'n agos iddo'n arnofio'n isel iawn yn y dŵr, a chymrodd mai yn y rhain roedd y corachod.

"Gobeithio'n wir i mi osod y caeadau'n ddigon tynn!" meddyliodd, ond cyn bo hir roedd yn poeni llawer gormod am ei hunan i feddwl am y corachod. Llwyddodd i gadw'i ben uwchben y dŵr, ond roedd yn crynu gyda'r oerfel. Tybed a fyddai'r oerfel yn ei ladd cyn i'w lwc droi? Faint yn fwy byddai'n rhaid iddo ddal ymlaen? Ai doeth fyddai gollwng gafael ar y gasgen a mentro nofio i'r lan?

Cyn bo hir dychwelodd ei lwc. Roedd y cerrynt wedi cludo nifer o gasgenni'n agos i'r lan, ac yno'r oeddynt yn aros, wedi'u dal am gyfnod gan ryw wreiddyn dan y dŵr. Tra bod ei gasgen wedi'i dal yn llonydd yn erbyn un arall achubodd Bilbo'i gyfle i ddringo ar ei phen fel llygoden fawr wedi'i hanner boddi, a gorweddai ar ei hyd ar ben y gasgen er mwyn cadw'r cytbwysedd orau y gallai. Roedd awel y gwynt yn oer, ond yn well na'r dŵr, a gobeithiai na fyddai'n cael ei daflu'n ôl iddo wedi iddynt ddechrau unwaith eto.

Yn digon buan torrodd y casgenni o afael y gwreiddyn, ac i ffwrdd â nhw i lawr yr afon, gan droelli. Yn union fel yr oedd wedi disgwyl cafodd Bilbo drafferth fawr i aros ar ben ei gasgen, ond llwyddodd rywsut, er ei fod yn llwyr anghyfforddus. Roedd Bilbo'n ysgafn iawn, yn ffodus, a'i gasgen yn fawr iawn, a chan ei bod yn dyllog braidd roedd rhywfaint o ddŵr wedi treiddio iddi ac yn helpu ei chadw'n sefydlog. Serch hynny roedd y profiad fel ceisio marchogaeth ebol grwn â'i bryd ar rolio ar y glaswellt, heb ffrwyn na gwarthol.

O'r diwedd felly daeth Mr. Baglan at ddarn o'r afon lle'r oedd llai o goed ar y glannau. Gallai weld yr awyr gwelw rhyngddynt. Yn sydyn aeth yr afon dywyll yn llydan, wrth iddi ymuno â phrif lif Afon y Goedwig a lifai'n frysiog o gyfeiriad drysau mawr y brenin. Roedd lliain o ddŵr ar ganol yr afon heb gysgod o gwbl arno bellach, ac yno dawnsiai adlewyrchiad toredig y cymylau a'r sêr ar wyneb disglair y dŵr aflonydd. Wedyn cludodd ruthr y dŵr yr holl gasgenni i'r lan ogleddol, lle'r oedd yr afon wedi ffurfio bae llydan â thraeth o gerrig mân, â phenrhyn o glogwyni caled ym mhen nwyreiniol y traeth. Daeth mwyafrif y casgenni i orffwyso ar yno, er daeth ambell un i aros yn erbyn y clogwyn, yn dal i arnofio.

Roedd rhywrai'n gwylio am y casgenni ar lannau'r afon. Gyda pholion hir fe'u gwthiwyd i'r traeth yn gyflym, ac wedi eu cyfri rhwymwyd y casgenni at ei gilydd a'u gadael tan y bore canlynol. Druan o'r corachod! Ond nid oedd Bilbo'i hun mor druenus bellach. Llithrodd oddi ar ei gasgen i gerdded drwy'r dŵr at y lan, cyn sleifio'n ofalus at gasgliad o gytiau y gallai eu gweld wrth ochr yr afon. Oherwydd iddo orfod gwneud gyhyd roedd wedi hen arfer â dwyn ei swper heb wahoddiad, a gwyddai'n iawn bellach beth oedd newyn go iawn, yn lle diddordeb cwrtais mewn danteithion pantri llawn. Gwelodd dân rhwng y coed hefyd, ac roedd i hwnnw ei apêl: glynai ei ddillad gwlyb a charpiog wrth ei groen, yn oer a llaith.

Nid oes angen dweud gormod am ei anturiaethau'r noson honno, gan ein bod ni bellach yn agosáu at ddiwedd y daith i'r dwyrain ac yn dod at yr antur olaf, a'r mwyaf oll; felly rhaid symud yn ein blaenau. Â chymorth ei fodrwy hud, wrth gwrs, cafodd gryn lwyddiant i ddechrau, ond fe'i bradychwyd gan olion gwlyb ei draed a'r diferion y gadawodd ym mhobman iddo fynd neu aros; dechreuodd snwffian hefyd, a bob tro iddo geisio cuddio cafwyd hyd iddo drwy sŵn ei ymdrechion i beidio tisian.

Cyn bo hir roedd cynnwrf mawr yn y pentref bach wrth lannau'r afon, ond dihangodd Bilbo i gysgod y coed gyda thorth o fara, potel lledr yn llawn gwin a phei nad oeddynt yn eiddo iddo. Bu'n rhaid iddo dreulio gweddill y noswaith yn wlyb ac ymhell o unrhyw dân, ond roedd y gwin yn gymorth iddo o ran hynny, ac er bod y flwyddyn yn dirwyn i ben a'r awyr yn oer cafodd rywfaint o gwsg ar ben pentwr o ddail sych.

Ddeffrodd gyda thisiad arbennig o swnllyd. Roedd hi'n fore llwyd, ac roedd twrw mawr i lawr ar lannau'r afon. Roedd y casgenni'n cael eu rhwymo at ei gilydd i greu rafft, a chyn bo hir byddai'r ellyll yn ei wthio i lawr yr afon at Drellyn. Nid oedd Bilbo'n diferu bellach ond serch hynny teimlai'n oer i gyd. Rhuthrodd i'r afon nerth ei goesau stiff, a diolch i'r prysurdeb cyffredinol llwyddodd o fewn union bryd i ddringo ar ben y rafft heb i neb sylwi arno. Yn ffodus doedd dim haul i daflu cysgod anghyfleus, ac yn ffodus hefyd ni thisiodd am gryn amser chwaith.

Gwaith caled oedd gwthio'r polion, a bu rhaid i'r ellyll yn y dŵr bas wthio'n galed hefyd. Wrth iddynt ddechrau arnofio gwichiodd y casgenni, oedd bellach i gyd wedi'u rhwymo gyda'i gilydd.

"Dyma lwyth trwm!" cwynodd rai. "Maen nhw'n rhy ddwfn yn y dŵr—does bosib bod rhai o'r rhain yn wag. Pe baen nhw wedi'n cyrraedd yng ngolau'r dydd, gallent fod wedi edrych y tu mewn iddynt."

"Dim amser nawr!" meddai arweinydd y rafft. "I ffwrdd â ni!"

Ac i ffwrdd â nhw o'r diwedd, yn araf i ddechrau, nes iddynt fynd heibio'r penrhyn lle'r oedd ellyll eraill yn aros i'w gwthio ymaith â pholion unwaith eto, cyn cyflymu o hyd wrth gael eu dal ym mhrif gerrynt yr afon, ac arnofio ymaith i lawr, lawr i gyfeiriad y llyn.

Roeddynt wedi dianc dwnsiwn y brenin ac wedi gadael y goedwig ar eu holau o'r diwedd, ond yn fyw neu'n farw? Cawn weld.

Pennod X

CROESO CYNNES

Aeth y diwrnod yn gynyddol oleuach a chynhesach
wrth iddynt ddilyn trywydd yr afon. Wedi ychydig
daethant at glamp o glogwyn serth yn ymestyn i'r afon o'r
lan ar y chwith, gan orfodi'r dŵr i lifo o'i gwmpas. Wrth
iddi wneud hyn, aethai ochrau'r afon yn fwy gwastad, a
daethant at ddiwedd y coed hefyd. Ac am olygfa a welodd
Bilbo wedyn!

Roedd y wlad o'i flaen yn agored, â dŵr yr afon yn
ymwahanu'n gant o nentydd bychain yn crwydro i bob
cyfeiriad, rhai ohonynt yn terfynu mewn corsydd neu
byllau'n frith o ynysoedd bychain; roedd prif lif yr afon yn
parhau'n gryf drwy'r canol serch hynny. Yno ar y gorwel
pell, ei chopa tywyll yn rhwygo'i ffordd drwy gwmwl,
oedd y Mynydd! Nid oedd modd gweld ei gymdogion
agosaf i'r gogledd-ddwyrain, na'r tir tonnog oedd yn eu
cysylltu. Safai'r mynydd uwchben y wlad o'i gwmpas ar ei
ben ei hun yn llwyr, yn syllu dros y corsydd tua'r goedwig.
Y Mynydd Unig! Roedd Bilbo wedi teithio'n bell a thrwy
bob math o anturiaethau i'w weld, ond nid oedd yn hoff
o'i olwg o gwbl.

Gan wrando ar sgwrsio'r rafftwyr, a cheisio cysylltu'r
darnau bychain o wybodaeth a gafodd ganddynt at ei
gilydd, sylweddolodd mai ffodus iawn oedd iddo allu
gweld y mynydd o gwbl, hyd yn oed o'r pellter hwn. Er
gwaetha diflastod ei garchariad ac annifyrrwch ei sefyllfa
bresennol (heb sôn am y corachod druain oddi tanodd),
buodd yn fwy ffodus fyth na'r oedd wedi dyfalu. Testun

Trellyn

trafodaeth y rafftwyr oedd masnach yr afon a'r cynnydd a
fu ynddi ers i'r ffyrdd o'r dwyrain tua'r Gwyllgoed
ddiflannu neu fynd yn segur, a'r cecru parhaus rhwng
dynion y Llyn Hir ac Ellyll y Coed ynghylch pwy oedd yn
gyfrifol am gynnal Afon y Goedwig a'i glannau. Roedd y
wlad honno wedi newid yn sylweddol ers yr adeg pan fu
corachod yn byw yn y Mynydd, oes nad oedd bellach yn
fwy na thraddodiad annelwig yng nghof y mwyafrif.
Roedd y wlad wedi newid dros y blynyddoedd diweddar
hefyd, ers y tro diwethaf i Gandalff glywed newyddion
amdani. Roedd glaw mawr a llifogydd wedi chwyddo'r
dyfroedd a lifai tua'r dwyrain, a chawsant ambell
ddaeargryn hefyd (y Ddraig oedd yn gyfrifol am y rhain
yn ôl rhai, a fyddai'n cyfeirio ato fel arfer â melltith a
golwg ofergoelus i gyfeiriad y Mynydd). Roedd y corsydd
a'r mignedd wedi ymledu i'r naill ochr a'r llall, ac yn
gwneud o hyd. Roedd llwybrau wedi diflannu, ac ambell
farchog neu deithiwr hefyd wrth chwilio am yr hen ffyrdd
a fu'n eu croesi gynt. Roedd yr ellyllyn-lwybr y bu'r
corachod yn ei ddilyn drwy'r goedwig (yn unol â chyngor
Beorn) bellach yn gorffen mewn man amwys ac
anghysbell ar ymyl ddwyreiniol y goedwig, ac nid oedd
bron neb yn ei ddefnyddio nawr. Bellach felly, yr afon
oedd yr unig lwybr diogel o gyrion gogleddol y Gwyllgoed
i'r gwastatiroedd tu hwnt, yng nghysgod y Mynydd. Ac
wrth gwrs, roedd brenin Ellyll y Coed yn gwylio'r afon.

Felly, fel y gwelwch chi, roedd Bilbo wedi cael hyd i'r
unig lwybr da drwy'r goedwig wedi'r cyfan. Wrth iddo
eistedd ar ben y casgenni dan grynu mewn oerfel, efallai
byddai wedi bod yn gysur i Mr. Baglan wybod bod y
newyddion hyn wedi cyrraedd Gandalff, ac yn ei boeni'n
fawr. Roedd bellach yn prysuro i orffen ei fusnes arall
(nad yw'n rhan o'r hanes hwn) ac yn paratoi i ddod i
chwilio am Thorin a'i gwmni. Ond ni wyddai Bilbo hynny.

Y cwbl a wyddai oedd bod yr afon fel petai'n mynd
ymlaen ac ymlaen am byth, ei fod yn llwgu, bod ganddo
annwyd dychrynllyd yn ei drwyn, ac nad oedd yn rhy hoff
bod y Mynydd fel petai'n gwgu arno'n fygythiol wrth iddo

agosáu. Ar ôl ychydig, fodd bynnag, trodd yr afon tua'r de ac ymbellhau o'r Mynydd unwaith eto. O'r diwedd, â'r prynhawn yn dirwyn i ben, trodd glannau'r afon yn graig unwaith eto, ac ymgasglodd ei holl nentydd crwydrol at ei gilydd i ruthro ymlaen mewn llif dwfn a chyflym, â hwythau'n arnofio'n gyflym yn eu blaenau ar ei ben.

Roedd yr haul wedi machlud pan drodd yr afon tua'r dwyrain eto wrth gyrraedd y Llyn Hir. Roedd clogwyni tal ar naill ochr yr aber llydan a'r llall, â thraethau o gerrig mân wrth eu traed. Y Llyn Hir! Doedd Bilbo erioed wedi dychmygu y gallai dŵr nad oedd yn fôr edrych mor fawr. Roedd mor llydan fel prin y gallai gweld ochr draw'r llyn, ond roedd mor hir fel na allai weld ei ben gogleddol o gwbl. Cyfeiriad y Mynydd oedd hwnnw, a dim ond gan iddo weld y map o'r blaen y gwyddai Bilbo mai yno, lle'r oedd sêr y Wagen eisoes yn disgleirio, y llifai'r Afon Ebrwydd i'r llyn. Ynghyd ag Afon y Goedwig, llenwai'r Afon Ebrwydd yr hyn a fu unwaith yn gwm llydan, dwfn. Llifai'r dyfroedd allan ohono unwaith eto dros raeadrau uchel ym mhen deheuol y llyn, i lifo ymaith wedyn drwy wledydd anhysbys. Gallai Bilbo glywed rhuo pell y rhaeadrau yn llonyddwch yr hwyr.

Heb fod yn bell o aber Afon y Goedwig oedd y dref ryfedd honno y clywsai'r ellyll yn sôn amdani yn selerau'r brenin. Roedd ambell i gwt ac adeilad ar y lan, ond nid yno oedd y dref ond yn hytrach ar wyneb y llyn ei hun, wedi'i amddiffyn rhag tymestl yr afon gan benrhyn o graig yn ffurfio bae tawel. Roedd pont fawr o bren yn arwain at dref brysur wedi'i hadeiladu ar nifer o bolion enfawr o bren y Gwyllgoed. Nid ellyll a drigai yn y dref honno ond Dynion, yn mentro byw o hyd yng nghysgod mynydd y Ddraig. Roeddynt yn gymharol ffyniannus serch hynny oherwydd y fasnach ar yr afon tua'r de: rhaid oedd cludo'r nwyddau i'r dref heibio'r rhaeadrau ar gerti. Yn yr hen ddyddiau fodd bynnag, pan oedd teyrnas Dyffryn yn y gogledd yn gyfoethog ac ar ei hanterth, roedd Trellyn hefyd yn gefnog ac yn bwerus, a chanddi lynges o gychod ar y dŵr, rhai'n llawn aur ac eraill â milwyr arfog. Bu rhyfeloedd a champau lu yr adeg honno nad oeddynt bellach yn ddim ond chwedlau, ac mewn cyfnodau sych, pan oedd y dŵr yn isel, roedd modd gweld olion pydredig tref llawer mwy ar lan y llyn.

Ychydig, fodd bynnag, y cofiai dynion am hynny i gyd, er bod rhai'n canu hen ganeuon o hyd am frenhinoedd corachod y Mynydd, Thrór a Thráin o dras Durin, dyfodiad y Ddraig, a thynged arglwyddi Dyffryn. Roedd rhai'n dal i broffwydo y byddai Thrór a Thráin yn dychwelyd, ac y byddai'r aur wedyn yn llifo fel afon drwy gatiau'r Mynydd, a'r holl wlad yn llenwi o'r newydd â chaneuon a chwerthin. Fodd bynnag, ni ddylanwadai'r chwedl braf hon rhyw lawer ar fusnes beunyddiol y dref.

Cyn gynted i'r rafft o gasgenni ymddangos daeth cychod draw o'r dref i'w cyfarfod, a chyfarchwyd y rafftwyr gan leisiau lawer. Taflwyd rhaffau a thynnwyd ar rwyfau, ac yn fuan iawn tynnwyd y rafft allan o gerrynt Afon y Goedwig a draw heibio'r penrhyn i fae bach Trellyn. Yno fe'i clymwyd wrth y lan, heb fod ymhell o'r bont fawr i'r dref. Cyn bo hir byddai dynion yn cyrraedd o'r De i gludo rhai o'r casgenni ymaith, ac i lenwi eraill â'r nwyddau yr oeddynt wedi'u cludo yno i'w hanfon yn ôl ar yr afon i gartref yr ellyll. Yn y cyfamser, aeth yr ellyll a'r dynion draw i Drellyn i wledda, gan adael y casgenni.

Byddent wedi synnu'n fawr pe baent wedi aros a gweld yr hyn ddigwyddodd ar lan y llyn wedyn, ar ôl iddynt adael ac wedi iddi nosi. Torrodd Bilbo gasgen yn rhydd, ei gwthio i'r lan a'i hagor. Daeth griddfan o'r tu mewn, ac allan ohoni daeth corrach truenus. Roedd ei farf blêr yn llawn gwellt gwlyb; roedd mor stiff a dolurus, ac wedi'i fwrw a'i friwio cymaint, fel prin oedd yn gallu sefyll. Baglodd drwy'r dŵr bas i orwedd a griddfan ar y traeth. Roedd golwg newynog, wyllt arno, fel ci wedi'i glymu mewn cwt a'i anghofio am wythnos. Thorin oedd y corrach, ond dim ond o'i gadwyn aur oedd modd gweld hynny, a lliw glas ei gwfl â'i dasel arian, oedd bellach yn fudr a charpiog. Aeth cryn amser heibio cyn iddo allu siarad â'r hobyd yn wrtais.

"Wel, wyt ti'n fyw neu'n farw?" gofynnodd Bilbo'n anniddig. Hwyrach ei fod wedi anghofio iddo gael o leiaf un pryd da o fwyd yn fwy na'r corachod, a'i fod wedi gallu defnyddio'i freichiau a'i goesau, heb sôn am gael llawer mwy o awyr iach. "Wyt ti yn y carchar o hyd, neu wyt ti'n rhydd? Os wyt ti eisiau bwyd, ac os wyt ti eisiau parhau â'r antur wirion hon—eich antur chi ydy hi wedi'r cyfan, nid fy un i—yna gwell fyddai rhwbio dy freichiau a dy goesau a'm helpu i ryddhau'r lleill, tra bo'r cyfle gennym!"

Gwelodd Thorin y synnwyr yn hynny wrth gwrs, felly ar ôl ychydig yn rhagor o riddfan cododd ar ei draed i gynorthwyo'r hobyd, gorau y gallai. Gorchwyl anodd ac annifyr oedd cael hyd i'r casgenni cywir yn y tywyllwch a'r dŵr oer. Aethant ati i guro eu dyrnau ar y casgenni a galw ar eu cyfeillion, ond cawsant atebion gan ryw chwe chorrach yn unig. Dadbaciwyd y rhain a'u helpu i'r lan, ac yno eisteddant yn griddfan a chwyno: cymaint oedd eu gwlypter a'u poen fel mai anodd iawn oedd eu cael i gydnabod neu werthfawrogi eu rhyddid.

Dwalin a Balin oedd dau o'r mwyaf anfodlon, a gwastraff amser oedd gofyn am gymorth ganddynt. Er eu bod yn sychach a llai briwedig, mynnodd Bifur a Bofur orwedd, gan wrthod gwneud dim. Pan ddaeth Fíli a Kíli allan fodd bynnag roeddynt bron iawn yn gwenu, a dim ond ychydig yn stiff, gydag ambell friw'n unig. Roeddynt yn ifanc (i gorachod), ac wedi cael eu pacio'n fwy taclus mewn casgenni llai, gyda digonedd o wellt o'u hamgylch.

"Gobeithio na fydd yn rhaid i mi arogli'r un afal byth eto!" meddai Fíli. "Roedd fy nghasgen yn llond o'u harogl. Mae arogl afalau o hyd a chithau'n methu symud, yn oer ac yn llwgu, yn ddigon i'ch gyrru'n wallgof. Gallwn i fwyta bron unrhyw beth o gwbl ar hyn o bryd—heblaw afal!"

Â chymorth parod Fíli a Kíli, o'r diwedd cafodd Thorin a Bilbo hyd i weddill y cwmni a'u rhyddhau. Roedd Bombur druan naill ai'n anymwybodol neu'n cysgu; roedd Dori, Nori, Ori, Óin a Glóin wedi'u gwlychu'n llwyr ac fel petaent yn hanner marw; a rhaid oedd eu cario fesul un a'u gosod i orwedd yn ddiymadferth ar y traeth.

"Wel! Dyma ni!" meddai Thorin. "A dylen ni ddiolch i'r drefn, debyg, ac i Mr. Baglan. Yn sicr mae ganddo'r hawl i ddisgwyl ein diolch, er ei bod hi'n edifar gennyf na fu modd iddo drefnu taith fwy cyfforddus. Serch hynny—at eich galwad yn wir, unwaith eto Mr. Baglan. Debyg y dangoswn ni'r diolchgarwch priodol wedi i ni gael cyfle i fwyta ac ymadfer. Yn y cyfamser—beth nesaf?"

"Trellyn, meddwn i," meddai Bilbo. "Beth arall sydd?"

Doedd dim byd arall i'w awgrymu, wrth gwrs, felly gan adael y lleill aeth Thorin, Fíli, Kíli a'r hobyd ar hyd y traeth i gyfeiriad y bont fawr. Roedd dynion wrth ben y bont yn ei gwarchod, ond â hithau'n amser hir iawn ers iddynt angen gwneud hynny mewn gwirionedd nid oeddynt yn gwylio'n rhy ofalus. Heblaw ambell ddadl ynghylch tollau'r afon, roeddent yn gyfeillgar ar y cyfan gydag Ellyll y Coed. Nid oedd unrhyw bobl eraill yn agos; ac roedd rhai o drigolion ifainc y dref yn agored eu hamheuaeth ynghylch bodolaeth y ddraig yn y mynydd, ac yn chwerthin am bennau'r hen ddynion hynny a honnai eu bod wedi'i weld yn hedfan pan oeddent yn ifanc. Â hynny mewn cof, prin oedd syndod felly bod y gwarchodwyr yn yfed ac yn chwerthin o amgylch tân yn eu cwt, a na chlywsant y corachod yn cael eu dadbacio, na'r pedwar yn agosáu. Cawsant fraw ofnadwy pan gamodd Thorin Dariandderw'n ddisymwth drwy'r drws.

Neidiodd y gwarchodwyr i'w traed a gafael yn eu harfau, gan floeddio: "Pwy ydych chi a beth ydych chi eisiau?"

"Thorin fab Thráin fab Thrór, Frenin Dan y Mynydd!" meddai'r corrach mewn llais uchel; ac yn wir, roedd golwg brenin arno er gwaetha'i ddillad a'i gwfl carpiog. Disgleiriai'r aur llachar ar ei wddf a'i wregys, ac roedd ei lygaid yn dywyll ac yn ddwfn. "Rydw i wedi dychwelyd. Mae arnaf eisiau cwrdd â Meistr eich tref."

Achosodd hyn gynnwrf mawr ymysg y gwylwyr. Rhedodd ambell un mwy gwirion allan o'r cwt, fel pe baent yn disgwyl i'r Mynydd droi'n aur yn y nos, ac i holl ddŵr y llyn droi'n felyn yn y fan a'r lle. Camodd y capten yn ei flaen.

"A phwy yw'r rhain?" gofynnodd, gan bwyntio at Fíli, Kíli a Bilbo.

"Meibion merch fy nhad," meddai Thorin, "Fíli a Kíli o dras Durin, a Mr. Baglan, sydd wedi teithio gyda ni o'r Gorllewin."

"Os ydych chi'n dod mewn heddwch, yna gollyngwch eich arfau!" mynnodd y capten.

"Does dim arfau gennym," meddai Thorin, ac roedd hynny'n ddigon gwir. Roedd Ellyll y Coed wedi cymryd eu cyllyll, a'r cleddyf mawr Orcrist hefyd. Roedd gan Bilbo'i gleddyf bach, wedi'i guddio yn ôl ei arfer, ond ni soniodd ddim am hwnnw. Does dim angen arfau arnom ni, sy'n dychwelyd o'r diwedd at ein hetifeddiaeth, fel y proffwydwyd gynt. Beth bynnag, prin y gallwn ymladd yn erbyn cynifer. Ewch â ni gerbron eich meistr!"

"Mae wrthi'n gwledda," meddai'r capten.

"Rheswm arall dros fynd â ni ato fe, felly," meddai Fíli'n fyrbwyll, wedi colli amynedd gyda'r holl ffurfioldeb. "Rydyn ni'n flinedig ac yn newynog wedi'n taith hir, ac mae rhai o'n cyfeillion yn wael. Brysiwch, dyna ddigon ar y trafod, neu efallai bydd gan eich meistr ambell air ar eich cyfer ei hunan."

"Dewch gyda fi felly," meddai'r capten, a chyda chwech o ddynion yn eu hamgylchynu fe'u harweiniodd dros y bont a thrwy'r gatiau i'r man lle byddai marchnad y dref yn cael ei gynnal. Cylch llydan o ddŵr tawel oedd hwn, wedi'i amgylchynu gan y polion tal hynny oedd yn cynnal y tai mwyaf oll, a chan nifer o geiau pren hirion hefyd, â llawer o risiau ac ysgolion yn arwain i lawr at y dŵr. O un neuadd fawr daethai golau, a sŵn lleisiau lu. Aethant i mewn iddi, a sefyll yn y golau'n amrantu, a syllu ar nifer o fyrddau hir yn llawn pobl.

Cyn i'r capten allu dweud gair, bloeddiodd Thorin mewn llais uchel o'r drws: "Thorin fab Thráin fab Thrór Frenin Dan y Mynydd ydwyf i! Rwyf wedi dychwelyd!"

Neidiodd pawb ar eu traed. Cododd Meistr y dref o'i gadair fawr. Ond ni chododd neb â mwy o syndod na'r ellyllyn-rafftwyr, oedd yn eistedd ym mhen pellaf y neuadd. Ar ôl gwthio drwy'r dorf i sefyll gerbron y Meistr, ebychent:

"Carcharorion ein brenin sydd wedi dianc ydyn nhw, dihirod o gorachod yn crwydro heb reswm da, gan sleifio drwy'r goedwig ac amharu ar ein pobl!"

"Ydy hyn yn wir?" gofynnodd y Meistr. Ystyriai hyn yn llawer mwy tebygol mewn gwirionedd na dychweliad y Brenin Dan y Mynydd, a chymryd bod y fath berson wedi bodoli erioed hyd yn oed.

"Cawsom ein dal gan yr Ellyllyn-frenin, do, a'n carcharu heb reswm wrth deithio yn ôl at ein gwlad ein hunain." atebodd Thorin. "Ond ni all na chlo na chell rwystro'r dychwelyd a ddarogenid gynt. Ac nid yw'r dref hon yn rhan o deyrnas Ellyll y Coed. Gyda meistr tref Gwŷr y Llyn yr wyf yn siarad, nid rafftwyr y brenin."

Oedodd y Meistr, gan edrych ar y naill ac wedyn y lleill. Roedd yr Ellyllyn-frenin yn bwerus iawn yn y parthau hynny, ac nid oedd ar y Meistr eisiau'i dramgwyddo. Nid oedd ganddo lawer o feddwl o'r hen ganeuon chwaith: ar fasnach a threthi roedd ei fryd, ar nwyddau ac aur, diddordebau y gellid priodoli ei swydd bresennol iddynt. Gwyddai fod rhai'n yn credu fel arall, fodd bynnag, a beth bynnag oedd ei farn cafodd y mater ei benderfynu'n ddigon cyflym. Roedd y newyddion wedi ymledu fel tân drwy ddrysau'r neuadd a thrwy'r holl dref. Cyn pen dim roedd traed yn rhuthro ar hyd y ceiau. Dechreuodd rai ganu hen ganeuon am ddychweliad y Brenin Dan y Mynydd; ni hidiai neb mai ŵyr Thrór ac nid Thrór ei hunan oedd wedi dychwelyd. Ymunodd eraill yn y gân, oedd i'w chlywed yn glir dros y llyn:

> *Y brenin dan y mynydd,*
> *Arglwydd y celfi maen,*
> *Teyrn ffynhonnau arian,*
> *Saif yn ei neuadd gain!*

> *Ei goron fydd aruchel*
> *Ei delyn aur, a'i gloch,*
> *A'r caneuon genid gynt*
> *Fydd yn atseinio'n groch.*

Ar lethrau fydd coedwigoedd
  Yn chwifio'n yr awel
Ac aur yn llenwi'r afon
  Wedi ei ddychwel!

Pob nant yn llawn llawenydd
  A'r llyn yn gloywi'n ddisglair,
Bydd diwedd i bob prudd-der
  Y brenin ddaw, â'i aur!

Felly'r oeddynt yn canu, neu rywbeth tebyg iawn i hynny ond yn hirach o lawer, ac yn gymysg â gweiddi llawen ac a sŵn y delyn a'r ffidl. Ni allai'r hynaf yn eu plith hyd yn oed gofio adeg pan fu gymaint o gynnwrf yn y dref. Syfrdanwyd Ellyll y Coed yn llwyr, a chodwyd tipyn o ofn arnynt hyd yn oed. Cofiwch nad oedd syniad ganddynt sut oedd Thorin wedi dianc. Tybed a oedd eu brenin wedi gwneud camgymeriad difrifol? O ran y Meistr, gwelodd ar unwaith nad oedd dewis ganddo ond cydymffurfio â'r twrw cyffredinol, am y tro o leiaf, a chymryd arno'i fod yn credu hanes Thorin. Ildiodd ei gadair fawr iddo, a gosodwyd Fíli a Kíli i eistedd bob ochr iddo mewn anrhydedd. Rhoddwyd cadair wrth y bwrdd uchel i Bilbo hyd yn oed, ac yn y cynnwrf cyffredinol ni ofynnodd neb pam yn union bod hobyd yno, er nad oedd sôn amdano o gwbl mewn unrhyw chwedl neu gan, nid hyd yn oed cyfeiriad amwys.

Yn fuan wedi hynny daethpwyd â'r corachod eraill i mewn i'r dref, â brwdfrydedd anhygoel. Rhoddwyd bwyd a lletu hyfryd iddynt, ac anfonwyd y doctoriaid gorau i drin eu briwiau. Cafodd Thorin a'i gwmni dŷ mawr i'w hunain, ac fe roddwyd cychod a rhwyfwyr iddynt i'w gwasanaethu. Eisteddai torf y tu allan i'r tŷ dan ganu drwy'r dydd, a bloeddio'u cymeradwyaeth bob tro i gorrach ddangos cymaint â thrwyn mewn drws neu ffenest.

Roedd rhai o'r caneuon yn hen, ond eraill yn hollol newydd, ac yn darogan yn hyderus bod trechu'r ddraig wrth law, a chyn bo hir y byddai cychod yn ymddangos yn llawn anrhegion ar gyfer y dref. Ysbrydolwyd y rhain gan

Feistr y Dref ac nid oeddynt at ddant y corachod o gwbl, ond ar wahân i hynny roeddynt yn fodlon iawn eu byd yn y cyfamser, ac yn ymhen dim roeddynt yn dew ac yn gryf unwaith eto. A dweud y gwir ymhen wythnos roeddynt wedi dadebru'n llwyr, yn gwisgo dillad cain yn eu lliwiau priodol, eu barfau wedi'u trin a'u cribo'n daclus, ac yn troedio'n falch o gwmpas y lle. Edrychai a cherddai Thorin fel petai eisoes wedi adennill ei deyrnas, a Smawg wedi'i dorri'n ddarnau mân.

Fel yr oedd Thorin wedi'i ragweld, tyfai parch a diolchgarwch y corachod tuag at yr hobyd bach yn fwy bob dydd. Peidiodd y cwyno a'r griddfan. Cynigiai'r corachod iechyd da iddo, gan guro'i gefn yn hoffus, a thalu pob sylw iddo, ac eithaf peth oedd hynny, gan nad oedd yn teimlo'n rhy lawen o gwbl. Roedd golwg y Mynydd ar ei gof, a'r ddraig yn llenwi'i feddwl, ac yn ogystal â hynny roedd ganddo annwyd trwm. Bu'n tisian a phesychu am dridiau, a phan alwyd arno i ddweud gair mewn gwledd y cwbl a allai ei ddweud oedd "Giolch yn bawr".

Yn y cyfamser roedd yr ellyll wedi dychwelyd i fyny'r afon â'u nwyddau, ac roedd palas y brenin yn gynnwrf i gyd. Nid wyf wedi dysgu erioed beth fu tynged capten y gwarchodwyr na'r bwtler. Wrth gwrs, wrth aros yn Nhrellyn nid oedd neb wedi sôn gair am allwedd na chasgen, a gofalodd Bilbo beidio â gwisgo'i fodrwy a throi'n anweledig. Tybiaf serch hynny i'r ellyll ddyfalu llawer mwy nag oeddynt yn ei wybod â sicrwydd, er i Bilbo aros yn ddirgelwch iddynt fwy na thebyg. Ond gwyddai'r brenin bellach beth oedd gwir fwriad y corachod, neu credai hynny o leiaf, ac meddai wrtho'i hun:

"Da iawn felly! Cawn weld! Ni fydd unrhyw drysor yn dychwelyd drwy'r Gwyllgoed heb i minnau gael dweud rhywbeth amdano. Ond diwedd drwg fydd ffawd pob un, os gofynnwch i mi, ac eithaf peth iddynt!" Heb os, ni chredai fod modd i'r corachod ymladd â draig fel Smawg heb sôn am ei drechu, a chymrodd mai lladrad neu rywbeth felly oedd eu cynllun—sy'n profi mai ellyllyn doeth ydoedd, doethach na dynion y dref, er nad oedd yn hollol gywir chwaith, fel y cewch weld yn y diwedd. Anfonodd ei ysbiwyr i lannau'r llyn, ac i'r gogledd mor agos at y Mynydd ag yr oeddynt yn fodlon mynd, ac arhosodd.

Ar ôl pythefnos dechreuodd Thorin feddwl am adael. Roedd yn gwneud synnwyr iddynt ofyn am gymorth y dref â hithau'n frwdfrydig o hyd, a chamgymeriad fyddai aros yn rhy hir. Gofynnodd am drafodaeth â'r Meistr a'i gynghorwyr, gan esbonio bod angen iddo ef a'i gwmni adael yn fuan i deithio i'r Mynydd.

Am y tro cyntaf, synnwyd y Meistr, a chodwyd rhywfaint o ofn arno hefyd. Tybed oedd Thorin wirioneddol *yn* ddisgynnydd i'r hen frenhinoedd? Nid oedd wedi credu am eiliad y byddai'r corachod yn mentro mynd ar gyfyl Smawg mewn gwirionedd. Roedd wedi cymryd mai twyllwyr oeddynt, ac y byddent, yn hwyr neu'n hwyrach, yn cael eu darganfod a'u gyrru ymaith. Wrth gwrs, roedd yn anghywir o ran hynny. Thorin *oedd* gwir etifedd y Brenin Dan y Mynydd, a does wybod beth fydd corrach yn ei wneud neu ei fentro er mwyn ei etifeddiaeth.

Nid oedd y Meistr yn siomedig, fodd bynnag, o glywed eu bod am adael. Roedd hi'n ddrud iawn i'w cadw, ac roedd ymddangosiad y corachod wedi bod fel math o ŵyl hir, gyda holl fusnes arferol y dref wedi peidio. "Gadewch iddynt fynd draw i darfu ar Smawg. Cânt weld pa groeso gânt!" meddyliodd. "Wrth gwrs, Thorin fab Thráin fab Thrór!" meddai. "Rhaid i chi hawlio'ch etifeddiaeth. Daeth yr awr, fel y proffwydwyd gynt. Fe rown ni ba bynnag gymorth y gallwn, gan ymddiried yn eich diolchgarwch wedi i chi adennill eich teyrnas."

Felly, er bod y gaeaf yn prysur agosáu, a'r gwynt yn oer a'r dail yn cwympo, un diwrnod ymadawodd triawd o gychod mawr o Drellyn wedi'u llwytho â rhwyfwyr, corachod, Mr. Baglan, a phob math o nwyddau ar gyfer eu taith. Anfonwyd ceffylau a merlod i'w cwrdd ar ôl iddynt lanio. Roedd grisiau neuadd fawr y dref yn mynd i lawr at y dŵr, ac yno safai'r Meistr â'i gynghorwyr i ffarwelio â nhw. Canwyd caneuon ar y ceiau ac yn y ffenestri. Torrodd y rhwyfau gwynion wyneb y dŵr, ac i ffwrdd â nhw tua'r gogledd ar ran olaf eu taith. Dim ond Bilbo oedd yn llwyr anhapus.

Pennod XI

AR GARREG Y DRWS

Deuddydd ar ôl gadael Trellyn roeddynt wedi rhwyfo ar hyd y Llyn Hir ac i fyny'r Afon Ebrwydd, a nawr gallai pob un ohonynt weld y Mynydd Unig yn sefyll yn dal ac yn fygythiol o'u blaenau. Roedd llif yr afon yn gryf yn eu herbyn, a'u taith yn un araf. Ar ddiwedd y trydydd diwrnod, a hwythau ychydig filltiroedd ar hyd yr afon o'r llyn, aethant i lanio ar ochr chwith yr afon, sef yr un gorllewinol. Yno'n aros amdanynt oedd y ceffylau, yr holl nwyddau a phethach a'r merlod oedd ar gyfer eu defnydd personol; y cwbl wedi'i anfon o flaen llaw i gwrdd â nhw yno. Paciwyd pob dim yr oedd modd iddynt gario ar gefnau'r merlod, a gwneud storfa o'r gweddill a'i adael yno mewn pabell. Ond er ei bod hi ar fin nosi ni fyddai'r un o wŷr y dref yn aros mor agos at gysgod y Mynydd.

"Nid nes gwireddu'r chwedlau, beth bynnag!" meddent. Haws oedd credu yn y ddraig yn y lle gwyllt hwn, ac anoddach oedd credu yn Thorin. Nid oedd angen gwarchod y babell a'i chynnwys a dweud y gwir, oherwydd bod y wlad honno'n hollol wag a diffaith. I ffwrdd â'u hebryngwyr felly, gan rwyfo'n gyflym ar hyd yr afon neu frysio ar hyd llwybrau'r glannau er gwaetha'r nos oedd yn prysur agosáu.

Treuliodd y cwmni noson oer ac unig yno, a chwympodd eu hwyliau. Y diwrnod canlynol dyma nhw'n dechrau eto. Marchogai Balin a Bilbo yn y cefn, pob un yn arwain merlyn arall wedi'i lwytho'n drwm; roedd y lleill cryn bellter o'u blaenau, yn chwilio am ffordd ymlaen gan

199

nad oedd yno lwybr o unrhyw fath. Aethant i gyfeiriad y gogledd-orllewin, gan adael yr afon ar eu holau, ac agosáu o hyd at esgair fawr o'r Mynydd a ymestynnai i'r de tuag atynt.

Roedd y daith yn hir a blinderus, ac aethant yn dawel a llechwraidd. Peidiodd pob chwerthin, a ni chlywyd sŵn cân na thelyn, a diflannodd y balchder a'r gobaith a oedd wedi llenwi eu calonnau wrth glywed yr hen ganeuon ar lan y llyn, gan adael prudd-der digalon yn eu lle. Gwyddent eu bod yn agosáu at ddiwedd eu taith, a bod cyfle go dda y byddai hwnnw'n ddiwedd digon dychrynllyd hefyd. Roedd y wlad o'u cwmpas yn anial ac yn ddiffrwyth, er iddi fod yn wyrdd ac yn braf iawn gynt, fel yr esboniodd Thorin iddynt. Ychydig iawn o laswellt oedd yno a chyn bo hir doedd dim un llwyn na choeden i'w weld, dim ond bonion duon, sef gweddillion coed a losgwyd amser maith yn ôl. Â'r flwyddyn yn dirwyn i ben, roeddynt wedi cyrraedd Diffeithwch y Ddraig.

Serch hynny, cyrhaeddwyd troed y Mynydd heb gyfarfod unrhyw berygl nac arwydd o'r Ddraig ei hun, heblaw'r anialwch yr oedd wedi'i greu o amgylch ei gartref. Roedd y Mynydd o'u blaenau'n dywyll ac yn dawel, ac yn fwyfwy uchel o hyd. Sefydlwyd eu gwersyll cyntaf ar ochr orllewinol yr esgair fawr ddeheuol. Ym mhen yr esgair hon roedd copa o'r enw Allt y Gigfrân. Bu yno hen wylfa gynt, ond nid oedd ar yr un ohonynt eisiau ei dringo ar hyn o bryd: o wneud hynny byddai wedi bod yn bosib eu gweld, a hynny o bell.

Cyn iddynt ddechrau chwilio esgeiriau gorllewinol y Mynydd am y drws cudd yr oedd eu holl obeithion yn dibynnu arno, anfonodd Thorin fforwyr i archwilio'r ardal i'r de o'r mynydd, yn union o flaen Porth y Blaen. Ar gyfer y gorchwyl hwn dewisodd Balin, Fíli a Kíli, ac aeth Bilbo hefyd. Gorymdeithiant dan glogwyni llwyd a thawel Allt y Gigfrân. Yno, ar ôl iddi lifo mewn ystum llydan o amgylch cwm Dyffryn, troesai'r afon o gyfeiriad y Mynydd tua'r Llyn, ei dyfroedd yn chwim a swnllyd. Roedd ei glannau'n foel a charegog, ac yn uchel a serth uwchlaw'r afon. Ewynnai a thasgai'r llif gul dros greigiau anferth a niferus, ac o edrych i'r ochr draw gwelsant adfeilion llwyd tyrrau, muriau a thai hynafol yno yn y cwm llydan yng nghysgod y Mynydd.

"Dyna'r cwbl sydd ar ôl bellach o ddinas Dyffryn," meddai Balin. "Yn y dyddiau pan genid clychau'r ddinas honna roedd llethrau'r mynydd yn wyrdd gyda'r holl goed, a'r cwm yn fras a braf." Roedd golwg trist a phrudd ar ei wyneb wrth ddweud hyn: bu'n un o gyfeillion Thorin y diwrnod hwnnw, pan ddaeth y Ddraig.

Nid oeddynt yn meiddio dilyn yr afon mor bell â'r Porth, ond aethant yn eu blaenau heibio diwedd yr esgair nes bod modd iddynt ymguddio tu ôl i graig ac edrych draw ar yr agoriad enfawr tywyll hwnnw, yn y clogwyn mawr ar ochr y mynydd. Llifai dŵr yr Afon Ebrwydd o'r agoriad; deuai ager hefyd, a mwg tywyll. Ni symudai dim yn yr anialwch, heblaw'r dŵr a'r ager, ac ambell i frân ddu fygythiol. Yr unig sŵn oedd llif y dŵr, a chrawc lem yr adar nawr ac yn y man. Teimlodd Balin ias.

"Awn yn ôl!" meddai. "Does dim byd da y gallwn ei wneud yma. A dydw i ddim yn hoff o'r adar yna. Mae golwg ysbiwyr drwg arnynt."

"Debyg bod y ddraig yn llechu yno o hyd yn y neuaddau dan y Mynydd—neu felly rwy'n cymryd, gyda'r holl fwg," meddai'r hobyd.

"Dydy'r mwg ddim yn brawf o hynny," meddai Balin "er nad ydw i'n amau dy fod di'n iawn. Ond gallai fod wedi gadael ers peth amser, neu hwyrach ei fod allan ar ochrau'r mynydd yn cadw gwyliadwriaeth. Byddai'r porthfeydd yn dal i ollwng mwg ac ager serch hynny, debyg: rhaid bod y neuaddau tu mewn yn gorlifo â'i ddrewdod afiach."

Gyda'u pennau'n llawn meddyliau digalon o'r fath, a chyda brain yn dal i grawcian uwch eu pennau, aethant yn ôl i'w gwersyll yn flinedig. Ym mis Mehefin buont yn westeion yn nhŷ braf Elrond, ond er bod yr hydref bellach yn troi'n gaeaf roedd yr amser hyfryd hwnnw'n teimlo fel petai'n flynyddoedd maith yn ôl. Roeddynt ar eu pennau eu hunain yn y diffeithwch peryglus heb unrhyw obaith am gymorth o gwbl. Roeddynt wedi cyrraedd pen eu taith, ond o'r golwg roeddynt diwedd eu gorchwyl mor bell ohonynt ag erioed. Ni theimlai'r un ohonynt yn rhy frwdfrydig.

Ond, yn rhyfedd ddigon, teimlai Mr. Baglan mwy o frwdfrydedd na'r lleill. Byddai'n benthyg map Thorin yn aml, a syllu arno wrth ystyried y rŵnau a'r neges yr oedd Elrond wedi'u darllen yng ngolau'r lleuad. Ei syniad ef oedd iddynt ddechrau eu gorchwyl peryglus, sef chwilio am y drws cudd, ar lethrau gorllewinol y mynydd. Symudwyd eu gwersyll i gwm arall, un hir a chulach o lawer na'r un llydan tua'r de lle llifai'r afon drwy'r Porth. Ar y naill ochr a'r llall o'r cwm newydd hwn roedd dwy esgair hir ac isel ond â'u hochrau'n serth yn ymestyn o lethrau gorllewinol y mynydd i gyfeiriad y paith. Roedd yma lai o ôl ddinistr y ddraig nag a fu yn y de, ac roedd rhywfaint o laswellt i'r merlod gael pori. Roedd y gwersyll gorllewinol hwn dan gysgod y clogwyni drwy'r dydd nes i'r haul ddechrau suddo tua'r goedwig, ac o'r gwersyll hwn aethant allan dydd ar ôl dydd i chwilio am lwybrau yn dringo'r Mynydd. A chymryd bod y map yn gywir, rhaid bod y drws cudd yno'n uchel rywle uwchben y clogwyn ym mhen y cwm. Ond dydd ar ôl dydd fe ddaethant yn ôl i'w gwersyll, heb lwyddiant.

Ond o'r diwedd, yn annisgwyl, cawsant hyd i'r hyn yr oeddynt yn chwilio amdano. Roedd Fíli, Kíli a'r hobyd wedi mynd i ben y cwm un diwrnod i chwilio yn y creigiau yn ei gornel deheuol. Tua chanol dydd, ar ôl sleifio tu ôl i graig fawr a safai fel colofn unig, daeth Bilbo ar draws rhywbeth a edrychai fel cyfres o risiau geirwon yn dringo'r llethr. Gan ddilyn y rhain yn llawn cyffro, cafodd ef a'r corachod hyd i olion llwybr cul yn arwain i ben yr esgair ddeheuol, yn diflannu o hyd ond yn ailymddangos wedyn, cyn cyrraedd a dilyn ysgafell gul yn troi tua'r gogledd ar draws wyneb y Mynydd. Gan edrych i lawr, sylweddolant

Porth y Blaen

eu bod ar ben uchaf y clogwyn ym mhen y cwm, ac yn edrych i lawr ar eu gwersyll islaw. Aethant ar hyd yr ysgafell, gan afael yn y mur o graig ar y dde nes iddo agor ar fath o bant bychan yn y clogwyn, â muriau serth o'i gwmpas, a glaswellt dan droed. Oherwydd yr ysgafell roedd yn amhosib gweld y pant o waelod y cwm islaw, ac roedd mor fach fel na fyddai'n edrych fel dim ond hollt bychan tywyll o bell. Nid ogof oedd y pant, oedd yn agored i'r awyr uwchben, ond yn y pen pellaf roedd mur o graig oedd mor esmwyth ac unionsyth fel ei fod yn edrych fel pe bai wedi'i lunio gan saer maen, yn enwedig yn y gwaelod, yn agos i'r llawr. Nid oedd yr un uniad na hollt i'w weld, fodd bynnag.

Doedd mo'r un arwydd o bost na chapan na charreg drws chwaith, na'r un awgrym o far, bollt neu dwll allwedd. Serch hynny roeddynt yn argyhoeddedig eu bod wedi cael hyd i'r drws cudd o'r diwedd.

Curent arno, ei gwthio, a phwyso yn ei erbyn. Ymbilient arno i symud, a llefarwyd hen gyfrineiriau a swynion agor, ond yn ofer. O'r diwedd, wedi llwyr ymlâdd, gorweddant i lawr i orffwys ar y glaswellt o'i flaen, cyn dechrau'n ôl i'r gwersyll wrth iddi ddechrau nosi.

Roedd cyffro mawr yn y gwersyll y noson honno. Yn y bore paratowyd i symud unwaith eto. Gadawyd Bofur a Bombur yn unig i warchod y merlod a'r pethau y daethpwyd â nhw draw o'r afon. Aeth y lleill i gyd i flaen y cwm ac i fyny'r hen lwybr, ac i'r ysgafell gul. Roedd honno mor gul ac agored fel ei bod hi'n amhosib cludo unrhyw becyn neu fwndel ar ei hyd, a dros y dibyn roedd hi'n gant a hanner o droedfeddi i'r cerrig miniog islaw; ond roedd gan bob un ohonynt raff wedi'i glymu'n dynn o amgylch ei ganol, ac fe lwyddodd pawb i gyrraedd y pant bychan heb unrhyw drafferth.

Yno fe sefydlwyd eu trydydd gwersyll, gan ddefnyddio'r rhaffau i dynnu'r hyn yr oedd angen arnynt i fyny o'r gwersyll islaw. Bob hyn a hyn anfonwyd un o'r corachod ifanc i lawr drwy'r un modd, Kíli er enghraifft, er mwyn cyfnewid yr ychydig newyddion oedd ganddynt, neu i gymryd ei dro i warchod; ac fe godwyd Bofur i fyny i'r gwersyll uwch. Nid oedd ar Bombur eisiau dod i fyny, nid ar y llwybr nac ar y rhaff.

"Rydw i'n rhy dew i ddringo muriau fel cleren," meddai. "Baswn i'n mynd yn benysgafn ac yn baglu dros fy marf, ac wedyn mi fyddwch chi'n dri ar ddeg unwaith eto. Ac mae'r rhaffau'n rhy denau i ddal fy mhwysau." Cewch weld nad oedd hynny'n wir, yn ffodus iddo ef.

Yn y cyfamser aeth rhai ohonynt ati i archwilio'r ysgafell y tu hwnt i'r bae, a chawsant hyd i lwybr yn arwain ymlaen i fyny'r mynydd yn uwch ac yn uwch; ond ni fentrodd yr un ohonynt ei ddilyn yn bell, ac nid oedd diben amlwg iddo beth bynnag. Roedd hi'n hollol dawel yno, heb yr un aderyn na sŵn, dim byd heblaw'r gwynt yn chwythu rhwng y creigiau. Siaradent yn isel, gyda neb yn galw ar ei gilydd na chanu: roedd yna ryw naws beryglus fel petai'n cronni ym mhob carreg. Aeth y lleill ati i geisio datrys dirgelwch y drws, ond ni chawsant unrhyw lwyddiant chwaith. Roeddynt yn rhy eiddgar i drafferthu gyda'r rŵnau neu'r lleuad-lythrennau, ond aethant ati'n ddiorffwys i gael hyd i le'n union oedd y drws wedi'i guddio yn wyneb esmwyth y graig. Roeddynt wedi dod â cheibiau a phob math o offer cloddio o Drellyn, a rhoesant gynnig ar y rhain i ddechrau. Ond wrth daro'r graig byddai'r handlenni'n torri gan ysgwyd eu breichiau'n ddychrynllyd, a byddai pennau dur y ceibiau naill ai'n torri neu'n plygu fel petaent wedi'u gwneud o blwm. Roedd hi'n amlwg na fyddai cloddio'n gweithio yn erbyn y swyn oedd wedi cau'r drws. Roedd y sŵn uchel a atseiniai dros y mynydd wrth iddynt ei daro yn dechrau codi ofn arnynt hefyd.

Gorchwyl unig a diflas oedd eistedd wrth garreg y drws ym marn Bilbo. Nid oedd carreg drws yno mewn gwirionedd wrth gwrs, ond felly'r oeddynt yn cyfeirio at yr ardal rhwng y mur a'r ysgafell, gan gofio mewn hwyl geiriau'r hobyd amser maith yn ôl yn ystod y parti annisgwyl yn ei hobyd-dwll. Roedd wedi dweud y byddai modd iddynt eistedd ar garreg y drws i feddwl am ffordd i mewn. Ac eistedd a meddwl oeddynt, neu'n crwydro'n ddigyfeiriad, yn araf fynd yn fwy ac yn fwy digalon.

Roedd darganfod y llwybr wedi codi eu hwyliau rhywfaint, ond bellach roeddynt ar eu hisaf. Ond nid oedd ar yr un ohonynt eisiau rhoi'r gorau a gadael. Nid oedd yr hobyd bellach lawer yn fwy llawen na'r corachod. Eisteddai â'i gefn i'r graig wrth syllu drwy'r agoriad tua'r gorllewin o hyd, dros y wlad agored at fur du'r Gwyllgoed, a'r pellter tu hwnt, lle credai y gallai weld ambell un o Fynyddoedd y Niwl yn fychan bach ar y gorwel. Pan ofynnodd y corachod iddo beth oedd yn ei wneud, byddai'n ateb:

"Dwedsoch chi mai fy swyddogaeth i fyddai eistedd ar garreg y drws a meddwl, heb sôn am gael hyd i ffordd mewn. Rydw i'n eistedd felly, ac yn meddwl." Ond mae arnaf ofn nad oedd yn meddwl llawer am eu gorchwyl, ond yn hytrach am yr hyn oedd y tu hwnt i'r pellter glas: y gorllewin tawel, y Bryn, a'i hobyd-dwll oddi tano.

Roedd yna garreg fawr lwyd yng nghanol y glaswellt ac fe syllodd yn anniddig arni, neu gwyliodd y malwod enfawr. Roeddynt yn amlwg yn hoff iawn o'r bae bach gyda'i muriau o garreg oer braf, ac roedd nifer fawr ohonynt yno, yn cropian yn lludiog ac araf ar hyd ei ochrau.

"Yfory yw diwrnod cyntaf wythnos olaf yr hydref," meddai Thorin un diwrnod.

"Ac wedi'r hydref daw'r gaeaf," meddai Bifur.

"A'r flwyddyn nesaf wedi hynny," meddai Dwalin, "a bydd ein barfau'n tyfu nes iddynt hongian i lawr y clogwyn at waelod y cwm cyn i ddim byd ddigwydd yma. Beth mae ein lleidr yn ei wneud droson ni? Mae ganddo fodrwy anweledig, a rhaid ei fod yn berfformiwr digon medrus erbyn hyn. Dwi'n dechrau meddwl efallai y dylai fynd drwy Borth y Blaen i gael gweld sut olwg sydd ar y lle!"

Clywodd Bilbo hyn oll—roedd y corachod ar y creigiau uwchben lle'r oedd yn eistedd—a meddyliodd, "Mawredd! Felly dyna beth maen nhw'n dechrau ei feddwl, ife? Fi o hyd sy'n gorfod datrys eu trafferthion, ers i'r dewin ein gadael o leiaf. Beth ar y ddaear ydw i'n mynd i'w wneud? Dylwn i fod wedi dyfalu y byddai rhywbeth erchyll yn digwydd i mi yn y pendraw. Dwi ddim yn credu y gallwn i ddioddef edrych ar gwm trist Dyffryn unwaith eto, heb sôn am y porth myglyd hwnnw!"

Roedd yn ddigalon iawn y noson honno, a ni chysgodd bron o gwbl. Y diwrnod wedyn aeth y corachod i gyd i gyfeiriadau amrywiol, rhai ohonynt i roi tipyn o ymarfer i'r merlod islaw, eraill i archwilio ochr y mynydd unwaith eto. Eisteddai Bilbo drwy'r dydd ar y glaswellt yn syllu ar y graig, neu tua'r gorllewin drwy'r agoriad. Roedd teimlad rhyfedd ganddo'i fod yn aros i rywbeth ddigwydd. "Efallai mai heddiw bydd y dewin yn dychwelyd yn sydyn," meddyliodd.

Os oedd yn codi ei ben ddigon gallai weld ychydig o'r goedwig bell. Wrth i'r haul droi tua'r gorllewin disgleiriai'r coed yn felyn, fel pe bai'r golau'n dal y dail gwelwon olaf. Cyn bo hir gwelodd bêl oren yr haul yn suddo i'r un lefel a'i lygaid. Aeth draw i'r agoriad, ac ychydig uwchben y gorwel sylwodd ar leuad newydd tenau yn yr awyr.

Yr union eiliad honno clywodd glec sydyn y tu ôl iddo. Yno ar y garreg lwyd yng nghanol y glaswellt roedd bronfraith enfawr, bron iawn cyn ddued â glo, ei brest felen welw'n frith o smotiau tywyll. Clec! Roedd wedi gafael mewn malwoden ac wrthi'n taro'i gragen ar y garreg. Clec! Clec!

Yn sydyn, deallodd Bilbo. Gan anghofio pob perygl safodd ar yr ysgafell a galwodd ar y corachod, gan floeddio a chwifio'i freichiau. Daeth y rhai agosaf ato'n syth, gan faglu dros y creigiau a rhuthro ar hyd yr ysgafell mor gyflym ag y gallent, yn tybio beth ar y ddaear oedd yn bod. Gweiddodd eraill arno i'w tynnu i fyny ar y rhaffau (heblaw Bombur wrth gwrs, oedd yn cysgu).

Esboniodd Bilbo'n gyflym. Aeth pob un ohonynt yn dawel: yr hobyd yn sefyll wrth ochr y garreg lwyd, a'r corachod diamynedd yn gwylio, eu barfau'n crynu. Aethai'r haul yn is ac yn is, a disgynnodd eu gobeithion hefyd. Dechreuodd y corachod riddfan, ond safai Bilbo yn stond, heb symud modfedd. Roedd y lleuad fach yn isel yn yr awyr, a'r noswaith ar ddechrau. Yn sydyn, â'u gobeithion bron iawn wedi diflannu, daeth pelydryn o olau coch yr haul yn syth drwy'r agoriad ym mhen y pant i oleuo wyneb esmwyth y mur o graig. Yn sydyn fe gannodd y fronfraith, oedd wedi bod yn eu gwylio, ei phen ar ogwydd. Daeth clec fawr, a chwympodd darn bychan o graig oddi ar y mur. Ymddangosodd twll bychan yn sydyn, tua thair troedfedd o'r ddaear.

Rhuthrodd y corachod i'r mur yn gyflym a dechrau gwthio, dan grynu rhag ofn i'r cyfle ddiflannu—ond yn ofer.

"Yr allwedd! Yr allwedd!" meddai Bilbo'n llawn cynnwrf. "Ble mae Thorin?"

Rhuthrodd Thorin yn ei flaen.

"Yr allwedd!" gweiddodd Bilbo. "Yr allwedd a ddaeth gyda'r map! Rho gynnig arni, tra bod cyfle o hyd!"

Camodd Thorin yn ei flaen a thynnodd yr allwedd a'i chadwyn oddi ar ei wddf. Rhoddodd yr allwedd yn y twll. Roedd yn ffitio i'r dim, ac yn troi! Clec! Ar hynny diflannodd y golau, yr haul, a'r lleuad, ac roedd hi'n nos.

Gwthiodd pob un ohonynt gyda'i gilydd, ac yn araf bach ildiodd rhan o'r mur. Ymddangosodd craciau hir syth, yn mynd yn lletach. Ymddangosodd amlinell drws pum troedfedd o uchder a thair o led, ac yn araf, heb wneud sŵn, agorodd tuag i mewn. Roedd y tywyllwch fel petai'n llifo fel mwg o'r twll yn ochr y mynydd, ac o'u blaenau roedd düwch dwfn nad oedd modd gweld dim ynddo: ceg agored yn arwain i mewn, ac i lawr.

Pennod XII

GWYBODAETH O'R TU MEWN

Safodd y corachod yn y tywyllwch o flaen y drws yn dadlau gyda'i gilydd am amser hir, nes i Thorin ddatgan o'r diwedd:

"Daeth yr amser i'r anrhydeddus Mr. Baglan, sydd wedi profi ei fod yn gyfaill da ar ein taith hir, a'i fod yn hobyd sy'n meddu ar ddewrder a chyfrwyster sy'n fwy o lawer nag y mae ef ei hun; ac sydd hefyd, os gallaf ddweud, yn meddu ar lawer mwy na'r dyraniad arferol o lwc dda—daeth yr amser bellach iddo gwblhau'r gwasanaeth yr oedd wedi'i gynnwys yn ein cwmni o'i herwydd: daeth yr amser iddo ennill ei Wobr."

Byddwch yn gyfarwydd ag arddull Thorin ar adegau o bwys erbyn hyn, felly ni roddaf ragor ohoni er iddo fynd yn ei flaen yn hirach o lawer na hyn. Adeg o bwys oedd hi, yn sicr, ond roedd Bilbo'n ddiamynedd. Erbyn hyn roedd yn hen gyfarwydd â Thorin ei hun, ac fe wyddai'n iawn beth oedd yn ceisio ei awgrymu.

"Os ydych chi'n golygu mai fy nhasg i yw bod y cyntaf i fynd i'r twnnel dirgel, O Thorin fab Thráin Dariandderw (bydded i'ch barf dyfu'n hirach fyth)," meddai'n swta, "yna beth am ddweud hynny'n blaen! Efallai byddaf yn gwrthod. Rydw i wedi'ch tynnu allan o ddau lanast yn barod, a doedd yr un sôn am y rheiny yn y fargen wreiddiol, felly dw i'n credu bod rhywfaint o wobr yn ddyledus eisoes. Serch hynny, 'tri chynnig i hobyd,' fel roedd fy nhad yn arfer ei ddweud, a rhywsut dydw i ddim yn meddwl y byddaf yn gwrthod. Hwyrach 'mod i'n

209

ymddiried yn fy lwc yn fwy nag yr oeddwn i yn yr hen ddyddiau"—roedd yn cyfeirio at y gwanwyn diwethaf, cyn iddo adael ei gartref, ond roedd hynny'n teimlo fel canrifoedd yn ôl—"ond beth bynnag, caf i gipolwg serch hynny, a dechrau arni. Nawr, pwy sy'n dod gyda fi?"

Nid oedd wedi disgwyl llawer o wirfoddolwyr, felly ni chafodd ei siomi. Roedd golwg anghyfforddus ar Fíli a Kíli, yn sefyll yno ar un goes, ond ni thrafferthodd y lleill cymaint ag esgusodi'u hunain—heblaw Balin, y gwyliwr craff, oedd yn hoff iawn o'r hobyd. Byddai'n mynd drwy'r drws, meddai, ac efallai ychydig bellter i lawr y twnnel, yn barod i alw am gymorth y lleill pe bai angen.

Y mwyaf y gellid ei ddweud am y corachod yw hyn: roeddynt yn bwriadu talu Bilbo'n wirioneddol hael am ei wasanaethau. Daethpwyd ag ef i gwblhau tasg ddychrynllyd ar eu rhan, ac roeddynt yn fodlon gadael iddo wneud hynny ar ei ben ei hun, pe bai'n gallu; ond petai'n dod i drafferth mi fydden nhw wedi gwneud eu gorau glas i'w achub, fel yr oeddynt wedi'i wneud yn ystod helynt y troliaid ar ddechrau eu hantur, a hynny cyn iddynt gael unrhyw reswm penodol dros fod yn ddiolchgar iddo. Ond dyna hi: nid arwyr mo corachod, ond pobl hirben â chanddynt syniad go dda o werth arian. Mae ambell un ohonynt yn dwyllodrus a digon drwg; nid felly eraill, fel Thorin a'i Gwmni, sy'n ddigon clên, dim ond i chi beidio â disgwyl gormod ganddynt.

Roedd y sêr yn dechrau ymddangos yn yr awyr lwyd y tu ôl iddo wrth i'r hobyd sleifio drwy'r drws hud i'r Mynydd. Roedd y llwybr yn haws o lawer na'r oedd wedi disgwyl. Nid twnnel a wnaed gan goblynnod oedd hwn, nac ogof garw Ellyll y Coed chwaith. Corachod a wnaeth y twnnel hwn, a hynny ar anterth eu medr a'u cyfoeth: roedd yn syth fel pren mesur, ei lawr a'i ochrau'n esmwyth, a'i lethr graddol a chyson yn arwain yn ddiwyro at ryw ben pell yn y düwch islaw.

Wedi ychydig bellter arhosodd Balin yn y fan a'r lle, gan ddymuno "Pob lwc!" i Bilbo. Roedd wedi aros lle gallai weld amlinell gwan y drws o hyd, a lle gallai, drwy dric atsain, glywed lleisiau'r lleill yn sibrwd tu allan. Gwisgodd yr hobyd ei fodrwy, a gyda chynghorion yn atseinio o'r drws i beidio â gwneud yr un smic, sleifiodd yn hollol dawel i lawr, lawr, lawr i'r tywyllwch. Roedd yn crynu gydag ofn, ond roedd golwg llym ar ei wyneb bach. Roedd eisoes yn hobyd gwahanol iawn i'r un a redodd allan o Ben-y-Bag amser maith yn ôl heb hances boced. Roedd hi'n oesoedd ers y tro diwethaf iddo fod â hances boced. Estynnodd ei ddagr o'i wain, tynhaodd ei wregys, ac aeth yn ei flaen.

"Mae hi ar ben arnat ti nawr, ar ôl popeth, Bilbo Baglan," meddai wrtho'i hun. "Rhoddaist dy droed ynddi go iawn noson y parti, a daeth yn amser i ti dalu'r pris! Dîar annwyl, y fath ffŵl oeddwn, ac ydwyf o hyd!" meddai'r rhan leiaf Twcaidd ohono. "Byddai trysor draig yn dda i ddim i mi. Gall y cwbl aros yma am byth dim ond i mi gael deffro, a chael mai fy nghyntedd adref oedd y twnnel felltith hwn!"

Ni ddeffrodd wrth gwrs, ond aeth yn ei flaen nes i bob arwydd o'r drws y tu ôl iddo ddiflannu. Roedd ar ei ben ei hun yn llwyr. Cyn bo hir dechreuodd deimlo ei bod hi'n cynhesu. "Oes yna olau o'm mlaen?" meddyliodd.

Golau oedd. Wrth iddo gerdded yn ei flaen tyfai'r golau o hyd, nes i bob amheuaeth ddiflannu. Roedd yno olau coch, yn mynd yn gochach o hyd. Roedd y gwres yn y twnnel yn anghyfforddus nawr. Arnofiai ambell bluen ager heibio, a dechreuodd Bilbo chwysu. Dechreuodd sŵn guro yn ei glustiau hefyd, math o ffrwtian fel crochan mawr yn berwi ar dân, yn gymysg â sŵn cath enfawr yn canu grwndi. Cyn bo hir roedd hi'n ddigamsyniol: sŵn creadur enfawr yn chwyrnu yn ei gwsg yng nghanol y golau coch o'i flaen.

Safodd Bilbo yn stond. Symud yn ei flaen o'r fan oedd y peth dewraf a wnaeth erioed: roedd y pethau anhygoel fyddai'n digwydd iddo wedyn yn ddim byd o'u cymharu. Ymladdodd y frwydr go iawn yno ar ei ben ei hun yn y twnnel, cyn iddo hyd yn oed weld y perygl mawr oedd yn aros amdano. Serch hynny, wedi aros ychydig, aeth yn ei flaen; a gallwch ei ddychmygu nawr yn dod i ben y twnnel, sef agoriad tebyg iawn o ran siâp a maint i'r drws uwchben. Mae pen bach yr hobyd yn sbecian drwyddi. O'i flaen mae seler neu ddwnsiwn mawr isaf y corachod hynafol, yng nghrombil dyfnaf y Mynydd. Mae'n dywyll, bron, a gall ond dyfalu gwir faint y lle, ond mae golau mawr yn tywynnu'n agos gerllaw. Golau Smawg!

Gorweddai yno, draig eurgoch anferth yn cysgu'n drwm. Daethai sŵn chwyrnu o'i geg a'i ffroenau, ac ambell bluen o fwg, ond llosgai ei dân yn isel mewn cwsg. Islaw, o dan ei goesau a'i gynffon torchog enfawr, ac yn ymestyn i'r pellter o'i amgylch i bob ochr gan orchuddio'r llawr yn llwyr, roedd pentyrrau aneirif o bethau gwerthfawr, aur crai ac wedi'i drin, gemau a thlysau, ac arian llachar yn adlewyrchu'r golau coch.

Gorweddai Smawg, ei adenydd wedi'u plethu fel ystlum aruthrol. Roedd wedi troi ar ei ochr ychydig, fel bod modd i'r hobyd weld ei fola gwelw hir, oedd yn frith o gemau a darnau aur yn sgil gorwedd yn hir ar ei wely drudfawr. Y tu ôl iddo, lle'r oedd y waliau agosaf, gallai weld amlinell aneglur arfwisgoedd, helmau, bwyelli, cleddyfau a phicellau'n hongian, ac yno mewn rhesi roedd jariau a photiau mawr. Amhosib fyddai cyfri'r cyfoeth oedd yn eu llenwi.

Ni fyddai'n ddisgrifiad o unrhyw fath i ddweud bod yr olygfa wedi mynd â gwynt Bilbo'n llwyr. Does dim geiriau bellach i ddisgrifio'r argraff a gafodd arno, nid ers i Ddynion newid yr iaith ddysgodd yr Ellyll iddynt yn y dyddiau hynny pan oedd y byd i gyd yn rhyfeddol. Roedd Bilbo wedi clywed chwedlau a chaneuon am gyfoeth dreigiau, ond cyn hynny nid oedd erioed wedi gwerthfawrogi ysblander na gogoniant y fath drysor, na'r argraff a gafodd arno. Llenwodd ei galon â'i hud, ac â chwant y corachod; a safodd yn stond i syllu ar aur tu hwnt i bris a chyfrif, hyd nes y bu bron iddo anghofio'i warchodwr dychrynllyd yn llwyr.

Syllodd am gyfnod deimlai fel oes cyn llwyddo i lusgo'i hun o gysgod y drws, yn groes i'w ewyllys bron, ac ar draws y llawr i ymyl y pentwr trysor agosaf. Gorweddai'r ddraig gwsg uwch ei ben, bygythiad enbyd hyd yn oed pan yn cysgu. Gafaelodd mewn cwpan mawr ag iddo ddwy handlen, mor drwm ag y gallai ei godi, gan wylio'r ddraig yn ofidus o hyd. Symudodd aden Smawg, agorodd grafanc, a newidiodd dôn ei chwyrnu.

Rhedodd Bilbo nerth ei wynt. Ond ni ddeffrodd y ddraig—nid eto. Parhaodd i freuddwydio am gyfoeth a thrais, gan orwedd yn y neuadd yr oedd wedi'i ddwyn, wrth i'r hobyd bach ddianc ar hyd y twnnel hir. Curai ei galon a chrynai ei goesau, yn fwy hyd yn oed nag ar y ffordd i lawr, ond daliai ei afael yn ei gwpan o hyd, gan feddwl yn fwy na dim byd arall: "Llwyddiant! Bydd hyn yn brawf iddynt. Tebycach i groser na lleidr, wir! Dim rhagor o hynny, diolch yn fawr."

Ac ni chafodd ragor o hynny chwaith. Roedd Balin wrth ei fodd i'w weld, a'i syndod yr un faint a'i lawenydd. Cododd Bilbo yn ei freichiau a'i gario allan i'r awyr agored. Roedd hi'n ganol nos ac roedd cymylau'n gorchuddio'r sêr, ond gorweddai Bilbo, ei lygaid ar gau, yn anadlu'n ddwfn ac yn gorfoleddu yn y teimlad o fod yn yr awyr iach eto. Prin iddo sylwi ar gyffro'r corachod, na chwaith eu clodfori wrth iddynt glapio'i gefn a thyngu llawer i lw y byddent, a'u teuluoedd cyfan hefyd, at ei wasanaeth am genedlaethau.

Roedd y corachod yn dal i basio'r cwpan o law i law gan drafod y trysor yn gynhyrfus pan ddaeth crynu dwfn yn sydyn o grombil y mynydd islaw, fel pe bai'n hen losgfynydd a newydd benderfynu dechrau echdorri unwaith eto. Dim ond yn gilagored oedd y drws y tu ôl iddynt, ac wedi'i rwystro rhag cau gan garreg, ond o ben pellaf y twnnel hir daeth sŵn rhuo a sathru uffernol, cymaint felly i'r ddaear ei hun ddechrau crynu dan eu traed.

Mewn chwinciad roedd y corachod yn cyrcydu mewn ofn, yr holl lawenydd a hyder a deimlent eiliadau ynghynt wedi'i anghofio. Roedd Smawg yno o hyd, heb ei drechu. Camgymeriad enbyd yw peidio ag ystyried draig fyw yn eich cynlluniau, os oes un gerllaw. Er nad yw cyfoeth draig yn werth dim iddi mewn gwirionedd, fel rheol mae hi'n gyfarwydd â phob mymryn ohono, yn enwedig ar ôl iddo fod yn ei meddiant am gyfnod hir, ac nid oedd Smawg fymryn yn wahanol. Roedd wedi bod yn pendwmpian ar ôl breuddwyd annifyr (roedd gan wron ran anghyfforddus o flaenllaw ynddi, er ei fod yn hollol ddibwys o ran maint, ond hynod ddewr serch hynny, a chleddyf miniog yn ei feddiant), ac wedi mynd o bendwmpio i fod yn effro'n llwyr. Roedd arogl rhyfedd yn ei ogof. Doedd bosib ei fod yn teimlo awel o'r twll bach? Nid oedd erioed wedi bod yn hapus iawn ynghylch y twll hwnnw, waeth pa mor fach ydoedd, ac wrth iddo syllu'n ddrwgdybus arno dechreuodd feddwl pam nad oedd erioed wedi'i lenwi tybed? Roedd wedi hanner dychmygu iddo glywed sŵn taro pell yn dod ohono'n ddiweddar. Cododd ac ymestynnodd ei wddf er mwn ffroeni'r twll. Yna sylweddolodd fod y cwpan wedi'i gymryd!

Lladron! Tân! Llofruddwyr! Nid oedd dim byd o'r fath wedi digwydd erioed, nid ers iddo ddod i'r Mynydd yn y lle cyntaf! Amhosib fyddai disgrifio'i gynddaredd—y math o gynddaredd oedd hi sydd i'w gweld dim ond pan fydd rhywun cyfoethog, sy'n berchen ar fwy nag y gall ei fwynhau, yn colli rhywbeth sydd wedi bod yn eiddo iddo am amser hir, er nad yw wedi'i ddefnyddio neu'i ofyn erioed mewn gwirionedd. Bytheiriodd ei dân, gan lenwi'i neuadd â mwg, ac ysgydwodd wreiddiau'r mynydd. Gwthiodd ei ben tua'r twll yn ofer, ac wedyn cododd ei gorff i gyd, a chan ruo fel taran o dan y ddaear, rhuthrodd allan o'i wâl ddofn drwy'r drws mawr ar hyd cynteddau enfawr y palas i gyfeiriad Porth y Blaen.

Roedd ei feddwl i gyd ar gribo'r mynydd cyfan nes iddo ddal y lleidr, ei falu a'i rwygo'n ddarnau. Daeth allan drwy'r Porth, gan fegino'r dyfroedd mewn chwibaniad o ager ffyrnig wrth iddo fynd, a chododd i'r awyr yn gynddeiriog, gan lanio ar gopa'r mynydd fel ffynnon o fflamau coch a gwyrdd. Clywodd y corachod sŵn ei adenydd dychrynllyd, ac aethant i gyrcydu wrth furiau'r teras glaswelltog gan obeithio dianc rywsut rhag dial echrydus y ddraig.

Byddai pob un ohonynt wedi'i ladd yn y fan a'r lle, pe na bai am Bilbo, eto fyth. "Brysiwch! Brysiwch!" meddai. 'Y drws! Y twnnel! Thâl hi ddim aros yma."

Fe'u deffrwyd gan ei eiriau ac roeddynt ar fin llithro drwy'r drws pan roddodd Bifur waedd. "Fy nghefndryd! Bombur a Bofur—rydyn ni wedi eu hanghofio nhw, maen nhw lawr yng ngwaelod y cwm!"

"Cân nhw eu lladd, a'n merlod i gyd hefyd, a'n storfeydd eu difa i gyd," cwynodd y lleill. "Does dim byd i'w wneud."

"Sothach!" meddai Thorin, gan ailfeddiannu ei urddas. "Allwn ni mo'u gadael nhw. I mewn â chi Mr. Baglan a Balin, a chi'ch dau Fíli a Kíli—chaiff y ddraig ddim ohonom ni i gyd. Nawr, chi'r lleill, ble mae'r rhaffau? Brysiwch!"

Hwyrach mai'r eiliadau hynny oedd y rhai gwaethaf oll iddynt hyd hynny. Atseiniai sŵn dychrynllyd cynddaredd Smawg yn y creigiau ymhell uwch eu pennau; byddai'n disgyn arnynt unrhyw eiliad yn dân i gyd, neu'n hedfan heibio a'u darganfod yn tynnu'n daer ar y rhaffau wrth ymyl peryglus y clogwyn. I fyny daeth Bofur, ac roeddynt yn ddiogel o hyd. I fyny â Bombur, yn pwffian a chwythu wrth i'r rhaffau straenio, ac o hyd, roeddynt yn iawn. I fyny ag ambell ddarn o offer a phecyn, ac wedyn roedd y perygl wrth law.

Clywsant sŵn chwyrnellu. Trochwyd pennau'r meini hirion â golau coch. Daeth y ddraig.

Prin oedd amser i ruthro'n ôl i'r twnnel dan lusgo'u bwndeli pan ddaeth Smawg o'r gogledd, yn llyfu ochrau'r mynydd gyda'i dân ac yn curo'i adenydd anferth gan wneud sŵn fel gwynt yn rhuo. Crinodd gwres ei anadl poeth y glaswellt o flaen y drws, gan ddod i mewn lle'r oeddynt wedi gadael y drws yn gilagored a bygwth eu llosgi yn eu cuddfan. Llamodd y fflamau a dawnsiodd cysgodion duon y creigiau, cyn i'r tywyllwch ddychwelyd wedi iddo fynd heibio. Sgrechiodd y merlod mewn ofn, gan dorri'n rhydd o'u rhaffau a charlamu ymaith yn wyllt. Hedfanodd y ddraig ar eu holau, ac roedd hi'n dawel unwaith eto.

"Bydd hi ar ben ar ein hanifeiliaid druain!" meddai Thorin. "Does dim byd yn dianc rhag Smawg wedi iddo'i weld. Dyma ni, ac yma bydd yn rhaid i ni aros, heblaw bod ar rywun eisiau cerdded y milltiroedd hir yn ôl i'r afon drwy'r tir agored, â Smawg ar wyliadwriaeth!"

Nid oedd hynny'n beth braf i'w ddychmygu! Aethant ymhellach i lawr y twnnel, a gorwedd yno'n crynu er gwaetha'r gwres myglyd, nes i olau gwelw'r wawr ymddangos yng nghil y drws. Bob hyn a hyn yn ystod y nos clywent ru'r ddraig yn hedfan heibio, yn tyfu'n uwch cyn pasio ac ymdawelu drachefn, wrth iddo gribo ochrau'r mynydd eto ac eto, yn chwilio amdanynt.

Wedi cael hyd i'r merlod, ac olion y gwersylloedd, dyfalodd Smawg mai dynion oedd wedi dod o'r afon a'r llyn a dringo'r mynydd o'r cwm lle cafodd hyd i'r merlod; roedd y drws cudd yn drech na'i lygaid ymchwilgar fodd bynnag, a chadwodd y pant bach yn ochr y mynydd ei fflamau ffyrnicaf draw. Bu'n hela'n hir ond yn ofer, nes i'r wawr oeri'i gynddaredd, a'i yrru'n ôl i'w orffwysfa aur i gysgu—ac i adennill ei nerth. Ni fyddai'n anghofio na maddau'r lladrad, nid hyd yn oed pe bai treigl y canrifoedd yn ei droi yntau'n ychydig mwy na phentwr o graig mudlosg. Gallai aros, serch hynny. Yn araf ac yn ddistaw, sleifiodd yn ôl i'w wâl i gysgu, ei lygaid yn lledagored.

Erbyn y bore roedd ofn y corachod wedi pylu rhywfaint. Roedd hi'n amlwg bod peryglon fel hyn yn anochel wrth ymdrin â gwarchodwr o'r fath, a mai da i ddim fyddai rhoi'r gorau i'w cyrch eto. Beth bynnag, arsylwodd Thorin, amhosib fyddai gadael ar hyn o bryd. Roedd eu merlod ar goll, neu wedi'u lladd, a byddai'n rhaid iddynt aros cryn amser nes i Smawg ymlacio digon iddynt fentro cerdded o'r lle. Yn ffodus roeddynt wedi achub digon o'u storfeydd i'w cynnal am beth amser eto.

Buont yn dadlau'n hir ynghylch beth i'w wneud, ond ni allent feddwl am unrhyw ffordd o gael gwared ar Smawg—ffaith a oedd wedi bod yn fan gwan yn eu cynlluniau erioed, fel teimlodd Bilbo y dylai bwyntio allan i'r lleill. Eu hymateb, fel sy'n gyffredin iawn pan fo pobl yn mwydro, oedd dechrau cwyno amdano ef, gan roi'r bai arno am yr union beth oedd wedi'u plesio cymaint i ddechrau: am gymryd y cwpan, a dwyn dicter Smawg arnynt mor fuan.

"Beth arall oeddech chi'n disgwyl i leidr ei wneud?" gofynnodd Bilbo'n ddig. "Ces i fy nghyflogi i ddwyn trysor, nid i ladd dreigiau—gwaith rhyfelwr yw hynny. Dechreuais arni felly, gorau y gallwn. Oeddech chi'n disgwyl i mi ddychwelyd â holl drysor Thrór ar fy nghefn? Ac os cwyno'r ydyn ni, mae gen i ambell gwyn fy hun. Dylech chi fod wedi dod â phum cant o ladron, nid un. Mae'n siŵr ei bod hi'n adlewyrchu'n dda iawn ar dy daid, Thorin, ond paid esgus y gwnest ti union faint ei gyfoeth yn glir i mi erioed. Byddai angen canrifoedd i mi ddod â'r cwbl i'r wyneb, hyd yn oed pe bawn i'n bum deg gwaith yn fwy, a Smawg mor ddof â chwningen."

Wrth gwrs, erfyniwyd am ei faddeuant wedyn. "Beth ydych chi'n cynnig y dylwn ni ei wneud, felly, Mr. Baglan?" gofynnodd Thorin yn gwrtais.

"Does gen i ddim syniad ar hyn o bryd—os ydych chi'n sôn am symud y trysor. Mae hynny'n dibynnu ar ryw lwc newydd, mae'n amlwg, ac ar gael gwared ar Smawg. Dydw i ddim yn gyfarwydd o gwbl ar gael gwared â dreigiau, ond gwnaf i fy ngorau i feddwl am rywbeth. Ond does gen i ddim llawer o obaith, yn bersonol, a baswn i'n rhoi'r cwbl i gael bod yn ddiogel ac yn ôl adref."

"Paid â phoeni am hynny am y tro! Beth ydyn ni i'w wneud, yn awr, heddiw?"

"Wel, os hoffech chi fy nghyngor i, mewn gwirionedd, baswn i'n dweud nad oes dim byd y gallwn ni wneud heblaw aros yma, lle'r ydyn ni. Bydd modd i ni sleifio allan i gael awyr iach gyda'r dydd, debyg. Efallai, cyn bo hir, bydd modd dewis un neu ddau i ddychwelyd i'r storfa ar lan yr afon i gael rhagor o fwyd i ni. Ond yn y cyfamser, dylai pawb fod yn y twnnel gyda'r hwyr.

"Nawr, mae gen i gynnig i chi. Mae gen i fy modrwy, a heddiw am ganol dydd byddaf yn sleifio i lawr unwaith eto—dylai Smawg fod yn cysgu adeg hynny, os yw'n bwriadu gwneud o gwbl—er mwyn gweld beth mae'n ei wneud. Efallai y gwnaf i ddod o hyd i rywbeth. 'Mae gan bob sarff ei fan gwan,' byddai fy nhad yn ei ddweud, er 'mod i'n sicr nad oedd e'n siarad o brofiad."

Yn ddigon naturiol, roedd y corachod yn awyddus i dderbyn ei gynnig. Roeddynt yn parchu Bilbo'n fawr, ac ef, bellach, oedd gwir arweinydd eu hantur. Roedd wedi dechrau cael ei syniadau a'u gynlluniau ei hun. Wedi canol dydd, dechreuodd baratoi ar gyfer taith arall i grombil y Mynydd. Nid oedd yn edrych ymlaen, wrth gwrs, ond doedd hi ddim cynddrwg ac yntau bellach yn gwybod, mwy neu lai, beth oedd o'i flaen. Pe bai'n gwybod rhagor am ddreigiau a'u cyfrwystra, hwyrach y byddai ganddo fwy o ofn a llai o obaith y gallai llwyddo i dwyllo hon.

Roedd yr haul yn tywynnu'n braf pan ddechreuodd, er ei bod hi'n dywyll fel y nos yn y twnnel. Nid oedd y drws ond yn gilagored beth bynnag, ac wrth iddo ddisgyn buan iawn diflannodd y golau a ddeuai drwyddo. Roedd yn sleifio mor ddistaw fel prin y byddai mwg ar awel fwyn yn dawelach, ac wrth iddo agosáu at y drws ar waelod y twnnel dechreuodd ymfalchïo. Dim ond golau gwân iawn oedd i'w weld.

"Mae'r hen Smawg yn cysgu'n braf," meddyliodd. "Mae'n methu fy ngweld, ac ni fydd yn fy nghlywed. Cwyd dy galon, Bilbo!" Roedd naill ai wedi anghofio neu erioed wedi clywed am ffroen dda dreigiau. Ffaith anghyfleus arall yw y gall ddraig ddrwgdybus gysgu ag un llygad ar agor.

Yn sicr, roedd golwg cysgu'n braf ar Smawg, oedd i'w weld bron yn farw dywyll, ac yn chwyrnu fawr dim mwy na chwyth o ager anweledig pan fentrodd Bilbo gael cipolwg arno o'r fynedfa. Roedd ar fin camu allan i'r ystafell pan sylwodd yn sydyn ar belydryn tenau o olau coch yn dianc o waelod amrant caeedig llygad chwith Smawg. Dim ond esgus cysgu oedd! Roedd yn gwylio mynedfa'r twnnel! Camodd Bilbo'n ôl, yn hynod ddiolchgar am hud ei fodrwy. Yna, siaradodd Smawg.

"Henffych, leidr! Rwy'n dy arogleuo, ac yn teimlo dy awyr. Clywaf dy anadl. Dere mewn! Helpa dy hunan i'm heiddo. Mae llawn ddigon gen i!"

Ond nid oedd draig-ddysg Bilbo mor llwyr ddiffygiol â hynny, ac os oedd Smawg wedi gobeithio'i chael hi mor hawdd â hynny i'w gymell i agosáu, cafodd ei siomi. "Dim diolch, O Aruthrol Smawg!" atebodd Bilbo. "Nid ar gyfer anrhegion y des i. Dim ond i edrych arnoch chi, i gael gweld a oeddech chi mor wirioneddol wych ag y mae'r chwedlau'n ei ddweud. Doeddwn i ddim yn eu credu."

"Ydych chi'n eu credu nawr?" gofynnodd y ddraig braidd yn falch o glywed geiriau Bilbo, er nad oedd yn eu credu am eiliad.

"Yn wir, mae'r caneuon a'r chwedlau'n methu'r gwir yn llwyr, O Smawg, Goruchaf-Ddrychineb, ac Enwocaf," atebodd Bilbo.

"Rydych chi'n ddigon cwrtais, am leidr celwyddog," meddai'r ddraig. "Rydych chi'n gyfarwydd â'm henw, ond dydw i ddim yn cofio clywed eich oglau o'r blaen. Pwy ydych chi, ac o ble ydych chi'n dod, os gallaf ofyn?"

"Gallwch wir! Oddi tan y bryn fe ddes i, ac o dan fryniau a throstynt fu fy llwybrau. A thrwy'r awyr. Fi yw'r sawl sy'n cerdded heb ei weld."

"Gallaf gredu hynny'n iawn," meddai Smawg, "ond debyg nad hynny yw dy enw arferol."

"Fi yw'r hwn a ddarganfu'r dirgelwch, a thorri'r we; y gleren sy'n pigo. Fe'm dewiswyd ar gyfer y rhif lwcus."

"Teitlau hyfryd," meddai'r ddraig yn llawn dirmyg, "ond nid yw rhifau lwcus yn codi pob tro."

"Fi yw'r sawl sy'n claddu ei ffrindiau'n fyw, eu boddi, a'u tynnu'n fyw o'r dŵr drachefn. Fe ddes i o ben bag, ond nid aeth bag drosof."

"Mae'r rheiny'n llai canmoladwy," gwawdiodd Smawg.

"Fi yw cyfaill yr eirth a gwestai'r eryrod. Fi yw y modrwy-enillwr, y lwc-wisgwr; fi yw'r casgen-farchog," meddai Bilbo, yn dechrau ymfalchïo yn ei farddoni.

219

"Mae hynny'n well!" meddai Smawg. "Ond paid â gadael i dy ddychymyg fynd yn drech na thi!"

Dyma'r ffordd i siarad â draig, wrth gwrs, os nad oes arnoch eisiau datgelu eich enw go iawn (sy'n ddoeth), ac os nad oes arnoch eisiau ennyn ei llid drwy wrthod ateb (sy'n ddoeth iawn hefyd). Mae siarad cyfrinachol o'r fath yn sicr o gyfareddu unrhyw ddraig, ac ni all yr un ohonynt chwaith wrthsefyll y demtasiwn i wastraffu amser yn ceisio'i ddirnad. Roedd llawer iawn yng ngeiriau Bilbo nad oedd Smawg yn ei ddeall o gwbl (er hwyrach i chithau wneud, â chithau'n gwybod am yr holl anturiaethau roedd Bilbo'n cyfeirio atynt), ond credai iddo ddeall digon, a chwarddodd i'w hunan.

"Roeddwn i'n meddwl hynny neithiwr," meddyliodd dan wenu. "Gwŷr y llyn, rhyw gynllun drygionus ar ran y dŵr-ddynion erchyll hynny gyda'u casgenni a'u cychod. Nhw sydd wrthi, neu rwyf innau'n ddim ond madfall fach! Mae'n oes oesoedd ers i mi ymweld â nhw ddiwethaf, ond byddaf yn gwneud yn iawn am hynny!"

"Da iawn felly, Casgen-farchog!" meddai ar goedd. "Casgen oedd enw dy ferlyn, hwyrach; neu efallai ddim, ond roedd yn ddigon tew. Hwyrach dy fod di'n cerdded heb i neb dy weld, ond gerddaist ti ddim yr holl ffordd. Bwyteais chwech o ferlod neithiwr, a byddaf yn dal ac yn bwyta'r lleill i gyd cyn bo hir. Yn gyfnewid am y pryd bwyd rhagorol hynny, rhoddaf ddarn o gyngor i ti: paid ag ymwneud â chorachod mwy nag sydd rhaid!"

"Corachod!" meddai Bilbo mewn ffug-syndod.

"Paid â thrafferthu," meddai Smawg. "Dwi'n adnabod arogl corrach cystal â neb. A'i flas hefyd. Paid â cheisio dweud y gallwn i fwyta merlyn y bu corrach yn ei farchogaeth heb wybod hynny! Fe ddoi di i ddiwedd drwg, gyda ffrindiau o'r fath, Leidr Casgen-farchog. A chroeso i ti ddychwelyd atynt i ddweud hynny." Ni ddwedodd wrth Bilbo, fodd bynnag, bod yna un arogl nad oedd yn gyfarwydd o gwbl iddo, sef arogl hobyd; roedd hwnnw tu allan i'w brofiad yn llwyr ac yn destun cryn ddryswch iddo.

"Gest ti bris da am y cwpan yna neithiwr, debyg?" aeth yn ei flaen. "Tyrd, dywed. Naddo? Dim byd o gwbl! Wel, dyna gorachod i ti. A debyg eu bod nhw'n llechu'r tu allan, a dy waith di yw gwneud popeth peryglus a chael beth bynnag y gelli di pan nad wyf i'n gwylio—a rhoi'r cwbl iddyn nhw? A gei di gyfran deg? Paid â chredu hynny am eiliad! Byddi di'n lwcus os wyt ti'n dianc yn fyw."

Roedd Bilbo'n dechrau teimlo'n anghyfforddus iawn bellach. Crynai bob tro i lygaid Smawg edrych i'w gyfeiriad ef—roedd y ddraig yn chwilio amdano o hyd yn y tywyllwch; a daeth ysfa ryfedd arno i ruthro allan i ddatgelu'i hun a dweud y gwir i gyd wrth Smawg. Swyn y ddraig oedd hon, ac roedd perygl go iawn y byddai Bilbo'n cael ei hudo. Ond magodd ei blwc, a siaradodd unwaith eto.

"Ni wyddoch chi bob dim, O Smawg Cryf," meddai. "Nid yr aur yn unig a'n denodd yma."

"Ha! Ha! Rwyt ti'n cyfaddef mai "ni" ydych chi felly," chwarddodd Smawg. "Beth am roi'r gorau a dweud 'ni'n pedwar-ar-ddeg', Mr. Rhif Lwcus? Da gen i glywed bod gennych chi fusnes arall yn y parthau hyn heblaw fy aur. Os felly, efallai na fydd dy amser wedi'i wastraffu'n llwyr.

"Dydw i ddim yn siŵr os ydy'r syniad wedi taro dy feddwl, ond hyd yn oed pe bai modd i ti ei ddwyn un geiniog ar y tro—mater o ganrif, mwy neu lai—byddai'n amhosib i ti gludo'r aur yn bell? Nid yw aur yn dda i ddim ar ochr mynydd. Nid yw'n dda i ddim yn y goedwig. Dîar annwyl, onid oeddech chi wedi meddwl am hyn o gwbl? Gwerth un rhan o bedair-ar-ddeg oedd y termau, rwy'n cymryd, neu rywbeth tebyg? Ond beth am gludiant? Beth am warchodwyr arfog, a thollau?" Chwarddodd Smawg yn uchel. Roedd ei galon yn ddrygionus ac yn gynnil, a gwyddai nad oedd ei ragdybiaethau'n bell o'r gwir, er ei fod yn credu o hyd mai Gwŷr y Llyn oedd y tu ôl i'r cynllun, a bod y rhan fwyaf o'r ysbail wedi'i bwriadu ar gyfer y dref honno ar lan y llyn, a elwid yn Esgaroth pan fu Smawg yn ifanc.

Bydd yn anodd i chi gredu, ond cafodd hyn i gyd gryn effaith ar Bilbo druan. Hyd yn hyn roedd wedi canolbwyntio'i holl feddwl a'i nerth ar gyrraedd y Mynydd ac ar gael hyd i'r fynedfa. Nid oedd wedi ystyried o gwbl sut byddai'n cludo'r trysor o'r Mynydd, ac yn sicr nid oedd wedi meddwl dim am sut y byddai'n cael ei gyfran ef yr holl ffordd yn ôl i Ben-y-Bag, Dan-y-Bryn.

Dechreuodd syniad drwgdybus a chas dyfu yn ei feddwl. Oedd y corachod wedi anghofio'r manylion pwysig hyn hefyd, neu a oeddynt wedi bod yn chwerthin am ei ben yr holl amser, heb yn wybod iddo? Dyna effaith paldaruo draig ar y dibrofiad. Dylai Bilbo wedi bod ar ei wyliadwriaeth, wrth gwrs; ond roedd personoliaeth Smawg braidd yn orchfygol.

"Dylech wybod," meddai Bilbo, mewn ymdrech i aros yn deyrngar i'w ffrindiau, ac er mwyn peidio ag ildio i'r ddraig yn llwyr, "mai dim ond chwarae bach oedd yr aur i ni. Daethon ni dros fryn ac o dan fryn, ar y gwynt ac ar y don, er mwyn *dial*. Mae'n rhaid, O Smawg yr Anghyfrifadwy Gyfoethog, eich bod chi wedi sylweddoli bod eich llwyddiant wedi creu gelynion marwol i chi?"

Yna chwarddodd Smawg go iawn—sŵn anorchfygol a ysgydwodd Bilbo nes ei fwrw i'r llawr. Ymhell ym mhen arall y twnnel, swatiodd y corachod yn eu hofn, a chymryd bod yr hobyd druan wedi dod i ddiwedd sydyn ac erchyll.

"Dial!" wfftiodd Smawg, a golau ei lygaid yn goleuo'r neuadd fawr gyfan o'r llawr i'r nenfwd fel mellt cochion. "Dial! Mae'r Brenin Dan y Mynydd yn farw, a ble mae ei deulu sy'n meiddio ceisio dial? Mae Girion, Arglwydd Dyffryn, yn farw, ac rydw i wedi bwyta'i bobl fel blaidd ymysg defaid, a ble mae meibion ei feibion sy'n meiddio dod ar fy nghyfyl i? Byddaf yn lladd fel y mynnaf, a does neb yn meiddio fy ngwrthsefyll. Trechais ryfelwyr gorau'r oes a fu, a does mo'u tebyg yn y byd heddiw. Ac adeg hynny roeddwn i'n ifanc ac yn dyner. Bellach rwy'n hen ac yn gryf, gryf, gryf, Leidr y Cysgod!" ymffrostiodd. "Mae fy arfwisg fel degau o dariannau, fy nannedd yn gleddyfau, fy nghrhafangau'n bicellau, ergydion fy nghynffon yn daranau, fy adenydd yn gorwynt, a fy anadl yn farwolaeth ei hun!"

"Roeddwn i wastad ar ddeall," gwichiodd Bilbo'n ofnus, "roedd dreigiau yn wannach oddi danynt, yn enwedig yn ardal y—y—y fron; ond debyg bod un sydd mor arfog wedi ystyried hynny."

Peidiodd y ddraig ei ymffrost. "Mae dy wybodaeth yn hen iawn," meddai'n swta. "Mae pob un rhan ohonof yn arfog â chen haearn a gemau caled. Does mo'r un llafn all fy nhorri."

"Dylwn i fod wedi meddwl hynny," meddai Bilbo. "Yn wir, rydych chi'n hollol ddigymar, Arglwydd Smawg yr Anhoradwy. Y fath ardderchogrwydd, i feddu ar wasgod o ddiemwntau cain!"

"Ydy, mae'n brin ac yn wir ysblennydd," meddai Smawg, ei hunan-falchder yn gorlifo. Ni wyddai fod yr hobyd wedi cael cipolwg eisoes ar orchudd hynod ei fola, ac yn ysu am gael golwg agosach am ei resymau ei hun. Trodd Smawg ar ei gefn. "Edrych!" meddai. "Beth wyt ti'n meddwl am hyn?"

"Ardderchog o aruthrol! Perffaith! Dilychwyn! Syfrdanol!" ebychodd Bilbo, ond y tu mewn meddyliai: "Yr hen ffŵl! Mae darn mawr ar ochr chwith ei fola sydd mor noeth â malwoden heb gragen!"

Wedi gweld hynny, roedd holl feddwl Mr. Baglan ar ddianc. "Rhaid i mi beidio â chadw Eich Ysblander mwyach," meddai, "na'ch cadw rhag eich gorffwys haeddiannol. Gwaith caled yw dal merlod, rwy'n credu, ar ôl iddynt gael amser hir i redeg. A lladron hefyd," ychwanegodd wrth iddo adael, gan ruthro i'w heglu hi i fyny'r twnnel.

Geiriau annoeth iawn oedd y rheiny, oherwydd ymateb Smawg oedd saethu fflamau tanbaid ar ei ôl. Er iddo redeg nerth ei draed i fyny'r llethr, nid oedd wedi mynd yn agos ddigon pell i allu ymlacio cyn i ben hyll y ddraig ymddangos yn gwthio drwy'r agoriad y tu ôl iddo. Yn ffodus roedd y twnnel yn rhy fach i'w ben a'i enau i gyd, ond anfonodd ei ffroenau fflamau ac ager ar ôl yr hobyd, a bu bron iddynt ei oddiweddyd wrth iddo faglu'n ddall mewn poen a phanig llwyr. Roedd wedi teimlo braidd yn falch gyda chlyfrwch ei drafodaeth gyda Smawg, ond fe'i gorfodwyd i bwyllo gan ei gamgymeriad ar y diwedd.

"Paid byth â chwerthin am ben draig fyw, Bilbo'r ffŵl i ti!" meddai wrth ei hun, a daeth yn hoff ddywediad iddo'n ddiweddarach, gan droi'n ddihareb. "Dwy ti ddim yn agos at ddiwedd yr antur hon eto," ac roedd hynny'n wir hefyd.

Roedd y prynhawn yn troi'n noswaith pan ddaeth allan eto i lewygu ar "garreg y drws". Aeth y corachod ati i'w ddadebru ac i drin ei losgiadau gorau y gallent, ond roedd yn amser hir cyn i'r gwallt ar gefn ei ben a'i sodlau dyfu'n iawn eto: roedd wedi llosgi i gyd, hyd at y croen. Yn y cyfamser gwnaeth ei ffrindiau eu gorau glas i godi ei galon, ac roeddynt yn awyddus i glywed ei hanes, ac yn enwedig i gael gwybod beth fu achos sŵn erchyll y ddraig, a sut roedd wedi llwyddo i ddianc.

Ond roedd yr hobyd yn poeni ac yn anghyfforddus, a gwaith caled oedd cael dysgu unrhyw beth ganddo. Gydag ôl-ddoethineb, roedd bellach yn edifarhau rhai o'r pethau iddo'u dweud wrth y ddraig, ac nid oedd yn awyddus i'w hailadrodd. Eisteddai'r hen fronfraith ar garreg gerllaw, ei phen ar ogwydd, yn gwrando ar bopeth oedd yn cael ei ddweud. Cymaint oedd ei dymer drwg fel y cododd Bilbo garreg a'i daflu at y fronfraith, a gododd i'r awyr i osgoi'r garreg yn hawdd cyn dychwelyd i'w heisteddle.

"Go daria'r fronfraith honno!" meddai Bilbo'n ddig. "Mae hi'n gwrando, dwi'n sicr, a dwi ddim yn hoff o'i golwg hi."

"Gad iddi fod!" meddai Thorin. "Mae Bronfreithod yn dda ac yn gyfeillgar—aderyn hen iawn yw honno, yr olaf un efallai o'r brîd hynafol a oedd yn arfer byw yn yr ardal hon, ac yn ddof yn nwylo fy nhad a'm taid. Hil hudol a hiroesog oeddynt, ac efallai bod hon yn un o'r rhai oedd yn byw'r adeg honno, cwpl o ganrifoedd yn ôl neu'n hirach. Dysgodd dynion Dyffryn ddeall eu hiaith, ac roeddynt yn eu defnyddio i anfon negeseuon at Wŷr y Llyn a thu hwnt."

"Wel, bydd ganddi newyddion i Drellyn yn sicr, os mai am hynny mae hi'n aros," meddai Bilbo, "er hwyrach nad oes neb yno bellach sy'n trafferthu ag iaith bronfreithod."

"Pam, beth sydd wedi digwydd?" gofynnodd y corachod. "Tyrd, dywed dy hanes o'r diwedd!"

Felly adroddodd Bilbo bopeth y gallai ei gofio, gan gyfaddef ei deimlad annifyr iddo ddatgelu gormod o lawer i'r ddraig drwy ei eiriau, ac iddo ychwanegu at yr hyn a wyddai hwnnw wedi cael hyd i'r gwersylloedd a'r merlod. "Rhaid ei fod yn gwybod mai o Drellyn y daethon ni, a'n bod wedi cael cymorth yno, ac mae gen i deimlad erchyll mai yno bydd yn mynd nesaf. Trueni mawr i mi ddweud Casgen-farchog; yn y parthau hyn byddai pob cwningen ddall yn meddwl am Wŷr y Llyn o glywed hynny."

"Wel, wel! Does dim byd i'w wneud am y peth, ac anodd iawn yw peidio gwneud camgymeriadau wrth siarad â draig, neu felly dwi wedi'i ddeall erioed," meddai Balin, yn awyddus i'w gysuro. "Gwnest ti'n dda iawn yn fy marn i—darganfuaist ti un peth defnyddiol iawn, beth bynnag, ac mae hynny'n fwy na'r rhan fwyaf sydd wedi torri gair â Smawg a'i debyg. Gall fod yn fantais ac yn fendith eto i wybod am y man gwan yng ngwasgod diemwnt yr hen fadfall."

Trodd y drafodaeth at ymladd â dreigiau: y buddugoliaethau hanesyddol, mythologol, neu amheus, a'r gwahanol drawiadau, ergydion a thoriadau isel a oedd wedi eu defnyddio i drechu'r ddraig ym mhob achos, a'r gwahanol greffftau, strategaethau a chyfrwystra a oedd wedi eu defnyddio i'w rhoi ar waith. Y farn gyffredinol oedd mai anoddach na'r disgwyl yw dal draig wrth iddi gysgu, a bod ymdrech i blannu arf mewn draig gwsg hyd yn oed yn debycach o arwain at fethiant nag ymosodiad dewr o'r blaen. Roedd y fronfraith yn gwrando o hyd wrth iddynt siarad, cyn iddi estyn ei hadenydd a hedfan ymaith yn dawel o'r diwedd, wrth i'r sêr ddechrau ymddangos yn yr awyr. Wrth iddynt drafod, ac i'r cysgodion fynd yn hirach, teimlai Bilbo yn fwyfwy anfodlon ac yn fwyfwy ofnus.

O'r diwedd torrodd ar draws y drafodaeth. "Rydw i'n sicr nad ydyn ni'n ddiogel yma o gwbl," meddai, "a dwi ddim yn gweld diben i ni eistedd yma. Mae'r ddraig wedi llosgi'r holl wyrddni braf, a beth bynnag, mae'n nosi ac yn oer. Ond mae gen i deimlad ym mer fy esgyrn y bydd Smawg yn ymosod ar y lle yma unwaith eto. Mae'n gwybod nawr sut y cyrhaeddais i ei neuadd, a chewch fod yn sicr y bydd yn dyfalu'n iawn ble mae pen arall y twnnel. Bydd yn chwalu ochr y mynydd yn ddarnau mân, os oes rhaid iddo, er mwyn ein rhwystro, ac os cawn ni ein torri'n ddarnau mân ar yr un pryd, yna gorau oll iddo ef."

"Rwyt ti'n creu darlun tywyll, Mr. Baglan!" meddai Thorin. "Pam nad yw Smawg felly wedi rhwystro pen arall y twnnel, os yw mor awyddus i'n cadw ni allan? Does bosib ei fod wedi gwneud eto, neu mi fyddwn ni wedi'i glywed."

"Wn i ddim, wn i ddim—hwyrach bod arno eisiau fy nenu'n ôl i ddechrau, a'i fod yn aros nawr nes iddo ddychwelyd o'i hela heno, neu efallai nad oes arno eisiau difrodi ei ystafell wely heb raid—ond rwy'n erfyn arnoch chi, peidiwch dadlau. Bydd Smawg yn dod unrhyw funud nawr, a'n hunig obaith yw cuddio yn y twnnel a chau'r drws."

Roedd Bilbo i'w weld mor argyhoeddedig fel y bu rhaid i'r corachod ildio i'w ddymuniad yn y diwedd, er iddynt oedi cyn cau'r drws—roedd hynny'n gynllun peryglus iawn, oherwydd ni wyddai'r un ohonynt sut i'w agor o'r tu mewn, neu hyd yn oed os oedd hynny'n ai peidio, ac nid oeddynt yn hoff o'r syniad o gael eu cau i mewn, heb ffordd allan heblaw drwy wâl y ddraig. Felly eisteddon nhw i drafod am gryn amser eto, yn y twnnel ond heb fod yn bell o'r drws, oedd yn lled agored o hyd.

Trodd y drafodaeth at eiriau cas y ddraig am y corachod. Basai wedi bod yn well gan Bilbo pe bai heb eu clywed o gwbl, neu o leiaf pe bai'n gallu bod yn hollol sicr bod y corachod yn eu tro yn bod yn bur onest wrth dyngu nad oedd yr un ohonynt erioed wedi ystyried beth fyddai'n digwydd ar ôl ennill y trysor. "Roedden ni'n gwybod o'r dechrau mai antur ddigon mentrus oedd hon," meddai Thorin, "ac rydym ni'n gwybod hynny o hyd; rwyf o'r farn mai ar ôl ennill y trysor fydd yr amser i feddwl am beth i'w wneud gydag ef. O ran dy gyfran di, Mr. Baglan, gallaf eich sicrhau ein bod ni'n fwy na diolchgar, ac y byddwch yn cael dewis eich pedwar-ar-ddegfed eich hun, cyn gynted ag y bydd gennym ni unrhyw beth i'w rannu. Blin iawn gennyf os ydych chi'n poeni am gludiant, ac rwy'n cyfaddef nad yw'r anawsterau'n ansylweddol—mae'r wlad wedi mynd yn fwy gwyllt â threigl amser, nid yn llai felly—ond byddwn yn gwneud popeth y gallwn ar eich rhan, a thalu'n cyfran ni o unrhyw gostau pan ddaw'r amser. Fe gewch chi fy nghredu neu beidio, fel y mynnwch!"

Trodd y drafodaeth wedyn at y trysor mawr ei hun, â'r pethau hynny roedd Thorin a Balin yn cofio amdanynt. Oeddynt yno o hyd, tybed, heb eu cyffwrdd? Y picelli a grëwyd ar gyfer byddinoedd Bladorthin, y Brenin Mawr (wedi hen farw), ond heb erioed eu talu amdanynt na'u casglu, pob un â chanddo ben a fu drwy'r efail deirgwaith, a phaladr wedi'i addurno ag aur cain; tariannau a wnaed ar gyfer rhyfelwyr wedi hen farw; cwpan aur mawr Thrór, â'i ddwy ddolen, wedi'i gerfio ag adar a blodau, eu llygaid a'u phetalau yn gemau; llurigau euraidd cadarn; mwclis Girion, Arglwydd Dyffryn, wedi'i wneud o bum cant o emralltau o liw gwair ac a roddwyd ganddo i dalu am wisgo'i fab hynaf mewn crys o gorrach-lurig na wnaethpwyd ei debyg erioed o'r blaen, yn arian pur ond deirgwaith mor gryf â dur. Ond harddach a cheinach na'r rhain i gyd oedd y gem fawr wen, a gafodd y corachod hyd iddi dan wreiddiau'r Mynydd: Calon y Mynydd, sef Archfaen Thráin.

"Yr Archfaen! Yr Archfaen!" murmurodd Thorin yn y tywyllwch, yn hanner breuddwydio, ei ên ar ei gliniau.

"Roedd fel glôb ag iddo fil o wynebau: disgleiriai fel arian yng ngolau'r tân, fel dŵr yn yr haul, fel eira dan y sêr, fel glaw ar y lloer!"

Ond roedd swyn y chwant am drysor wedi gadael Bilbo. Dim ond hanner gwrando roedd ar y drafodaeth o gwbl. Ef oedd yn eistedd yn agosaf i'r drws, ag un glust yn gwrando am unrhyw sŵn o'r tu allan, y llall yn gwrando'n astud am atseinio y tu hwnt i furmur y corachod, ac am unrhyw awgrym o symud yn y dyfnderoedd.

Wrth iddi dywyllu ymhellach, tyfodd yn gynyddol anniddig. "Caewch y drws!" ymbiliodd, "Dwi'n ofni'r ddraig ym mêr fy esgyrn. Mae'r tawelwch hwn yn waeth na holl dwrw neithiwr. Caewch y drws, cyn iddi fod yn rhy hwyr!"

Roedd rhywbeth yn ei lais a wnaeth i'r corachod deimlo'n anghyfforddus. Yn araf, bwriodd Thorin ei freuddwyd ymaith, cododd, a chiciodd ymaith y garreg oedd yn dal y drws ar agor. Yna gwthiwyd y drws, a gaeodd â chlep ac atsain. Roeddynt wedi eu cau y tu mewn i'r Mynydd!

A hynny heb fod eiliad yn rhy fuan. Prin oeddynt wedi mynd unrhyw bellter o gwbl i lawr y twnnel pan drawyd ochr y Mynydd ag ergyd, fel petai cewri'n ei daro â dyrnhwrdd derw. Taranodd y graig, craciodd y muriau ac fe gwympodd cerrig o'r nenfwd ar eu pennau. Dydw i ddim eisiau meddwl beth fyddai wedi digwydd pe bai'r drws yn dal i fod ar agor. Rhuthrodd pawb ymhellach i lawr y twnnel, yn falch o fod yn fyw, â sŵn rhuo cynddeiriog Smawg yn atseinio ar eu holau. Roedd yn torri creigiau'n ddarnau, yn chwalu'r clogwyn â'i gynffon enfawr, nes bod safle eu gwersyll uchel, y gwair llosg, carreg y fronfraith, yr ysgafell, a phob dim wedi diflannu mewn toreth o graig. Llifodd afalans o gerrig dros y dibyn i'r cwm islaw.

Roedd Smawg wedi gadael ei wâl yn ddistaw, wedi hedfan drwy'r awyr mewn tawelwch, ac wedyn arnofio'n drwm ac araf yn y tywyllwch fel brân anghenfilaidd, yn dilyn y gwynt i lethrau gorllewinol y Mynydd. Roedd yn gobeithio dal rhywbeth neu rywun yn annisgwyl, a chael hyd i'r twnnel roedd y lleidr wedi'i ddefnyddio. Ei gynddaredd oedd canlyniad y ffaith na chafodd hyd i neb na dim, er iddo ddyfalu'n gywir lle'r oedd y twnnel.

Wedi rhoi llais i'w dymer, teimlai'n well, a theimlai'n sicr na fyddai unrhyw beth yn dod i'w drafferthu eto o'r cyfeiriad hwnnw. Yn y cyfamser, roedd ganddo ddial eto i'w ddwyn. "Casgen-farchog!" wfftiodd. "Daeth dy draed o lan y llyn, ac ar y dŵr ddest ti, heb os. Dydw i ddim yn adnabod dy arogl, ond hyd yn oed os nad wyt ti'n un o Wŷr y Llyn, fe gest ti gymorth ganddynt. Fe gânt fy ngweld i, a chofio pwy yw'r gwir Frenin Dan y Mynydd!"

Yn dân i gyd, cododd i'r awyr a hedfan tua'r de, i gyfeiriad yr Afon Ebrwydd.

Pennod XIII

ODDI CARTREF

Yn y cyfamser, eisteddai'r corachod yn y tywyllwch, ac aeth hi'n hollol dawel arnynt. Ni ddwedodd na fwytaodd yr un ohonynt ddim ond ychydig iawn. Amhosib oedd cyfri'r munudau ac oriau, a phrin roeddynt yn meiddio symud, cymaint oedd eu sibrydion yn siffrwd ac atseinio yn y twnnel. Bob tro i un ohonynt roi cynnig ar gysgu byddai'n deffro i'r un tawelwch a thywyllwch di-dor. O'r diwedd, wedi cyfnod a deimlai fel dyddiau lawer a hwythau'n dechrau tagu a drysu drwy ddiffyg aer, amhosib oedd dioddef rhagor. Bron iawn y byddent wedi croesawu clywed rhywbeth o'r tywyllwch islaw i awgrymu bod y ddraig wedi dychwelyd. Roeddynt yn ofni rhyw dric neu gyfrwyster ganddo yn y tawelwch, ond ni allent aros yno am byth.

Cododd Thorin ei lais. "Gadewch i ni drio'r drws!" meddai. "Rhaid i mi deimlo'r awel ar fy wyneb yn fuan, neu byddaf yn marw. Gwell gen i gael fy malu gan Smawg yn yr awyr agored na thagu yma, meddwn i!" Felly cododd nifer o'r corachod ac ymbalfalu'n ôl i'r man lle fu'r drws. Ond cawsant fod pen uchaf y twnnel wedi'i chwalu'n llwyr a bod darnau o graig yn ei rhwystro'n gyfan gwbl. Ni fyddai'r allwedd yn agor y drws byth eto, na'r swyn a fu'n ufudd iddi.

"Rydyn ni wedi'n dal!" cwynai'r corachod. "Mae hi ar ben arnom ni. Mi fyddwn ni'n marw yma."

Ond rywsut, wrth i'r corachod golli pob gobaith teimlai Bilbo ei galon yn ysgafnhau, fel pe bai pwysau trwm y tu mewn i'w wasgod wedi'i fwrw ymaith.

"Dewch, dewch!" meddai. "Fel y byddai fy nhad yn arfer ei ddweud, 'Ble mae bywyd, mae gobaith!' a 'Tri chynnig i Hobyd.' Rydw i'n mynd *i lawr* y twnnel unwaith eto. Es i'r ffordd honno ddwywaith eisoes pan oeddwn i'n gwybod yn iawn bod yna ddraig yn y pen arall. Byddaf yn mentro am y trydydd tro felly, heb wybod y naill ffordd neu'r llall. Beth bynnag, dyna'r unig ffordd allan. Ac rwy'n credu y dylech chi i gyd ddod hefyd, y tro hwn."

Yn wyneb eu hanobaith, rhaid oedd cytuno, a Thorin fu'r cyntaf i gamu ymlaen i sefyll wrth ochr Bilbo.

"Nawr, byddwch yn ofalus iawn!" sibrydodd yr hobyd, "a mor dawel â phosib! Efallai nad yw Smawg yno, ond eto i gyd efallai ei fod. Da chi, peidiwch â dwyn unrhyw beryglon diangen ar ein pennau!"

I lawr, lawr â nhw. Wrth gwrs, ni allai'r corachod gystadlu â'r hobyd o ran symud yn ddistaw, a gwnaethent bob math o sŵn pwffio a llusgo traed a atseiniai lawr y twnnel yn frawychus. Ond er i Bilbo aros bob hyn a hyn i wrando yn llawn ofn, ni chlywodd yr un ateb o'r dyfnder. Wrth iddynt agosáu at y gwaelod—hyd y gallai farnu hynny—gwisgodd Bilbo ei fodrwy, ac arhosodd y lleill wrth iddo fynd yn ei flaen. Ond doedd mo'i hangen arno: roedd y tywyllwch yn llwyr, ac roedd pob un ohonynt yn anweledig, modrwy neu beidio. A dweud y gwir, roedd hi mor ddu fel i'r hobyd gyrraedd yr agoriad yn annisgwyl pan roddodd ei law ar ddim byd, ac yntau'n disgwyl i'r mur barhau. Baglodd, a rholio'n bendramwnwgl i'r neuadd!

Gorweddai yno'n fflat ar ei wyneb heb feiddio codi, a phrin yn meiddio anadlu. Ond ni symudodd ddim byd arall mewn ymateb. Doedd dim golau o gwbl—oni bai am ryw lygedyn o olau gwyn gwan ymhell i ffwrdd, rhywle yn y düwch uwchben; neu felly roedd yn ymddangos iddo pan gododd ei ben yn araf o'r diwedd. Ond beth bynnag oedd yno doedd hi ddim yn wreichionyn o dân y ddraig, er bod drewdod hwnnw ymhobman, a blas ager ar dafod Bilbo.

Ar ôl ychydig amser, ni allai Mr. Baglan ddioddef rhagor. "Go daria, Smawg, y sarff i ti!" gwichiodd yn uchel.

"Dyna ddigon o chwarae cuddio! Rho olau i mi, a'm bwyta, os gelli di fy nal!"

Atseiniodd ei lais drwy'r neuadd dywyll, ond ni ddaeth ateb.

Cododd Bilbo, a sylweddolodd nad oedd yn gwybod i ba gyfeiriad i droi.

"Beth ar y ddaear yw gêm Smawg, tybed?" meddai. "Rhaid ei fod oddi cartref heddiw (neu heno, neu beth bynnag yw hi), rwy'n credu. Os nad yw Oín a Gloín wedi colli eu blychau tân, efallai y cawn ni dipyn o olau, a chyfle i edrych o gwmpas, cyn i'n lwc ni droi."

"Golau!" gweiddodd. "All rywun wneud golau i mi?"

Cododd Bilbo fraw mawr ar y corachod wrth gwrs pan gwympodd i lawr y gris ac i mewn i'r neuadd gyda chlec. Roeddynt yn dal i eistedd yn yr union fan lle'r oedd wedi'u gadael ym mhen y twnnel.

"Sh! Sh!" hisiodd y corachod ar ei gilydd wrth glywed ei lais; ac er bod hynny'n gymorth i'r hobyd weithio allan ble'r oedd y lleill, roedd yn amser hir cyn iddo gael dim byd arall ganddynt. Ond o'r diwedd, a Bilbo wedi dechrau taro'i draed ar y llawr yn ddiamynedd, a sgrechian "Golau!" nerth ei ben yn ei lais main, ildiodd Thorin, ac anfonodd Oín a Gloín yn ôl at eu bwndeli ym mhen pella'r twnnel.

Ychydig yn ddiweddarach fe'u gwelwyd yn dychwelyd, Oín â ffagl fach o binwydd yn olau yn ei law, a Gloín â bwndel ohonynt yn ei freichiau. Ac yntau'n awyddus i gymryd y ffagl aeth Bilbo i'r drws, ond am y tro ni allai berswadio'r corachod i gynnau'r lleill neu ymuno ag ef. Esboniodd Thorin yn ofalus mai Mr. Baglan oedd eu lleidr swyddogol ac archwiliwr arbenigol o hyd. Os oedd arno eisiau mentro cynnau golau, ei ddewis ef oedd hynny. Byddent yn aros yn y twnnel, i ddisgwyl ei adroddiad. Felly eisteddai'r corachod yn agos i'r agoriad a gwylio.

Gwylient ffurf bach dywyll yr hobyd yn cychwyn ar draws y llawr gan ddal ei olau bychan uwch ei ben. Bob hyn a hyn, pan oedd yn ddigon agos o hyd, gwelai'r corachod drysorau'n disgleirio, a gwelsant fflach o olau a chlywed ambell dinc wrth i Bilbo faglu dros ryw ddarn o aur. Lleihaodd y golau wrth iddo fynd ymhellach i mewn i'r neuadd anferth, cyn dechrau codi i'r awyr, gan ddawnsio o hyd. Roedd Bilbo'n dringo'r pentwr anferth o drysor. Yn fuan roedd yn sefyll ar ben y pentwr, ond ymlaen ag ef. Wedyn gwelodd y corachod ef yn aros i blygu am eiliad, er na wyddent pam.

Yr Archfaen oedd hi, Calon y Mynydd. Dyfalu hynny oedd Bilbo yn dilyn disgrifiad Thorin ohoni, ond mewn gwirionedd ni allai fod dwy em o'r fath, hyd yn oed yn y fath gasgliad, nac yn y byd i gyd. Daliai'r golau gwelw i dywynnu o'i flaen o hyd wrth iddo ddringo, a'i ddenu ato. Yn araf, tyfodd yn belen fach o olau gwyn. Bellach, wrth i Bilbo agosáu, pefriai ei harwyneb disglair yn lliwiau i gyd wrth iddi adlewyrchu a gwahanu golau fflam ei ffagl. O'r diwedd roedd o'i flaen, a daliodd ei anadl. Disgleiriodd yr em hardd o'i flaen â'i golau'i hun, ond eto, roedd wedi'i thorri a'i llunio gan y corachod a'i cloddiodd hi o galon y mynydd amser maith yn ôl. Cymerai'r holl olau a ddisgleiriai arni a'i droi'n filoedd o belydrau o oleuni gwyn prydferth, a thinc o liwiau'r enfys yn cyffwrdd â phob un ohonynt.

Â'i swyn yn ei ddenu, estynnodd Bilbo ei fraich tuag ati'n sydyn. Roedd yr Archfaen yn rhy fawr a thrwm i'w law bach gau amdani, ond caeodd ei lygaid a'i chodi, a'i rhoi ym mhoced ddyfnaf ei wasgod.

"Lleidr go iawn ydw i bellach!" meddyliodd. "Ond hwyrach y dylwn i ddweud wrth y corachod amdani—rywbryd. Dwedwyd y gallwn i ddewis fy nghyfran i o'r trysor, ac hon fyddai fy newis, dwi'n credu, hyd yn oed pe baen nhw'n cymryd y gweddill i gyd!" Serch hynny roedd ganddo deimlad annifyr na fwriadwyd mewn gwirionedd i'r em ryfeddol hon fod yn rhan o'r dewis a'r dethol, ac y byddai'n dod i drafferth eto o'i herwydd.

Aeth yn ei flaen unwaith eto. Dringodd i lawr ochr pellaf y pentwr anferth, a diflannodd wreichionyn ei ffagl o olwg y corachod oedd yn ei wylio. Ond cyn bo hir ailymddangosodd yn y pellter. Roedd Bilbo'n croesi llawr y neuadd.

Ymlaen ag ef, nes iddo gyrraedd y drysau enfawr ym mhen pellaf y neuadd. Roedd awel yno yn puro'r awyr, ond bu ond y dim iddi ddiffodd ei ffagl. Sbeciodd yn ofnus drwy'r drws, a gwelodd rywfaint o gyntedd crand, a gwaelod set o risiau llydan yn esgyn i'r tywyllwch. Nid oedd yr un siw na miw o'r ddraig o hyd. Roedd ar fin troi a dychwelyd, pan hedfanodd rywbeth tywyll tuag ato, gan gyffwrdd ei wyneb. Gwichiodd a baglodd, gan gwympo i'r llawr. Collodd afael yn ei ffagl, a diffoddodd y fflam!

"Ystlum, debyg—gobeithio, o leiaf!" meddai'n ddiflas. "Ond beth ydw i'n mynd i'w wneud nawr? I ba gyfeiriad mae'r dwyrain, y de, y gogledd neu'r gorllewin?"

"Thorin! Balin! Oín! Gloín! Fíli! Kíli!" gweiddodd nerth ei ben, er mai sŵn bychan oedd hynny yn y düwch llydan. "Mae'r golau wedi diffodd! Dewch i gael hyd i mi a'm helpu!" Roedd wedi colli ei holl hyder, am y tro.

Clywodd y corachod ei floeddio gwan, ond yr unig air y gallent ei glywed oedd "help!"

"Beth ar y ddaear, neu dan y ddaear, sydd wedi digwydd?" meddai Thorin. "Debyg nad y ddraig sydd yno, neu ni fyddai'n dal i sgrechian felly."

Arhoson nhw am eiliad neu ddau eto, a ni ddaeth yr un sŵn i awgrymu bod y ddraig yno. Doedd dim sŵn o gwbl a dweud y gwir heblaw llais Bilbo yn y pellter. "Dewch, rywun, â ffagl neu ddau'n ychwanegol hefyd!" gorchmynnodd Thorin. "Mae'n debyg bod yn rhaid i ni fynd i achub ein lleidr."

"Mae'n hen bryd i ni ei achub e am unwaith," meddai Balin, "ac rwy'n ddigon bodlon mynd. Beth bynnag, mae hi'n ddiogel am y tro, hyd y gwelaf i."

Cyneuodd Gloín sawl ffagl, ac wedyn aeth pob un ohonynt allan un ar ôl y llall mor gyflym ag y gallent, gan ddilyn y mur. Cyn bo hir daethant o hyd i Bilbo'i hun, yn dychwelyd tuag atynt. Roedd ei ddryswch wedi diflannu'n fuan ar ôl iddo weld y goleuadau'n agosáu.

"Dim ond ystlum, a ffagl wedi'i ollwng—dim byd gwaeth na hynny!" meddai mewn ateb i'w gwestiynau. Er bod clywed hynny'n destun rhyddhad iddynt, roeddynt yn anniddig braidd iddo godi ofn arnynt am ddim byd. Fodd bynnag, wn i ddim o gwbl beth fyddai eu hymateb pe bai Bilbo wedi dweud wrthynt am yr Archfaen yr eiliad honno. Roedd y cipolwg y roeddynt wedi ei gael o'r trysor wrth fynd heibio wedi ailgynnau'r tân hwnnw sy'n llosgi yng nghalon pob corrach; a phan fo aur a thlysau'n cyffroi calon corrach, hyd yn oed un parchus, fe aiff yn ddewr iawn yn sydyn, neu'n ffyrnig hyd yn oed.

Yn sicr, nid oedd angen rhagor o berswadio arnynt. Roeddynt yn awyddus iawn i archwilio'r neuadd tra bod cyfle ganddynt, a da ganddynt gredu felly bod Smawg oddi cartref, am y tro. Gafaelodd pob un ohonynt mewn ffagl oleuedig, ac wrth iddynt syllu ar yr holl drysor, ar y naill ochr ac wedyn y llall, anghofiwyd pob ofn a phob gofal. Dechreuwyd trafod ar goedd, a gweiddi ar ei gilydd, wrth godi hen dlysau o'r pentwr neu'r mur a'u dal yn y golau, i'w hanwesu a'u byseddu.

Roedd Fíli a Kíli'n ymddwyn bron fel pe baen nhw'n chwil, ac ar ôl cael hyd i nifer o delynau euraidd â llinynnau arian aethant ati i'w chwarae. Telynau hud oeddynt, mewn tiwn o hyd, a'r ddraig heb eu cyffwrdd (nid oedd ganddo ddiddordeb o gwbl mewn cerddoriaeth). Llenwyd y neuadd dywyll ag alawon nad oedd wedi'u clywed yno am amser maith. Ond roedd y rhan fwyaf o'r corachod yn fwy ymarferol: aethant ati i gasglu gemau ac i lenwi'u pocedi, gan ochneidio wrth ollwng yn ôl i'r llawr yr hyn nad oedd modd ei gario. Roedd Thorin yn ymddwyn yr un fath, ond yn chwilio o hyd hefyd am rywbeth nad oedd yn gallu cael hyd iddi: Yr Archfaen, wrth gwrs, er na soniodd amdani wrth neb.

Wedyn dechreuodd y corachod gymryd llurigau ac arfau o'r muriau, ac ymarfogi. Roedd golwg gwir frenhinol ar Thorin mewn llurig o gylchau euraidd, gyda bwyell ag iddi garn arian mewn gwregys oedd yn frith o emau coch llachar.

"Mr Baglan!" galwodd. "Dyma'r taliad cyntaf o dy gyflog! Tafla dy hen gôt, a gwisga hon."

Ar hynny gwisgwyd Bilbo mewn llurig fach a wnaed amser maith yn ôl ar gyfer rhyw dywysog o ellyllyn ifanc. Roedd wedi'i wneud o arian-ddur—*mithril* yw enw'r ellyll arno—ac roedd ganddi wregys o berlau a chrisialau. Gosodwyd helmed lledr ysgafn ar ei ben, wedi'i gyfnerthu â chylchau dur, gyda gemau gwynion yn cylchynu'r cantel.

"Rwy'n teimlo'n odidog," meddyliodd; "ond yn edrych braidd yn wirion, debyg. Dychmygwch nhw'n chwerthin ar y Bryn nôl adref! Trueni nad oes yna ddrych wrth law, serch hynny."

Serch hyn i gyd, llwyddodd Mr. Baglan yn well na'r corachod i gadw'i ben yn glir o swyn y trysor. Blinodd ar archwilio'r holl dlysau ymhell cyn y lleill. Eisteddodd ar y llawr, gan feddwl yn nerfus am beth fyddai diwedd hyn oll. "Baswn i'n cyfnewid nifer fawr o'r cwpanau gwerthfawr hyn," meddyliodd, "am ddiod o rywbeth braf mewn un o bowlenni pren Beorn!"

"Thorin!" galwodd. "Beth nesaf? Rydyn ni wedi ymarfogi, ond beth dda fu unrhyw arfwisg erioed yn erbyn Smawg y Dychrynllyd? Dydyn ni heb ennill y trysor hwn, nid eto. Chwilio am ffordd allan ydyn ni, nid aur, ac rydyn ni wedi mentro mwy na digon bellach!"

"Gwir hynny!" atebodd Thorin, gan ailfeddiannu ei hun. "Fe awn ni yn ein blaenau. Fi fydd yn eich arwain. Ni allwn i anghofio llwybrau'r lle yma fyth, nid wedi mil o flynyddoedd." Galwodd ar y lleill, ac ymgasglodd y corachod. Yn dal eu ffaglau uwch eu pennau aethant drwy'r drysau enfawr, ond nid heb sawl cip awchus tuag yn ôl.

Bellach roeddynt wedi gorchuddio'u llurigau disglair gyda'u hen glogynnau, a'u helmedau llachar gyda'u cyflau carpiog, ac yn dilyn Thorin mewn rhes fesul un. Llinell o oleuadau bychain yn y tywyllwch oeddynt, yn aros yn aml er mwyn gwrando'n ofnus unwaith eto am unrhyw si bod y ddraig yn dychwelyd.

Er bod pob hen addurn naill ai wedi'i dinistrio neu hen bydru, a'r holl le wedi'i halogi a'i hysbeilio gyda mynd a dod yr anghenfil, roedd Thorin yn adnabod pob twnnel a phob troad. Fe ddringon nhw risiau lawer cyn troi a dilyn llwybrau hir, â sŵn eu traed yn atseinio, cyn troi eto i ddringo rhagor o risiau, ac wedyn rhagor eto. Grisiau esmwyth wedi'u cerfio o graig y mynydd ei hun oeddynt, ac wrth iddynt eu dringo'n uwch ac yn uwch ni welsant yr un arwydd o ddim byd byw heblaw'r cysgodion llechwraidd a ildiai i olau eu ffaglau, ac a ddawnsiai ym mhob awel.

Er gwaetha'u ceinder nid oedd y grisiau hynny wedi'u hadeiladu i goesau hobyd, a phan oedd Bilbo'n dechrau teimlo na allai fynd ymhellach cododd y nenfwd yn sydyn, yn uchel ac ymhell y tu hwnt i gyrraedd golau'r ffaglau. Gwelsant olau gwyn yn disgleirio drwy ryw agoriad ymhell uwch eu pennau, ac roedd yr awel yn felysach. O'u blaenau roedd yna olau gwan yn dod drwy bâr o ddrysau mawr, wedi'u hanner llosgi ac yn hongian yn gam ar eu colfachau.

"Dyma siambr fawr Thrór," meddai Thorin, "Neuadd ar gyfer gwledda ac ymgynghori. Mae Porth y Blaen yn agos."

Aethant drwy'r siambr adfeiliedig. Roedd y byrddau'n pydru, a'r cadeiriau a meinciau'n gorwedd ar y llawr, y cwbl wedi'i losgi ac yn dadfeilio. Ymysg y fflagenni, y powlenni, y cyrn yfed toredig a'r llwch ar y llawr roedd yna benglogau ac esgyrn. Wrth fynd drwy ddrysau eto fyth yn y pen pellaf clywsant sŵn dŵr yn rhedeg, ac yn sydyn daeth y golau'n llawnach.

"Dyma darddle'r Afon Ebrwydd," meddai Thorin. "Mae'n arwain o'r fan hon i'r Porth. Fe'i dilynwn ni hi!"

Roedd dŵr yn byrlymu o hollt dywyll mewn mur o graig, gan lifo mewn sianel oedd wedi'i thorri a'i llunio'n syth gan ddwylo hynafol a chyfrwys. Wrth ochr y sianel roedd yna ffordd balmantog, yn ddigon llydan i nifer o ddynion gerdded ar ei hyd. Rhuthron nhw'n gyflym ar hyd hwn o gwmpas troad araf, llydan—ac wele! Roedd golau llawn y dydd o'u blaenau. O'u blaenau roedd yna borth tal, ag olion hen waith cerfio ar y tu mewn o hyd er gwaetha'r holl dreulio, torri a llosgi oedd wedi'i brofi. Taflai heulwen niwlog ei olau rhwng breichiau'r mynydd, a'i belydrau euraidd yn goleuo'r palmant ar garreg y drws.

Chwyrliodd gwmwl o ystlumod uwch eu pennau— rhaid bod eu ffaglau myglyd wedi codi braw arnynt—ac wrth gamu yn eu blaenau llithrai eu traed ar feini oedd wedi'u rhwbio'n esmwyth gan fynd a dod y ddraig. O'u blaenau llifai'r dŵr yn swnllyd drwy'r porth cyn disgyn i waelod y cwm, yn rhaeadr ewynnog. Gan ollwng eu ffaglau ar y llawr, safent yno'n llonydd yn syllu allan, eu llygaid yn amrantu yng ngolau'r haul. Roeddynt wedi cyrraedd Porth y Blaen, ac yn syllu allan i gyfeiriad teyrnas Dyffryn.

"Wel!" meddai Bilbo, "Doeddwn i ddim yn disgwyl cael edrych allan drwy'r porth hwn. A doeddwn i ddim yn meddwl y byddwn i erioed mor falch o gael gweld yr haul unwaith eto, nac o deimlo'r gwynt ar fy wyneb. Ond o! Mae'r gwynt yn oer."

Roedd hi *yn* oer: awel chwerw o'r dwyrain yn chwythu â holl fygythiad y gaeaf oedd yn prysur agosáu. Chwyrliodd dros esgeiriau'r mynydd ac o'u cwmpas i mewn i'r cwm, gan ochneidio rhwng y creigiau. Wedi stiwio gyhyd yn nyfnder ogofâu'r ddraig, gwnaeth y golau llachar iddynt grynu.

Sylweddolodd Bilbo'n sydyn ei fod nid yn unig yn flinedig ond hefyd yn wirioneddol lwglyd. "Mae'n teimlo fel petai hi'n fore hwyr," meddai, "a hwyrach felly ei bod hi'n amser brecwast, mwy neu lai—os oes yna frecwast i'w gael. Ond dwi ddim yn credu mai carreg drws Smawg yw'r lle gorau am bryd o fwyd. Dewch, awn ni i rywle i ni gael eistedd yn dawel am dipyn!"

"Syniad da," meddai Balin, "Ac mae gen i syniad go dda i ba gyfeiriad y dylwn ni fynd: yr hen fan gwylio yng nghornel de-orllewin y Mynydd."

"Pa mor bell yw hi?"

"Taith o ryw bum awr, baswn i'n meddwl. Ac mi fydd hi'n daith anodd. Mae'n edrych fel bod yr hen ffordd o'r Porth ar hyd ochr chwith yr afon wedi'i difa. Ond edrychwch! Mae'r afon yn troi tua'r dwyrain yn sydyn a chroesi cwm Dyffryn, o flaen adfeilion y dref. Ar un adeg bu pont yno'n arwain at risiau serth yn dringo ochr dde'r afon, ac wedyn at ffordd yn arwain at Allt y Gigfrân. Mae yno lwybr, neu mi oedd yna un, yn gadael y ffordd ac yn dringo tuag at y man gwylio. Roedd y dringo'n waith caled hefyd—a chymryd bod yr hen risiau yno o hyd."

"Dîar annwyl!" cwynodd yr hobyd. "Rhagor o gerdded a rhagor o ddringo, a hynny heb frecwast! Tybed sawl brecwast, a sawl pryd arall, a gollwyd gennym ni yn y twll dychrynllyd di-gloc a diamser hwnnw?"

A dweud y gwir, roedd dwy noswaith a'r diwrnod rhyngddynt wedi mynd heibio ers i'r ddraig chwalu'r drws cudd (ac nid oeddynt heb fwyta o gwbl), ond roedd Bilbo wedi colli pob cyfrif, a hyd y gwyddai ef gallai fod wedi bod yn un noson neu'n wythnos.

"Tyrd yn dy flaen," chwarddodd Thorin—roedd ei galon wedi dechrau codi unwaith eto, ac roedd gemau gwerthfawr yn clecian yn braf yn ei boced. "Paid â galw fy mhalas i yn dwll dychrynllyd! Aros di i ni gael ei lanhau, a'i addurno drachefn!"

"Does dim siawns o hynny nes i Smawg farw," meddai Bilbo'n brudd. "Yn y cyfamser—ble mae e? Baswn i'n fodlon cyfnewid brecwast da er mwyn cael gwybod hynny. Gobeithio nad yw e ar ben y Mynydd yn edrych i lawr arnom ni!"

Cododd y syniad hwnnw fraw ar y corachod. Penderfynwyd yn gyflym bod Balin a Bilbo'n iawn.

"Rhaid i ni adael y lle hwn," meddai Dori. "Rwy'n teimlo fel pe bai ei lygaid yn gwylio cefn fy mhen."

"Lle oer ac unig ydy hi," meddai Bombur. "Gall fod rywfaint i'w hyfed, ond dim byd i'w fwyta hyd y gwelaf i. Byddai Draig yn llwglyd o hyd mewn lle o'r fath."

"Dewch ymlaen!" meddai'r lleill. "Dilynwn ni lwybr Balin!"

Doedd dim llwybr i'w gael dan y mur o graig ar y dde, felly rhaid oedd iddynt ddringo rhwng y creigiau ar ochr chwith yr afon, a chymaint oedd y distawrwydd a'r diffeithwch fel i hyd yn oed Thorin sobri unwaith eto.

Roedd y bont soniodd Balin amdani wedi hen ddymchwel, y rhan fwyaf o'i meini'n ddim ond cerrig yn yr afon; ond digon hawdd oedd ei rhydio, a chawsant hyd i'r hen risiau'n dringo'r ochr draw. Ychydig ymhellach cawsant hyd i'r hen ffordd, a chyn bo hir daethant at bant bach cysgodol yng nghanol y creigiau. Arhoson nhw yno i orffwys am ychydig, ac i fwyta hynny o frecwast oedd ar gael, sef *cram* a dŵr gan fwyaf. (Os oes arnoch eisiau gwybod beth yw cram, y cwbl y gallaf ddweud yw nad ydw i'n gwybod yr union rysáit: ond bisgeden o ryw fath ydy e, sy'n cadw am byth. Mae'n faethlon, i fod, ond nid yw'n gyffrous, yn sicr: a dweud y gwir, mae'n llwyr ddiflas, er yn ymarfer da i'r genau. Byddai Gwŷr y Llyn yn ei bobi ar gyfer teithiau hir).

Aethant yn eu blaenau unwaith eto wedi hynny, a'r ffordd bellach yn mynd i gyfeiriad y gorllewin, gan adael yr afon ar eu hôl. O'u blaenau fel ysgwydd fawr roedd yr esgair honno o'r Mynydd a estynnai tua'r de, yn tyfu'n fwy o hyd yn eu golwg. Ar ôl ychydig roeddynt wedi cyrraedd y llwybr cul a arweiniai i fyny at grib yr esgair. Bu rhaid iddynt sgrialu i fyny fesul un, ac roedd hi'n waith caled ac araf. O'r diwedd, yn hwyr yn y prynhawn, gyda'r haul yn disgyn tua'r gorllewin, fe gyrhaeddon nhw'r grib.

Yno cawsant hyd i fan gwastad heb wal ar dri o'i hochrau, ond yn cefnu ar glogwyn o graig ag ynddo hollt yn debyg i ddrws. O'r drws hwnnw roedd modd gweld yn bell tua'r dwyrain, y de a'r gorllewin.

"Yn yr hen ddyddiau," meddai Balin, "roedden ni'n arfer cadw gwylwyr yma drwy'r amser. Mae'r drws yna'n arwain at siambr a gerfiwyd o'r graig i fod yn ystafell i'r gwylwyr. Roedd gennym ni nifer o lefydd fel hyn o amgylch y Mynydd. Ond prin oedd y galw am wyliadwriaeth yn nyddiau ein llewyrch, ac aeth y gwylwyr yn rhy gyfforddus, efallai—fel arall bydden ni wedi cael rhagor o rybudd bod y ddraig ar ddod, a gallai pethau wedi bod yn wahanol, efallai. Gallwn guddio a chysgodi yma am y tro, beth bynnag. Bydd modd gweld yn bell heb i neb ein gweld ni."

"Bydd hynny'n fawr o ddefnydd os gwelwyd ni'n cyrraedd," meddai Dori, oedd yn taflu golwg tua chopa'r Mynydd o hyd, fel pe bai'n disgwyl gweld Smawg yno'n eistedd fel aderyn ar ben twr.

"Bydd yn rhaid i ni siawnsio hynny," meddai Thorin. "Allwn ni ddim mynd yn bellach heddiw."

"Clywch, clywch!" gwaeddodd Bilbo, gan daflu ei hun i'r llawr.

Byddai wedi bod digon o le i gant ohonynt yn y siambr yn y graig, ac roedd yna siambr lai y tu hwnt iddi, ymhellach o oerni'r tu allan. Roedd hi'n hollol wag: debyg nad oedd cymaint ag un anifail gwyllt wedi'i ddefnyddio drwy holl ddyddiau teyrnasiad y ddraig. Rhoddon nhw eu llwythau i lawr, a gorweddodd rhai ohonynt i lawr ar unwaith i gael cysgu, ond arhosodd y lleill wrth y drws i drafod eu cynlluniau. Drwy'r holl drafod daethant yn ôl eto ac eto at yr un cwestiwn: ble oedd Smawg? Doedd dim byd i'r gorllewin, doedd dim byd i'r dwyrain, a thua'r de doedd dim arwydd o'r ddraig chwaith, er bod yna nifer fawr iawn o adar yn ymgasglu. Syllodd y corachod ar y rhain yn hir, gan geisio dirnad eu hystyr, ond nid oeddynt agosach at wybod pan ddechreuodd y sêr oer cyntaf ymddangos.

Pennod XIV

TÂN A DŴR

Nawr, os dymunwch chi, fel y corachod, wybod beth oedd Smawg yn ei wneud; yna mae'n rhaid i ni ddychwelyd unwaith eto at y noswaith honno ddeuddydd ynghynt pan chwalodd y ddraig y drws cudd cyn hedfan i ffwrdd yn ei lid.

Roedd y rhan fwyaf o drigolion Trellyn, neu Esgaroth fel ei gelwid gynt, yn encilio yn eu cartrefi rhag yr awel iasoer a ddeuai o'r dwyrain du. Serch hynny roedd ambell un ohonynt yn crwydro'r ceiau, ac, fel yr oeddynt yn hoff o'i wneud, yn gwylio'r sêr yn adlewyrchu ar rannau llonydd y llyn wrth iddynt ymddangos yn yr awyr uwchben. Roedd y bryniau isel ym mhen pellaf y llyn yn cuddio'r rhan fwyaf o'r Mynydd Unig. Dim ond ei chopa uchel oedd modd ei weld o'r dref, uwchben y bwlch lle'r oedd yr Afon Ebrwydd yn ymuno â'r llyn o'r gogledd, a hynny dim ond pan oedd y tywydd yn glir. Prin oeddynt yn edrych arno beth bynnag, ag yntau mor llwm a bygythiol, hyd yn oed yng ngolau'r bore. Y noson honno roedd y mynydd o'r golwg yn llwyr, y tywyllwch wedi'i guddio.

Yn sydyn, daeth i'r golwg am eiliad wrth i olau sydyn ei amlinellu, cyn pylu.

"Edrychwch!" meddai un o Wŷr y Llyn. "Y goleuadau eto! Gwelodd y gwylwyr nhw neithiwr yn cynnau ac yn diffodd o ganol nos hyd y wawr. Mae rhywbeth yn digwydd yno."

"Efallai mai'r Brenin Dan y Mynydd sydd yno'n gweithio'r aur yn ei ffwrnesi," meddai cyfaill iddo. "Mae'n amser hir ers iddo adael tua'r gogledd. Mae'n hen bryd i'r caneuon ddechrau profi eu hunain unwaith eto."

"Pa frenin?" meddai trydydd, mewn llais pryderus, "Tân y ddraig anhreithiol fydd hi, mwy na thebyg. Ef yw'r unig Frenin Dan y Mynydd i ni ei adnabod erioed."

"Rwyt ti'n darogan pethau trist o hyd!" meddai'r lleill. "Popeth o lifogydd i bysgod gwenwynig. Meddylia am rywbeth llawen!"

Yn sydyn ymddangosodd golau mawr yn y bwlch rhwng y bryniau, gan droi pen gogleddol y llyn i gyd yn euraidd. "Y Brenin Dan y Mynydd!" gwaeddodd y dynion. "Mae ei gyfoeth fel yr Haul, ei arian fel ffynnon, a'i afonydd yn llifo'n euraidd! Mae'r afon yn llifo o'r Mynydd yn aur i gyd!" oedd y gri ar goedd drwy'r dref, ac roedd ffenestri'n agor a thraed yn rhuthro ymhobman.

Unwaith eto roedd pob math o gyffro a brwdfrydedd. Ond rhedodd y dyn â'r llais pryderus nerth ei draed at Feistr y dref. "Mae'r ddraig ar ddod, neu rwyf innau'n ffŵl!" bloeddiodd. "Torrwch y pontydd! I'r gad! I'r gad!"

Wedyn fe ddechreuodd y rhybudd-gyrn ganu, eu sŵn yn atseinio ar hyd y traethau creigiog. Peidiodd y dathlu a throdd y llawenydd yn ofn. Nid oedd y dref yn hollol ddiarwybod felly, pan ddaeth y ddraig.

Ac yntau mor gyflym, gallent ei weld cyn bo hir fel gwreichionyn yn rhuthro tuag atynt, yn mynd yn fwy enfawr ac yn fwy llachar o hyd. Ni allai hyd yn oed y mwyaf gwirion yn eu plith amau bod y darogan wedi mynd o'i le, braidd. Ond roedd ychydig amser ganddynt eto. Llenwyd pob llestr yn y dref â dŵr, rhoddwyd arfau i bob rhyfelwr, paratowyd pob saeth a phicell, ac fe chwalwyd y bont i'r tir yn llwyr, cyn i'w clustiau llenwi â rhu'r ddraig yn agosáu, a chyn i guro enbyd ei adenydd droi'r llyn yn donnau coch fel tân.

Ymysg llawer sgrech, llef a dynion yn bloeddio hedfanodd uwch eu pennau tuag at y pontydd, a chael ei rwystro! Roedd y bont wedi mynd, a'i elynion ar ynys mewn dŵr dwfn—rhy ddwfn, rhy dywyll a rhy oer i'w ddant ef. Pe bai'n plymio i'r dŵr byddai'r fath ager yn codi a fyddai'n ddigon i orchuddio'r wlad mewn niwl am ddyddiau; ond byddai'r llyn yn drech nag ef serch hynny, ac yn diffodd ei dân cyn iddo allu mynd trwodd.

Dan ruo fe hedfanodd uwchben y dref drachefn. Cododd gawod o saethau tywyll gan dorri neu wrthdaro yn erbyn ei gen a'i gemau, cyn cwympo'n ôl wedi'u llosgi'n ulw gan wres ei anadl tanllyd nes hisian a diffodd yn y llyn. Ni welsoch chi dân gwyllt erioed i gymharu â'r olygfa'r noson honno. Gyrrwyd llid a thân y ddraig i'w hanterth gan blycio'r bwâu a chanu'r cyrn, nes iddo fynd yn ddall a gwallgof mewn dicter. Nid oedd neb wedi meiddio'i wrthsefyll ers oesoedd, a byddai neb wedi meiddio gwneud hynny nawr chwaith pe na bai am y dyn â'r llais pryderus (Bard oedd ei enw), a redai yma ac acw i annog y saethwyr, ac yn erfyn ar y Meistr i'w gorchymyn i ymladd hyd y saeth olaf.

Llamodd tân o enau'r ddraig. Cylchodd yn yr awyr ymhell uwch eu pennau am gyfnod, gan oleuo'r llyn i gyd. Disgleiriai'r coed ar y lan yn lliwiau copr a gwaed, a llamai cysgodion duon dwys wrth eu traed. I lawr ag ef wedyn drwy ganol y corwynt o saethau, yn ddiofal yn ei gynddaredd heb drafferthu i droi ei ochrau cennog tuag at ei elynion, ei feddwl i gyd ar losgi'u tref yn ulw.

Tasgodd tân o doeau gwellt a thrawstiau pren wrth iddo blymio drwy'r awyr heibio'r dref ac o gwmpas unwaith eto, er bod popeth wedi'i wlychu'n llwyr cyn iddo gyrraedd. Unwaith eto, taflodd gant o ddwylo ddŵr i bobman lle'r ymddangosai wreichionyn. Rhuthrodd y ddraig yn ei ôl. Un trawiad a'i gynffon, a chwalwyd to'r Tŷ Mawr. Llamodd fflamau anniffoddadwy yn uchel i awyr y nos. Plymiodd eto, ac eto, a fesul un fe losgwyd ac fe chwalwyd tŷ ar ôl tŷ; a thrwy gydol hyn oll ni lwyddodd yr un saeth i rwystro Smawg na'i frifo'n fwy na chleren o'r gors.

Eisoes roedd dynion yn neidio i'r dŵr i bob cyfeiriad. Roedd y merched a'r plant yn cael eu llwytho i mewn i gychod i swatio ym mhwll y farchnad. Gollyngwyd arfau.

Dim ond wylo a galaru oedd bellach lle bu ganu hen ganeuon am lawenydd i ddod ond ychydig ynghynt. Y corachod fu testun y canu, ond melltithiwyd eu henwau bellach. Roedd y Meistr ei hun wedi troi at ei long fawr euraidd, gan obeithio rhwyfo ymaith yng nghanol yr holl ddryswch ac achub ei hun. Yn fuan iawn byddai'r holl dref yn wag o bobl ac yn ddim byd ond ulw ar wyneb y llyn.

Hynny oedd gobaith y ddraig. Croeso iddynt fynd ar eu llongau, doedd dim ots ganddo ef. Byddai'n cael hwyl wrth eu hela, neu fel arall gallent aros nes iddynt lwgu. Pe baent yn ceisio cyrraedd y lan, byddai'n barod amdanynt. Maes o law, byddai'n rhoi holl goedwigoedd glannau'r llyn ar dân, a llosgi pob cae a phorfa. Roedd yn mwynhau ysbeilio'r dref am y tro, a hynny'n fwy nag yr oedd wedi mwynhau dim ers tro byd.

Roedd un cwmni o saethwyr yn dal eu tir ymysg y tai llosg serch hynny. Bard oedd eu capten, yn bryderus ei lais ac yn bryderus ei wyneb, ac er i'w ffrindiau ei gyhuddo o ddarogan llifogydd a physgod gwenwynig, serch hynny fe wyddent yn iawn ei wir ddewrder a'i werth. Disgynnydd oedd o linach hir Girion, Arglwydd Dyffryn: roedd gwraig hwnnw a'i blentyn wedi dianc o'r ysbail ar hyd yr Afon Ebrwydd amser maith yn ôl. Nawr fe saethai â bwa mawr o bren ywen, nes bod pob un o'i saethau wedi mynd, ond am un. Roedd y fflamau'n agos. Roedd ei gyfeillion yn ei adael. Plygodd ei fwa am y tro olaf.

Yn sydyn, hedfanodd rywbeth bychan o'r tywyllwch a glanio ar ei ysgwydd. Gwingodd—ond dim ond hen fronfraith oedd hi. Heb ofn, eisteddodd hi ar ei ysgwydd i rannu ei hanes. Sylweddolodd Bard mewn syndod y gallai ddeall ei hiaith, gan ei fod o dras Dyffryn.

"Aros! Aros!" meddai wrtho. "Mae'r lleuad yn codi. Edrychwch ar ochr chwith ei fola wrth iddo hedfan a throi uwch eich pen!" A safodd Bard yno'n syfrdan wrth i'r fronfraith rannu hanes yr hyn a oedd wedi ddigwydd yn y Mynydd, a'r holl bethau'r oedd wedi'u clywed.

Yna tynnodd Bard linyn ei fwa yn ôl i'w glust. Roedd y ddraig yn dychwelyd, ac yn hedfan yn isel, ac wrth iddo

ddod cododd y lleuad uwchben glan ddwyreiniol y llyn,
gan oleuo adenydd y ddraig â'i olau arian.

"Saeth!" meddai Bard y saethwr. "Saeth ddu! Rydw i
wedi dy gadw hyd y diwedd. Ni fethaist erioed, ac wedi dy
saethu fe'th adferais, bob tro. Gan fy nhad fe'th cefais, ac
mi fuost yn eiddo iddo ers yr oesoedd cynt. Os mai o
ffwrnais y gwir Frenin Dan y Mynydd y daethost ti mewn
gwirionedd, yna hed nawr, yn gyflym ac yn syth!"

Unwaith yn rhagor plymiodd y ddraig, yn is nag o'r
blaen, ac wrth iddo droi disgleiriodd ei fola'n wyn â
golau'r lleuad yn adlewyrchu oddi ar gemau lu—ond bai
am un lle. Atseiniodd y bwa mawr. Hedfanodd y saeth
ddu'n syth o'r llinyn yn uniongyrchol tua'r man ar ochr
chwith bola'r ddraig, lle'r oedd ei goes flaen wedi'i
ymestyn. Fe'i trawodd, a hynny mor ffyrnig a chryf fel i'r
saeth ddiflannu'n gyfan gwbl i gorff y ddraig: adfach,
paladr, a phlu. Rhoddodd Smawg cystal sgrech i yrru
dynion yn fyddar, i daro coed i lawr ac i chwalu meini ar
eu canol; wedyn llamodd i'r awyr yn dân i gyd, cyn troi a
disgyn drachefn, wedi'i drechu.

Glaniodd yng nghanol y dref. Chwalodd yr ychydig
oedd ar ôl ohoni yn wreichion mân gyda'i wingo olaf.
Rhuodd dŵr y llyn wrth ei drochi, a chododd gwmwl
enfawr o ager gwyn dan y lleuad yn y tywyllwch sydyn.
Roedd hisio enbyd, a rhu olaf o ddŵr yn tasgu, ac yna
tawelwch. A dyna fu ddiwedd Smawg ac Esgaroth, ond
nid Bard.

Codai'r lleuad yn codi'n uwch i'r awyr gan dyfu o hyd,
ac roedd y gwynt yn cryfhau ac yn oeri. Cododd y niwl
gwyn a'i blethu'n golofnau cam a chymylau chwim, a'u
gyrru tua'r gorllewin i rwygo'n garpiog dros y corsydd o
flaen y Gwyllgoed. Â'r niwl wedi'i godi roedd modd gweld
y cychod niferus ar wasgar ar y llyn, ac ar y gwynt roedd
lleisiau pobl Esgaroth yn galaru am iddynt golli eu tref, eu
nwyddau a'u cartrefi adfeiliedig. Fodd bynnag roedd
llawer ganddynt i fod yn ddiolchgar amdano mewn
gwirionedd, pe baent wedi meddwl amdano, er prin y

gellid disgwyl hynny ar y pryd: roedd tri chwarter o boblogaeth y dref wedi dianc yn fyw o leiaf; roedd eu coedwigoedd, eu caeau, eu porfeydd a'u gwartheg a'r rhan fwyaf o'u cychod wedi osgoi unrhyw ddifrod; ac roedd y ddraig yn farw. Nid oedd yr un ohonynt wedi sylweddoli eto beth fyddai hynny'n ei olygu.

Ymgasglodd y bobl mewn torfeydd trist ar lannau gorllewinol y llyn, yn crynu yn y gwynt oer. Gwrthrych cyntaf eu cwynion a'u dicter oedd y Meistr, oedd wedi dianc o'r dref mor fuan, a phan oedd eraill dal yn fodlon i'w hamddiffyn.

"Mae ganddo ddawn busnes, hwyrach—ei fusnes ei hun yn enwedig," meddai rhai'n swta, "ond mae'n dda i ddim pan fo unrhyw beth difrifol yn digwydd!" Ac roeddynt yn clodfori dewrder Bard a'i saeth fawr olaf. "Pe bai ond wedi goroesi," meddent, "byddwn yn ei wneud yn frenin. Bard Saethwr y Ddraig, o linach Girion! Gwae ni ei golli!"

I ganol yr holl drafod camodd dyn tal o'r cysgodion. Roedd yn wlyb diferol, ei wallt du'n hongian yn wlyb dros ei wyneb a'i ysgwyddau, a golau ffyrnig yn llosgi yn ei lygaid.

"Ni chollwyd Bard!" gweiddodd. "Plymiodd i'r dŵr o adfeilion Esgaroth, pan laddwyd y gelyn. Myfi yw Bard, o linach Girion; a fi a laddodd y ddraig!"

"Bard Frenin! Bard Frenin!" gwaeddodd y dorf; ond crensiodd y Meistr ei ddannedd er gwaetha'r ffaith eu bod yn clecian gyda'r oerfel.

"Arglwydd Dyffryn oedd Girion, nid brenin Esgaroth," meddai ef. "Ethol meistri o blith yr hen a'r doeth fu'r drefn yn Nhrellyn erioed, ac nid ydym erioed wedi dioddef ein rheoli gan ryfelwyr syml. Bydded i 'Bard Frenin' ddychwelyd i'w deyrnas ei hun—mae Dyffryn yn rhydd bellach, diolch i'w wrhydri ef, a does dim byd i'w rwystro rhag dychwelyd yno. A chaiff unrhyw un sydd eisiau mynd gydag ef wneud hynny, os mae'n well ganddynt feini oer yng nghysgod y Mynydd i lannau gwyrdd y llyn. Bydd y doethion yn aros yma i ail-adeiladu ein tref, er mwyn mwynhau ei heddwch a'i chyfoeth eto, maes o law."

"Bard fydd ein Brenin!" oedd ymateb y dorf gerllaw. "Rydyn ni wedi cael digon ar hen ddynion a chyfrifwyr!" Ac fe ymunodd eraill ymhellach i ffwrdd, nes bod "Hir oes i'r Saethwr, ac i lawr â'r Cybydd!" yn atseinio ar hyd y traeth.

"Fi fyddai'r olaf i ddibrisio Bard y Saethwr," meddai'r Meistr yn ofalus (bellach roedd Bard yn sefyll yn agos iddo). "Heno mae wedi ennill lle blaenllaw i'w hun yn rhestr cymwynaswyr ein tref. Mae'n haeddu bod yn destun lawer cân oesol. Ond pam, O Bobl?"—safodd y Meistr ar ei draed a llefarodd yn uchel ac yn glir—"Pam yr wyf innau'n destun eich llid? Cosb am ba ddrygioni yw cael fy niorseddu? Pwy, tybed, ddeffrodd y ddraig o'i drwmgwsg, rhaid gofyn? Pwy gafodd anrhegion lu, a llawer cymorth gennym, a'n harweiniodd i gredu bod gwir yn yr hen ganeuon? Pwy fanteisiodd ar ein calonnau meddal a'n breuddwydion braf? A pha fath o aur anfonwyd i lawr yr afon ganddynt, yn wobr i ni? Tân ac ysbail y ddraig! Gan bwy felly y dylen ni hawlio iawndal am y difrod a achoswyd, a chymorth ar gyfer ein gweddwon a'n plant amddifad?"

Fel y gwelwch, nid heb reswm cawsai'r Meistr hwn ei benodi i'w safle. Wrth wrando ar ei eiriau anghofiodd pawb yn llwyr am frenin newydd am y tro, a throesant eu meddyliau a'u llid i gyfeiriad Thorin a'i gwmni. Daeth lleisiau o sawl cyfeiriad yn gweiddi llawer o enwau cas, ac roedd ambell un o'r rhai oedd wedi bod uchaf eu croch wrth ganu'r hen ganeuon bellach yn taeru'r un mor uchel bod y corachod wedi gyrru'r ddraig tuag atynt yn fwriadol!

"Ffyliaid!" meddai Bard. "Pam gwastraffu'ch geiriau a'ch llid ar y trueiniaid hynny? Debyg iawn mai nhw oedd y cyntaf i gael eu llosgi'n fyw cyn i Smawg ein cyrraedd ni." Ar yr union eiliad hynny meddyliodd yn sydyn am drysor enwog y Mynydd, yn gorwedd heb warchodwr na pherchennog, ac ymdawelodd yn syth. Meddyliodd am eiriau'r Meistr, ac am Ddyffryn wedi'i ail-hadeiladu, a'i llenwi unwaith eto â chlychau aur—pe bai ond ganddo'r dynion.

Wedi saib, siaradodd eto. "Nid dyma'r amser ar gyfer geiriau dig, Feistr, na chwaith ar gyfer ystyried cynlluniau crand. Mae yna waith i'w wneud. Rydw i'n ffyddlon i chi o hyd—ond ar ôl ychydig efallai y daw eich geiriau i'm meddwl unwaith eto, ac yr af i i'r Gogledd, gyda'r sawl a fyn fy nilyn."

Wedyn aeth ati i gynorthwyo trefnu'r gwersylloedd, ac i dendio'r sâl a'r clwyfedig. Ond wrth iddo fynd fe wgai'r Meistr arno, ac arhosodd hwnnw'n eistedd ar y ddaear, yn meddwl llawer ond dweud ychydig, heblaw galw'n uchel am fwyd a thân.

Lle bynnag yr âi clywodd Bard sïon yn ymledu fel tân ymysg y bobl, am y trysor enfawr oedd bellach heb ei warchod. Soniodd rhai am fynnu iawndal am y niwed a achoswyd iddynt, a thaerwyd y byddai llawn ddigon eto ar ôl hynny i brynu pethau cain o'r De. Roedd meddyliau o'r fath yn gysur mawr iddynt, a da hynny, oherwydd roedd y noson yn un oer a diflas. Ar gyfer ychydig yn unig oedd modd creu llochesau (y Meistr yn eu plith), ac ychydig iawn o fwyd oedd ar gael (aeth hyd yn oed y Meistr yn brin). Tarwyd llawer yn wael gan wlybaniaeth, oerfel a thrueni'r noson honno, a bu farw llawer o'r herwydd er iddynt ddianc rhag dinistr y dref heb eu hanafu. Roedd salwch a newyn mawr dros y dyddiau nesaf hefyd.

Yn y cyfamser, Bard gymerodd yr awenau, gan roi gorchmynion yn ôl ei ddymuniad, er yn enw'r Meistr bob tro. Gwaith caled oedd arwain y bobl a llywio'r paratoadau ar gyfer eu lletya a'u hamddiffyn. Byddai'r mwyafrif mwy na thebyg wedi marw yn y gaeaf, oedd yn prysur ddilyn yr hydref, pe na bai yna gymorth gerllaw. Ond daeth cymorth yn gyflym, oherwydd anfonodd Bard negeseuon ar hyd yr afon i'r goedwig ar unwaith, i ofyn am gymorth gan Frenin Ellyll y Coed. Cafodd y negeseuwyr hyn hyd i fyddin o ellyll oedd eisoes ar eu ffordd, er mai tridiau'n unig oedd hi ers trechu Smawg.

Roedd yr Ellyllyn-frenin wedi cael clywed gan ei negeseuwyr ei hun a chan yr adar hynny oedd yn caru'i bobl, ac felly gwyddai llawer o'r hyn oedd wedi digwydd eisoes. Roedd yna gynnwrf mawr ymysg yr holl greaduriaid adeiniog a drigai yno ar ffiniau Diffeithwch Smawg. Llenwyd yr awyr â heidiau'n cylchynu, a hedfanai negeseuwyr chwim yn ôl ac ymlaen drwy'r awyr. Uwchben cyrion y goedwig roedd yna chwibanu, crïo a thrydar. Ymledodd y newyddion ymhell tu hwnt i'r Gwyllgoed: "Mae Smawg yn farw!" Roedd dail yn siffrwd a chlustiau syn yn gwrando'n astud. Cyn i'r Ellyllyn-frenin ddechrau o'i gartref hyd yn oed, roedd y newyddion wedi cyrraedd coedwigoedd pinwydd Mynyddoedd y Niwl; roedd Beorn wedi'i glywed yn ei dŷ pren, ac roedd y coblynnod mewn cyngor yn eu hogofeydd.

"Hynny fydd y tro olaf i ni glywed am Thorin Dariandderw, mae arna i ofn," meddai'r brenin. "Byddai wedi bod yn well iddo pe bai wedi aros yn westai i mi. Newyddion drwg, serch hynny," meddai, "nad yw'n argoeli'n dda i neb." Nid oedd wedi anghofio'r chwedlau am gyfoeth Thrór, chwaith. Cafodd negeseuwyr Bard hyd i'r Elyll-Frenin felly wrth ben byddin o bicellwyr a saethwyr; gyda heidiau aneirif o frain yn ymgasglu uwch ei ben, y rheiny'n disgwyl rhyfel na welwyd ei thebyg yn y parthau hynny ers tro byd.

Ond pan glywodd weddïau Bard, tosturiodd y brenin, oherwydd arglwydd pobl dda a charedig ydoedd; felly fe drodd ei gyrch, a oedd wedi bod tuag at y Mynydd, i gyfeiriad y Llyn Hir, gan ddilyn yr afon. Nid oedd digon o gychod na rafftiau ganddo ar gyfer ei fyddin, a bu'n rhaid iddynt gerdded, ond anfonwyd nwyddau lawer o'u blaenau ar yr afon. Serch hynny, ysgafn yw traed ellyll, ac aethant yn gyflym er nad oeddynt wedi arfer yn y dyddiau hynny â'r corsydd a'r tir anodd rhwng y goedwig a'r llyn. Pum niwrnod wedi marwolaeth y ddraig roeddynt yn sefyll ar y traeth ac yn syllu ar adfeilion y dref. Cawsant groeso mawr, fe y gallwch ddychmygu, ac roedd y dynion a'u Meistr yn fodlon taro unrhyw fargen ar gyfer y dyfodol yn gyfnewid am gymorth yr Ellyllyn-frenin.

Yn fuan iawn paratowyd eu cynlluniau. Arhosodd y Meistr gyda'r merched a'r plant, yr henoed a'r clwyfedig;

yno hefyd roedd rhai dynion crefftus, a llawer o ellyll medrus, yn brysur yn torri coed a chasglu'r pren a anfonwyd o'r goedwig. Aethant ati wedyn i adeiladu nifer o gytiau ar lannau'r llyn ar gyfer y gaeaf; dan arweiniad y Meistr hefyd aethant ati i gynllunio tref newydd, tref fyddai'n fwy ac yn decach nag o'r blaen, ond mewn lle gwahanol. Adeiladwyd y dref newydd ymhellach i'r gogledd, oherwydd byth ers hynny roedd ofn mawr arnynt o'r man lle gorweddai'r ddraig. Ni fyddai'n dychwelyd byth i'w wely aur, ond yno roedd ar waelod y llyn, cyn oered â charreg. Am oesau lawer wedi hynny, pan oedd y tywydd yn braf roedd modd gweld ei esgyrn anferth ymysg polion yr hen dref. Ond ychydig iawn a feiddiai groesi'r man hwnnw, a ni feiddiai'r un ohonynt blymio i'r dŵr oer neu gasglu'r gemau gwerthfawr a gwympai o'i gorff gelain wrth iddo bydri.

Ond dechreuodd pob gŵr arfog oedd â'r gallu, a'r mwyafrif o lu'r Ellyllyn-frenin, ymbaratoi i fynd i'r gogledd tua'r Mynydd. O fewn un diwrnod ar ddeg ar ôl dinistr y dref, felly, pasiodd eu blaengad heibio'r creigiau ym mhen y llyn, a chyrraedd y tiroedd anial.

Pennod XV

Y CYMYLAU'N YMGASGLU

Daeth yn amser i ni droi ein sylw yn ôl at Bilbo a'r corachod. Roedd un ohonynt wedi bod ar wyliadwriaeth drwy'r nos, ond erbyn i'r wawr dorri nid oeddynt wedi clywed na gweld unrhyw arwydd o berygl. Roedd yr adar yn dal i ymgasglu fodd bynnag, yn fwy niferus nag erioed. Daeth heidiau mawr ohonynt o gyfeiriad y de, ac roedd y brain oedd yn byw o hyd o amgylch y Mynydd yn troi ac yn crawcian yn ddi-baid uwch eu pennau.

"Mae rhywbeth rhyfedd ar droed," meddai Thorin. "Mae'r amser am fudo'r hydref wedi mynd, ac adar sy'n byw yma drwy'r flwyddyn yw'r rhain. Mae yma ddrudwyod a llinosod; ac mae nifer fawr o frain draw yno'n bell, fel pe bai yna frwydr yno!"

Yn sydyn, pwyntiodd Bilbo. "Dyna'r hen fronfraith eto!" gweiddodd. "Rhaid ei bod wedi dianc pan chwalodd Smawg ochr y mynydd, er na wnaeth y malwod, debyg!"

Yno wir oedd yr hen fronfraith, a phan bwyntiodd Bilbo hedfanodd tuag atynt a glanio ar garreg gerllaw. Ysgydwodd ei hadenydd a chanodd; yna rhoddodd ei phen ar ei hochr, fel pe bai'n gwrando; wedyn canodd eto, a gwrando eto.

"Rwy'n credu ei bod hi'n ceisio dweud rhywbeth wrthym ni," meddai Balin. "Ond ni allaf ddilyn iaith adar felly, mae'n hynod gyflym ac yn anodd. Fedri di wneud, Baglan?"

"Nid yn dda iawn," meddai Bilbo (a dweud y gwir, ni allai o gwbl), "ond mae hi wedi cynhyrfu'n lân, yn ôl y golwg."

"Pe bai hi ond yn gigfran!" meddai Balin.

"Roeddwn i'n meddwl nad oeddet ti'n eu hoffi! Roeddet ti'n amheus iawn amdanynt y tro diwethaf i ni ddod yma."

"Brain oedd y rheiny! A chreaduriaid cas, drwgdybus-eu-golwg ar hynny, heb sôn am anfoesgar. Rhaid dy fod di wedi clywed yr enwau hyll yr oeddynt yn galw arnom. Ond mae'r cigfrain yn wahanol. Bu cyfeillgarwch mawr rhyngddynt â phobl Thrór gynt. Daethant â newyddion dirgel i ni yn aml, a chawsant eu gwobrwyo â'r pethau disglair hynny eu bod mor hoff o'u cuddio yn eu nythod.

"Maen nhw'n byw'n hir, ac yn cofio'n hir, ac yn rhannu eu doethineb â'u plant. Roeddwn i'n adnabod nifer o gigfrain y mynydd pan oeddwn i'n gorrach-fachgen. Allt y Gigfrân oedd enw'r union fynydd hwn ar un adeg, oherwydd bod yna un pâr doeth ac enwog, hen Carc a'i wraig, yn byw yma uwchben siambr y gwarchodwyr. Ond debyg nad oes yr un o'r hil hynafol hynny'n dal i fyw yma."

Roedd Balin newydd orffen siarad pan roddodd y fronfraith ganiad uchel, wedyn hedfanodd i ffwrdd yn sydyn.

"Efallai na allwn ni'i deall hi, ond mae'r hen aderyn honno'n ein deall ni, rwy'n sicr," meddai Balin. "Gwyliwch nawr, i weld beth sy'n digwydd."

Cyn bo hir daeth sŵn adenydd, a daeth y fronfraith yn ôl, a gyda hi roedd yna hen aderyn hynod fusgrell. Roedd bron iawn yn ddall, a phrin y gallai hedfan, ac nid oedd ganddo gymaint ag un bluen o gwbl ar goron ei ben. Hen gigfran enfawr oedd. Glaniodd yn stiff ar y ddaear o'u blaenau, ei adenydd yn curo'n araf, a moesymgrymodd i gyfeiriad Thorin.

"O Thorin fab Thráin , a Balin fab Fundin," crawciodd (gallai Bilbo ei ddeall, oherwydd i'r aderyn ddefnyddio eu hiaith nhw, yn lle iaith yr adar). "Roäc fab Carc ydw i. Mae Carc yn farw, ond roeddech chi'n ei adnabod unwaith. Mae hi'n gant pum deg a thri o flynyddoedd ers i mi ddod o'r wy, ond nid wyf wedi anghofio'r hyn ddwedodd fy nhad wrthyf. Myfi bellach yw pennaeth cigfrain mawr y Mynydd. Dim ond ychydig ohonom ni sydd ar ôl, ond rydym ni'n dal i gofio'r brenhinoedd gynt. Mae'r rhan fwyaf o'm mhobl ar led, gan fod yna newyddion mawr yn y de—rhywfaint fydd o lawenydd mawr i chi, a rhywfaint na fyddwch yn eu hystyried mor dda.

"Wele! Mae'r adar yn dychwelyd i'r Mynydd ac i Ddyffryn o'r de a'r dwyrain a'r gorllewin, oherwydd mae'r si ar led fod Smawg yn farw!"

"Yn farw! Yn farw?" gweiddodd y corachod. "Yn farw! Felly doedd dim angen i ni ofni—a'n trysor ni yw hi!" Neidiodd pob un ohonynt ar eu traed a dechrau dawnsio'n llon.

"Ydy, mae'n farw," meddai Roäc. "Gwelwyd ei dranc gan y fronfraith—bydded i'w phlu fyth gwympo—a gallwn ymddiried ynddi. Fe'i gwelodd hi ef yn cwympo yn y frwydr â Gwŷr Esgaroth, wrth i'r lleuad godi dair noson yn ôl."

Aeth peth amser heibio cyn i Thorin allu cael y corachod eraill i ymdawelu digon iddynt wrando ar holl hanes y gigfran. Yn y mân, wedi iddo rannu hanes y frwydr gyfan, aeth yn ei flaen:

"Hynny oedd y newyddion o lawenydd, Thorin Dariandderw. Gallwch ddychwelyd i'ch neuadd yn ddiogel; mae'r holl drysor yn eiddo i chi—am y tro. Ond nid yr adar yw'r unig rai sy'n ymgasglu. Mae'r newyddion am dranc gwarchodwr y trysor wedi mynd yn bell, ac nid yw'r blynyddoedd maith wedi pylu'r chwedlau am gyfoeth Thrór: mae llawer yn awyddus i gael gafael ar ran ohono. Mae yna fyddin o ellyll eisoes ar eu ffordd, a'r brain sy'n ei dilyn yn gobeithio am frwydr ac am laddfa. Ar lannau'r llyn mae dynion yn sibrwd mai corachod sy'n gyfrifol am eu trafferthion: maent yn ddigartref a llawer ohonynt yn farw, ac mae Smawg wedi dinistrio eu tref. Maen nhw'n gobeithio cael iawndal gennych hefyd, o'ch trysor, a hynny os ydych chi'n fyw neu'n farw.

"Bydd yn rhaid i chi ddibynnu ar eich doethineb eich hun i benderfynu ar eich trywydd, ond ychydig iawn yw tri ar ddeg o'i gymharu â llinach fawr Durin a fu'n byw yma gynt, ac sydd bellach ar wasgar. Os hoffech chi wybod fy nghyngor i, yna ni ddylech chi ymddiried ym Meistr Gwŷr y Llyn, ond yn hytrach ynddo ef a saethodd y ddraig â'i fwa. Bard yw hwnnw, o dras Dyffryn ac o linach Girion; dyn prudd, ond onest. Hoffwn gael gweld heddwch unwaith eto rhwng corachod a dynion ac ellyll ar ôl y diffeithwch hir; ond gall fod yn ddrud iawn. Rwyf wedi siarad."

Prin y gallai Thorin reoli'i dymer: "Rhown ddiolch i chi, Roäc fab Carc. Ni ewch chi na'ch pobl yn angof. Ond ni chaiff yr un geiniog o'n haur ni ei ddwyn ymaith drwy ladrad na thrais, nid tra bod bywyd ynom ni o hyd. Os hoffech ennill ein diolch unwaith eto fyth, yna rhowch wybod i ni os ddaw unrhyw un yn agos i'r mynydd. Hefyd, erfyniaf arnoch, os oes rhai yn eich plith sy'n ifanc ac yn gryf eu hadenydd o hyd, yna anfonwch negeseuwyr at ein tylwyth ym mynyddoedd y Gogledd, sydd i'r gorllewin a'r dwyrain o'r lle hwn, gan ddweud wrthynt am ein trafferth. Ond ewch yn enwedig at fy nghefnder Dain yn y Mynyddoedd Haearn, gan fod nifer mawr o gorachod arfog ganddo, ac ef sy'n byw agosaf at y lle hwn. Mynnwch ei glust!"

"Ni ddwedaf ai doeth ai peidio yw'r llwybr hwn," crawciodd Roäc, "ond mi wnaf i hynny a allaf." Wedyn cododd i'r awyr a hedfanodd yn araf i ffwrdd.

"Rhaid i ni ddychwelyd nawr i'r Mynydd!" meddai Thorin. "Does dim llawer o amser."

"A llai o fwyd!" ebychodd Bilbo, â chanddo feddwl ymarferol bob amser ynghylch pethau felly. Beth bynnag, â'r ddraig bellach yn farw teimlai fod yr antur nawr ar ben mewn gwirionedd—er ei fod ymhell o fod yn gywir o ran hynny—a byddai wedi bod yn hapus iawn i ildio'r rhan fwyaf o'i gyfran ef o'r trysor er mwyn cael terfyn heddychlon i'r cwbl.

"Yn ôl i'r Mynydd!" gweiddodd y corachod, fel pe baent heb ei glywed; felly dychwelyd oedd rhaid.

Â chithau wedi cael clywed am rai o'r digwyddiadau yn barod, byddwch yn ymwybodol fod y corachod ychydig ddyddiau ar y blaen o hyd. Aethant i archwilio'r twneli a'r ogofau unwaith eto, a chael, fel yr oeddynt wedi disgwyl, mai dim ond Porth y Blaen oedd ar agor. Roedd Smawg wedi hen chwalu a rhwystro pob mynedfa arall (heblaw'r drws bach cudd, wrth gwrs), a doedd dim arwydd ohonynt ar ôl. Aethant ati'n galed felly i gyfnerthu'r brif fynedfa, ac i greu llwybr newydd yn arwain ohoni. Cafwyd hyd i ddigonedd o offer cloddwyr a chwarelwyr gynt; ac roedd y corachod yn fedrus iawn o hyd wrth wneud gwaith o'r fath.

Wrth iddynt weithio daethai'r cigfrain â newyddion iddynt o hyd. Dysgant felly bod yr Ellyllyn-frenin wedi troi tua'r llyn, a bod ganddynt ychydig ddyddiau'n ychwanegol. Yn well fyth, cawsant wybod bod tri o'r merlod wedi dianc ac yn crwydro'n wyllt ymhellach i lawr yr Afon Ebrwydd, heb fod ymhell o'r man lle'r oeddynt wedi gadael gweddill eu storfeydd. Felly, wrth i'r lleill barhau â'r gwaith, anfonwyd Fíli a Kíli gyda chigfran yn dywysydd iddynt i gael hyd i'r merlod ac i ddychwelyd â phopeth a gallent.

Roedd hi'n bedwar diwrnod ers iddynt ymadael, ac erbyn hynny gwyddai'r corachod bod byddinoedd cyfunedig Gwŷr y Llyn a'r Ellyll yn prysur agosáu. Cododd eu hwyliau serch hynny, oherwydd bod bwyd ganddynt i barhau am sawl wythnos pe baent yn ofalus— *cram* gan fwyaf, wrth gwrs, ac roeddynt wedi hen flino arni; ond mae *cram* yn well na dim byd—ac roeddynt wedi adeiladu mur o flaen y porth: o gerrig sychion, ond yn uchel a thrwchus. Roedd tyllau yn y mur i edrych (neu saethu) drwyddynt, ond doedd dim gât na fynedfa o unrhyw fath. Rhaid oedd dringo i mewn ac allan gydag ysgolion, a chodi nwyddau drosodd â rhaffau. Roeddynt wedi adeiladu bwa bach isel ar waelod y mur newydd er mwyn i ddŵr y nant ddianc, ond roeddynt wedi dargyfeirio'r nant i ffurfio pwll llydan yn ymestyn o ochr y mynydd hyd at ben y rhaeadr lle disgynnai'r dŵr i lawr tuag at Ddyffryn. Yr unig ffordd o gyrraedd y Mynydd bellach heb nofio oedd ar hyd ysgafell gul yn ochr y clogwyn, i'r dde wrth edrych tuag allan o ben y mur. Wedi arwain y merlod cyn belled â phen y grisiau uwchben yr

hen bont, a'u dadlwytho, fe'u rhyddhawyd i ddychwelyd
at ei meistri yn y De, â neb yn eu marchogaeth.

Un noson daeth yna oleuadau lu yn sydyn, tanau a
ffaglau yn ôl y golwg, o gyfeiriad Dyffryn tua'r de.

"Maen nhw wrth law!" galwodd Balin. "Ac mae eu
gwersyll yn fawr iawn. Rhaid eu bod wedi cyrraedd y cwm
dan lenni'r gwyll, y naill ochr â'r llall i'r afon."

Prin gysgodd y corachod y noson honno. Roedd
golau'r bore'n wan o hyd pan welsant gwmni o ddynion
yn agosáu. O'r tu ôl i'r mur fe'u gwyliwyd yn dod at ben y
cwm a dringo'n araf. Cyn bo hir gwelsant fod yna ŵyr
arfog yno o'r llyn yn barod i ryfel, ac Ellyllyn-saethwyr
hefyd yn eu plith. O'r diwedd, dringodd y rhai blaenaf y
creigiau i ben y rhaeadr; mawr oedd eu syndod o weld y
pwll newydd o'u blaenau a phorth y Mynydd wedi'i
rwystro gan fur o feini newydd eu torri.

Wrth sefyll yno'n pwyntio a thrafod gyda'i gilydd, fe'u
cyfarchwyd gan Thorin. Mewn llais uchel, galwodd arnynt:
"Pwy ydych chi sy'n dod at ddrws Thorin fab Thráin ,
Frenin Dan y Mynydd, megis i ryfel, a beth ydych chi
eisiau?"

Ond ni chafodd ateb. Trodd rhai yn eu holau'n gyflym,
ac fe'u dilynwyd yn fuan gan y lleill ar ôl iddynt edrych ar yr
amddiffynfeydd am ychydig. Y diwrnod hwnnw, symudwyd
y gwersyll i lan ddwyreiniol yr afon, rhwng breichiau'r
Mynydd. Atseiniodd y creigiau gyda lleisiau a chanu, fel nad
oeddynt wedi gwneud ers oes. Roedd sŵn ellyllyn-delynau a
cherddoriaeth hyfryd yno hefyd; ac wrth i'r atseiniau eu
cyrraedd roedd fel petai'r awyr oer yn cynhesu rhywfaint.
Daeth hefyd bersawr braf blodau gwanwyn y goedwig.

Roedd ar Bilbo eisiau dianc y gaer dywyll wedyn i ymuno
â'r gwledda llawen wrth ochrau'r tanau. Teimlai rhai o'r
corachod ifancach yr un fath, gan fynegi'n isel faint y
byddent yn hoffi pe bai pethau'n wahanol, a bod modd
croesawu'r fath bobl yn gyfeillion; ond gwgai Thorin arnynt.

Wedyn daeth y corachod â'u telynau eu hunain, ac
offerynnau eraill a fu gynt ymhlith trysor y ddraig, gan

ganu i godi ei hwyliau. Ond nid cân ellyll oedd eu cân, ond yn hytrach rhywbeth tebyg iawn i'r un a ganwyd ganddynt gynt yn hobyd-dwll bach Bilbo:

Ein Brenin, dan y Mynydd maith,
Dychwelodd i'w etifeddiaeth!
Mae'r ddraig yn gnawd, a'r un fydd ffawd
Pob gelyn nad yw'n cilio ymaith.

Mae'r cleddyfau'n llym, a'u llafnau'n hir
Chwim yw'r saethau, a'r porth fel dur;
Dros aur fe dyf calonnau'n gryf:
Pob corrach fydd yn dal ei dir.

Mawr oedd hud corachod gynt
Medrus a galluog oeddynt.
Hir fu eu traul ymhell o'r haul
Mewn ogofeydd fu'n gartref iddynt.

Fe luniant dlysau heb eu hail,
Coronau cain o greigiau mael,
Ac aur y graig, â thân fel draig;
A chanwyd pob un delyn hael.

Mae'r mynydd-orsedd nawr yn rhydd!
I'n tylwyth pell ein galwad fydd:
Ar ruthr ewch; yn gyflym, dewch!
Eich uchel-deyrn eich angen sydd.

Dros fynydd oer fe alwn nawr
'Yn ôl i'r mynydd cyn y wawr!'
Ar ochrau'r rhos, mae'n eich aros,
Eich brenin, gyda'i gyfoeth mawr.

Ein Brenin, dan y Mynydd maith,
Dychwelodd i'w etifeddiaeth!
Mae'r ddraig yn gnawd, a'r un fydd ffawd
Pob gelyn nad yw'n cilio ymaith.

Roedd y gân hon i'w weld yn plesio Thorin, ac fe wenodd ac ymlawenhaodd. Dechreuodd amcangyfrif y pellter i'r Bryniau Haearn, a faint o amser y byddai'n cymryd i Dain gyrraedd y Mynydd Unig pe bai'n dechrau'n union wedi iddo dderbyn y neges. Ond cwympodd calon Bilbo, o glywed y gân a'r drafodaeth ill dau: roeddynt yn llawer rhy ryfelgar.

Yn gynnar y bore wedyn croesodd gatrawd o bicellwyr yr afon, cyn ymdeithio yn eu blaenau tuag atynt. Roedd baner werdd yr Ellyllyn-frenin a baner las y Llyn yn hedfan uwch eu pennau, a daethant yn eu blaenau nes eu bod yn sefyll o flaen y mur oedd yn rhwystro'r Porth.

Unwaith eto, Thorin a'u cyfarchodd, mewn llais uchel:

"Pwy ydych chi, sy'n dod ag arfau rhyfel at gatiau Thorin fab Thráin , Frenin Dan y Mynydd?" Y tro hwn cafodd ateb.

Camodd dyn tal, â ganddo wallt tywyll ac wyneb prudd. Galwodd: "Henffych, Thorin! Pam ydych chi wedi amgáu eich hun fel lleidr yn ei loches? Nid gelynion ydyn ni eto, a braf gennym eich gweld chi'n fyw, yn groes i bob gobaith. Nid oeddem yn disgwyl cael hyd i neb yn fyw yma, ond nawr ein bod wedi cwrdd, mae gennym bethau i'w trafod ac i ymgynghori yn eu cylch."

"Pwy ydych chi, ac am beth hoffech chi drafod ac ymgynghori?"

"Bard ydw i. Lladdwyd y ddraig drwy fy ergyd i, gan roi'r trysor yn eich dwylo. Onid yw hynny'n fater o bwys i chi? Mwyach, myfi, drwy dras fy nheulu, yw etifedd Girion o Ddyffryn; ac ymhlith eich holl drysor mae cyfran helaeth o gyfoeth ei deyrnas a'i ddinas, cyfoeth gwnaeth Smawg ei ddwyn. Onid yw hynny'n rhywbeth y gallwn ei drafod hefyd? Ymhellach i hynny, yn ei frwydr olaf, dinistriodd Smawg gartrefi dynion Esgaroth, ac rwyf yn was o hyd i Feistr Gwŷr y Llyn. Hoffwn siarad ar ei ran, a gofyn a ydych chi wedi ystyried trueni ei bobl. Rhoddwyd cymorth i chi ganddynt, pan fuodd ei angen arnoch, ac yn eich tro dim ond dinistr rydych wedi dwyn arnynt; er nad oedd hynny'n fwriadol, hwyrach."

Er eu bod wedi'u traddodi â balchder a difrifoldeb
roedd y geiriau hyn yn rhai digon rhesymol a gwir, a
chymrodd Bilbo y byddai Thorin yn cydnabod ar unwaith
eu bod yn ddigon cyfiawn. Wrth gwrs, nid oedd Bilbo
wedi disgwyl y byddai neb yn cofio mae ef ei hun a neb
arall a ddarganfu man gwan y ddraig. Peth da oedd hynny,
oherwydd ni ddaeth unrhyw gydnabyddiaeth iddo fyth.
Fodd bynnag, nid oedd wedi ystyried y pŵer hynny sydd
gan aur wedi i ddraig orwedd arni'n hir, ac nid oedd wedi
ystyried calonnau corachod chwaith. Roedd Thorin wedi
treulio oriau hir yn y drysorfa dros y dyddiau blaenorol,
ac roedd y trysor yn llenwi'i holl feddwl. Bu'n chwilio am
yr Archfaen yn bennaf, ond serch hynny roedd ganddo'i
lygad ar nifer o bethau anhygoel eraill oedd yn gorwedd
yno, pethau oedd ynghlwm â nifer o hen atgofion am lafur
a gofid ei bobl.

"Rhoesoch chi eich dadl waethaf yn olaf, a'r pwysau
mwyaf arni," atebodd Thorin. "Nid yw'r ffaith i Smawg
ddwyn ei gartref na'i fywyd yn rhoi hawl i unrhyw ddyn ar
drysor fy mhobl i, y gwnaeth Smawg ei ddwyn gennym.
Nid eiddo Smawg oedd y trysor, felly ni all yr un rhan
ohono fod yn iawndal am ei droseddau ef. Byddwn yn
talu'n iawn am y nwyddau a'r cymorth a gawsom gan Wŷr
y Llyn—maes o law. Ond ni wnawn ni dalu *dim byd*, nid
cymaint â phris torth o fara, â grym trais yn ein bygwth.
Tra bo byddin arfog o flaen ein drysau, byddwn yn eich
ystyried yn elynion ac yn lladron. Hoffwn wybod hefyd pa
gyfran o'u hetifeddiaeth y basech chi wedi ei thalu i'n
teuluoedd ni, pe baech chi wedi cael hyd i'r trysor heb ei
warchod, a ninnau'n farw?"

"Cwestiwn cyfiawn," atebodd Bard. "Ond nid ydych
chi'n farw, ac nid lladron ydyn ni. Gall wr cyfoethog
dosturio hefyd wrth y gŵr anghenus fu'n gymorth iddo
pan oedd ef ei hun mewn angen, a rhoi mwy iddo na'r hyn
sy'n ddyledus yn unig. A beth bynnag, mae fy hawliau
eraill heb eu hateb."

"Ni fyddaf yn trafod, fel dywedais eisoes, â gwŷr arfog
yn sefyll wrth fy nrws. Nid wyf chwaith am drafod â phobl

yr Ellyllyn-frenin o gwbl—ychydig iawn o garedigrwydd sydd yn fy atgofion amdanynt. Does dim lle iddynt yn y ddadl hon. Ewch o'r lle hwn, cyn i'n saethau ddechrau hedfan! Ac os hoffech chi siarad â minnau eto, anfonwch yr Ellyll hyn yn ôl i'w priod le yn y goedwig yn gyntaf, gan adael eich arfau hefyd cyn dychwelyd i garreg fy nrws."

"Cyfaill yw'r Ellyllyn-frenin, a fuodd yn gymorth i bobl y Llyn pan oeddynt mewn angen, er nad oedd ganddynt unrhyw reswm heblaw cyfeillgarwch i ddisgwyl dim ganddo," atebodd Bard. "Fe rown ni amser i chi gael edifarhau eich geiriau. Bydded i chi feddwl yn ddoeth, cyn i ni ddychwelyd!" Ar hynny, fe adawodd i fynd yn ôl i'w wersyll.

Ychydig oriau'n ddiweddarach roedd y baneri yn eu holau. Camodd dynion ag utgyrn yn eu blaenau, a'u seinio'n uchel.

"Yn enw Esgaroth a'r Goedwig," meddai un ohonynt, "rydym yn siarad er clyw Thorin fab Thráin Dariandderw, yr hwn sy'n galw ei hun yn Frenin Dan y Mynydd, gan ofyn iddo ystyried yn ddwys yr hyn sydd wedi'i hawlio, rhag ei enwi'n elyn i ni. Gofynnwn iddo roi o leiaf un rhan o ddeuddeg o'r trysor i Bard, yn rhinwedd y ffaith mai ef a laddodd y Ddraig, ac ef yw etifedd Girion. O'r gyfran hwnnw bydd Bard ei hun yn cyfrannu at gymorth Esgaroth; fodd bynnag, os oes ar Thorin eisiau cyfeillgarwch a pharch ei gymdogion, fel bu gan ei gyndeidiau gynt, yna bydd ef hefyd yn cyfrannu at gysur Gwŷr y Llyn."

Mewn ymateb, cododd Thorin fwa o gorn, a'i saethu. Trawodd y saeth darian y siaradwr, gan aros yno'n ysgwyd â grym yr ergyd.

"Gan mai felly yw eich ateb," ymatebodd hwnnw, "fe rown y Mynydd dan warchae. Ni chewch adael, nes i chi alw am gadoediad, ac am gyd-drafod. Ni fyddwn yn ymosod arnoch, ond yn hytrach fe adawn ni chi i'ch trysor. Croeso i chi ei fwyta!"

Ar hynny aeth y negeseuwyr ymaith yn gyflym, gan adael y corachod i ystyried eu hachos. Roedd golwg mor brudd ar wyneb Thorin fel na fyddai'r un o'r lleill wedi mentro'i feirniadu, hyd yn oed pe baent eisiau gwneud hynny; beth bynnag, yn ôl y golwg roedd y rhan fwyaf yn gytûn ag ef—heblaw efallai am Bombur, yn hen a thew, ac am Fíli a Kíli. Roedd Bilbo wrth gwrs yn anghymeradwyo'r holl sefyllfa. Roedd wedi cael llond bol â'r Mynydd, a doedd ganddo mo'r awydd o gwbl i fod dan warchae ynddo.

"Mae drewdod y ddraig yma ym mhobman o hyd," meddai wrth ei hun yn swta, "ac mae'n fy ngwneud i'n sâl. Ac mae blas *cram* yn dechrau gwneud i mi dagu."

Pennod XVI

LLEIDR LIW NOS

Aeth y dyddiau wedyn heibio'n araf ac yn ddiflas. Treuliodd llawer o'r corachod eu hamser yn pentyrru ac yn trefnu'r trysor, a bellach soniai Thorin yn agored am Archfaen Thráin , gan erfyn yn awyddus arnynt i chwilio pob twll a chornel amdani.

"Mae Archfaen fy nhad," meddai, "yn werth mwy ynddi ei hun na llond afon o aur; ac mae ei gwerth i mi y tu hwnt i unrhyw bris. O'r holl drysor, enwaf y garreg honno'n eiddo i minnau; a byddaf yn dial ar unrhyw un sy'n cael hyd iddi a'i chadw rhagof."

Cododd y geiriau hyn ofn ar Bilbo, a ddychmygodd beth fyddai'n digwydd pe bai rhywun yn cael hyd i'r Archfaen wedi'i lapio yn y bwndel o hen garpiau roedd yn ei ddefnyddio fel gobennydd. Serch hynny ni soniodd ddim amdano, oherwydd, â'r dyddiau'n eu gyrru i gyd yn fwyfwy blinedig, roedd cynllun yn egino yn ei ben bach.

Roedd pethau wedi mynd ymlaen fel hyn am amser hir pan ddaeth y cigfrain â'r newyddion bod Dain a dros bum cant o gorachod yn rhuthro draw o'r Bryniau Haearn, a'u bod bellach tua deuddydd i'r gogledd-ddwyrain o Ddyffryn.

"Ond ni fydd modd iddynt gyrraedd y Mynydd heb gael eu gweld," meddai Roäc, "ac rwy'n ofni brwydr yn y cwm. Ni fyddwn i'n galw hynny'n gyngor da. Pobl gref ydynt, ond annhebyg y gallent drechu'r fyddin sydd o'ch blaenau; a hyd yn oed pe baent yn gwneud, sut byddech chi'n elwa? Mae'r gaeaf a'r eira yn prysuro ar eu holau. O ble cewch chi fwyd, heb gyfeillgarwch ac ewyllys da'r gwledydd o'ch amgylch? Hwyrach y bydd y trysor hynny'n ddiwedd arnoch chi wedi'r cyfan, er bod y ddraig yn farw!"

Ond nid oedd symud ar Thorin. "Bydd gaeaf ac eira'n rhewi dynion ac ellyll," meddai, "a bydd eu trigfan draw yn y diffeithwch yn ddigon anghysurus. Â'm cyfeillion y tu ôl iddynt, a'r gaeaf arnynt, efallai y byddant yn awyddus i drafod termau gwell."

Y noson honno, penderfynodd Bilbo roi ei gynllun ar waith. Roedd yr awyr yn ddu ac yn ddi-loer. Wedi iddi nosi'n llwyr, aeth at gornel siambr fewnol yn agos i'r fynedfa, a thynnodd raff o'i fwndel, a'r Archfaen, oedd wedi'i lapio mewn clwtyn. Dringodd wedyn i ben y mur. Dim ond Bombur oedd yno, oherwydd ei dro ef oedd hi i fod ar wyliadwriaeth, a dim ond un o'r corachod a wnâi hynny ar y tro.

"Mae'n oer uffernol!" meddai Bombur. "O na bai gennym ni dân yma, fel sydd ganddynt yn eu gwersyll islaw."

"Mae'n ddigon cynnes tu mewn," meddai Bilbo.

"Ydy debyg, ond rhaid i mi aros yma hyd ganol nos," cwynodd y corrach tew. "Busnes gwael yw'r cwbl. Nid 'mod i'n mentro anghytuno â Thorin, bydded i'w farf dyfu'n hirach fyth; ond bu'n gorrach penstiff erioed."

"Dydy ei ben ddim hanner mor stiff â'm coesau i," meddai Bilbo. "Rydw i wedi blino ar risiau ac ar loriau carreg. Baswn i'n rhoi llawer i gael teimlo'r glaswellt dan fy nhraed."

"Baswn i'n rhoi llawer am gael teimlo diod gadarn yn fy llwnc, ac am wely clyd wedi swper da!"

"Ni allaf i roi'r rheiny i ti, nid o dan y gwarchae hwn. Ond mae'n amser hir ers i mi fod ar wyliadwriaeth, ac mi gymera i dy dro di os wyt ti eisiau. Dydw i ddim yn disgwyl gallu cysgu heno beth bynnag."

"Un da wyt ti, Mr. Baglan, ac mi wna i dderbyn dy gynnig hael, â diolch. Os bydd rhywbeth yn digwydd, rho wybod i mi'n gyntaf, cofia! Byddaf yn gorwedd yn y siambr i'r chwith, heb fod yn bell."

"Croeso i ti fynd!" meddai Bilbo. "Mi wna i dy ddeffro ganol nos, ac fe gei di fynd wedyn i ddeffro'r gwyliwr nesaf."

Cyn gynted i Bombur fynd, gwisgodd Bilbo ei fodrwy, clymodd ei raff yn gadarn, a sleifiodd dros y mur yn dawel ac i lawr i'r ddaear, ac i ffwrdd ag ef. Roedd ganddo tua phum awr. Gallai ddibynnu ar Bombur i gysgu (gallai wneud hynny mewn unrhyw le ac ar unrhyw bryd, ac ers yr antur yn y goedwig roedd wedi bod yn ceisio o hyd i ail-brofi'r breuddwydion hyfryd a gawsai'r adeg hynny); ac roedd y lleill i gyd yn brysur gyda Thorin. Roedd hi'n annhebyg y byddai neb ohonynt yn dod allan i'r mur cyn ei dro, hyd yn oed Fíli neu Kíli.

Roedd hi'n dywyll iawn, ac wedi iddo adael y llwybr newydd a dringo i lawr i'r afon, roedd y ffordd yn anghyfarwydd iddo. O'r diwedd, cyrhaeddodd y tro yn yr afon lle'r oedd yn rhaid iddo'i chroesi os oedd am gyrraedd y gwersyll. Yno roedd yr afon yn fas ond yn llydan, a gwaith caled i'r hobyd bach oedd ei rhydio hi yn y tywyllwch. Roedd bron â chyrraedd y lan pan lithrodd ei droed ar garreg grwn, a chwympodd yn swnllyd i'r dŵr oer. Prin oedd wedi llwyddo sgrialu o'r afon i'r ochr arall, dan grynu a phoeri dŵr, pan ymddangosodd nifer o ellyll â ffaglau llachar yn y tywyllwch, yn chwilio am achos y sŵn.

"Nid pysgodyn oedd hwnnw!" meddai un. "Mae 'na ysbïwr yn rhywle. Cuddiwch eich goleuadau! Byddant o fwy o gymorth iddo ef nag i ni, os mai'r creadur bach rhyfedd yno a welir yn was iddynt sydd yma."

"Gwas, wir!" meddai Bilbo'n ddirmygus, gan disian yn uchel. Ar unwaith, dechreuodd yr ellyll symud i'w gyfeiriad.

"Beth am dipyn o olau," meddai. "Dyma fi, os oes arnoch chi f'eisiau i!" Tynnodd ei fodrwy a chamodd allan o'r tu ôl i graig.

Er gwaetha'u syndod cydiodd yr ellyll ynddo'n gyflym. "Pwy ydych chi? Ai hobyd y corachod ydych chi? Beth ydych chi'n ei wneud? Sut ddaethoch chi mor bell, dan lygaid ein gwylwyr?" gofynnwyd iddo, y naill ar ôl y llall.

"Mr. Bilbo Baglan ydw i," atebodd, "cydymaith Thorin, os ydych chi'n mynnu gwybod. Rwy'n adnabod eich brenin chi'n dda wrth olwg, er efallai na fydd e'n fy adnabod i, o'm golwg. Ond bydd Bard yn fy nghofio, a Bard dwi eisiau'i weld yn benodol."

"O felly!" meddai'r ellyll, "a beth yw eich busnes gydag ef?"

"Beth bynnag yw fy musnes, fy musnes i ydy ef, ellyllyn annwyl. Ond os ydych chi'n bwriadu gadael y lle oer a digroeso hwn a dychwelyd i'ch coedwig o gwbl," meddai, gan ddechrau crynu gyda'r oerfel, "yna ewch â fi at dân, i mi gael sychu—cyn i chi adael i mi siarad â'ch penaethiaid cyn gynted. Dim ond awr neu ddwy sydd gen i ar ôl."

O fewn rhyw ddwy awr wedi iddo ddianc o'r Porth felly, eisteddai Bilbo wrth ochr tân cynnes o flaen pabell fawr, ac yno'n eistedd hefyd, yn gwylio'r hobyd â chwilfrydedd, oedd yr Ellyllyn-frenin a Bard. Rhywbeth hollol newydd iddynt oedd hwn: hobyd yn gwisgo llurig ellyllyn, ac wedi'i lapio'n rhannol mewn hen flanced.

"Rhaid i chi wybod," meddai Bilbo yn ei arddull fusnes orau, "bod pethau'n llwyr amhosib. Rydw i wedi hen flino ar y cwbl, yn bersonol. Dwi eisiau bod yn ôl yn fy nghartref yn y Gorllewin, lle mae pobl yn fwy rhesymol. Ond mae gen i ddiddordeb yn y mater—un rhan o bedwar-ar-ddeg, â bod yn gywir, yn ôl y llythyr hwn yr ydw i wedi'i gadw, gyda lwc." O boced ei hen siaced (roedd yn dal i'w wisgo ar ben ei lurig), estynnodd—wedi crychu a llawer blygu—y llythyr oddi wrth Thorin, a oedd wedi cael ei roi o dan y cloc ar ei silff ben tân yn ôl ym mis Mai.

"Cyfran o'r *elw*, cofiwch," aeth yn ei flaen. "Rydw i'n ymwybodol o hynny. Yn bersonol, rwy'n hollol barod i ystyried eich hawliau'n ofalus, a thynnu'r hyn sy'n ddyledus o'r cyfanswm, cyn hawlio fy nghyfran i. Fodd bynnag, dydych chi ddim yn adnabod Thorin Dariandderw fel yr ydw i. Credwch chi fi: â chithau'n dal i eistedd yma, bydd yn berffaith fodlon eistedd ar ben pentwr o aur a llwgu."

"Bydded iddo wneud hynny, felly!" meddai Bard. "Mae ffŵl o'r fath yn haeddu llwgu."

"Yn sicr," meddai Bilbo. "Rydw i'n gweld eich safbwynt chi. Serch hynny, mae'r gaeaf yn prysur agosáu. Cyn bo hir mi ddaw'r eira ac ati, a bydd hi'n anodd i chi gael bwyd yma—hyd yn oed i'r ellyll, baswn i'n meddwl. Ac mi fydd yna broblemau eraill. Glywsoch chi am Dain, a chorachod y Bryniau Haearn?"

"Do, amser maith yn ôl; ond beth sydd ganddo ef i'w wneud â ni?" gofynnodd y brenin.

"Roeddwn i'n meddwl hynny. Gwelaf fod gen i wybodaeth fydd yn newyddion i chi, felly. Mae Dain yn llai na ddeuddydd o'r man hwn, a chydag ef mae pum cant o gorachod—nifer fawr ohonynt â phrofiad o'r rhyfeloedd erchyll hynny rhwng y corachod a'r coblynnod, rhyfeloedd i chi glywed amdanynt mae'n siŵr. Mi allai fod yna drafferth go iawn, wedi iddynt gyrraedd."

"Pam ydych chi'n dweud hyn wrthym ni? Ai bradychu eich cyfeillion ydych chi, neu'n bygwth ni?" gofynnodd Bard, â golwg difrifol.

"Bard annwyl!" gwichiodd Bilbo mewn braw. "Peidiwch â bod mor frysiog! Chwrddais i erioed â phobl mor ddrwgdybus! Y cwbl dwi'n ceisio'i wneud yw osgoi trafferth i bawb. Nawr, mae gen i gynnig i chi."

"Gadewch i ni glywed!" meddai'r ddau.

"Fe gewch chi ei weld!" meddai Bilbo. "Dyma'r cynnig!" ac estynnodd yr Archfaen, gan daflu'r gorchudd i'r llawr.

Roedd llygaid yr Ellyllyn-frenin yn hen gyfarwydd â phethau prydferth a hynod, ond serch hynny cododd ar ei draed mewn syndod. Syllai hyd yn oed Bard mewn tawelwch, wedi'i syfrdanu'n llwyr. Roedd fel pe bai golau'r lleuad wedi'i arllwys i lenwi glôb, a'i roi i grogi o'u blaenau mewn rhwyd, rhwyd wedi'i gweu yn ei dro o belydrau main o olau'r sêr rhewllyd.

"Dyma Archfaen Thráin," meddai Bilbo, "Calon y Mynydd; ac mae hi'n galon i Thorin hefyd. Mae'n fwy gwerthfawr iddo nag afon o aur. Fe'i rhoddaf i chi. Bydd yn gymorth i chi, wrth i chi fargeinio gydag ef." Crynodd, a chan daflu golwg hiraethus arni rhoddodd Bilbo'r garreg hynod i Bard. Daliodd ef hi yn ei law, fel pe bai wedi troi'n faen ei hun.

"Ond sut," gofynnodd Bard o'r diwedd, gydag ymdrech, "daeth yr Archfaen yn eiddo i ti, i'w rhoi'n anrheg?"

"Wel," meddai'r hobyd yn anghyfforddus. "Dydy hi ddim, nid yn union; ond rwy'n fodlon iddi gyfri yn erbyn fy holl gyfran i. Hwyrach mai lleidr ydw i—neu felly maen nhw'n fy ngalw i: yn bersonol, dydw i erioed wedi teimlo fel un go iawn—ond un gonest ydw i, gobeithio. Mwy neu lai. Beth bynnag, dw i'n mynd i ddychwelyd, a chaiff y corachod wneud fel y mynnont â minnau. Gobeithio bydd honna o ddefnydd i chi."

Edrychodd yr Ellyllyn-frenin ar Bilbo gydag edmygedd newydd. "Bilbo Baglan!" meddai. "Rwyt ti'n haeddu gwisgo llurig ellyllyn-dywysog yn fwy na llawer un bu'n ei ffitio'n well. Ond a fydd Thorin Dariandderw o'r un meddwl, tybed? Mae gen i fwy o brofiad o gorachod yn gyffredinol na thithau, hwyrach. Fy nghyngor i ti yw aros yma gyda ni, ac mi gei di wneud hynny â chroeso ac anrhydedd."

"Diolch yn fawr iawn, mae'n siŵr," meddai Bilbo gan foesymgrymu. "Ond dydw i ddim yn meddwl y dylwn i adael fy nghyfeillion fel hyn, wedi'r holl bethau i ni fynd drwyddynt gyda'n gilydd. Ac mi wnes i addo deffro Bombur ganol nos, hefyd! Rhaid i mi fynd, a hynny ar unwaith."

Ni allent ddweud dim wrtho i'w rhwystro; felly anfonwyd ellyll i'w hebrwng yn ôl, ac wrth fynd cafodd saliwt anrhydeddus a pharchus gan y brenin a Bard ill dau. Wrth iddo gerdded drwy'r gwersyll daeth hen ŵr yn gwisgo clogwyn tywyll tuag ato, o babell lle bu'n eistedd.

"Da iawn! Mr. Baglan!" meddai, gan daro'i law'n gyfeillgar ar gefn Bilbo. "Mae yna bob amser ragor yn dy gylch di nag y mae neb yn ei ddisgwyl!"

Yr hen ŵr oedd Gandalff. Am y tro cyntaf mewn dyddiau llawer, roedd Bilbo'n wirioneddol wrth ei fodd. Ond doedd dim amser i ofyn yr holl gwestiynau roedd arno eisiau'u gofyn.

"Maes o law!" meddai Gandalff. "Mae pethau'n dod at eu terfyn nawr, os nad ydw i'n camgymryd. Mae yna gyfnod annifyr o dy flaen di nawr; ond cwyd dy galon! *Efallai* bydd popeth yn iawn. Mae rhywbeth yn dod nad yw'r cigfrain hyd yn oed wedi'i glywed. Nos da!"

Wedi'i ddrysu gan hyn, ond yn llawen, aeth Bilbo yn ei flaen. Arweiniwyd ef at ryd ddiogel a'i osod yn sych ar yr ochr arall, cyn iddo ffarwelio â'r ellyll a dringo'n ofalus yn ôl tua'r Porth. Roedd wedi blino'n lân; serch hynny roedd ymhell cyn canol nos pan ddringodd y rhaff unwaith eto—a oedd yno o hyd, lle'r oedd wedi'i adael. Datglymodd y rhaff a'i guddio, cyn eistedd i lawr ar ben y mur i feddwl yn bryderus beth fyddai'n digwydd nesaf.

Pan ddaeth canol nos, aeth i ddeffro Bombur; wedyn aeth i'w wely yn ei gornel yn ei dro, heb aros i wrando ar ddiolch yr hen gorrach (na theimlai'i fod yn ei haeddu). Cyn bo hir roedd yn cysgu'n drwm ac wedi anghofio'i holl bryderon, tan y bore. Breuddwydiodd am wyau a bacwn.

Pennod XVII

Y CYMYLAU'N YMRWYGO

Y bore canlynol, canodd utgyrn y gwersyll yn gynnar. Cyn bo hir gwelwyd rhedwr unig yn rhuthro ar hyd y llwybr cul tua'r Mynydd. Ychydig bellter i ffwrdd, arhosodd a galwodd arnynt. Gofynnodd a oedd Thorin yn fodlon agor trafodaethau unwaith eto, gan fod newyddion wedi dod i law a'r sefyllfa wedi newid.

"Dain fydd hynny!" meddai Thorin pan glywodd. "Maen nhw wedi cael gwybod ei fod wrth law. Roeddwn i'n meddwl y byddai hynny'n newid eu hwyl! Gofynnwch iddynt anfon eu cenhadon, ond dim ond nifer bach ohonynt, a heb arfau, ac mi wrandawaf arnynt."

Tua chanol dydd gwelwyd baneri'r Goedwig a'r Llyn yn agosáu unwaith eto. Roedd ugain o ddynion ar eu ffordd. Wedi cyrraedd dechrau'r llwybr cul rhoesant eu picelli a'u cleddyfau i lawr cyn mynd yn eu blaenau at y Porth. Synnodd y corachod o weld bod Bard a'r Ellyllyn-frenin yno ill dau, ond o'u blaenau hefyd roedd hen ddyn mewn clogwyn, a chanddo gistan gadarn o bren haearn gyfnerthedig.

"Henffych Thorin!" meddai Bard. "Ydych chi'n dal i fod o'r un meddwl?"

"Nid yw fy meddwl i'n newid gyda chodi a machlud ambell haul," atebodd Thorin. "Ai er mwyn gofyn cwestiynau dibwys felly y daethoch chi yma? Nid yw'r ellyllyn-fyddin wedi gadael, fel y gofynnais iddynt! Ofer yw ceisio bargeinio gyda fi cyn i hynny ddigwydd."

"Does dim byd o gwbl felly y basech chi'n fodlon ildio rhywfaint o'ch aur yn gyfnewid amdano?"

270

"Dim byd sydd gennych chi neu'ch ffrindiau i gynnig."

"Beth am Archfaen Thráin?" meddai Bard, ac ar hynny agorodd yr hen ddyn y blwch a thynnu'r em allan ohono, a'i dal yn uchel. Tasgodd ei golau o'i law, yn wyn llachar yn y bore.

Safai Thorin yn fud, wedi'i ddal rhwng syfrdanwch a dryswch. Nid ynganodd neb air, am gryn amser.

Thorin a darfodd ar y tawelwch o'r diwedd, y llid yn ei lais yn glir. "Carreg fy nhad oedd honno, a'm heiddo i yw hi bellach," meddai. "Pam dylwn i brynu'r hyn sy'n eiddo i mi eisoes?" Ond roedd ei chwilfrydedd yn drech nag ef, ac ychwanegodd: "Ond sut daeth etifeddiaeth fy nheulu i'ch meddiant—os oes angen gofyn lladron cwestiwn felly?"

"Nid lladron ydym," atebodd Bard. "Fe ddychwelwn eich eiddo chi, yn gyfnewid am ein heiddo ni."

"Sut gawsoch chi hi?" mynnodd Thorin, ei gynddaredd yn dechrau gorlifo.

"Rhoddais i hi iddyn nhw!" gwichodd Bilbo, yn crynu mewn ofn ar ben y mur.

"Ti! Ti!" bloeddiodd Thorin, gan droi arno a gafael ynddo. "Yr hobyd felltith i ti! Y—*lleidr*—bach i ti!" bloeddiodd, a gyda'i dymer yn drech nag ef dechreuodd ysgwyd Bilbo fel cwningen.

"Yn enw barf Durin! Pe bai Gandalff yma gyda fi! Melltith arno am dy ddewis! Bydded i'w farf wywo! Ac mi wna i dy daflu *di* ar y creigiau!" llefodd yn wyllt, gan godi Bilbo yn ei freichiau.

"Aros! Fe gei di dy ddymuniad," meddai llais. Taflodd yr hen ddyn gyda'r blwch ei gwfl a'i glogwyn ymaith. "Dyma Gandalff! Ac nid cyn pryd, debyg! Os wyt ti'n anfodlon gyda'm lleidr, yna os gweli di'n dda, paid â'i niweidio. Rho fe i lawr, a gwranda ar yr hyn sydd ganddo i'w ddweud yn gyntaf."

"Rydych chi i gyd wedi cynghreirio yn fy erbyn!" meddai Thorin, gan ollwng Bilbo ar ben y mur. "Byth eto byddaf yn delio â dewin, nac unrhyw gyfaill i un. Beth sydd gen ti i'w ddweud, y disgynnydd i lygod mawr i ti?"

"Dîar annwyl, dîar annwyl!" meddai Bilbo. "Rwy'n gwerthfawrogi bod hyn i gyd yn annifyr, braidd. Efallai rydych chi'n cofio i chi ddweud y byddwn i'n cael dewis fy nghyfran i—un rhan o bedwar ar ddeg? Efallai i mi gymryd eich geiriau'n rhy lythrennol—rydw i wedi clywed bod corachod weithiau'n fwy cwrtais eu gair na'u gweithred. Serch hynny, mi fu yna adeg, rwy'n credu, pan oeddech chithau o'r farn 'mod i wedi gwneud ambell gymwynas â chi. Disgynnydd i lygod mawr, wir! Ai dyma'r gwasanaeth y gwnaethoch chi a'ch teulu ei addo i mi, Thorin? Beth am i ni ddweud fy mod i wedi gwario fy nghyfran i yn ôl fy nymuniad, a'i gadael hi felly!"

"Mi wna i hynny," meddai Thorin yn brudd, "Ac mi wna i adael i ti fynd, hefyd—gan obeithio na wnawn ni gwrdd byth eto!" Yna trodd at y cenhadon ar ochr arall y mur. "Rydw i wedi fy mradychu," meddai. "Roeddech chi'n iawn i feddwl na fyddwn i'n gallu gwrthod y cyfle i adennill yr Archfaen, trysor fy nheulu. Rhoddaf un rhan o bedwar-ar-ddeg o'r aur a'r arian yn gyfnewid iddi, ond nid y gemau; ond cewch ystyried hynny'n gyfran lawn y bradwr hwn, sef y cyflog addawyd iddo. Fe gaiff adael gyda hynny, i chi ei rhannu fel y mynnwch. Ychydig iawn a gaiff ef, debyg. Cewch fynd ag ef ei hun hefyd, os ydych chi am iddo fyw: does yr un diferyn o'm cyfeillgarwch yn mynd gydag ef.

"I lawr â thi at dy gyfeillion!" meddai wrth Bilbo, "neu mi wna i dy daflu i lawr."

"Beth am yr aur a'r arian?" gofynnodd Bilbo.

"Byddant yn dilyn wedyn, wedi i ni drefnu hynny," meddai. "I lawr â thi!"

"Mi wnawn ni gadw'r garreg, tan hynny," meddai Bard.

"Dwy ti ddim yn ymddwyn yn frenhinol iawn, Frenin dan y Mynydd," meddai Gandalff. "Ond mae amser o hyd i bethau newid."

"Oes wir," meddai Thorin. Roedd swyn y trysor ar ei feddwl gymaint fel yr oedd eisoes yn pendroni a fyddai modd, â chymorth Dain, adennill yr Archfaen drwy rym; ac felly cadw'r trysor yr oedd newydd ildio hefyd.

Gollyngwyd Bilbo i lawr ar raff, â dim byd yn wobr iddo am ei holl drafferthion ond am y llurig roedd Thorin wedi'i roi iddo eisoes. Roedd calonnau sawl un o'r corachod yn llawn cywilydd a chydymdeimlad.

"Ffarwél!" galwodd arnynt. "Gobeithiaf y cwrddwn ni rywbryd eto, yn gyfeillion."

"O'm golwg," meddai Thorin. "Rwyt ti'n gwisgo llurig, a wnaethpwyd gan fy mhobl i, ac sy'n rhy dda i ti. Ni all yr un saeth fynd trwyddo, ond os nad wyt ti'n brysio, mi wna i bigo dy draed felltith serch hynny. Bydd yn gyflym!"

"Arhoswch chi funud!" meddai Bard. "Fe rown ni hyd yfory i chi. Byddwn yn dychwelyd ganol dydd i gael gweld os ydych chi wedi dod allan â'r rhan hynny o'r trysor sydd i'w roi'n gyfnewid am y garreg. Os gwnewch chi hynny heb dwyll, yna fe awn ni ymaith, a bydd yr ellyllyn-fyddin yn dychwelyd i'r Goedwig. Ffarwél, yn y cyfamser!"

Ar hynny, dychwelodd y cenhadon i'r gwersyll; ond gofynnodd Thorin i Roäc anfon negeseuwyr at Dain ar unwaith i roi gwybod iddo beth oedd wedi digwydd, a gofyn iddo ddod yn bwyllog, ond yn fuan.

Aeth gweddill y diwrnod heibio, a'r noson ganlynol. Y bore nesaf trodd y gwynt tua'r gorllewin, ac roedd yr awyr yn dywyll ac yn ddiflas. Roedd hi'n fore cynnar o hyd pan glywyd galwad yn y gwersyll. Roedd rhedwyr wedi dod â'r newyddion bod llu o gorachod wedi ymddangos wrth esgair ddwyreiniol y Mynydd, ac yn prysur agosáu at Ddyffryn. Roedd Dain wedi cyrraedd. Roedd ef a'i fyddin wedi prysuro drwy'r nos, ac felly wedi'u cyrraedd yn gynharach na'r disgwyl. Gwisgai pob un o'i filwyr lurig drwm o ddur oedd yn gorchuddio'i gorff hyd at ei bengliniau, a gwisgai ar ei goesau math o sanau rhwyll cain (roedd eu hunion wneuthuriad yn gyfrinach i bobl Dain). O ystyried ei daldra, mae pob corrach yn gryf iawn, ond roedd milwyr Dain yn gryf o gorachod hyd yn oed. Roedd gan bob un ohonynt fatog drom y byddai'n ei drin â'i ddwy law ar faes y gad, ond roedd ganddo hefyd gleddyf byr llydan, a tharian gron ar ei gefn. Roedd eu barfau fforchog wedi'u plethu a'u gwthio o fewn eu gwregysau. Haearn oedd eu helmau a'u hesgidiau, a haearnaidd hefyd oedd yr olwg ar eu hwynebau penderfynol.

Canwyd yr utgyrn, yn galw ar y dynion a'r ellyll i ymarfogi. Cyn bo hir roedd modd gweld y corachod yn ymdeithio'n gyflym tuag atynt o waelod y cwm. Arhosodd y llu rhwng yr afon ac esgair y dwyrain, ond daeth rhai ohonynt yn eu blaenau, a chan groesi'r afon daethant at gyfyl y gwersyll. Yno rhoesant eu harfau ar y llawr a dangos eu dwylo, sef arwydd o heddwch. Aeth Bard allan i'w cyfarfod, a Bilbo gydag ef.

"Fe'n hanfonwyd ni gan Dain fab Nain," medden nhw wedi eu cwestiynu. "Rydym yn mynd at ein teulu yn y Mynydd, gan ein bod ar ddeall bod yr hen deyrnas wedi'i chodi o'r newydd. Ond pwy ydych chithau, sy'n eistedd yn y maes megis gelynion gerbron muriau amddiffynedig?" Ystyr hyn, wrth gwrs, yn iaith gwrtais a hen-ffasiwn sefyllfaoedd felly, oedd: "Nid oes a wnelo hyn ddim â chi. Rydyn ni'n mynd yn ein blaenau, felly o'r ffordd, neu mi wnawn ni ymladd â chi!" Eu bwriad oedd mynd heibio rhwng y Mynydd a thro'r afon, gan nad oedd yn edrych fel petai'r ardal honno wedi'i hamddiffyn ryw lawer.

Wrth gwrs, gwrthododd Bard ganiatáu i'r corachod fynd yn eu blaenau'n syth i'r Mynydd. Roedd yn benderfynol o aros nes derbyn yr aur ac arian yn gyfnewid am yr Archfaen, ac ni chredai y byddai hynny'n digwydd â byddin mor fawr a rhyfelgar yn amddiffyn y gaer. Roeddynt wedi dod â storfa fawr o hanfodion gyda nhw, oherwydd gall corrach gario pwysau trwm iawn, ac er gwaetha'u siwrnai gyflym roedd gan bron pob un o bobl Dain becyn enfawr ar ei gefn yn ogystal â'i arfau. Byddai modd iddynt wrthsefyll gwarchae am wythnosau, a gallai rhagor fyth o gorachod gyrraedd erbyn hynny, a rhagor eto hyd yn oed: roedd perthnasau Thorin yn niferus. Byddai modd iddynt ailagor rhyw fynedfa arall a gosod gwarchodwyr arno hefyd, fel bod yn rhaid i'r gwarchaewyr gylchynu'r mynydd cyfan; a doedd dim digon ohonynt i wneud hynny.

A dweud y gwir hynny oedd union gynllun y corachod (roedd y cigfrain wedi bod yn brysur yn cyfnewid negeseuon rhwng Thorin a Dain); ond roedd eu llwybr wedi'i rwystro am y tro, felly wedi rhannu ambell air cas aeth y corrach-genhadon yn ôl, yn grwgnach dan eu gwynt. Anfonodd Bard negeseuwyr i'r Porth ar unwaith, ond nid oedd aur na thaliad o unrhyw fath yn aros amdanynt yno. Yn hytrach, saethau a groesawodd nhw cyn gynted a daethant o fewn cyrraedd, a bu'n rhaid iddynt ruthro'n ôl i'r gwersyll mewn braw. Roedd cynnwrf mawr yno, fel pe bai brwydr ar fin dechrau, oherwydd roedd corachod Dain wedi dechrau symud ar hyd ochr ddwyreiniol yr afon.

"Y ffyliaid!" chwarddodd Bard, "o agosáu felly, dan fraich y Mynydd! Dydyn nhw ddim yn deall rhyfel yn yr awyr agored, debyg, faint bynnag o brofiad sydd ganddynt o ymladd mewn cloddfeydd. Mae nifer fawr o'n saethwyr a phicellwyr yn cuddio yn y creigiau ar eu hochr dde. Hwyrach bod llurig y corachod yn dda, ond bydd hi'n waith caled arnynt. Beth am i ni ymosod arnynt yn syth o'r ddau ochr, cyn iddyn nhw gael cyfle i orffwys!"

Ond meddai'r Ellyllyn-frenin: "Hir yr oedaf cyn dechrau'r rhyfel hwn dros aur. Ni all y corachod fynd heibio i ni, heb i ni adael iddynt, na wneud dim byd heb i ni eu gweld. Gobeithiwn am rywbeth fydd yn rhoi rheswm i ni gymodi. Bydd mantais ein niferoedd yn ddigon, yn y diwedd, os ddaw hi at frwydr."

Ond nid oedd y brenin wedi ystyried meddyliau'r corachod. Roedd eu meddyliau ar dân o wybod fod yr Archfaen yn nwylo'r gwarchaewyr; roeddynt wedi sylweddoli hefyd bod Bard a'i gyfeillion yn oedi ac ystyried cyn ymateb, ac roeddynt yn benderfynol o ymosod tra bod eu gelynion yn dal i drafod.

Yn ddi-signal, rhuthrodd y corachod yn eu blaenau'n sydyn ac yn ddistaw, i ymosod. Plyciodd bwâu a gwibiodd saethau, ac roedd y frwydr ar fin dechrau.

Ond yn fwy sydyn byth daeth tywyllwch dychrynllyd arnynt i gyd! Gorchuddiwyd yr awyr gan gwmwl du. Daeth sŵn taranau'r gaeaf o gyfeiriad y Mynydd, a fflachiodd fellten gan daro'r copa. O dan y cwmwl du roedd düwch arall yn chwyrlïo yn ei flaen, ond nid gyda'r gwynt, ond yn hytrach o'r gogledd. Roedd fel cwmwl enfawr o adar, mor ddwys fel nad oedd modd gweld golau'r haul rhwng eu hadenydd.

"Arhoswch!" bloeddiodd Gandalff, gan ymddangos yn sydyn rhwng y corachod a'r rhengoedd oedd yn aros amdanynt, yn sefyll ar ei ben ei hun ar faes y gad, ei freichiau uwch ei ben. "Arhoswch!" bloeddiodd eto mewn llais fel taranau, a saethodd fflach fel mellten o'i ffon. "Daeth arswyd arnoch chi i gyd! Gwae! Bu'n gyflymach nag yr oeddwn i wedi disgwyl. Mae'r Coblynnod ar ddod! Mae Bolg o'r Gogledd yma, Dain, sef mab Azog a laddaist ti gynt, ym Moria. Edrychwch! Mae'r ystlumod uwchben ei fyddin fel môr o locustiaid. Maen nhw'n marchogaeth bleiddiaid ac mae'r Wargiaid yn eu dilyn!"

Syfrdanwyd a drysywd pawb. Wrth i Gandalff siarad, âi'r awyr yn fwyfwy tywyll. Arhosodd y corachod ar ganol eu rhuthr i syllu arni. Llefodd yr ellyll mewn lleisiau lu.

"Dewch!" meddai Gandalff. "Mae amser eto i ni ymgynghori. Deued Dain fab Nain atom, ar unwaith!"

Dechreuodd frwydr felly, ond un nad oedd neb wedi'i ddisgwyl: fe'i henwyd yn Frwydr y Pum Llu, ac roedd yn ddychrynllyd. Ar y naill ochr roedd y Coblynnod a'r Bleiddiaid gwyllt, ac ar y llall roedd yr Ellyll, y Dynion a'r Corachod. Dyma sut y digwyddodd. Ers cwymp Coblyn Mawr Mynyddoedd y Niwl roedd casineb y Coblynnod tuag at y corachod wedi'i ailgynnau, a throi'n gynddaredd danllyd bellach. Roedd negeseuwyr wedi tramwyo yn ôl ac ymlaen rhwng eu holl ddinasoedd, nythod a chadarnleoedd; ac roeddynt bellach yn benderfynol mai nhw a fyddai'n teyrnasu dros yr holl Ogledd. Roeddynt wedi bod wrthi'n ddirgel yn casglu gwybodaeth, ac wedi bod ar waith ar hyd a lled y mynyddoedd yn gwneud arfau ac yn paratoi ar gyfer rhyfel. Roeddynt wedyn wedi ymdeithio drwy'r bryniau a'r dyffrynnoedd, gan fynd naill ai drwy ogofeydd neu gyda'r nos, nes bod llu enfawr ohonynt wedi ymgasglu o dan ac o amgylch Mynydd Gundabad y Gogledd, sef eu prifddinas, yn barod i ruthro i lawr tua'r de yn annisgwyl. Wedyn cawsant wybod bod Smawg wedi'i ladd, a llenwodd hynny eu calonnau â llawenydd mawr; ac wedi rhuthro drwy'r mynyddoedd noson ar ôl noson cyrhaeddwyd y Mynydd o'r diwedd o gyfeiriad y gogledd, yn dynn ar sodlau Dain. Ni wyddai hyd yn oed y cigfrain amdanynt nes iddynt ymddangos yn y tir garw rhwng y Mynydd Unig a'r bryniau tu hwnt. Pwy a ŵyr faint yn union oedd Gandalff yn ei wybod, ond mae'n glir nad oedd yntau chwaith wedi disgwyl yr ymosodiad sydyn hwn.

Dyma oedd ei gynllun, a wnaeth ar y cyd gyda'r Ellyllyn-frenin a Bard, a Dain hefyd, oherwydd ymunodd yr aruwch-gorrach gyda nhw: gelynion pawb oedd y Coblynnod, ac wedi iddynt gyrraedd anghofiwyd pob anghydfod arall. Eu hunig obaith oedd denu'r coblynnod i'r cwm rhwng breichiau'r Mynydd, gan amddiffyn yr esgeiriau mawr a estynnai tua'r de a'r dwyrain. Ond byddai'n ddu arnynt pe bai'r coblynnod yn ddigon niferus i oresgyn y Mynydd ei hun, ac felly'n gallu ymosod arnynt o'r tu ôl ac uwchben. Fodd bynnag doedd dim amser i wneud unrhyw gynllun arall, nac i alw am gymorth.

Cyn bo hir fe beidiodd y taranau, a diflannodd y cymylau i gyfeiriad y de-ddwyrain; ond daeth yr ystlumod yn eu cwmwl mawr i hedfan yn isel dros grib y Mynydd a chwyrlio uwch eu pennau, gan guddio'r haul a llenwi pob un ohonynt ag ofn.

"I'r Mynydd!" meddai Bard. "I'r Mynydd! Rhaid i ni fynd i'n lleoedd tra bod amser o hyd!"

Ar lethrau isel esgair y de, ac ymhlith y creigiau wrth ei thraed, gosodwyd yr ellyll; ar esgair y dwyrain roedd y dynion a'r corachod. Ond fe ddringodd Bard a rhai o'r dynion ac ellyll mwyaf ystwyth i ben y grib er mwyn cael gweld tua'r gogledd. Yn fuan gwelsant y tir wrth draed y Mynydd yn troi'n ddu gyda thorfeydd aneirif. Cyn pen dim ymddangosodd blaengad y coblynnod o'r tu ôl i ben pellaf yr esgair, gan ruthro i gwm Dyffryn. Y rhain oedd y blaidd-farchogion cyflymaf, ac eisoes roedd modd clywed eu lleisiau ac udo'u bleiddiaid yn rhwygo'r awyr o bell. Roedd ambell ddyn dewr wedi'i osod o'u blaenau i ffugio gwrthsafiad, a bu farw llawer ohonynt cyn i'r gweddill ildio i'r naill ochr a'r llall. Yn union fel yr oedd Gandalff wedi gobeithio, roedd gweddill byddin y coblynnod wedi ymgasglu'r tu ôl i'r flaengad wrth iddynt ymladd â'r dynion, a bellach roeddynt yn llifio'n gynddeiriog i mewn i'r cwm gan ruthro'n wyllt rhwng esgeiriau'r Mynydd i chwilio am eu gelynion. Roedd eu baneri aneirif yn ddu ac yn goch, ac roeddynt fel llif ffyrnig, heb unrhyw drefn.

Roedd hi'n frwydr ddychrynllyd. Dyma'r profiad gwaethaf o holl anturiaethau Bilbo, a'r un a oedd yn fwyaf cas ganddo ar y pryd—ac felly, yn anochel efallai, yr un yr oedd fwyaf balch yn ei chylch yn ddiweddarach, a'r un y hoffai hêl atgofion amdano fwyaf wedyn, er ei bod yn rhaid dweud mai digon dibwys oedd ei ran ef ynddo. A dweud y gwir, yn gynnar iawn yn y frwydr gwisgodd ei fodrwy a diflannodd yn llwyr o'r golwg, os nad o'r holl berygl. Dydy modrwy hud o'r fath ddim yn fawr o amddiffynfa pan fo coblynnod yn rhuthro tuag atoch, ac nid yw'n rhwystro saethau'n hedfan na phicellau gwyllt. Mae'n ddefnyddiol, serch hynny, wrth i chi geisio cadw allan o'r ffordd; ac mae'n rhwystro unrhyw goblyn rhag gwneud eich pen yn darged bwriadol i'w gleddyf.

Yr ellyll oedd y cyntaf i ruthro i'r gad. Mawr a chwerw yw eu casineb tuag at y coblynnod. Disgleiriai eu picelli a'u cleddyfau fel fflamau oer yn y gwyll, ac roedd llid y sawl a'u cariai'n farwol. Cyn gynted i'w gelynion niferus ddod yn dorf ddwys o'u blaenau, rhyddhawyd cawod o saethau ar eu pennau, a fflachiai pob un wrth hedfan fel pe bai yn llosgi. Dilynwyd y saethau gan fil o bicellwyr yn rhuthro tua'r gelyn. Roedd y bloeddio'n fyddarol. Staeniodd gwaed coblynnod y creigiau'n ddu.

Pan ddechreuodd y coblynnod ddadebru wedi'r ymosodiad sydyn, a rhwystrwyd rhuthr yr ellyll, cododd rhuad dwfn o ochr arall y cwm. Gan weiddi "Moria!" a "Dain, Dain!" plymiodd corachod y Bryniau Haearn i'r ffrwgwd o'r ochr draw gyda'u matogau, ac wrth eu hochrau roedd gwŷr y Llyn gyda'u cleddyfau hirion.

Dychrynwyd y coblynnod, ond wrth iddynt droi i ymladd yn erbyn yr ymosodiad newydd hwn rhuthrodd yr ellyll unwaith eto, yn fwy niferus nag o'r blaen. Roedd nifer o'r coblynnod eisoes yn ffoi i lawr yr afon i ddianc y fagl, ac yn eu cynnwrf roedd rhai o'r bleiddiau'n dechrau troi ar eu meistri, gan rwygo cyrff y meirw a'r clwyfedig. Roedd buddugoliaeth i'w gweld yn agos, pan glywyd cri o'r grib uwchben.

Roedd coblynnod wedi dringo'r Mynydd o'r ochr pellaf ac roedd nifer fawr ohonynt wedi ymgasglu ar y llethrau uwchben y Porth, ac eraill yn rhuthro'n fyrbwyll yn eu blaenau er mwyn ymosod ar linellau'r amddiffynwyr o'r tu ôl, er gwaethaf sgrechau'r rhai a gwympai o'r clogwyni dros y dibyn. Roedd nifer fawr o lwybrau'n arwain i lawr o'r Mynydd ei hun at yr esgeiriau, ac nid oedd digon o amddiffynwyr i'w rhwystro nhw'n hir. Diflannodd pob meddwl am fuddugoliaeth. Dim ond wedi rhwystro ton gyntaf y llanw du oeddynt.

Aeth y diwrnod yn ei flaen. Unwaith eto, ymgasglodd y coblynnod yn y cwm. Yno roedd llu o Wargiaid rheibus, a gwarchodwyr personol Bolg gyda nhw, coblynnod anferthol â chleddyfau cam o ddur. Wrth i'r haul ddiflannu roedd yr awyr tymhestlog yn troi'n dywyll go iawn, tra hedfanai'r ystlumod mawr dros bennau a chlustiau'r ellyll a dynion o hyd, gan ymosod ar y clwyfedig a gafael ynddynt fel fampirod. Bellach roedd Bard yn ymladd i amddiffyn yr esgair ddwyreiniol, ond yn ildio'n araf, ac roedd yr ellyllyn-arglwyddi'n brysur yn amddiffyn eu brenin ar esgair y de, yn agos i'r man gwylio ar Allt y Gigfran.

Yn sydyn daeth bloedd fawr, ac o gyfeiriad y Porth daeth sŵn utgorn yn canu. Roeddynt wedi anghofio Thorin! Wedi'i wthio gyda liferi, cwympodd rhan o'r mur i lawr i mewn i'r pwll gyda thwrw mawr. Drwy'r bwlch neidiodd y Brenin dan y Mynydd, a'i gyfeillion yn gefn iddo. Roedd pob cwfl a chlogwyn wedi mynd: gwisgai pob un ohonynt arfwisg lachar, ac roedd golau coch yn eu llygaid. Disgleiriai'r corrach mawr yn y golau gwan fel aur yng nghanol marwydos.

Taflai'r coblynnod greigiau o'r clogwyni uwchben ar eu pennau, ond dalion nhw eu tir a neidio i lawr i waelod y rhaeadr, yn rhuthro ymlaen i'r gad. Cwympodd neu ffoes pob blaidd a'i farchog o'u blaenau. Chwifiai Thorin ei fwyell gan roi ergydion pwerus i'r naill ochr a'r llall, ac roedd fel petai nad oedd dim byd yn ei frifo.

"Ataf i! Ataf i! Ellyll a dynion! Ataf i! Fy mhobl!" galwodd, ei lais yn atseinio fel corn mawr yn canu drwy'r cwm.

Gan anghofio pob trefn rhuthrodd pob un o gorachod Dain i'w gynorthwyo. Rhuthrodd llawer o wŷr y Llyn hefyd, gan na allai Bard eu rhwystro; ac o'r ochr arall daeth nifer o blith picellwyr yr ellyll. Unwaith eto roedd y coblynnod ar chwâl yn y cwm, ac fe'u pentyrrwyd nes bod Dyffryn yn dywyll ac erchyll gyda'u cyrff meirw. Gwasgarwyd y Wargiaid, a gyrrodd Thorin yn uniongyrchol at warchodwyr Bolg. Ond ni allai dorri trwy eu rhengoedd.

Roedd nifer o ddynion a chorachod eisoes yn gorwedd ymysg y coblynnod meirw y tu ôl iddo, a sawl ellyllyn teg fyddai wedi byw'n llawen yn y goedwig am oesau lawer eto. Wrth i'r cwm ledaenu, arafai ei ymosodiad. Doedd dim digon o ryfelwyr ganddo, ac roedd yn agored i ymosodiad o'r ddwy ystlys. Cyn bo hir ymosodwyd ar yr ymosodwyr, ac fe'u gorfodwyd i gylch mawr, gyda choblynnod a bleiddiaid i bob cyfeiriad o'u hamgylch. Rhuthrodd gwarchodwyr Bolg atynt gan yrru yn erbyn eu rhengoedd fel tonnau yn erbyn clogwyni o dywod. Ni allai eu cyfeillion eu cyrraedd, gyda'r ymosodiad o'r Mynydd yn parhau, a mwy byth o goblynnod yn cyrraedd o hyd. Ar naill ochr y cwm a'r llall roedd y dynion a'r ellyll yn araf gwympo'n ôl.

Gwyliodd Bilbo hyn i gyd, yn llwyr ddigalon. Roedd wedi dewis sefyll ar Allt y Gigfran gyda'r ellyll—yn rhannol oherwydd y byddai ganddo gyfle gwell i ddianc o'r ochr honno, ac yn rhannol oherwydd iddo benderfynu (yn y rhan mwy Twcaidd o'i feddwl) y byddai'n well ganddo, ar y cyfan, amddiffyn yr Ellyllyn-frenin pe bai'n dod at fod yn rhan o ryw safiad terfynol. Roedd Gandalff yno hefyd, dylwn ddweud, yn eistedd ar y llawr fel pe bai'n meddwl yn ddwfn: yn paratoi rhyw ergyd hud olaf cyn y diwedd, mwy na thebyg.

Nid oedd hynny i'w weld yn rhy bell. "Fydd hi ddim yn hir iawn nawr," meddyliodd Bilbo, "cyn i'r coblynnod oresgyn y Porth, ac i bob un ohonom ni gael ein lladd neu'n dal. Mae'n ddigon i wneud i rywun wylo, ar ôl pob dim. Byddai'n well gen i pe bai hen Smawg wedi'i adael gyda'r holl drysor felltith, nag iddo fynd yn eiddo i'r creaduriaid erchyll yma, ac i Bombur druan, a Balin a Fíli a Kíli a'r lleill i gyd ddod i ddiwedd drwg; a Bard hefyd, a Gwŷr y Llyn a'r ellyll llawen. Ych-a-fi! Clywais ganeuon am bob math o frwydrau mawr, ac roeddwn i ar ddeall bod yna ryw ogoniant i'w gael hyd yn oed wrth golli. Wel, mae hi'n teimlo'n bur anghyffordd, heb sôn am frawychus. Carwn i fod yn bell ohoni!"

Rhwygai'r gwynt y cymylau, ac yn y gorllewin ymddangosodd yr haul coch yn machlud. Wrth weld y golau sydyn, trodd Bilbo i edrych. Rhoddodd floedd fawr: roedd wedi gweld rhywbeth a wnaeth i'w galon lamu: siapau duon â'r haul yn gefn iddynt, rhai bychain, ond llawn urddas.

"Yr Eryrod! Yr Eryrod!" gwaeddodd. "Mae'r Eryrod yn dod!'

Anaml fyddai llygaid Bilbo'n camgymryd. Roedd yr eryrod yn dod gyda'r gwynt, rhes ar ôl rhes ohonynt, mewn llu mor fawr yr oedd yn rhaid bod holl nythod y gogledd wedi'u gwagio.

"Yr Eryrod! Yr Eryrod!" galwodd Bilbo eto, gan ddawnsio a chwifio'i freichiau. Os na allai'r ellyll ei weld, gallent ei glywed. Fe ddechreuon nhw weiddi hefyd, ac atseiniodd yr alwad ar draws y cwm: "Yr Eryrod!". Edrychai llygaid lawer tua'r awyr, er nad oedd modd gweld dim byd eto, heblaw o lethrau deheuol y Mynydd.

"Yr Eryrod!" gweiddodd Bilbo unwaith yn rhagor, ond yr eiliad honno daeth carreg o'r awyr a'i daro'n drwm ar ei helmed, ac fe gwympodd i'r llawr yn syth ac aeth yn anymwybodol.

Pennod XVIII

Y DAITH YN ÔL

Pan ddeffrodd Bilbo, roedd yn gorwedd ar feini gwastad Allt y Gigfran, ar ei ben ei hun. Ni allai weld neb arall yn unman. Roedd hi'n olau dydd, ac nid oedd yr un cwmwl uwchben, ond roedd hi'n oer. Crynai, a theimlai'r un mor oer â'r graig, ond roedd ei ben yn llosgi.

"Tybed beth sydd wedi digwydd?" gofynnodd i'w hun. "Dydw i ddim gyda'r arwyr a fu farw, o leiaf. Ond hwyrach bod yna amser eto am hynny!"

Cododd ar ei eistedd, yn boen i gyd. O edrych i lawr i'r cwm, ni allai weld dim un coblyn byw. Wedi i'w ben glirio rhywfaint, tybiodd iddo weld ellyll yn symud ymysg y creigiau islaw. Rhwbiodd ei lygaid. Gwersyll oedd hwnnw, mae'n rhaid, draw yn y maes cryn bellter i ffwrdd; ac roedd yna fynd a dod yno o amgylch y Porth? Edrychai fel bod corachod yno, wrthi'n tynnu'r mur i lawr. Ond roedd pobman yn ddistaw fel y bedd. Doedd neb yn galw ar ei gilydd ac nid oedd yr un gân yn atseinio. Roedd fel pe bai galar yn yr awyr.

"Buddugoliaeth wedi'r cyfan, debyg!" meddai, â chur go iawn yn ei ben. "Wel, busnes digalon iawn yw hi o'r golwg."

Yn sydyn roedd yn ymwybodol bod dyn yn dringo'r grib ac yn nesáu tuag ato.

"Helo 'na!" meddai, ei lais yn crynu. "Helo 'na! Pa newydd?"

"Pa lais yw hwn, sy'n siarad ymysg y creigiau?" meddai'r dyn, gan sefyll ac edrych yn syn o'i gwmpas, heb fod ymhell o'r fan lle'r oedd Bilbo yn eistedd.

Yn sydyn, cofiodd Bilbo ei fodrwy! "Bendith arnaf!" meddai. "Mae ambell anfantais i fod yn anweledig, wedi'r cyfan. Neu fel arall mae'n debyg y baswn i wedi treulio noson gynnes a chyfforddus mewn gwely!"

"Fi sydd yma, Bilbo Baglan, cyfaill Thorin!" meddai, gan dynnu ei fodrwy'n frysiog.

"Dda gen i fy mod i wedi cael hyd i chi!" meddai'r dyn, gan gamu tuag ato. "Mae arnom ni eich angen, ac rydyn ni wedi chwilio'n hir amdanoch. Mi fyddech chi wedi'ch cyfri gyda'r meirw, sydd yn niferus iawn, pe na bai'r dewin Gandalff wedi dweud iddo glywed eich llais diwethaf yn yr ardal hon. Fe'm hanfonwyd yma i chwilio unwaith yn rhagor, am y tro olaf. Ydych chi wedi'ch brifo?"

"Ergyd gas i'm pen, dwi'n credu," meddai Bilbo. "Ond mae gen i helmed, a phenglog galed. Dwi'n teimlo'n sâl serch hynny, ac mae fy nghoesau fel gwellt."

"Fe'ch cludaf felly, i'r gwersyll yn y cwm," meddai'r dyn, gan ei godi'n ddigon hawdd.

Roedd ei gyfaill yn chwim ac yn sicr ei draed. Cyn bo hir roedd wedi gosod Bilbo o flaen pabell yn Nyffryn, ac yno'n sefyll o'i flaen oedd Gandalff, â'i fraich mewn gwregys. Nid oedd y dewin hyd yn oed wedi dianc yn ddianaf, ac a dweud y gwir ychydig iawn o'r fyddin oedd heb eu brifo mewn rhyw ffordd.

Pan welodd Gandalff Bilbo, roedd ar ben ei ddigon. "Baglan!" llefodd. "Ar fy ngair! Yn fyw wedi'r cyfan— rydw i *yn* falch! Roeddwn i'n dechrau meddwl bod hyd yn oed dy lwc di wedi rhedeg allan! Busnes gwael, a bron iawn yn drychinebus. Ond gall y newyddion eraill aros. Dere!" meddai, â golwg mwy difrifol. "Mae galw amdanat." Gan hynny, gafaelodd ym mraich yr hobyd a'i arwain i'r babell.

"Henffych, Thorin!" meddai wrth iddynt fynd i mewn. "Rydw i wedi dod ag ef."

Ac yno gorweddai Thorin Dariandderw, wedi ei glwyfo ganwaith, â'i arfwisg garpiog a'i fwyell riciog wedi'u taflu o'r neilltu i'r llawr. Edrychodd i fyny wrth i Bilbo ddod i'w ochr.

"Ffarwél, leidr da," meddai. "Af yn awr i neuadd yr aros, i eistedd gyda fy nghyndeidiau i aros am adnewyddu'r byd. Â minnau'n gadael pob aur a phob arian bellach, ac yn mynd i rywle lle nad oes unrhyw werth iddynt, hoffwn ymadael â thi yn gyfaill, a thynnu'n ôl yr hyn ddwedais ac a wnes i, wrth y Porth."

Penliniodd Bilbo, yn llawn tristwch. "Ffarwél, Frenin Dan y Mynydd!" meddai. "Antur chwerw yw hon os mai fel hyn mae'n rhaid iddi orffen; ac nid oes mynydd o aur a all drwsio hynny. Rwy'n falch i mi gael rhannu yn eich peryglon serch hynny—bu hynny'n fwy na haeddodd yr un Baglan erioed."

"Na fu!" meddai Thorin. "Mae mwy sy'n dda ynot ti nag wyt ti'n gwybod, blentyn caredig y Gorllewin. Peth dewrder a pheth doethineb yn gytbwys gymhlith. Pe bai mwy ohonom ni'n gweld rhagor o werth i fwyd, llawenydd a chân, yn hytrach na thrysor, yna byddai'r byd yn hapusach le. Ond trist neu hapus, daeth yn amser i mi ei adael. Ffarwél!"

Trodd Bilbo ymaith, gan adael Thorin ar ei ben ei hun. Aeth i eistedd o'r neilltu wedi'i lapio mewn blanced, ac yna—credwch chi hi neu beidio—mi wylodd, nes i'w lygaid droi'n goch a'i lais yn gryg. Roedd ganddo enaid caredig. Bu'n amser hir ar ôl hynny cyn iddo allu dweud jôc unwaith eto. "Trugaredd ydy hi," meddai wrth ei hun o'r diwedd, "i mi ddeffro pan wnes i. Basai'n well gen i pe bai Thorin yn dal i fyw, ond mae'n dda gen i i ni gymodi cyn iddo fy ngadael. Ffŵl wyt ti, Bilbo Baglan, ac mi wnest ti lanast mawr o'r busnes hynny gyda'r garreg: er gwaetha dy holl ymdrechion i brynu heddwch a llonyddwch bu yna frwydr beth bynnag. Ond prin y gellir dy feio di am hynny, hwyrach."

Cafodd Bilbo wybod wedyn am bopeth oedd wedi digwydd ar ôl iddo gael ei lorio, ond daeth hynny â mwy o dristwch na llawenydd iddo, ac roedd wedi blino ar ei antur bellach. Ysai, ym mêr ei esgyrn, am gael cychwyn tuag adref. Roedd peth oedi cyn hynny, fodd bynnag, felly yn y cyfamser rhoddaf rywfaint o wybodaeth i chi am y digwyddiadau. Roedd yr Eryrod wedi hen amau bod y coblynnod yn ymgasglu: amhosib fyddai cuddio'r holl symud yn y mynyddoedd rhag eu llygaid craff yn llwyr. Roedden nhw wedi ymgasglu hefyd felly, mewn llu mawr dan arweinyddiaeth Eryr Mawr Mynyddoedd y Niwl; ac yn y diwedd, wedi iddynt glywed oglau'r frwydr, fe ddaethant ar frys ar y gwynt, gan gyrraedd mewn union bryd. Nhw a waredodd y coblynnod o lethrau'r mynydd, gan eu taflu oddi ar glogwyni neu eu herlyn i lawr yn sgrechian yn ddryslyd yng nghanol eu gelynion. Cyn bo hir roeddynt wedi rhyddhau'r Mynydd Unig, ac o'r diwedd gallai'r ellyll a'r dynion ar naill ochr y cwm a'r llall fynd i gynorthwyo'r rhai islaw.

Ond hyd yn oed gyda'r Eryrod, roedd eu gelynion yn dal i fod yn fwy niferus. Ond yn yr awr olaf honno ymddangosodd Beorn—ni wyddai neb sut nac o ble. Daeth ar ei ben ei hun, ar ffurf arth, ac roedd fel petai wedi tyfu'n gawr yn ei gynddaredd.

Roedd rhu ei lais fel drymiau a chanonau; taflodd fleiddiaid a choblynnod o'i ffordd fel petaent yn wellt neu'n blu. Ymosododd ar y gelyn o'r tu ôl, gan dorri drwy'r cylch fel clec taran. Roedd y corachod yn gwneud safiad o amgylch eu harglwyddi ar ben bryn crwn isel. Plygodd Beorn i godi Thorin—oedd wedi cwympo, wedi'i ei glwyfo â phicelli—a'i gludo ymaith o ganol yr ymladd.

Dychwelodd yn fuan, ei ddicter wedi'i ddyblu, fel na allai dim byd ei wrthsefyll, ac roedd fel pe bai nad oedd unrhyw arf yn ei frifo. Gwasgarodd warchodwyr Bolg, gan dynnu arweinydd y coblynnod ei hun i'r llawr a'i falu'n llwyr. Dychrynodd y coblynnod i gyd wedyn, a dechrau rhedeg i bob cyfeiriad. Ond gyda gobaith newydd anghofiodd eu gelynion eu blinder, ac aethant i'w herlyn, gan rwystro'r rhan fwyaf ohonynt rhag dianc. Gyrrwyd llawer ohonynt i'r Afon Ebrwydd, ac erlynwyd y rhai a ddihangodd i'r de neu'r gorllewin hyd at y corsydd o amgylch Afon y Goedwig. Yno bu farw'r rhan fwyaf o'r rhai a lwyddodd i ddianc maes y gad; cyrhaeddodd eraill gyrion teyrnas Ellyll y Coed i gael eu lladd yno, neu eu denu i mewn i farw yng nghrombil tywyll y Gwyllgoed. Yn ôl y caneuon, bu farw tri chwarter o holl coblyn-ryfelwyr y Gogledd y diwrnod hwnnw, ac roedd y mynyddoedd yn heddychlon am flynyddoedd lawer wedi hynny.

Roedd buddugoliaeth wedi'i sicrhau cyn iddi nosi, ond pan ddychwelodd Bilbo i'r gwersyll roedd y milwyr yn dal i erlyn y coblynnod a ddihangodd, ac ychydig iawn oedd ar ôl yn y cwm felly heblaw'r rhai oedd wedi'u clwyfo'n wael.

"Ble mae'r Eryrod?" gofynnodd i Gandalff y noswaith honno, yn gorwedd wedi'i lapio mewn nifer o flancedi cynnes.

"Mae rhai wrthi'n hela'r gelyn," meddai'r dewin, "ond mae'r rhan fwyaf wedi dychwelyd i'w nythod. Nid oeddynt am aros yma, ac aethant yn ôl yng ngolau'r wawr. Mae Dain wedi rhoi coron aur i'w harglwydd, ac wedi tyngu llw o gyfeillgarwch iddynt am byth."

"Dyna drueni. Hynny yw, byddwn i wedi hoffi cael eu gweld unwaith yn rhagor," meddai Bilbo'n gysglyd; "efallai gwnaf i eu gweld ar y ffordd adref. Fe gaf i fynd adref, cyn bo hir, debyg?"

"Cyn gynted ag wyt ti eisiau," meddai'r dewin.

Mewn gwirionedd aeth nifer o ddyddiau heibio eto cyn i Bilbo ddechrau ar ei daith. Claddwyd Thorin yn ddwfn o dan y Mynydd, a gosododd Bard yr Archfaen i orwedd ar ei frest.

"Gorwedded yno nes i'r Mynydd ei hun gwympo!" meddai. "Bydded iddi ddod â lwc dda i holl bobl Thorin sy'n byw yma!"

Ar ben ei fedd wedyn gosododd yr Ellyllyn-frenin Orcrist, y cleddyf Ellyllaidd a gymrwyd oddi ar Thorin pan oedd yn garcharor. Yn ôl y caneuon, byddai'n disgleirio yn y tywyllwch pe bai gelynion wrth law byth ers hynny, gan ei gwneud hi'n amhosib felly i ymosod ar y corachod yn ddiarwybod. Gwnaeth Dain fab Nain ei gartref yno bellach, a daeth yn Frenin Dan y Mynydd, ac mewn amser daeth llawer o gorachod eraill i fyw gydag ef yn y cynteddau hynafol. Deg oedd ar ôl o ddeuddeg cydymaith gwreiddiol Thorin. Bu farw Fíli a Kíli yn amddiffyn Thorin gyda'u tariannau a'u cyrff, oherwydd ef oedd brawd hynaf eu mam. Arhosodd y lleill yno gyda Dain; roedd Dain yn haelionus iawn gyda'i drysor.

Doedd dim cwestiwn wrth gwrs am rannu'r trysor yn y cyfrannau fel yr oeddynt wedi'i gynllunio'n wreiddiol, i Balin a Dwalin, Dori Nori ac Ori, ac Oín a Gloín, a Bifur, Bofur a Bombur—nac i Bilbo chwaith. Serch hynny rhoddwyd un rhan o bedwar ar ddeg o'r holl aur ac arian, boed yn grai neu wedi'i gweithio, i Bard, oherwydd, chwedl Dain: "Byddwn ni'n anrhydeddu addewid yr hwn sy'n farw, a chanddo ef mae'r Archfaen bellach."

Roedd hyd yn oed un rhan o bedair ar ddeg yn ffortiwn anhygoel, mwy nag eiddo llawer brenin meidrol. Anfonodd Bard lawer o'r aur at Feistr Trellyn; fe wobrwyodd hefyd ei gyfeillion a'i ddilynwyr ef ei hun yn hael. I'r Ellyllyn-frenin rhoddodd emralltau Girion, sef y tlysau oedd fwyaf hoff ganddo, ac yr oedd Dain wedi ei ddychwelyd iddo ef yn ei dro.

Meddai Bard wrth Bilbo: "Mae'r trysor hwn yn eiddo i ti cymaint â minnau, er nad oes modd anrhydeddu hen gytundebau, gan fod gymaint bellach wedi cyfrannu at ei ennill a'i amddiffyn. Serch hynny, er yr oeddet ti'n fodlon ildio pob hawl arno, ni hoffwn i eiriau Thorin, fu'n edifar ganddo, ddod yn wir: sef mai ychydig iawn y byddet ti'n ei gael gennym. Hoffwn dy wobrwyo di, yn fwy na neb."

"Caredig iawn," meddai Bilbo. "Ond, mewn gwirionedd, mae'n destun rhyddhad i mi. Wn i ddim sut ar y ddaear baswn i wedi dod â'r holl drysor hynny adref heb ryfel a llofruddiaeth ar hyd y daith. A does gen i ddim syniad chwaith beth baswn i wedi'i wneud ag ef ar ôl i mi gyrraedd. Gwell iddo aros yn eich dwylo chi, mae'n siŵr."

Cytunodd yn y diwedd i fynd â dwy gist fach yn unig, un yn llawn arian a'r llall o aur, cymaint ag y gallai un merlyn cryf ei gludo. "Bydd hynny'n fwy na digon i mi," meddai.

Daeth yr amser o'r diwedd iddo ffarwelio â'i gyfeillion.
"Ffarwél, Balin!" meddai, "a ffarwél, Dwalin; a ffarwél
Dori, Nori, Ori, Oín, Gloín, Bifur, Bofur a Bombur!
Tyfed eich barfau yn drwchus o hyd!" A chan droi tua'r
Mynydd, ychwanegodd: "Ffarwél Thorin Darianderw! A
Fíli a Kíli! Anghofied neb amdanoch chi."

Yna moesymgrymodd y corachod yn isel o flaen eu
Porth, ond aeth y geiriau yn sownd yn y llwnc. "Hwyl fawr,
a phob lwc, ble bynnag yr ei di!" meddai Balin o'r diwedd.
"Os doi di'n ôl i ymweld â ni, pan fydd ein neuaddau'n
hardd eto, yna mi fydd y wledd yn wirioneddol wych!"

"Os byddwch chi'n taro heibio i'm cartref i," meddai
Bilbo, "yna peidiwch aros i guro'r drws! Amser te yw
pedwar o'r gloch, ond mae croeso i chi i gyd, unrhyw bryd!"

Yna trodd tuag adref.

Roedd yr ellyllyn-fyddin ar eu ffordd adref, ac er
tristwch y ffaith bod cymaint yn llai ohonynt bellach,
mawr oedd eu llawenydd hefyd, oherwydd byddai'r
Gogledd yn fwy diogel am amser hir. Roedd y ddraig yn
farw, y coblynnod wedi'u trechu, ac roedd eu calonnau'n
edrych ymlaen at wanwyn llawen wedi'r gaeaf.

Marchogai Gandalff a Bilbo y tu ôl i'r Ellyllyn-frenin, ac
wrth eu hochr cerddai Beorn, ar ffurf dyn unwaith eto, ac
yn chwerthin ac yn canu mewn llais uchel. Aethant felly hyd
at gyrion y Gwyllgoed, i'r gogledd o'r man lle ymddangosai
Afon y Goedwig. Arhosant yno, gan na fyddai'r dewin na
Bilbo yn mynd i mewn i'r goedwig, er i'r brenin eu
gwahodd i aros gydag ef yn ei neuaddau am ychydig. Eu
bwriad oedd dilyn cyrion y goedwig tua'r gogledd, yn y
diffeithdir a orweddai rhwng y goedwig a'r Mynyddoedd
Llwydion. Byddai'n llwybr hir ac undonog, ond nawr bod
y coblynnod wedi'u trechu edrychai'n fwy diogel iddynt
na'r llwybrau dychrynllyd dan y coed. Beth bynnag, dyna
fyddai llwybr Beorn hefyd.

"Ffarwél, Ellyllyn-frenin!" meddai Gandalff. "Bydded
y goedwig werdd yn llawen, tra bod y byd yn ifanc o hyd!
A bydded dy bobl i gyd yn llawen!"

"Ffarwél! O Gandalff!" meddai'r brenin. "Bydded i ti ymddangos o hyd, pan fo'r angen fwyaf a'r disgwyl lleiaf! Po fwyaf aml yr wyt ti'n ymddangos yn fy nheyrnas i, po fwyaf balch y byddaf innau!"

"Dwi'n erfyn arnoch," meddai Bilbo'n lletchwith, gan sefyll ar un goes, "i dderbyn yr anrheg hon!", ac estynnodd mwclis o arian a pherlau yr oedd Dain wedi'i roi iddo wrth ffarwelio.

"Sut des i'n deilwng o'r fath anrheg, O hobyd?" meddai'r brenin.

"Wel, ym, roeddwn i'n meddwl, wyddoch chi," meddai Bilbo'n ddryslyd braidd, "y dylid, ym, talu rhywbeth am eich, ym, lletygarwch. Mae gan leidr, hyd yn oed, ei deimladau, wedi'r cyfan. Rydw i wedi yfed llawer o'ch gwin, a bwyta llawer o'ch bara."

"Derbyniaf eich anrheg, o Bilbo Fendigedig!" meddai'r brenin, o ddifrif calon. "Ac fe'th enwaf yn ellyllyn-gyfaill, a dy fendithio. Na leihaed fyth dy gysgod—neu fe fyddai lladrata'n rhy hawdd! Ffarwél!"

Yna trodd yr ellyll tua'r goedwig, a dechreuodd Bilbo ar ei daith hir tuag adref.

Cafodd cryn galedi ac anturiaethau lawer cyn iddo gyrraedd. Roedd y Parthau Gwyllt yn wyllt o hyd, ac yn y dyddiau hynny roedd llawer mwy ynddynt heblaw coblynnod; ond roedd Bilbo wedi'i arwain a'i amddiffyn yn dda—roedd y dewin gydag ef, a Beorn hefyd, am lawer o'r ffordd—ac ni fuodd mewn unrhyw berygl mawr eto wedi hynny. Beth bynnag, erbyn canol y gaeaf roedd Gandalff a Bilbo wedi dilyn cyrion y goedwig yr holl ffordd yn ôl at ddrysau cartref Beorn. Arhosant yno am beth amser. Roedd Gŵyl Calan yn gyfnod cynnes a llawen yno, ac daeth dynion o bell ar wahoddiad Beorn i wledda. Roedd ofn mawr ar yr ychydig goblynnod oedd yn weddill ym Mynyddoedd y Niwl, ac roeddynt yn cuddio bellach yn y tyllau dyfnaf iddynt gael hyd iddynt. Roedd y wargiaid wedi diflannu o'r coedwigoedd hefyd, fel bod modd i bobl deithio heb ofn. Yn y blynyddoedd wedi hynny daeth

Beorn yn Bennaeth mawr yn y parthau hynny, gan deyrnasu dros wlad lydan rhwng y mynyddoedd a'r goedwig. Dywedwyd bod gan ddynion o'i linach ef y gallu i gymryd ffurf arth am genedlaethau lawer wedi hynny. Dynion diflas a drwg oedd rhai ohonynt, ond roedd calonnau'r rhan fwyaf fel un Beorn, er nad oeddynt mor fawr neu gryf. Yn eu hoes nhw helwyd y coblynnod olaf o Fynyddoedd y Niwl, a daeth heddwch newydd i Gyrion y Gwyllt.

Roedd hi'n wanwyn, un teg â'i thywydd yn fwyn a'i haul yn llachar, cyn i Bilbo a Gandalff ffarwelio â Beorn o'r diwedd. Er gwaetha'r hiraeth y teimlai am ei gartref, roedd yn edifar gan Bilbo adael, gan fod blodau gerddi Beorn yr un mor brydferth yn y gwanwyn ag yr oeddynt yn yr haf.

O'r diwedd daethant i fyny'r ffordd hir i gyrraedd yr union fwlch lle cawsant eu dal gan y coblynnod y tro cyntaf. Ond y tro hwn daethant at y man uchel hwnnw yn y bore, a chan edrych yn ôl roedd haul gwyn i'w weld yn tywynnu dros y wlad. O'r fan honno gwelsant y Gwyllgoed, yn las yn y pellter, ond ei hochr agosaf yn wyrdd tywyll, er ei bod hi'n wanwyn. Ac yno, ar y gorwel pell, oedd y Mynydd Unig. Disgleiriai'r eira ar ei chopa o hyd.

"Felly fe ddaw eira wedi'r tân, ac mae diwedd i bob draig hyd yn oed!" meddai Bilbo, gan droi ei gefn ar ei antur. Roedd y Twc ynddo'n flinedig iawn, a phob dydd tyfai'r Baglan ynddo'n gryfach. "Yr unig beth sydd arnaf ei eisiau bellach yw cael bod yn fy nghadair freichiau fy hun!" meddai.

Pennod XIX

Y CAM OLAF

Roedd hi'n ddiwrnod cyntaf mis Mai pan, o'r diwedd, cyrhaeddodd y ddau ymyl dyffryn Glynhafn, lle'r oedd yr Aelwyd Olaf (neu'r cyntaf). Fel y bu hi'r tro cyntaf iddynt ymweld â'r lle, roedd hi'n nosi, ac roedd eu merlod yn blino, yn enwedig yr un oedd yn cludo'u paciau; ac fe deimlai pob un ohonynt fod arno eisiau gorffwys. Wrth iddynt farchogaeth i lawr y llwybr serth, clywodd Bilbo'r ellyll yn canu yn y coed unwaith eto, yn union fel pe baent wedi parhau i wneud drwy'r holl amser ers iddo adael. Cyn gynted ag y bu iddynt gyrraedd pen isaf y coed, dechreuodd yr ellyll ganu cân oedd yn debyg i'r un a ganwyd ganddynt gynt. Dyma flas ohoni:

> *Mae'r ddraig wedi'i chrydu*
> *A'i hesgyrn yn deilchion,*
> *Ei harfwisg yn rhydu,*
> *Nid mwy gyda'r beilchion!*
> *Cleddyfau'n ysig,*
> *Coronau'n cwympo,*
> *Am gyfoeth yn flysig*
> *Mae dyn yn atgwympo.*
> *Ond tyfu mae'r blodau*
> *A'r dail oll yn manu,*
> *Daw'r nant yn gawodau,*
> *Â'r ellyll yn canu.*
> > *Dewch yma i'r man gwyn,*
> > *Dychwelwch i'r dyffryn!*

Mae sêr y goleuad
Yn well na chain dlysau
A gwynnach yw'r lleuad
Nag arian breichdlysau;
Well tân yn disgleirio
Nag euryn i fwydro
Dewch 'nôl am eu ffeirio
A pheidiwch â chrwydro
    Dewch yma i'r man gwyn,
    Dychwelwch i'r dyffryn!

O pam cyfeiliorni,
Pellteroedd chwenychu?
Mae'n hafon di-dor ni
A'r sêr yn llewyrchu.
I ble ewch dan lwythau
Yn drist, anffynedig?
Yr ellyll sydd eisiau
croesawu'r blinedig.
    Dewch yma i'r man gwyn,
    Dychwelwch i'r dyffryn!
      Tra -la-la-lalyn
      Ffa-la-la-lalyn
        Ffa-la!

Wedyn daeth ellyll y dyffryn allan i'w cyfarch, a'u harwain dros yr afon at gartref Elrond. Roedd croeso cynnes iddynt yno, a'r noson honno roedd llawer clust eiddgar yn awyddus i glywed am eu hanturiaethau. Siaradai Gandalff gan fwyaf, oherwydd bod Bilbo'n flinedig ac ar goll yn ei feddyliau. Roedd yntau'n gyfarwydd â'r rhan fwyaf o'r hanes, gan fod ganddo ef ei hun le canolog ynddo: ef oedd wedi rhannu llawer ohono gyda'r dewin, ar eu taith neu yng nghartref Beorn. Bob hyn a hyn byddai'n agor un llygad fodd bynnag, a gwrando, wrth i Gandalff gyrraedd rhan o'r stori nad oedd wedi'i glywed eto.

Dysgodd felly lle'n union roedd Gandalff wedi bod; oherwydd cafodd glywed geiriau'r dewin wrth Elrond.

Roedd hi'n debyg i Gandalff fod mewn cyngor mawr o'r Dewiniaid Gwynion, meistri dysg a hud da; ac roeddynt o'r diwedd wedi gyrru Dewin y Meirw o'i gadarnle tywyll yn ne'r Gwyllgoed.

"Cyn bo hir nawr," meddai Gandalff, "bydd y goedwig rywfaint yn iachach. Bydd y Gogledd yn rhydd o'r erchylltra hwnnw am flynyddoedd lawer, gobeithio. Ond hoffwn i pe bai wedi'i yrru'n llwyr o'r byd!"

"Peth da fyddai hynny, wir," meddai Elrond, "ond ofnaf na fydd yn digwydd yn yr oes hon, nac am lawer oes eto."

Wedi rhannu holl hanes eu taith, rhannwyd hanesion eraill, a rhai eto byth, hanesion am yr amseroedd gynt, ac am bethau newydd, a hanesion heb amser iddynt o gwbl, nes i Bilbo ddechrau pendwmpian a mynd i chwyrnu'n braf mewn cornel.

Deffrodd mewn gwely gwyn, â'r lleuad yn disgleirio drwy ffenest agored. Ar lannau'r afon islaw, roedd nifer fawr o'r ellyll yn canu'n uchel a chlir.

Canwch, laweniaid, dan nos sydd fel hug:
Mae'r gwynt yn y coed ac mae'r gwynt yn y grug!
Mae'r sêr yn disgleirio fel heulwen ar ddŵr,
A llachar yw ffenestri'r nos yn ei thŵr.

Dawnsiwch, laweniaid, dawnsiwch ynghyd!
Meddal yw'r glaswellt, a llawen ein byd!
Mae'r afon fel arian, a'r cysgod yn cilio
Mis Mai sy'n ein plesio, a'r cwmni'n adfywio!

Yn dawel fe ganwn, freuddwydion i'w gweu
Rhai cynnes a hardd, iddo ef wedi'u creu;
Mae'r crwydrwr yn cysgu, â'r sêr uwch ei ben.

Suo! Suo Gwernen! Suo helygen!
Tan fore bydd ddistaw, pob coeden ac afon
Ewch ymaith leuad, tawelwch fydd nawr.
Distaw pob derwen! Distaw pob onn!
Bydd ddistaw'r holl ddyffryn, nes dyfod y wawr.

"Wel, bobl lawen!" meddai Bilbo gan edrych allan drwy'r ffenest arnynt. "Faint o'r gloch ydy hi, wrth y lleuad? Mae'ch suo-gân chi'n ddigon i ddeffro coblyn chwil! Ond diolch i chi beth bynnag!"

"A byddai'ch chwyrnu chi'n ddigon i ddeffro draig o faen—ond diolch i chi beth bynnag," atebodd yr ellyll gan chwerthin. "Mae'r wawr yn prysur agosáu, ac rydych chi wedi cysgu ers dechrau'r nos bellach. Efallai na fyddwch wedi blino mwyach yfory."

"Mae ychydig o gwsg yn gwella llawer yng nghartref Elrond," meddai ef, "ond fe gymraf unrhyw wellhad y gallaf! Nos da am yr eildro, gyfeillion!" Ar hynny aeth yn ôl i'r gwely, a chysgodd hyd y bore.

Diflannodd ei flinder yn gyflym yn y tŷ hwnnw, a mwynhaodd lawer gêm a dawns lawen gyda'r ellyll, gyda'r bore a'r hwyr. Ond ni allai'r lle hwnnw hyd yn oed ei gadw'n hir bellach, ac yntau'n hiraethu o hyd am ei gartref. Ymhen wythnos, felly, ffarweliodd ag Elrond, gan roi hynny o anrhegion iddo ag yr oedd yntau'n barod i'w derbyn, cyn dechrau ar ei ffordd gyda Gandalff unwaith eto.

Hyd yn oed cyn iddynt adael y dyffryn roedd awyr y Gorllewin wedi dechrau ymdywyllu o'u blaenau, a daeth gwynt a glaw i'w cyfarch.

"Mawr hael mis Mai!" meddai Bilbo, wrth i'r glaw dasgu oddi ar ei wyneb. "Ond mae'r chwedlau tu ôl i ni, ac rydyn ni'n mynd adref. Dyma'n blas cyntaf ohono, debyg."

"Mae'n llwybr yn un hir eto," meddai Gandalff.

"Ond y llwybr olaf ydy e," meddai Bilbo.

Daethant at yr afon a ddynodai ffin bellaf y Parthau Gwyllt, ac at y rhyd hwnnw dan ochr serth yr afon y byddwch yn ei gofio, o bosib. Â'r eira'n toddi yn y mynyddoedd uwchben, heb sôn am y dydd o law a gawsant, roedd yr afon yn llawn; ond wedi ychydig o drafferth llwyddwyd i'w groesi yn y diwedd, gan fynd ymlaen ar gam olaf eu taith wrth iddi nosi.

Roedd y rhan hon o'u taith yn debyg iawn i'r tro blaenorol, er bod y cwmni'n llai ac yn dawelach; a heb droliaid y tro hwn. Wrth iddynt gyrraedd bob pwynt ar y ffordd cofiai Bilbo bopeth oedd wedi digwydd ac wedi'i ddweud flwyddyn ynghynt—teimlai yn fwy fel deng mlynedd yn hytrach nac un—ac felly, wrth gwrs, yn fuan iawn sylwodd ar y man lle'r oedd y merlyn wedi cwympo i'r afon, a lle roeddent wedi troi o'r ffordd i ddechrau eu hantur annifyr gyda Hicin a Siencyn a Siac.

Yn agos gerllaw, cawsant hyd i aur y troliaid yn y man lle'i gladdwyd ganddynt, yno o hyd heb ei gyffwrdd. "Mae gen i ddigon eisoes am weddill fy oes," meddai Bilbo, wedi iddynt ei dynnu o'r ddaear. "Gwell i ti gymryd hyn, Gandalff. Mae'n siŵr y gallet ti feddwl am rywbeth i'w wneud gydag ef."

"Gallaf wir!" meddai'r dewin. "Ond fe'i rhannwn ni'r cwbl. Efallai bydd gen ti ragor o anghenion na'r disgwyl."

Rhoesant yr aur mewn sachau felly a'u clymu ar gefnau'r merlod, nad oedd yn hapus o gwbl yn ei gylch. Roedd eu taith yn arafach wedi hynny, a bu rhaid iddynt gerdded gan fwyaf. Ond roedd y tir yn wyrdd, ac roedd llawer o laswellt i'r hobyd gael cerdded drwyddo, yn fodlon iawn ei fyd. Bu'n rhaid iddo fopio ei wyneb â hances sidan coch—na, nid oedd yr un o'i hancesi ef ei hun wedi goroesi; roedd wedi benthyg hwn gan Elrond— gan ei bod hi'n Fehefin ac yn haf, a'r tywydd unwaith eto'n llachar ac yn boeth.

Mae diwedd ar bopeth, hyd yn oed yr hanes hwn, a daeth diwrnod o'r diwedd pan gyrhaeddon nhw'r fro lle ganwyd a magwyd Bilbo, lle'r oedd siâp y cefn gwlad a'r coed yr un mor gyfarwydd iddo â'i ddwylo'i hun a bysedd ei draed. Wrth ddringo llethr bychan gallai weld ei Fryn ef ei hun yn y pellter. Oedodd yn sydyn, ac meddai:

> *Ymlaen o hyd mae'r ffordd yn mynd,*
> > *Dros garreg lwyd, dan goeden 'fry*
> *Hyd dyllau nad yw'n clywed gwynt*
> > *A nentydd nad yw'n cyrraedd lli:*
> *Drwy flodau hardd Mehefin mwyn*
> > *Ac eira glân y gaeaf oer*
> *Dros laswellt gwyrdd dan heulwen dwym*
> > *Dros fynydd tal dan olau'r lloer.*

Ymlaen o hyd mae'r ffordd yn mynd,
Dan gwmwl gwyn a seren wen
Ond troi mae'r traed, i'w holaf hynt
Sef pen y daith, adref, drachefn.
Mae'r llygaid welodd tân a chledd',
Ac ogofau'n llawn arswyd,
Yn syllu nawr ar ddolydd gwyrdd
Ac hen goedydd cyfarwydd.

Edrychodd Gandalff arno. "Bilbo annwyl!" meddai. "Mae rhywbeth yn bod arnat ti! Dwyt ti ddim yr un hobyd bellach, ag y buost ti gynt."

Ac felly croesant y bont, gan fynd heibio i'r felin ar lan yr afon ac yn ôl i ddrws Bilbo ei hun.

"Ar f'enaid! Beth sy'n digwydd?" meddai mewn braw. Roedd twrw mawr, a phobl o bob math, parchus ac amharchus, yn drwch o amgylch y drws, llawer ohonynt yn mynd i mewn ac yn dod allan—heb drafferthu i lanhau eu traed ar y mat, sylwodd Bilbo'n anniddig.

Ond os cafodd Bilbo ei synnu, yna fe synnwyd y dorf yn fwy byth. Roedd wedi dychwelyd ar ganol ocsiwn! Roedd hysbysiad mawr du a choch yn hongian ar ei giât, yn datgan y byddai'r Meistri Batog, Batog a Twrch yn gwerthu eiddo'r diweddar Bilbo Baglan o Ben-y-Bag, Dan-y-bryn, Trehobyd, drwy ocsiwn cyhoeddus ar yr ail ar hugain o fis Mehefin. Byddai'r gwerthu yn dechrau am ddeg o'r gloch. Roedd hi bellach yn amser cinio, bron, ac roedd y rhan fwyaf o'r pethau bellach wedi mynd, am brisiau'n amrywio rhwng ceiniog a dimau a'r nesa peth i ddim (nid yw hynny'n anghyffredin mewn ocsiwn). A dweud y gwir roedd cefndryd Bilbo, y Sachdre-Baglaniaid, yn brysur yn mesur ystafelloedd Bilbo er mwyn gweld a fyddai eu dodrefn yn ffitio. Mewn gwirionedd, tybiwyd bod Bilbo'n farw, ac nid oedd pawb a gredai hynny'n hapus o gael prawf i'r gwrthwyneb.

Achosodd dychwelyd Mr. Bilbo Baglan gryn gynnwrf: dan y Bryn, dros y Bryn, a'r ochr draw i'r Dŵr hefyd. Bu'n rhyfeddod am hirach o lawer na naw diwrnod, ac a dweud y gwir, byddai'r trafferthion cyfreithiol yn parhau am flynyddoedd. Bu'n amser hir iawn cyn bod yna gydnabyddiaeth gyffredinol bod Mr Baglan yn fyw wedi'r cyfan. Roedd angen cryn berswadio ar y rhai a gafodd fargenion neilltuol o dda, yn enwedig; ac yn y diwedd, er mwyn arbed amser, bu rhaid i Bilbo brynu llawer o'i ddodrefn ei hun yn ôl. Diflannodd nifer o'i lwyau arian yn anesboniadwy, heb eu gweld byth eto. Yn bersonol, amheuai ef i'r Sachdre-Baglaniaid fod ar fai. O'u rhan nhw, ni chyfaddefwyd erioed ganddynt mai'r Baglan a ddychwelodd oedd yr un go iawn, ac ni fuon nhw'n gyfeillgar wrth Bilbo byth eto wedi hynny. Roeddynt wirioneddol wedi bod eisiau byw yn ei hobyd-dwll hyfryd.

Yn wir, maes o law dysgodd Bilbo nad ei lwyau oedd yr unig beth iddo'i golli: roedd wedi colli ei enw da hefyd. Byth ar ôl hynny roedd yn ellyll-gyfaill, ac roedd ganddo barch pob corrach a dewin a phobl felly a ddaeth heibio; ond nid oedd bellach yn hollol barchus. A dweud y gwir roedd holl hobydiaid y gymdogaeth yn ei ystyried yn rhyfedd – heblaw am ei neiau a'i nithion ar yr ochr Twc, ond roedd y rheini hyd yn oed yn tueddu argymell i'w plant beidio mynd yn rhy gyfeillgar wrth Bilbo.

Mae'n ddrwg gen i ddweud hyn, ond nid oedd Bilbo'n hidio am hynny o gwbl, fodd bynnag. Roedd yn fodlon iawn ei fyd: roedd sŵn y tegell yn berwi uwchben ei dân bach yn fwy peraidd i'w glust nag y bu erioed, hyd yn oed yn y dyddiau tawel hynny cyn y Parti Annisgwyl. Gosododd ei gleddyf ar y wal uwchben y lle tân, a chadwai ei lurig ar stondin yn y cyntedd (nes iddo'i rhoi ar fenthyg i amgueddfa). Gwariodd ei aur a'i arian ar anrhegion gan fwyaf, rhai yn ymarferol ac eraill yn fwy afrad—hyn, i ryw raddau, sy'n esbonio'i boblogrwydd gyda'i neiau a'i nithion. Cadwai ei fodrwy hud yn hollol gyfrinachol, a'i defnyddio hi, gan fwyaf, dim ond pan fyddai ymwelwyr diflas yn galw.

Treuliodd ei ddyddiau'n ysgrifennu barddoniaeth ac yn ymweld â'r ellyll, ac er i lawer ysgwyd eu pennau a chyffwrdd â'u talcenni gan ddweud "Hen Baglan

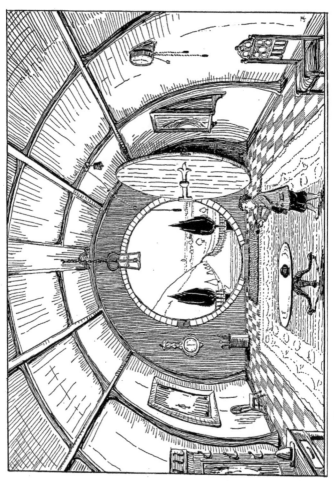

Cynredd Pen-y-Bag, cartref yr Annhydeddus B. Baglan

druan!", ac er nad oedd llawer yn credu ei straeon anhygoel, roedd yn hapus iawn am weddill ei oes, ac un hir iawn oedd honno.

Un noswaith yn yr hydref, nifer o flynyddoedd yn ddiweddarach, roedd Bilbo'n eistedd yn ei swyddfa'n ysgrifennu ei Hunangofiant—roedd yn ystyried rhoi'r teitl "Yno ac Yn Ôl, Gwyliau Hobyd" arno—pan ganodd rhywun y gloch. Gandalff oedd yno, a chorrach gydag ef, a Balin oedd hwnnw.

"Dewch i mewn! Dewch i mewn!" meddai Bilbo, a chyn bo hir roeddynt yn eistedd yn gyfforddus mewn cadeiriau wrth y tân. Os sylwodd Balin fod gwasgod Mr Baglan yn fwy (a bod ganddo fotymau o aur go iawn), yna sylwodd Bilbo hefyd fod barf Balin nifer o fodfeddi'n hirach nag o'r blaen, a'i fod yn gwisgo gwregys ysblennydd oedd yn frith o emau hardd.

Wrth gwrs, aethant ati i siarad am eu hanturiaethau gyda'i gilydd, a gofynnodd Bilbo sut le oedd y Mynydd erbyn hyn, a sut oedd pethau'n mynd. Roeddynt yn mynd yn dda iawn. Roedd Bard wedi ailadeiladu'r dref yn Nyffryn, ac roedd dynion wedi dod ato o'r Llyn ac o'r De a'r Gorllewin, ac roedd yr holl gwm wedi'i droi ac yn ffrwythlon unwaith eto. Lle bu diffeithwch gynt, bellach roedd yna adar a blodau yn y gwanwyn, a ffrwythau a gwledda yn yr hydref. Roedd Trellyn wedi'i hailsefydlu, ac yn fwy ffyniannus nag erioed, ac roedd cryn gyfoeth yn tramwyo ar hyd yr Afon Ebrwydd ac roedd cyfeillgarwch yn y parthau hynny rhwng ellyll a chorachod a dynion.

Roedd yr hen Feistr wedi dod i ddiwedd drwg. Rhoddwyd llawer o aur iddo gan Bard er lles pobl y Llyn, ond gan ei fod yn ddyn oedd yn dioddef yn hawdd o'r fath salwch, roedd chwant trysor wedi'i ddrysu. Roedd wedi dwyn y rhan fwyaf o'r aur a rhedeg i ffwrdd, ac wedi marw o newyn yn y diffeithwch, pob un o'i gyfeillion wedi cefnu arno.

"Gŵr doethach yw'r Meistr newydd," meddai Balin, "ac un poblogaidd iawn, oherwydd iddo ef y mae llawer yn rhoi'r diolch am y ffyniant presennol. Maen nhw'n canu caneuon sy'n dweud bod yr afonydd yn llifo'n aur i gyd yn ei oes ef."

"Yna mae'r hen ganu darogan wedi dod yn wir, mewn ffordd!" meddai Bilbo.

"Wrth gwrs!" meddai Gandalff. "A pham ddim? Does bosib dy fod di'n gwrthod credu'r canu darogan, dim ond oherwydd i ti dy hunan gyfrannu at ei wireddu? Does bosib dy fod di'n credu, mewn gwirionedd, mai lwc yn unig oedd wrth wraidd pob antur a phob dihangfa, ac er dy fudd di yn unig? Un ffeind wyt ti, Mr Baglan, ac rwy'n hoff iawn ohonot; ond wedi'r cyfan, dim ond un bach wyt ti mewn byd mawr iawn!"

"Diolch i'r drefn!" meddai Bilbo gan chwerthin, ac estyn y jar tybaco iddo.

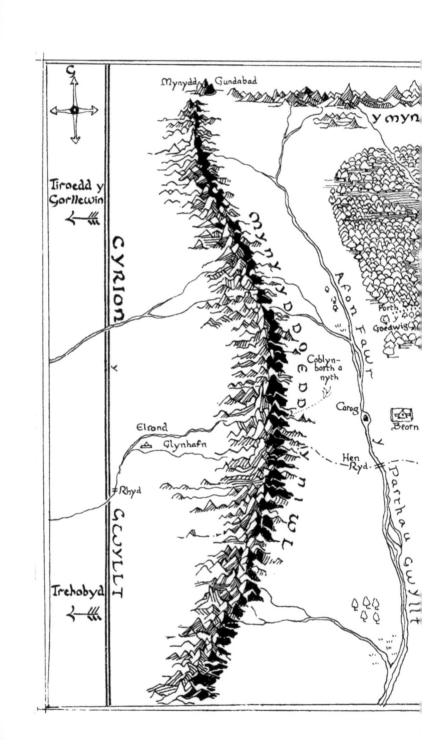

RHOS Ddiffrwyth

EDD LLWYDION

Y G O E D W I G   G W Y L L

Afon y Goedwig

Afon Hud

Llyn-llwybr

Diffeithwch Smaug

y Bryniau Haearn

Neuaddau'r Ellyllyn-Frenin

Mynydd Unig

Y Llyn Hir
Esgaroth

Mynyddoedd y Gwyllgoed

Yr Afon Ebrwydd

Hen Ffordd y Goedwig

Coedwigwr

Coedwigwr

Y PARTHAU GWYLLT

Milton Keynes UK
Ingram Content Group UK Ltd.
UKHW020002050724
445034UK00014B/222